크 리 티 컬 포 인 트

크리티컬 포인트

계간 『문학동네』 30주년 기념
비평 앤솔러지

멀리, 바짝, 으로

인아영 이 소 윤원화 김경태 오은교 한영인
조선정 정민우 김건형 진태원 강지희 임태훈

문학동네

책머리에

계간 『문학동네』는 1994년 창간되어 몇 차례의 변화를 거듭하고 지난 2019년 100호를 기준으로 혁신호를 발행한 후 올해 2024년 겨울호를 기점으로 30주년을 맞이하게 되었다. 이를 계기로 그간 계간 『문학동네』가 문학 전문 잡지로서 성숙해온 시간을 되돌아보며 오늘날 한국사회의 인문·사회 담론 지형을 살필 수 있는 작은 가이드를 마련하고자 이 책을 기획했다. 지난 오 년은 팬데믹과 기후 위기, 문학장을 비롯한 예술장 내부의 여러 사건을 겪으며 그 어느 때보다 활기찬 담론이 전개되었기에 그 변화의 경로와 매듭들을 살피는 작업이 유의미하리란 판단이 들었기 때문이다.

혁신과 변화를 좇으며 보낸 지난 오 년은 시대적 겹눈을 갖추도록 추동하면서도 익숙한 무력과 환멸의 수렁으로 빠져들지 않기 위해 분투하던 노정이기도 했다. 페미니즘 비평은 불평만 할 뿐 대안을 제시하지 않는다거나, 정치적 담론에 경도된 작품은 미학성이 결여되어 있다거나, 현실과 밀착된 글쓰기 시스템이 거대한 구조를 경시하게 만든다거나, 불의에 대한 당위적 언술이 예술의 자율성을 침해한다는 등의 저 오래된 논의 틀의 반복은 지금-이곳에서 일어나는 풍요로운 미학적 실험들은 보지 못하거나 보지 않게 강제한다.

이 책에 실린 글들은 제각기 위와 같은 낡고 고루한 사유에 저항한 흔적이다. 지난 삼십 년간 문학계의 다양한 흐름 속에서 계간『문학동네』가 치열한 이론적 분투와 비평적 갱신을 위한 시도를 꾸준히 해왔음을 상기하며, 동시대 비평과 이론의 가장 전위적이고 특별한 성취들을 이곳에 모았다. 한 권으로 엮였으나 깊이 들여다보면 서로 경합하는 글도 있고, 다른 현상을 다루면서도 뜻밖의 에움길에서 마주치는 글도 있다. 그 마름질되지 않는 이질성의 파열과 마찰을 모두 기꺼이 드러내겠다는 데에 이 책의 야심이 있다.

단행본으로 개고되며 사라진 설정이지만, 정세랑의 단편소설「이혼 세일」에는 독서인에 대한 흥미로운 비유가 나온다. 소설 속 주인공은 '세계관 차이'라는 희한한 사유 때문에 이혼을 결심한다. 부부는 모두 책을 좋아했지만 남편은 전집을 모으는 편인 데 반해 아내는 잡지를 사는 타입이다. 전집과 잡지가 가진 속성의 차이가 단박에 흥미로운데, 해당 작품을 이따금 떠올린 건 그보다 잡지와 여성이라는 환유의 묶음이 불러일으키는 어떤 위태로운 아름다움 때문이었다. 물론 진정한 독서인은 전집과 잡지를 모두 향유하기에 그 같은 구분은 편의적인 이분법에 불과하지만, 실제 계간지를 만들고 글을 수록하는 입장이 되다보니 잡지가 가진 그 독특한 시간성에 대해 종종 골똘해지곤 했다.

역사적 평가가 어느 정도 갈무리되었다고 여겨지는 작가의 텍스트는 기념비처럼 웅장하고 화려한 전집 세트에 안착되어 버젓이 서재의 한 공간을 차지하지만, 잡지에 실리는 글들은 더러 너무나 잡스럽고 부박하여 그 어디에서도 다시 만날 수 없는 경우가 왕왕 있다. 전집은 사기에도 버리기에도 부담스러운 데 반해 잡지는 그렇지 않다. 문제는 기다리는 전집이 영영 만들어지지 않거나 그 텍스트가 그러한 편집을 견딜 수 없는 형식을 띠고 있기도 하다는 것이다. 어떤 수준이나 기준에 미달하면서도 그것을 이미 초과하는 글들이 얼마나 많은가. 그렇기에 애독가는 정식 발간이나 전집을 기다리면서도 디지털 풍화로 열화된 각종 영인본 잡지들을 복사집에 의뢰하고 중고서점을 기웃거리는 일을 멈출 수 없다.

문학사에는 무릇 저자라면 자신의 잡지를 갖는 것이 유행이던 시기도 있고, 백과사전을 편찬하다 뛰쳐나온 사람도 있고, 여성지를 읽다 불현듯 소설이 쓰고 싶어진 인물도 있다. 잡지에 젠더라는 게 있다면 아마 그런 것일 테다. 죽을 때까지 기다릴 수만은 없다는 것, 규범이 습득시킨 몸의 결계를 풀지 않는다면 살아갈 수 없다는 것, 말이다. 시간을 영원히 이겨내는 글은 없다. 그 간극 때문에 자주 불안했지만, 그로 인해 얻은 자유에 비한다면 헐값에 불과하다는 것이 요즘의 결론이다. 태어나자마자 낡아버리는 것이 운명이지만, 그로 인해 오히려 개입과 실천에 적합한 잡지라는 매체를 기획하며 쑥스러움과 자부심을 동시에 느꼈다.

이 책 『크리티컬 포인트―문학, 비평, 이론』 또한 그러한 실천의 일환이다. 책의 제호인 '크리티컬 포인트'는 지난 오 년간 계간 『문학동네』에서 연재된 메타비평 지면으로 동시대 현안들에 반응하며 문학적 대화를 시도하고자 마련했던 코너의 제목이기도 하다. 천천히 내실을 다지며 펼쳐졌던 『문학동네』의 다양한 글들에 굄돌을 받쳐두고자 했다. 지나고 나서야 알게 되듯이 우리가 더 나은 삶을 궁구하기 위해 반드시 필요했던 글을 보내주신 작가들과 이를 유력하게 읽어주신 독자들 덕분에 다음 계절에도 계간 『문학동네』를 인쇄할 수 있다. 이 책이 오늘날 한국사회에서 개진되는 비평을 고찰하고 이해하는 자리인 동시에 다양한 이야기가 은성할 수 있는 하나의 통로가 되기를 바란다.

*

총 열두 편의 글을 주제에 따라 네 개의 부로 묶었다.

1부의 주제는 '글쓰기 시스템과 비판의 메커니즘'이다. 포문을 여는 첫번째 글인 인아영의 「비평과 사랑—포스트 비평과 동시대 한국문학 비평의 논점들」은 '무비판'과 '과비평'이라는 상반된 진단을 불러일으키는 우리 시대의 비판적 글쓰기의 문제적 상황이 현실에 대한 '헤게모니적인 것'과 '전복적인 것'이라는 이분법에 기인한 것임을 주장한다. 즉 "비판을 행위자들의 구체적인 실천이 아니라 주어진(주어지지 못한) 구조적인 전제로 이해"하기 때문에 문학비평 또한 언제나 작품에 대한 야박하거나 과장된 평가표에 국한되었다는 것이다. 이에 저자는 이념과 담론과 체험이 교차하는 과정으로서 온전한 '증상'이나 '행위', 그 어떤 것으로도 환원되지 않는 '행위자성의 중간지대'를 마련할 필요가 있음을 역설한다. 매 순간 새롭게 솟아나는 텍스트를 통해 비판이 가치판단을 행하는 기능적 요소가 아닌 존재론적 질문들이 통과하는 경로로 전환될 수 있으며 저자는 이를 행하는 노동의 이름을 사랑이라 칭한다. "비판은 이러한 과정 속에서 매

순간 겨우 솟아나는 것이다."

이소의 「비평의 몰락을 한탄하지 않는 방법」 또한 그 어떤 비평 이론조차도 상품이 되는 '포스트 크리티시즘'이라는 시대의 난제를 돌파하려는 시도다. 저자는 대상과 재현 간의 관계를 통해 생성되는 주체의 자리를 '거리-몰입'과 '정지-운동'의 사분면으로 펼쳐 보이며 비평사를 네 결절 지점으로 고찰한다. 그에 따르면 대상과의 거리를 확보하고 관조하는 비판, 동적 관계를 통해 거리를 갱신해내는 비판, 대상에 압도되어 그것에 몰입하는 비판에 이어 오늘날에 우세한 비판의 프레임은 '몰입'과 '운동'이 동시에 일어나는, 즉 "윤리적이면서도 행동력을 갖춘, '포스트-외상적 주체'라고 부를 만한 주체가 등장"하는 시공간이다. 그러나 이 새로운 비평의 주체에도 "자족적인 망상 체계를 다양하게 구축하는 것에 만족할 위험"이 내재하는데, 상처받은 대상을 돌본다는 미몽이 모든 가능한 비판을 마비시키는 알리바이가 될 수 있기 때문이다. 전통적 비판 이론의 한정적인 모순을 포함하면서도 그것을 새롭게 재구성할 수 있는 사유의 힘이 남아 있는 한, "'비판-이후'는 없다".

1부의 마지막인 윤원화의 「글쓰기를 위한 시스템 설계―『사이클로노피디아』, 또는 현재의 기록시스템을 재정의하기」는 글쓰기의 지평을 '매체'라는 틀로 파악하는 글이다. 창작의 가능성을 매체의 발전에 후행하는 '기록시스템'으로 파악하는 저자는 가상의 고고학자에 관한 허구적 문헌들을 탐구하는 레자 네가레스타니의 기묘한 사변소설 『사이클로노피디아―작자미상의 자료들을 엮음』의 증례를 통해 2000년대식 저자성을 묻는다. 오늘날 석유를 통해 상품과 지식을 생산하는 행위는 "미디어 이론의 지질학적 전환을 촉진했다". 석유를 통하지 않고서는 세계를 사유하는 일이 불가능한 오늘날, 저자성은 더이상 이야기를 회집하는 고전적 '영웅'이나 자신에게 설치된 프로그램과 씨름하는 강령술적 '자동기계'도 아닌 막대한 석출로 구멍 뚫린 다공성 지구라는 "묘지에서 흘러나오는 '탄화수소 시체 주스'로 변모한다". 석유를 채굴하고 운송하고 거래하는 화석연료의 흐름을 둘러싼 끝없는 전쟁의 장이 오늘날의 글쓰기 판이다. "잉크처럼 검은 기름"에 잠긴 채 역구성되고 "역사는 종결되지 않고 변주"되어 "저자는 언제나 느린 재생과 재구성의 장소로 기능"할 것이다. 이 끈적한 시체 주스가 무어라며 입을 벌릴지가 가장 궁금한 대목이다. 그것은 "자라나는 글쓰기 판으로서 스스로 알지 못했던 말을 마치 자신의 것인 양 쓰기 시작한다".

2부의 주제는 '독자성과 일인칭 '나'의 서사 실험'으로 오토픽션 장르를 비롯한 일인칭 서사와 출판 시장의 에세이화 경향을 고찰한다. 김경태의 「수치심의 글쓰기와 퀴어의 사랑/윤리」는 "게이 주체성의 가장 고유한 정조는 수치심"으로 파악하며 낙인찍힌 성애 경험을 밀도 있게 드러낸 김봉곤의 작품들을 읽어내는 글이다. 저자는 피상적 자기 선언, 성급한 자긍심 장착, 동화주의적 욕망의 거부를 표현하는 그의 작품에서 오늘날 한 퀴어 서사의 가장 유효한 미학적 전략을 확인한다. 그러나 알다시피 작가에 대한 명성이 고조에 이르면서 그의 소설에 직간접적으로 등장한 지인들의 문제제기 등을 통해 작품이 폐기되는 처벌이 이루어졌다. 저자는 이를 "작가와 실존 인물 간의 정동적 괴리가 불러온 문제"로 파악하며 이것이 "차별받고 억압받는 특정 소수집단 속 실존 인물들의 수치스러운 욕망과 경험을 상품화하는 것이 윤리적으로 가능한지 질문하는 순간"으로 이어진다고 분석한다. 하지만 예의와 배려라는 제한 행사는 규범을 강화할 가능성이 크지 않은가? 저자는 이에 따라 지난 삶의 실패를 부축하며 계속되는 '뒤처진 미래', 타인과의 관계를 통해서만 열리는 '사회적 자유'라는 개념을 제시한다. "다시 당신에게 손을 내밀어야 한다. 당신에 대한 글을 써야 한다."

오은교의 「벽장의 문학과 사생활의 자유—소수자 시민 가시화의 욕망을 둘러싼 한 쟁점」 또한 앞선 글과 마찬가지로 낙인찍힌 섹슈얼리티 표현을 중심으로 벌어지는 예술작품 등에 관한 다양한 논란들이 자유주의적 안보 레짐과 사생활주의의 한 작동임을 밝힌다. 페미니스트와 퀴어 공동체의 열망으로 차별금지법 제정이라는 구체적 사회운동의 맥락을 조우한 지금, 문학의 언어와 행위 자체가 여전히 '벽장의 패닉'에 붙들려 있다는 사실은 많은 바를 시사한다. 성적 실천이 드러났다는 이유로 비난받는 타인의 삶은 결단코 정치적 자원되어서는 안 된다거나 글쓰기의 자유에는 한계가 있다는 원론과 수세를 넘어서는 일이 필요하다. "프라이버시라는 영역을 '억압의 (예비적) 보루'가 아닌 '사회적 자유'를 향한 '저항의 진지'로 전환"시켜야 한다.

한영인의 「자아 생산 장치로서의 에세이」는 정교하고 엄밀한 형식을 갖춘 시문학에 비해 언제나 낮은 위상으로 취급받아온 에세이 장르의 역전이 이루어지는 오늘날의 문학 시장에 대한 정치경제학적 분석을 표방한다. 저자는 형식 없는 글에 대한 시장의 요구가 "'자아의 사유재산화' 혹은 '주체의 크리에이터화'라는 미증유의 압력에 직면"한 신자유주의의 문제에 맞닿아 있음을 지적하며 그러한 상황이 개인에게 초래한 막대한 심리적인 위기를 읽는다. 소수에게 독점되었던 창작자의 권리가 확대되었다는 점에서 이 현상을 민주주의나 다원주의의 확산으로 해석할 수 있지만, 이는 동시에 자아를 화폐로 개조하는 장치이자, 독서를 통해 체험 가능한 '다름의 비용'을 지불하길 원치 않는 이들 간의 "직거래 시장"이기도 하다. 그 자신이 SNS 중독자이자 에세이스트임을 자백하는 저자는 일상 낱낱의 자원화를 부추기는 압력 속에서 새로이 창발 가능한 '형식'을 암중모색한다. 형식이라는 "그 장치들이 약속하는 즉각적인 이익과 만족을 포기하고 새로운 관계의 짜임을 만들어나가기 위해서 우리에게 요구되는 덕목은 무엇일까?"

3부의 주제는 '몸의 이론과 퀴어 정치미학'이다. 조선정의 「비평하는 몸」은 페미니즘과 푸코의 통찰을 그 배경으로, 에이즈 위기가 남긴 트라우마에 대한 응답으로서 1990년대 미국에서 폭발한 '퀴어 이론'이 근대성 비판 이론이자 주체 담론으로 변화를 거듭한 비평사를 톺는다. "주체에 대한 우리의 인식과 상상력은 국가와 시장을 정체성과 권리와 행복의 합법적인 분배자이자 문제의 (원인이 아닌) 해결사로 정당화하는 이데올로기를 경유하지 않을 수 있을까?" 손쉽게 소거되는 섹슈얼리티와 약물의 문제 등은 퀴어 이론을 특정 정체성을 천거하고 나열하고 포함하는 호모국가주의를 넘어 '주제/주체 없음'과 '대상/목적 없음'에 관한 '없음의 이론'으로 진화하게 한다. 이는 나아가 퀴어 이론이 비어 있는 주제/주체와 대상/목적에 대한 '읽기'를 통해 생성되는 '몸'에 관한 담론이라는 것을 강력히 시사한다. 그 무엇도 미리 상정하거나 약속할 수 없는 '몸'이라는 이 육중하고 구체적인 사태는 그러므로 질문을 하기에 좋은 장소다. "차이를 마주하는 일은 즐겁지 않다. 퀴어 비평 덕분에 그 일이 왜 즐겁지 않은지를,

왜 즐거워야 한다고 생각하는지를 질문하는 법을 연습할 수 있다."

정민우의 「불가능한 퀴어 이론」은 아시아 출신의 이주민 성소수자 연구자로서 북반구의 학술적 기획이자 구매력 있는 시장의 상품이 된 오늘날 글로벌 비판 이론의 처소를 직시하게 만든다. 유수하게 잘 배운 '거기의 그들'이 말하고 쓰면, 빈곤하고 벙벙한 '여기의 나머지'가 받아 적고 옮기는 제국주의적 구조의 강화, "이제 과연 퀴어 이론에서 퀴어한 것은 성적도착일까 가난일까". 제도화된 퀴어학의 주된 공신 반열에 입성한 『퀴어 코리아』는 로컬 비판 이론으로서의 장르적 규칙을 준수하는 모범적 저서로 평가받았지만, 연구에 기여한 로컬 활동가 및 연구자들의 목소리를 동의 없이 게재하고, 업적을 지우고, 문제가 제기되었음에도 책임을 무마하고 회피한 채 '최초의 한국 퀴어 문화 연구서'라는 명목하에 거국적인 지적 세탁을 감행한 예시다. 학계의 공고한 엘리트주의나 위선마저도 없었다면, 오늘날 광범위한 독자군을 확보한 이 퀴어 이론의 번영은 가능할 수도 없었다는 통찰은 뼈아프다. "퀴어 이론의 소비와 생산의 격차를 고려할 때, 극소수의 특권적 장소들—미국과 북반구의 엘리트 대학들—이 아니라면 퀴어 이론을 '하는' 것, 퀴어 이론을 생산하는 것, 그리고 퀴어 이론 커뮤니티의 정당한 일원으로 인정받고 그들과 동등하게 교류하는 것은 어쩌면 불가능에 가까울지도 모른다."

김건형의 「가족도 미래도 없이 친밀하게—돌봄의 생명 정치와 난잡한 친밀성들」은 타자들을 수탈해 부를 축적해온 근대의 야만성을 극복하려는 시도로서 '돌봄'이 새로운 주체의 운영 윤리로 제안되는 오늘날 한국사회를 반영하는 작품들을 해석하는 본격 문학평론이다. 돌봄이 위기에 처한 신자유주의 경제체제의 구원이 될 것임은 틀림이 없는 사실이지만, 그것이 이성애 가족 중심주의의 천륜으로 복속되거나 헌신과 희생을 강제받는 대리자들을 향해 사적으로 외주화되는 상황 또한 엄연한 현실이다. 저자는 안온한 돌봄의 커민스를 비트는 난잡한 퀴어 장례식의 섹슈얼리티와 글로벌 케이팝 팬덤에 내재된 파괴적 자기 발견과 불온한 환대의 정동을 면밀히 경유하여, 가부장에 대한 말끔한 복수를 자행하는 청년들의 불안정한 연대와 그 안에서 불현듯 생동하는 미약한 자기 배려의 계기를 발견해낸다. 자기와 타인을 향한 환멸과 혐오가 엄연한 시대정신으로 우뚝한 세상에서 샘솟는 이상하고 불편한 몸의 발견, "이 근육의 이름은 용기"다.

4부의 주제는 '비인간, 동물, 공생자 이론'으로, 이 부에서는 기후위기 시대에 가장 긴요한 비판 이론으로 부상한 신유물론의 경향을 탐색한다. 진태원의 「인류세와 민주주의」는 '논란을 본질로 하는 개념'이라 할 법한 인류세 이론의 정치적 지형을 설명한 후 해당 담론을 이끄는 학자들의 의견을 적극적으로 대질심문한다. 지질학적 분류를 표기하는 인류세라는 개념이 '정치적 동물'로서 특권화된 인간이 다루고 겨룰 수 있는 범주인지, 그것이 언제나 인종, 계급, 젠더의 적대를 가로질러 실현될 수밖에 없는 근대적 계몽주의 마스터 플롯과 어떻게 절합되는지, 호소의 대상을 그 어떤 위계로도 설정하지 않는 생명체에 대한 관점이 "사실은 좌파적(이거나 우파적)인 정치학도 아닌 중도 정치학에 그치고 말 위험"이 있지는 않은지, 보다 궁극적으로는 더이상 거주가 불가능한 것으로 선언되는 이 지구 위의 생명이 구체적으로 어떤 일상을 행하고 당해야 하는지를 뜨겁게 묻고 대답한다. "우리는 어쩌면 공생을 위해 자신의 파괴를, 적어도 (심각한) 손해를 허용해야 하는지도 모른다."

이어지는 강지희의 「구멍 뚫린 신체와 세계의 비밀―신유물론과 길항하는 소설 독해」는 '코로나19'라는 전대미문의 치명적 바이러스를 친족으로 삼게 된 오늘날, 해당 바이러스를 비롯하여 다양한 이질적 종과 행위자들의 지위와 가치가 어떻게 문학적 재현을 통해 설득력을 얻는지를 살펴보는 글이다. 동화적 애니미즘의 활달한 빛깔을 띠는 변신 모티브의 작품, 인간이 오히려 동식물에 의한 공격과 시혜의 대상이 된 첨단의 생태 과학 소설, 생리와 살인으로 인해 피로 범벅된 소녀의 물질성을 제시하며 삶과 죽음의 의미를 혁신하는 판타지 소설, 지극한 인과율과 핍진성을 목표로 하는 문학적 달리기를 멈추는 한 메타소설 등에서 "끝내 인간에게 동화되지 않는 건조하지만 활기 넘치는 사물성을 발견"하는 면밀한 읽기가 이미 익숙한 인지적 독해를 역수행하는 듯하다. "지금 비인간 존재자들의 힘과 영향력 앞에 인간은 객체로 다시 태어나고 있다."

이 책의 마지막을 장식하는 임태훈의 「기후 소설Cli-fi'을 어떻게 읽고 쓸 것인가?」는 '기후 소설'이라는 비교적 새로운 문학 장르의 역사적 성취를 탐문하는 글이다. 이상 기후 현상의 두드러진 발생과 함께 절멸의 공포가 고조되는 상황이지만, 소설 자체가 근대적 자본주의의 산물인바, 어떻게 "십억 년의 철학이나 문학이 가능할까?" 저자는 중세 조선에서 유통된 작자 미상의 소빙기 역병 서사에서부터 자연재해를 겪는 인민을 구출하는 식민지기 국가 형성 서사 등을 아우르는 이른바 '재난 소설'은 20세기 국제적인 기후 위기 대응 프로젝트인 교토의정서와 파리협정의 가운데에서 시작된 '기후 소설'과 장르적 구분이 필요하다고 역설한다. 재난의 인과를 따르는 인간 영웅의 도래를 복창하는 기존의 내러티브가 더이상 유효하지 않기 때문이다. 날씨와 기상까지도 이데올로기가 아닐 수 없는 현재, "경고나 정보 제공, 계몽을 목표로 하기보다는 이 매트릭스 자체를 문제삼아야 한다. 이 안에 아직 없는 언어, 감정, 상상력은 무엇인가?"

*

좋은 질문은 그 자체로 사유의 길라잡이가 되어준다. 이 책을 엮으며 한국문학 공동체의 '계간지'라는 독특한 조건 속에서 내내 생산과 수리와 땜질을 거듭하는 많은 이들에게 그 나름의 기쁨이 있다는 점을 배웠다. 내게 잡지라는 수행은 줄기차게 신념을 꺾지 않는 인물만큼, 번복과 실수를 거듭하며 꺾인 대로 사는 인물을 좋아하게 만들었다. 전제 없이 말하며 가진 것을 잃어가는 일을 배울 수 있기 때문이다. 그것이 우리를 어떻게 형성할지 아직 모른다는 사실이 희망이다. 이러저러해도 문학과 비평이 '삶의 기예'임을 믿고자 하는 분들과 함께하고 싶다.

2024년 12월
대표 집필 오은교

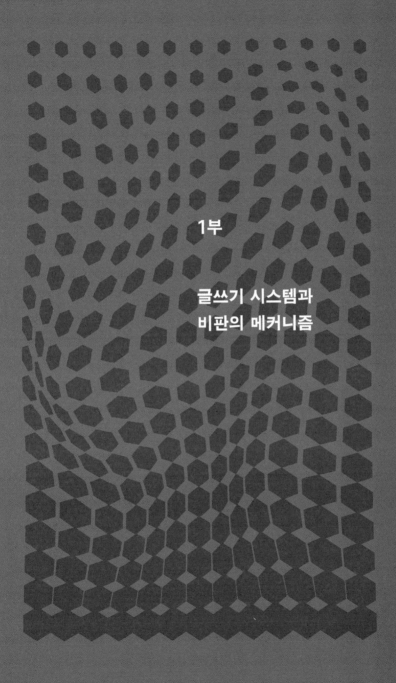

1부

글쓰기 시스템과
비판의 메커니즘

인
아
영

비평과 사랑

—포스트 비평과
동시대 한국문학 비평의 논점들

인아영
문학평론가. 『문학동네』 편집위원. 2018년 경향신문 신춘문예를 통해 평론을 발표하기 시작했다.
평론집 『진창과 별』이 있다.

1. 비평과 사랑?

사랑하면 각_角이 생긴다. 대학교를 졸업할 무렵 어느 수업에서 들었던 문장이다. 수업 과제로 매주 두어 편의 논문에 대한 비평문을 써야 했는데 평가가 유난히 박하고 까다로웠던 선생님은 학생들의 과제물이 답답했는지 이렇게 말씀하셨다. "비평을 하려면 텍스트를 끌어안고 사랑하되 '당신은 당신, 나는 나'라는 사실을 잊으면 안 된다. 저자의 마음을 이해하면 저절로 각이 생기고 거리가 생긴다. 사랑에 빠지면 사랑을 못한다." 선생님도, 선생님이 읽으라고 내주시는 글들도 너무 좋아했지만 매주 그다지 좋은 점수를 받지 못했던 나는 그 말을 오래 곱씹었다. 아무리 글에 감탄하더라도 감동에 젖은 채로 텍스트의 내용을 그대로 되풀이하지 말고 나름의 비판적인 시각을 마련해보라는 뜻이었을 테지만, 내게는 좀 이상하게 들렸다. 흔히 사랑과 함께 쓰이는 동사는 '빠진다'fall in love 아닌가. 사랑을 경험할 때 우리가 느끼는 감각은 풍덩 빠지거나 흠뻑 적셔지는 것에 가깝다. 혹은 서로 다른 둘이 퍼즐처럼 맞물리거나 하나로 뒤섞이는 기분이라고 해야 할까. 그런데 면과 면이 만나 이루는 모서리, 한 점에서 갈라진 두 직선이 벌어진 정도를 의미하는 '각'이 사랑과 무슨 관계인가.

비평과 사랑의 유비는 우리에게 낯설지 않다. 장르를 막론하고 비평가들이 즐겨 쓰는 "비평은 사랑을 닮은 것"이자 "조우의 체험"[1]이라는 수사의 의미를 우리는 어렵지 않게 이해할 수 있다. "문학이 하는 일의 핵심에 다가간 사람은 문학이 이데올로기와 공모한 사건을 수사하는 비평가가 아니라 사랑에 빠진 자신을 이해하고 표현할 언어를 구하려고 시집을 뒤지는 연인"[2]이라는 감동적인 비유도 마찬가지다. 비평을 쓰는 동기야 사람마다 다르겠지만, 어떤 텍스트의 훌륭함과 아름다움에 깊이 감동한 경험이 비평을 쓰고 싶다는 마음과 쓰는 행위로 자연스럽게 이어지는 과정을 이해하지 못할 이가 있을까. 그러므로 비평이란 텍스트의 미덕을 발견하고 그것을 자신만의 언어로 전환하는 사랑의 실천이라고 할 수도 있을 것이다. 이러한 명제는 때로 주례사 비평이라는 악의적인 레토릭으로 폄하되기도 했지만, 그렇게 단순히 치부하기에는 중요하고 복잡한 다음과 같은 질문들을 내장하고 있다. 비평이 사랑이라면, 또는 사랑이 아니라면, 그 방식은 무엇이어야 하는가? 비평과 텍스트의 관계는 어떠해야 하며 텍스트를 비판적으로 읽는다는 의미는 무엇인가? 그리고 무엇보다, 비평은 무엇이고 우리는 왜 비평을 쓰는가?

---

1) 하스미 시게히코, 『영화의 맨살─하스미 시게히코 영화 비평선』, 박창학 옮김, 이모션북스, 2015, 137쪽.
2) 황종연, 「문학의 옹호─오늘의 비평에 거슬러서」, 『탕아를 위한 비평』, 문학동네, 2012, 299쪽.

2. 동시대 한국문학 비평에 대한 두 가지 진단: 무無비판과 과過비판 사이

이 질문들에 대답하기 전에 비평이 문학을 사유하는 세 가지 차원에 대해서 먼저 이야기해보자. 첫째, 이념적 차원이 있다. 이때 문학이란 정치적인 지향을 내재, 실천하는 이데올로기적 구성물이거나 사회적 현실이 객관적으로 반영, 재현된(되어야 하는) 결과물이다. 이에 따라 비평이란 삶과 문학을 유기적으로 연결하며 우리의 삶과 세계를 변화시키는 정치적인 동력이자 실천으로 기능한다. 그러나 누군가는 문학은 삶 자체와 완전하게 일치할 수 없으며 더구나 정치적인 이념이나 구호로 환원되어서는 곤란하므로, 문학이라는 고유한 양식이 처한 존재론적 조건을 인식하는 일이 더 막중하다고 주장할 것이다. 여기에서 둘째, 담론적 차원이 제기된다. 이때 문학이란 문학을 둘러싼 위계와 권력, 저항과 비판이 작동하는 헤게모니의 장소이자 잡지, 평론가, 독자, 출판 시장, 문학상 등의 물질적인 조건으로 구성되는 제도이다. 이에 따라 비평은 "비평이 놓인/놓여야 할 콘텍스트인, 시공간적으로 전체적이고 거시적인 시야"[3]를 환기하는 동시에 "문학이라는 언표를 중심으로 형성되었던 담론 체계 (……) 속에서 무/의식적으로 창출되는 배제와 포섭의 권력을 비판적으로 분석"[4]해야 한다는 임무를 맡는다. 그러나 또 누군가는 문학이라는 관념을 의심하고 탈신비화하는 작업이 우리의 삶에 얼마나 유의미한

---

3) 소영현, 「사회비평 선언」, 『올빼미의 숲—사회비평 선언』, 문학과지성사, 2017, 7쪽.
4) 강동호, 「문학의 정치—재현·잠재성·민주주의」, 『지나간 시간들의 광장—문학의 동시대성과 비평의 정치』, 문학과지성사, 2022, 36쪽.

보탬이 되는지 의문을 표할 것이다.[5] 여기에서 셋째, 체험적 차원이 주목된다. 이때 문학이란 즐거움과 쾌락과 같은 감정을 경험하게 할 뿐 아니라 이념이나 담론으로 귀속되지 않는 언어를 통해 스스로를 더 잘 이해하게 하는 방법론적인 도구를 제공한다. 이에 따라 비평은 "이해 불가능하고 전달 불가능한 영역에 육박해 들어가는 고유한 문학적 체험을 (……) 이해 가능하고 전달 가능한 문장과 담론으로 번역"[6]함으로써 비평가를 포함한 독자들 사이에서 삶과 문학에 대한 대화를 연결, 지속, 확장한다. 그러나 또다른 누군가는 내재적인 체험의 강조가 문학에 대한 자족적인 의미화로 기능할 수 있음을 경계해야 한다고 말할 것이다.

물론 문학이 이념, 담론, 체험이라는 세 가지 차원 가운데 한 가지로만 이루어져 있을 리 없다. 이 세 가지는 우리가 관습적으로 문학을 사유하는 방식(이를테면 '문학이란 무엇인가' '어떤 문학이 좋거나 나쁜 것인가' 등의 질문에 대답할 때 적용되곤 하는 인식론적 재료이자 가치판단의 기준)을 임의로 나누어본 것일 뿐, 실제로 문학을 읽고 쓸 때 이념, 담론, 체험은 언제나 서로 뒤섞이거나 부딪치면서 상호작용한다. 왜 아니겠는가. 문학은 이념이자 담론이자 체험이다. 다만 문제는 한국문학 비평사에서 이 세 요소가 문학과 비평을 사유하는 데 매

---

5) "문학이라는 관념이 일종의 이데올로기적 구축물이며, 정전급의 작품들이 이런저런 지배 권력과 유착되어 있다는 식의 주장은 사람들에게 정치의 편재성과 결정력을 확신하게 만드는 데는 효과가 있을지 몰라도 문학의 체험을 그들 자신의 삶과 관련하여 의미 있게 만드는 데는 별로 도움이 되지 않는다. 또한 비평가 자신과 그의 동지들의 정치적 입장을 강화하는 데는 많든 적든 유효할 테지만 언어를 통해 개인 자신을 인식하고 창조하는 방법을 알려주진 못한다."(황종연, 같은 글, 289쪽)
6) 권희철, 「나, 문학권력은 이렇게 말했다」, 『정화된 밤』, 문학동네, 2022, 210쪽.

우 오랫동안 구속력을 발휘해온 탓에 무의식적이고 경직된 삼분법으로 기능하거나 때로는 비생산적인 논쟁의 진지를 구축해오기도 했다는 점이다. 이를테면 1980년대는 이념의 시대였으나 1990년대는 탈정치의 시대로 전환되었다든가, 체험에 대한 비평적 주목은 이념과 담론이라는 차원을 무시하기 때문에 '텅 빈 개념'으로서 문학주의를 작동시킨다든가, 퀴어 페미니즘 비평은 지나치게 담론적이기 때문에 문학 본연의 체험이 주는 감동, 쾌락, 재미를 결여하고 있다든가 하는 통념이 그 예다.

이러한 통념은 최근에 제출된 한국문학 비평에 대한 두 가지 상반된 진단에 대해 고심하게 만든다. 그중 하나는 오늘날의 문학비평이 비판 기능을 상실하고 있으며 그로 인해 점점 무력해지고 있다는 관점이다. 신자유주의 시대에 사회 전반의 합의된 준거를 마련하기 어려워진 경향과 맞물려 문학비평에서 "'비판적' 규정력을 상실"하거나 "'판단과 평가'가 배제되는 현상"[7]이 나타나고 있다는 것이다. 이는 문학적 이슈를 담론으로 의제화하기보다는 신간을 중심으로 작품을 소개, 기록, 의미화하는 '비평의 리뷰화' 및 비평하는 자신을 강조하는 바람에 어떠한 보편성도 전제하지 않는 '비평의 에세이화'라는 현상으로 가시화된다.[8] 다른 하나는 오늘날의 문학비평이 비판적인 분위기로 과열되어 있으며 그로 인해 비판적 사고가 '지식/권력'으로서 기능하고 있다는 진단이다. 그에 따르면 특히 페미니즘 리부트 이후 비평은 발화자의 위치를 탐문함으로써 차이를 성찰해야 한다는 "뻔한 당위"만을 반복하거나 '지적이고 올바르고 세련된 글'이라는

---

7) 소영현, 「비평, 어디서 무엇을 해야 하는가」, 같은 책, 32쪽.

8) 소영현, 「비평을 찾아서: 'K-' 시대의 비평」, 『자음과모음』 2023년 여름호, 19~21쪽.

기준을 통해 문학장의 서열화를 조장하고 있으며, 이러한 경향은 마르크스주의, 페미니즘, 탈식민주의, 퀴어 이론과 같은 비판 이론의 영향을 받은 결과이면서 인터넷 커뮤니티와 SNS에서 광범위하게 발생하는 여러 공격적인 논쟁과도 공명한다.[9] 똑같은 동시대 문학비평장에 대해 한쪽에서는 충분히 비판적이지 않다는 우려를, 다른 한쪽에서는 과도하게 비판적이라는 불만을 표하고 있는 셈이다. 이 상충되는 진단의 공존을 어떻게 이해해야 할까?

이는 우리가 비판 개념에 대한 공유된 해석의 지평을 마련하지 못한 채 이를 각기 다른 맥락에서 사용하고 있다는 방증일 수 있겠지만, 반대되는 것처럼 보이는 두 시각이 실은 동일한 전제를 지닌다는 점에 주목해볼 수도 있다. 두 진단은 동시대 문학비평의 경향을 이해하는 데 비판이라는 요소를 핵심적인 개념이자 결정적인 변수로 채택하고 있다. 물론 전자는 비평장의 제도적인 변화 속에서 비평 장르의 존재론적인 성격을 규명하고 있고, 후자는 학술장, 비평장, 일상 전반의 정치적인 효과를 지적하고 있다는 점에서 층위가 다르다. 그러나 각각이 지닌 설득력에도 불구하고, 두 입장은 모두 비판이 개별 비평 텍스트 안에서 어떻게 수행, 발현, 성취되는지(되지 않는지)를 분석하기보다는 이를 특정한 장르적 조건에서 발현되는 효과 혹은 일상에서 체감되는 '분위기'로 제시한다. 다시 말해, 비판을 행위자들의 구체적인 실천이 아니라 주어진(주어지지 못한) 구조적인 전제로 이해한다. 이 경우 비판은 어떤 대상을 향한 (긍정적이거나 부정적인) 특수한 태도라는 의미로 수렴될 위험이 있으며, 그에 따라 비판

---

9) 이희우, 「비판이 오래 가르쳤지만 배울 수 없었던 것들」, 『쉼』 2023년 하권, 95~102쪽 참조.

기능이 감퇴되었든 과열되었든, 비평은 다루는 대상을 긍정적으로 요약, 소개, 상찬하거나 아니면 부정적으로 고발, 폭로, 비난하는 역할 둘 중 하나를 수행하는 행위로 단순화되는 인식론적 효과가 발생한다.

만약 우리가 오늘날의 문학비평에 대한 상반된 진단, 즉 무無비판과 과過비판이라는 두 가지 판단 중 하나로 서둘러 결론을 내려야 할 필요가 없다면, 우선 비판 개념의 지성사적 맥락과 더불어 이것이 최근의 한국문학 비평에 적용될 때의 여러 논점을 따져보는 편이 더 생산적일 것이다.

3. 포스트 비평의 지성사적 맥락과 한국문학 비평에서의 논점들

비판 개념에 대한 최근 인문학계의 관심은 '포스트 비평post-critique' 혹은 '회복적 전회reparative turn'[10]라고도 불리는 지성사적 맥락과 맞닿아 있다. 칸트의 에세이 「계몽이란 무엇인가에 대한 답변」(1784)에서 '계몽'이 무지에서 앎으로 나아간다는 의미였다면, 푸코의 강연 「비판이란 무엇인가?」(1978)에서 '비판' 또는 '비평'은 그러한 앎을 이루는 권력의 작동을 분석함으로써 권위자로부터 부여된 진리를 심문하는 기술, 즉 "통치받지 않으려는 기술"[11]이다. 이때 비평적 주체란 지식의 본질에 가닿기 위해 노력하는 이가 아니라 어떤 지식이 구성된 역사를 계보학적으로 질문하고 주체를 예속하는 권력에 저항하

---

10) Robyn Wiegman, "The Times We're In: Queer Feminist Criticism and the Reparative 'turn'", *Feminist Theory*, vol. 15, no. 1, 2014.

11) 미셸 푸코, 「비판이란 무엇인가?」, 『비판이란 무엇인가?/자기 수양』, 오트르망 옮김, 동녘, 2016, 45쪽.

는 이다. 이러한 비평 혹은 비평적 주체의 관념은 숨겨진 무언가를 찾아낸다는 점에서 폴 리쾨르가 '의심의 해석학'[12]으로 묶은 프로이트(무의식), 마르크스(계급투쟁), 니체(권력의지)의 전통과도, 그리고 현실을 은폐하는 이데올로기를 밝혀내는 프랑크푸르트학파의 비판 이론의 전통과도 공명한다. 문학비평의 영역도 예외는 아니어서, 텍스트의 표면을 뚫고 심연의 의미를 밝혀내는 프레드릭 제임슨의 '징후적 읽기symptomatic reading'와 탈신비화 작업도 이와 조응한다고 할 수 있다.

이브 코소프스키 세즈윅은 이러한 흐름을 계보화하면서, 은폐된 진실을 드러내야 한다는 목적론적인 독법이 문학비평을 편집증적으로 읽는paranoid reading 경향을 만든다고 지적한다. 의심하는 태도, 숨겨진 의미의 폭로, 진실을 추구한다는 확신으로 비평적인 권위를 획득할 수는 있지만 결국 미리 전제된 가설을 재확인하고 애초의 구조적인 문제를 물화한다는 것이다. 따라서 세즈윅은 현실의 부정성을 포용하고 우연적인 가능성을 열어두면서 우울증적인 상태로부터 도출되는 '회복적 읽기reparative reading'로 나아가야 한다고 주장한다.[13] 이러한 세즈윅의 구상은 "비판가는 폭로하는 사람이 아니라, 집결하는 사람"[14]이라고 말하며 비평을 수집, 조립하는 노동에 비유한 브뤼

---

12) Paul Ricoeur, *Freud and Philosophy: An Essay on Interpretation*, trans. Denis Savage, Yale University Press, 1970.

13) Eve Kosofsky Sedgwick, "Paranoid Reading and Reparative Reading; or, You're So Paranoid, You Probably Think This Introduction Is about You", *Novel Gazing: Queer Readings in Fiction*, Duke University Press, 1997, pp. 1~37.

14) 브뤼노 라투르, 「왜 비판은 힘을 잃었는가? 사실의 문제에서 관심의 문제로」, 이희

노 라투르의 작업과도 비슷한 문제의식을 공유한다. 리타 펠스키는 위와 같은 경향을 '포스트 비평'이라는 어휘로 종합하면서, 탈신비화, 폭로, 전복의 방법론 대신 즐거움, 감정적 위안, 고양된 감각, 친밀한 접촉이라는 가치에 대한 주목을 비평적인 전환점으로 삼는다.[15]

이와 같은 지성사적 흐름은 순차적이거나 인과적으로 진행되었다기보다는 비연속적이고 복합적으로 서로 관계 맺고 있다.[16] 비판의 기능과 효과에 대한 동시대 한국문학 비평의 문제의식 역시 이러한 이론적인 흐름에 일방적으로 영향을 받기보다는 그것과 느슨하고 복합적으로 교섭하고 있을 것이다. 다만, 오히려 그렇기 때문에, 외국에서 전개된 이론적 경향을 발빠르게 수용하여 특정한 개념을 한국의 현실에 곧바로 대입해보는 작업 못지않게 그러한 이론적 작업들이 어떠한 역사 속에서 어떠한 문제의식을 가지고 형성, 전개, 확산되어왔는지 맥락을 이해하는 작업이 중요하다. 앞에서 간략하게 살펴보았지만, 비판 개념을 둘러싼 지성사적 전회는 영미권 페미니즘 문학비평이 전개되어온 역사와 촘촘하게 얽혀 있다. 페미니즘 문학비평은 남성 중심적으로 구축되어온 문학사의 조건을 성찰하고, 본질적이라고 여겨져온 기존의 문학(성)의 지평을 심문하며, 앞선 비평들과의 연속 혹은 단절을 전략적으로 채택하면서, 칸트의 '계몽', 푸코의

우 옮김, 『문학과사회』 2023년 가을호, 315쪽.

15) Rita Felski, *The Limits of Critique*, University of Chicago Press, 2015.

16) 조선정, 「여성의 시간, 차이의 공간―페미니스트 문학비평과 탈주체」, 『영미문학페미니즘』 30권 2호, 2022, 113~116쪽. 이 논문은 이러한 흐름을 요연하게 정리하면서 페미니즘 문학비평이 칸트의 계몽 기획을 하나의 기점으로 삼는 비평 이론(critical theory)의 지형과 복합적으로 교섭하면서 해석 공동체의 시민권을 요구해온 현재형 담론이라고 말한다.

'비평'이라는 기획으로부터 이어진 비판 개념을 폭넓고 치열하게 고심해왔기 때문이다.

조금 더 자세하게 들여다보자면, 리타 펠스키의 '포스트 비평' 기획에 직접적인 영감을 준 세즈윅의 글에서 '편집증적 읽기'에서 '회복적 읽기'로 나아가야 한다는 주장의 핵심은 텍스트를 더이상 의심, 비난, 폭로하지 말자는 다정한 제안이 물론 아니다. 여기서 중요한 것은 주체와 비판 대상이 맺는 관계가 작용과 반작용이라는 이분법적인 메커니즘에 갇힐 수 있다는 문제의식이다. 주체의 예속화 메커니즘에 대한 푸코의 분석은 억압과 해방의 이분법을 우회하면서 권력을 사유할 수 있는 방법을 마련해주었지만, 기실 '헤게모니적인 것the hegemonic'과 '전복적인 것the subversive', 다시 말해 '현재 상황으로서 존재하는 모든 것another name for the status quo (i.e., everything that is)'과 '그것과 순전히 부정적인 관계를 맺는 것a purely negative relation to that'이라는 훨씬 추상적으로 물화된 이분법을 만들어낼 수 있다. 이에 따라 주체는 강제성와 자발성, 혹은 순응과 저항이라는 이분법적인 구도 안에서 다시 맴돌게 된다. 따라서 창의성과 변화를 가능케 하는 '행위자성의 중간 지대the middle ranges of agency'를 마련해야 한다는 것이 세즈윅이 설계한 비평적인 기획의 핵심이다.

그러므로 세즈윅이 '편집증적 읽기'로부터 거리를 두고자 한 까닭은 성적인 차별과 폭력을 비판하는 행위가 틀렸거나, 과도하거나, 누군가에게 상처를 주거나, 원한과 죄책감을 유발하기 때문이 아니다. 그보다는 성적인 차별과 폭력이 문제의 출발점인 동시에 미리 부과된 결론으로 기능할 때, 애초에 비판하고자 한 억압의 기제를 재생산하거나 물화하면서 또다시 이분법적인 구도에 갇힐 위험이 있기 때문이다. 세즈윅이 '회복적 읽기'로 나아가고자 한 까닭 역시 비판적인 독해에는 즐거움, 쾌락, 위안이 없기 때문도, 비평이 어떠한 위계도 허용하지 않는 평등함을 지향해야 하기 때문도 아니다. 그보다는 우리의 선험적인 예상, 계획, 지식을 재확인하는 일에 그치지 않으면서 그로부터 벗어나는 '다른 가능성들의 윤곽lineaments of other possibilities'이 포착될 수 있는 공간을 마련하기 위해서다. 궁극적으로는 '다름'의 순간을 통해 억압으로 환원되지 않는 타자를 위한 존재론적인 공간을 남겨두고, '좋은 삶good life'에 대한 의미와 조건을 탐색하기 위해서다.[17]

이러한 지성사적 맥락을 충분히 고려하지 않은 채 '포스트 비평'을 페미니즘 리부트 이후 한국문학 비평장 안팎에서 일어난 여러 현상과 표면적으로 연관 지을 때, 비판이라는 개념은 텍스트에 대한 고발, 폭로, 비난이라는 의미로 협소화되거나 일상에서 누군가를 공격하는 현상 정도로 속류적으로 해석될 위험이 크다. '포스트 크리틱' 담론을 한국의 상황과 연결하는 최근의 글[18]은 그동안 과대평가되기 쉬웠던 비판 개념의 한계를 성찰해야 한다는 귀한 제안을 담고 있다. 그런데 이 글에서 비판 이론은 마르크스주의, 탈식민주의, 페미니즘, 퀴어 이론으로 통칭되는 거대한 흐름으로서의 '이론'을 의미하지만, 그 이론의 영향력은 2010년대 중반 이후 대학가, 문단, 예술계, 사회 전반에 확산된 페미니즘 리부트와 미투 운동이라는 '사건' 전후로 좁혀져서 확인되고, 그 사건 이후의 변화에 대한 대표적인 논거는

---

17) Eve Kosofsky Sedgwick, *Touching Feeling: Affect, Pedagogy, Performativity*, Duke University Press, 2003, pp. 12~25.

18) 이희우, 같은 글.

학술장이나 비평장의 담론이 아니라 "1세계 백인 남성"이나 "국문학을 전공한 중년 남성"이라는 위치를 들어 발화자를 비방하는 SNS에서의 소동과 타인의 지적, 윤리적, 미학적 수준을 비난하는 일상의 "분위기"로 제시된다. 비판 개념(지성사적 이론), 페미니즘 리부트와 미투 운동(사회적 사건), SNS와 일상에서의 경향(일상적 분위기)이라는 각기 다른 층위를 연결하는 매개가 제시되지 않은 채로 그 사이에 "어떠한 명확한 단절도 없다"는 판단이 전제된다.

이러한 판단에는 페미니즘을 앎의 체계라는 지성사의 차원이 아니라 특정한 정체성과 연루된 논쟁적이고 정치적인 사건으로 인식해온 한국문학 비평장과 학술장의 오랜 관습이 자리하고 있다. SNS와 일상에서 이루어지는 수준 낮은 비방, 폭로, 고발의 문제점에 대해서야 동의하지 않기가 어렵다. 그러나 그러한 공격적인 '분위기'가 비판 '이론'의 방법론적인 한계를 확인하기 위한 논거로 쓰일 때, 그리고 그 변화의 계기가 페미니즘 리부트와 미투 운동이라는 '사건'으로 설정될 때, 의도와는 무관하게 비판 개념 및 그것과 복합적으로 연루된 문제의식이 수준 낮은 비방, 폭로, 고발이라는 의미로 축소, 오인, 훼손될 가능성이 남는다. 또한 이렇게 정리된 '비판' 개념이 '배움'이라는 가치와 배타적인 관계 혹은 이행의 단계로서 설정될 때, '비판' 개념은 그것이 구성되어온 역사에 내재된 수많은 배움의 경험뿐 아니라 그것과 연결된 기쁨, 감동, 깨달음, 매혹, 실망과 같은 정동과 분리될 여지가 있다. 이는 무엇보다 비판의 한계를 성찰하는 '포스트 비평'의 문제의식이 애초에 '헤게모니적인 것'과 '전복적인 것'이라는 이분법적인 구도를 재생산하지 않는 제3의 공간에 대한 치열한 이론적 모색이었음이 무색하게, '현재의 지배적인 비평 방법론으로서 존재하는 비판'과 '그것과 순전히 부정적인 관계를 맺는 또다른 비평 방법론'이라는 이분법적인 회로를 새롭게 부과할 우려가 있다.

비판이, 그리고 비판 이론이 우리에게 가르쳐준 것은 그렇게 단순하지 않다. 사유의 방법론으로서 비판은 '1세계 백인 남성'이나 '국문학을 전공한 중년 남성'이라는 발화자의 위치를 탐문함으로써 그 발화의 내용을 규정, 제한, 호도하는 일과 아무런 관계가 없다. 비판은 인종적, 국가적, 계급적, 젠더적 조건이 구성되어온 역사적 계기와 정치적 효과를 성찰하게 하지만, 그 영향의 일부가 여러 층위를 통과하면서 헐거워지고 여러 사회 문제와 교차하면서 거칠어진 나머지, SNS에서 한국 남성이라는 이유로 누군가를 비난하는 현상으로 나타난다고 해서 비판적 사유 자체를 서둘러 철회해야 하는 것은 아니다. 또한 비판 이론의 본령은 지적, 윤리적, 미학적 기준을 바탕으로 사람들을 차별하고 서열화하는 일과도 아무런 연관이 없다. 비판이 지적, 윤리적, 미학적 위계를 발생시킬 수는 있지만, 그것은 누군가를 깔보고 비웃고 깎아내리기 위해서가 아니라, 비판이란 애초에 '더 좋은 것' '더 나은 삶'이 무엇인지에 대한 치열하고 절박한 물음과 무관할 수 없기 때문이다. 그러한 기준에 대한 질문, 지향, 추구 없이 우리는 어떻게 그리고 왜 비평을 하는 것일까.

또한 문학비평에서 비판은 대상과 관계 맺는 방식이 부정적인지 아니면 긍정적인지에 따라 지정되는 태도가 아니다. 비판은 텍스트의 훌륭함과 아름다움에 깊이 감동한 체험을 바탕으로 그 미덕을 상찬하거나 작가에 대한 애정을 고백한다고 해서 제대로 수행될 수 없거나, 담론이나 개별 평론을 분석 대상으로 삼는 메타비평이나 주제론에서는 자동적으로 도달되는 기능이 아니다. 비평가로서의 '나'를 지우는 글에서야 비로소 발휘되는 작용은 더욱 아니다. 비판은 남들은 못 보는 문학의 한계를 자신만은 응시하고 있다는 식의 회의주의를 가장한 나르시시즘과 아무런 연관이 없으며, 푸코의 통치성 개념을 자세히 인용하는 것으로 저절로 수행되는 것도 아니다. '문학주의'나 '텅 빈 기표'라는 어휘를 사용함으로써 다종한 문학적 움직임을 포착하지 못하는 무능력을 심층적인 구조를 분석하고 있다는 믿음으로 대체하는 일과도 아무런 상관이 없다. 다시 말해, 비판은 비평의 세부 장르나 성격에 귀속되는 기능도, 비평이란 칭찬 아니면 욕이라는 통념적인 이분법을 재생산하는 담론도 아니다. 비판은 방향이아니라 차라리 깊이의 문제다.

비판의 핵심은 현재와는 다른 가능성을 탐색하는 데 있다. 보편적이고 필연적인 것이라고 여겨져 온 역사가 무수하고 상이한 요소들의 우연적인 접촉, 갈등, 경합으로 구성된 결과이며, 따라서 본질적이거나 자기동일적인 것으로 여겨져 온 우리 자신 역시 이러한 우연성에 의해 구성된 산물이라는 푸코의 사유를 빌린다면, 비판이라는 사유의 방법론은 우리를 변화시킬 수 있는 새로운 가능성에 다름 아니다. 비판이란 "우리 자신으로 하여금 우리 자신이도록 해온 우연성으로부터 더이상 우리 자신이 아니게 존재하고, 우리가 하는 것과 다르게 행동하고 또는 우리가 사고하는 것과 다르게 사고할 수 있는 가능성"[19]이다. 즉, 주어진 역사 안에서 우리가 달라질 수 있는 새로움을 도출하는 것, 그것이야말로 비판이다. 새로움이란 현재와 가까운 물

---

19) Michel Foucault, "Qu'est-ce que les lumières?", *Dits et ècrits*, vol. 2, p. 1393. 진태원, 「'포스트' 담론의 유령들―애도의 애도를 위하여」, 『애도의 애도를 위하여―비판 없는 시대의 철학』, 그린비, 2019, 57쪽에서 재인용.

리적인 시간이나 과거에서 벗어나려는 단절, 혹은 강박적으로 추동되는 전환을 의미하지 않는다. 주어진 현실을 반복하는 대신 저마다의 특수한 경험 속에서 우리가 대상과 맺고 있는 관계를 재설정하는 자기 갱신에 가깝다.

그렇다면 문학비평에서 비판은 다른 것이 아니라 매순간 새롭게 쓰이는 시, 소설, 비평 텍스트들이 저마다 분투하고 있는 다양한 문제의식, 욕망, 아름다움을 포착하고 이를 통해 우리가 현재와 맺고 있는 관계를 새롭게 해체, 재구성, 정립하는 일이라고 해야 할 것이다. 그때 비판은 우리가 연루되어 있는 구조적인 억압과 폭력에 대해 인식하게 하는 동시에 그로 인한 실망과 분노를 통해 작은 저항과 실천의 계기를 배우게 하고, 우리가 격렬하게 겪었으나 의미화하지는 못했던 체험을 설명하는 동시에 뛰어난 텍스트에서 받은 감동을 최대한 정확하게 표현할 수 있는 언어를 선사하며, 동시대 사회에서 일어나는 담론적인 대화에 참여하는 기쁨과 정교하게 조탁된 언어를 섬세하게 읽어내는 즐거움을 알게 한다. 비판은 이러한 과정 속에서 매 순간 겨우 솟아나는 것이다.

4. 애착과 회복의 형식: 임솔아와 이주란 [20]

'포스트 비평'이라는 지성사적 흐름이 모더니즘 담론에서 발원한 비판 개념을 다시 사유하는 일이라면, 하지만 현재와는 다른 새로운 가능성을 탐색하는 비판의 방법론 자체를 폐기하는 것이 아니라 '헤게모니적인 것'과 '전복적인 것'이라는 이분법적인 구도에 갇히지 않

---

20) 이 절에서는 임솔아의 『나는 지금도 거기 있어』(문학동네, 2023)와 이주란의 『해피 엔드』(창비, 2023)를 다룬다. 이하 인용시 본문에 쪽수만 밝힌다.

는 '행위자성의 중간 지대'를 모색하는 일이라면, 우리는 '현재의 지배적인 비평 방법론으로서 존재하는 비판'과 '그것과 순전히 부정적인 관계를 맺는 또다른 비평 방법론'을 맞세우는 대신 다른 질문으로 나아가야 할 것이다. 이를테면 우리는 비판이 가르쳐준 것들을 포기하지 않으면서 문학 속에서 즐거운 쾌락과 따뜻한 위안, 낙관적인 전망과 미래에 대한 기대를 지속할 수 있을까? '편집증적 읽기'와 '회복적 읽기'를 부정성의 관계로 환원하지 않으면서 '행위자성의 중간 지대'로서의 정동을 읽어낼 수는 없을까? 여전히 은폐되어 있는 구조적인 폭력과 억압이 우리를 옭아매고 있는 상황에서 비판의 대상을 끌어안고 우리의 삶을 더 좋은 것으로 만들 수 있을까?

임솔아의 장편소설 『나는 지금도 거기 있어』는 '화영' '우주' '보라' '정수' 네 명의 여자가 각자의 삶에서 이별을 점차 받아들이는 방식을 각기 다른 이야기로 그려낸다. 오른쪽 귀의 청력이 없는 화영은 교통사고로 오른팔을 절단한 '석현'과 오랫동안 연애를 하지만 서로의 결핍과 상처에 대한 오해가 누적되면서 천천히 헤어지고, 자신이 남자와 사귈 수 없는 사람임을 깨달은 우주는 '선미'와 몇 년 동안 동거하지만 남자에게 의존하는 습관을 멈추지 못하는 선미의 거듭된 거짓말에 지친 끝에 연애로도 우정으로도 이름 붙이지 못한 불안정한 관계를 기어이 청산한다. 어린 시절 부모님이 이혼하는 과정에서 엄마와 아빠에게 한 차례씩 버림받았다고 여기는 보라는 부당하고 억압적인 노동환경에서 스스로를 지키려 애쓰면서도 주변 사람들과 너무 가깝지 않은 느슨한 관계를 유지하며, 타인에게 공감하고 그 이야기를 모방하는 데 천부적인 능력을 지녔지만 막상 자신은 공허한 존재라고 느끼는 정수는 각별한 관계들에서도 자기 자신이 되는 데 어려움을 겪는다.

이 네 명의 여자들은 끝내 회복되거나 성장하는 결말에 다다르지 않는다. 이들은 관계에 낙관도 기대도 하지 않으며 관계가 훼손되는 무참한 순간들을 그저 조용히 바라본다. 그리고 그 순간들은 끝내 봉합되거나 정리되지 않는다. 이를테면 화영은 각자 신체적인 장애를 가졌다는 이유로 서로를 더 이해하게 될지라도 관계란 서로의 결핍을 교환하는 방식으로는 지탱될 수 없음을 덤덤하게 깨닫는다. "어째서 자신은 다를 수 있다고 여겨왔을까. 손 하나가 없는 사람과 귀 한쪽이 안 들리는 사람의 사랑은 다른 사람들과는 다를 거라고, 마땅히 그럴 거라고 여겼던 걸까."(77쪽) 우주는 레즈비언과 바이 여성 사이에서 생기는 관계의 불균형과 자신을 속이면서도 자기방어와 정당화로 일관하는 상대의 이기적인 태도에 번번이 상처를 받지만 아무렇지 않은 척 스스로를 속인다. 하지만 그렇게 지탱하려고 애썼던 관계가 두 사람이 나눈 감정의 깊이와는 무관하게 사회에서 제도화되지 못한다는 이유로 아무것도 아닌 것이 된다는 사실을 인정하고 헤어짐을 받아들인다. 지긋지긋하게 늘어진 관계에서는 이별이 "실패가 아닌 결실"이자 "함께 만들어낸 축복"(170쪽)이라는 사실도 함께.

"애인이라고 말하고 싶어."

선미는 우주를 빤히 바라보았다.

"애인?"

이상하다는 듯 선미가 고개를 갸우뚱했다.

"나는 네 애인이 아니잖아."

(……)

"그럼 뭔데?"

선미가 손끝으로 미간을 긁적였다.

"없어. 우리를 가리키는 단어는."(158~159쪽)

    그렇다고 해서 이들에게 이름 붙일 수 있는 정동마저 없는 것은 아니다. 로런 벌랜트라면 화영, 우주, 보라, 정수가 친밀한 관계를 최대한 오래 지속시키는 것이 아니라 그 관계가 실패했음을 인정하는 데로 나아가게 하는 이 밀도 높고 끈질긴 정동을 '애착attachment'이라고 부를 것이다. 그에 따르면, 가질 수 없거나 가져봤자 소용없는 대상에 대한 애착은 일상이 위기가 된 위태로운 시대에 역설적으로 주체를 지탱하는 주요한 정동이다. 대상이 도움도 안 되고 해롭기까지 하다는 사실을 알면서도, 애착은 그 대상과 주체가 근접한 느낌을 주면서 일상을 버티게 하는 힘이 되기 때문에 쉽게 버리거나 무시할 수 없다.

    세즈윅의 '회복적 읽기'가 제시하는 낙관이 당면한 문제의 원인을 사회적, 정치적 조건이 아니라 개인의 심리적 조건에 귀속시키거나 또다른 종류의 나르시시즘과 판타지를 발동시킬 위험이 있다고 보았던 벌랜트는 '회복적 읽기'가 지향하는 친밀함intimacy, 사교성sociabiltiy과 달리 애착이 '행위자성의 중간 지대'가 될 수 있다고 보았다.[21] 그것은 '무의식적으로 발현되는 증상'만도 '의식적으로 의도된 행위'만도 아니지만, 그렇기 때문에 단지 각자가 겪은 억압, 결핍, 상처에 대한 반작용으로 작동하지 않으며 그렇다고 대상에 대한 애정, 신뢰, 기

---

21) Lauren Berlant, *Cruel Optimism*, Duke University Press, 2011. 김희원, 「세즈윅이 벌랜트를 다시 읽는다면?―반복, 형식, 시나리오의 가능성과 '느린' 읽기」, 『영학논집』 40, 2020 참조.

대를 무조건적으로 반복하지도 않는다. 무한히 증식하고 영속하는 친밀성에 대한 강박으로부터 거리를 두고, 찢기고 부서지고 불타버린 관계의 질감을 있는 그대로 받아들이는 것. 임솔아의 소설에서 규정되지 않는 느슨한 관계는 어딘가로 이행되어야 하는 미달된 단계인 적이 없었다. 그것은 언제나 어떠한 제도, 관습, 정체성으로 환원되지 않는 수많은 욕망과 분노, 애정과 좌절이 뒤섞인 정동이 드러나는 형식이었다. 화영, 우주, 보라, 정수가 겪어낸 고통의 시간, 그것은 어쩌면 역설적이게도 그 무엇보다 단단하고 아름다운 회복의 형식이다.

한편 이주란의 경장편소설 『해피 엔드』에서 이별은 이미 과거의 사건이다. 이 년 육 개월 전 어느 자리에서 친구 '원경'의 말에 수치심과 모욕감을 느낀 일을 계기로 '나'는 원경과 절연한 상태다. 그러던 어느 날 요즘은 어디에 사느냐고 묻는 원경의 메시지를 받고는 그동안 애써 회피해온 이 관계를 다시 마주할 용기를 내보기로 한다. 자신이 그날 왜 그렇게까지 화를 냈는지, 그 순간 느꼈던 비참함의 정체는 무엇이었는지, 그동안 왜 화해하려는 시도를 할 수 없었는지, 왜 "누군가를 잃는 것보다 상대가 이해하지 못할 것 같은 나에 대해 솔직해야 하는 상황을 맞닥뜨리는 게 더 두려"(30쪽)운 것인지, 그날 이후 자신의 삶이 어떻게 달라졌는지, 그리고 원경이 자신에게 어떤 의미였는지.

원경과 가까워지기 전에 나는 유년 시절에 대한 주제가 나올 때면 사람들이 적당히 이해할 것 같은 정도만 말하려 애쓰며 살아왔다. 많은 이유로 그렇게 했다. 하지만 원경 앞에서는 뭔가를 일일이 설명하거나 이해시키려 하지 않아도 되었고 (……) 또 덤덤하게 내 결핍을 드러내도 지적을 당하거나 못나 보이는 사람이 되지 않았고, 그저 나 자신 그 자체가 되었다. (……) 그래서인지 원경과 멀어지고 난 뒤에는 지금까지 가까웠다 멀어진 몇몇 사람들과의 경우와는 다르게 몹시 괴로웠다. 지금의 상황을 바꾸는 것조차 두려워하는 나를 받아들이려 애썼으나 여전히 잘 되지 않을 만큼."(27~28쪽)

온전하게 이해받고 싶다는 마음을 모르는 사람이 있을까. 두 사람이 친해진 계기는 '나'가 원경에게 어린 시절에 대한 이야기를 털어놓은 일이다. 그때 '나'는 "위로라기보다는 이해를 받은 느낌이었고, 원경과 가까워진 뒤로는 삶이 외롭다는 생각을 해본 적이 없었던 것 같다"(92쪽)고 여길 만큼 서로에게 각별한 의미가 된다. 이주란의 여느 소설이 그렇듯, 어린 시절에 구체적으로 어떤 일이 있었는지는 제시되지 않고, '나'와 원경이 결국 화해하게 되는지에 초점이 맞춰지지도 않으며, 원경과 관련된 대목도 소설 전체에서 극히 일부에 지나지 않는다. 다만 소설은 원경이 먼저 내민 손에 '나'가 어떤 응답을 하기까지 일상 속에서 천천히 흘러가는 여러 생각과 마음을 보여준다. 평균 오륙 년이라는 참새의 수명, 몰래 읽은 엄마의 수첩에 적힌 "우리는 이제 아무 쓸모가 없다"(101쪽)라는 문구, 친하지 않은 직장 동료의 유튜브에 우스운 모습으로 올라갈 것 같다는 예감, 해외에 간 남자친구와의 문자, 그리고 부동산 앞을 지나가다가 문득 든, 이사를 하게 되면 원경에게 정신이 없어서 답장을 깜빡했다는 핑계를 댈 수 있을지도 모른다는 생각.
절연한 친구와 화해를 결심하기까지의 여정을 그린 이 소설의 대부분이 우연으로 이루어진 소박하고 건강한 풍경으로 채워지는 까닭은 이것이 무엇보다 회복하는 이야기이기 때문이다. 동물, 주변 사람들과의 대화, 과거에 대한 회상이 끊임없이 개입하고 간섭하는 일상의 풍경은 애착과 주저, 트라우마와 돌봄, 그리움과 죄책감, 수치심과 미련이 혼란스럽게 뒤섞이면서 고유한 리듬의 형식을 만들어낸다. 이 풍경은 주체의 욕망이나 행위가 아니라 장면이나 장소라는 개념을 동원하면서[22] '무의식적으로 발현되는 증상'도 '의식적으로 의도된 행위'도 아닌 '행위자성의 중간 지대'의 정동이 작용하는 계기를 마련한다. 여기에는 폭력에 대한 고발과 그 반작용으로서의 트라우마의 극복만 있는 것도, 재회와 만남, 화해로 이어지는 따뜻한 위로만 있는 것도 아니다. 비판과 사랑, 억압과 해방, 편집증과 회복이라는 이분법을 허물어야 한다는 주문을 지금 우리 소설들은 이미 보여주고 있다.

(2023년 겨울호)

---

22) 윤조원, 「위태로움, 로렌 벌랜트, 그리고 대항 정치」, 『비평과 이론』 28권 1호, 2023, 140쪽 참조.

　이 글은 한국문학 비평을 하면서 내가 안팎으로 받은 질문들에 대한 작은 응답이다. 첫째, 오늘날 비평은 이념이나 담론에 치중해서 문학 본연의 체험이 주는 즐거움을 잊었는가? 아니면 개인의 정체성이나 욕망에 국한된 체험을 특권화하는 문학주의를 반복하는가? 그러나 내게 문학을 읽고 감동하는 체험이란 언제나 이념적인 동시에 담론적인 것이었다. 그 체험은 나의 정체성이나 욕망과 연루되어 있지만 단지 그것을 이해하거나 확인하게 하는 데 그치지 않았으며, 담론으로 환원되거나 이념에 복속되지는 않았지만 그것들을 경유하지 않고서는 느낄 수 없는 감동을 알게 했다. 그것이 나를 기쁘게도 울게도 했다.

　둘째, 오늘날 비평은 충분히 비판적인가 아니면 비판적이지 않은가? 이 질문은 대답하기 어려운 질문이 아니라 잘못 설정된 질문이다. 우리가 무엇에 대해 비판적이거나 비판적이지 않다고 말할 때는 흔히 대상을 향한 긍정적이거나 부정적인 태도를 일컫는 것으로 오해한다. 그러나 비판은 비평가들에게 주어진(지지 못한) 시대적인 조건 혹은 특정한 장르에 귀속된(되지 못한) 기능적인 요소가 아니라 차라리 그 안에서 우리가 스스로를 새롭게 갱신할 수 있는지를 묻는 존재론적인 질문에 가깝다. 그 질문에 대해서라면 매 순간 새롭게 쓰이는 시, 소설, 비평만큼 내게 매번 새로운 답을 요청하는 텍스트는 없었다.

이제 나는 대학교에서 선생님이 하신 말씀을 이해할 수 있을 것 같다. 사랑하면 왜 각이 생기나. 매 순간 새롭게 쓰이는 문학을 읽는 체험은 애초에 알고 있던 우리의 정체성과 욕망을 재확인하는 데 그칠 수 없도록, 그것을 다른 각도에서 낯설게 느끼고 의심하고 성찰하도록, 지금까지의 우리와는 다르게 사고하고 행동하고 존재하도록 만든다. 인간이 수십 수백 년 동안 물어왔던 문제를 계속 묻게 하고, 한순간 만족하더라도 이내 새로운 답을 요구하며, 매번 다른 각도로 스스로와 세상을 이해하게 한다. 그리하여 어떠한 사랑도 대상과 자기 동일적으로 환원되지 않게 한다. 사랑하면 각이 생긴다. 그것이 비평가가 사랑하는 방식이다.

이
소

비평의 몰락을
한탄하지 않는 방법

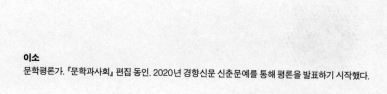

이소
문학평론가. 『문학과사회』 편집 동인. 2020년 경향신문 신춘문예를 통해 평론을 발표하기 시작했다.

1

비평의 몰락을 한탄하는 바보들. 그들의 시간은 이미 오래전에 끝나버렸건만. 비평이란 적당한 거리 두기이다. 비평은 관점과 전망이 중요하고 입장을 취하는 것이 아직 가능했던 세계에 터전을 둔다. 그동안 사물들은 너무나 뜨겁게 인간 사회에 밀착되어버렸다. 이제 '선입견 없는 공평함'과 '자유로운 시선'은 단순한 무능함을 드러내는 순진하기 짝이 없는 표현이 아니라면, 거짓말이 되어버렸다. 오늘날 사물의 심장을 들여다보는 가장 본질적이고 상업적인 시선은 광고다. 광고는 자유롭게 관찰할 수 있는 자유공간을 없애버리고 사물들을, 거대하게 부풀어오르면서 화면 밖으로 우리를 향해 달려나오는 자동차처럼, 그렇게 위험할 정도로 우리 앞에 가까이 밀어붙인다.[1]

---

1) 발터 벤야민, 『일방통행로/사유이미지』, 김영옥 외 옮김, 길, 2007, 138쪽.

발터 벤야민은 1924년부터 신문에 발표한 아포리즘을 모아 출간한 『일방통행로』에서 '비평의 몰락'이 아닌 그것을 '한탄'하는 자들을 향해 냉소를 보낸다. 근대 이후 한 시대의 종언과 새 시대의 선언이 겹쳐 들려오지 않은 시절은 없었고, 이미 도래한 변화를 가늠하지 못하고 지나간 시절을 한탄하는 어리석은 비평가들에게 그가 보여줄 수 있는 유일한 것은 그에 대한 '비평'이었다. 비평은 법칙이나 실체로서 고정될 수 없고, 언제나 현실과 조응하고 쟁투하며 갱신된다. 아무리 과거가 아름다워도 그것은 현재에 밀려날 것이고, 아무리 과거를 사랑해도 비평가는 현재의 길을 따라갈 뿐이다. 앞으로의 비평이 사물과 거리를 확보한 채 체계적인 관점을 표명하는 것과는 전혀 다른 방식으로 이루어지리라는 것, 더는 안전거리 너머에 서 있는 것이 불가능할 만큼 모든 것이 밀어닥치는 세계에서 살게 되리라는 것, 그럼에도 어떻게든 거리를 마련하고 가늠해야 하는 것이 비평의 임무라는 것. 비평가 벤야민은 누구보다 예민하게 현재를 포착한다.

사진을 다루는 또다른 글에서 그는 사진술이 발명되자 과거와 달리 "인간이 의식을 갖고 엮은 공간의 자리에 무의식적으로 엮인 공간이 들어서"게 되었다고 말한다. "충동의 무의식적 부분을 정신분석을 통해 알게 되듯이 이러한 시각적 무의식의 세계에 관해 사진을 통해 비로소 알게 된다."[2] 그는 새로운 기술인 사진에 담긴 가능성을 누구보다 기민하게 알아차렸으나 그렇다고 긍정하지만은 않았다. 비평가로서 그의 탁월함은 언제나 특유의 양가감정에서 유래한다. 혁

---

2) 발터 벤야민, 「사진의 작은 역사」, 『기술복제시대의 예술작품/사진의 작은 역사 외』, 최성만 옮김, 길, 2007, 168쪽.

명의 열정을 동경하면서도 구시대의 골동품을 소중히 어루만지고, 아우라의 파괴를 촉구하는 글에서도 짙은 상실감과 비애감을 행간에 남겨둔다. 그는 사진술이 기존의 상징 질서를 초과하는 실재의 흔적을 드러낼 수 있음을, 그러나 정확히 같은 이유로 모호하고 매혹적인 상품광고가 될 수 있음을 알아챈다. 그러니 그의 냉소는 사물들이 비약적으로 밀려오는 광고를 향하는 대신 기술에 담긴 양가성을 성찰하지 못하고 비평의 몰락을 한탄하는 이들을 향한다. 비평가란 과거와 현재의 낙차로부터 알리바이를 만드는 대신 지금 이곳의 비평을 발 빠르게 구성하는 자다. 현실과 예술의 관계를, 현실과 비평의 관계를 언제나 재구성하라.

물론 지금 와서 보면 벤야민의 시절 역시 새로운 기술이 등장하면 새롭게 실재를 포착할 수 있으리라고 믿던, 여전히 장막 뒤편에 실재가 존재한다고 믿던 시절이다. 실재와 비평가 사이에는 엄연한 거리가 있었다. 그러나 근 백 년의 시간이 지난 오늘날, 사정은 완전히 달라졌다. 형식상으로나마 광고판, 광고 지면, 광고 시간 등이 구분되던 과거와 달리 이제 광고는 작품이나 현실과 구별되지 않고 구별될 필요도 없다. 이미지는 완벽히 신체화된 스마트폰과 컴퓨터에 편재하고, 우리의 감각과 행위는 게임의 용어를 빌리지 않고서는 설명하기 어려울 만큼 전방위적으로 현실과의 거리를 상실했다. 벤야민이 일찌감치 예감했던 것처럼 실재가 등장하는 방식은 생산양식에 따라 얼마든지 달라지고, 비평가는 낙담도 환호도 없이 다만 실재를 포착하는 프레임을 전환하는 데 온 힘을 기울일 수밖에 없다.

2

핼 포스터는 지난 백 년간의 '실재를 바라보는 관점'의 변화를 세 단계로 나누어 설명한다. 마르크스, 프로이트, 니체에게서 '의혹의 해석학'을 물려받은 현대 비평은 관습화된 현실과 진짜 현실인 '실재'를 구별하는데, 그 실재를 다루는 방법론은 조금씩 달라져왔다. 그리고 그 변천 과정은 롤랑 바르트의 저작 사이에 존재하는 결절 지점에서 확연히 드러난다.

먼저, 『신화학』(1957)에서 바르트는 이미지를 비판적으로 해독하고 탈신비화하는 전형적인 '이데올로기 비판'을 수행한다. 우리가 진실이나 현실이라 믿는 이데올로기의 장막을 걷어내면, 그 뒤편에 계급투쟁이든 무의식이든 권력의지든 메마른 진짜 현실이 나타난다. 유구한 비판 전통의 '현실 폭로' 작업은 날카롭고도 성실하게 수행된다. 당연하게도 기존의 제도와 관습에 도전하는 개념 미술과 페미니즘 미술이 이 '실재 찾기' 지침에 충실하게 복무하는데, 그럼에도 장막을 베어내는 비판적 예술의 벼려진 칼날이 심층에 실재가 엄존한다는 믿음마저 훼손하는 일은 일어나지 않는다.

두번째, 『S/Z』(1970)에서 바르트는 급진적으로 선회한다. "탈신화화를 넘어 재현 자체를 공격하라는 '기호 파괴론'"[3]이 선포되고, 이제 비평에 요구되는 임무는 실재를 은폐하는 기호를 '폭로'하는 것이 아니라 기호 자체를 '폭파'하는 것이다. 그는 발자크의 중편 「사라진」을 치밀하게 분석하는 과정에서, 발자크의 소설이 실제 현실을 대상으로 삼아 현실의 사본을 만드는 '모방'이 아니라 하나의 약호 체계

---

3) 핼 포스터, 「실재적 픽션」, 『소극 다음은 무엇?—결괴의 시대, 미술과 비평』, 조주연 옮김, 워크룸프레스, 2022, 218쪽.

에서 다른 약호 체계로 변환되는 '모방의 모방'임을 보여준다. 이렇게 위대한 리얼리스트 발자크마저 '재현의 재현'을 거듭하는 포스트모더니스트가 되자, 이제 예술의 유효하고도 유일한 전략은 전유와 차용이 된다. 실재들은 심층에 보물처럼 은폐된 것이 아니라 표층에 '혼성 모방'의 형태로 떠돌아다니며 편재한다. 그리고 그로 인해 주체 역시 일종의 효과에 불과한 것으로서 흔적처럼 희미해진다.

마지막, 『밝은 방』(1980)에서 바르트는 '푼크툼'이라는 이름으로 "관람자의 무의식을 무심코 찌르는 사진 속의 특정한 지점"을 라캉적인 의미에서의 '외상 기호증적' 실재로 예시한다. 앞선 두 관점에서 실재의 위치는 반전되었음에도 "비평가가 실재를 폭로"한다는 점은 공통적이었다면, 세번째 관점에서 실재는 "실재가 비평가를 폭로"[4]한다는 점에서 전혀 다른 위상을 갖는다. 폭로되는 것이 아니라 폭로하는 것으로서 외상적 실재는 충격적으로 귀환하고, 그로 인해 1990년대 이후 예술은 '외상적 주체'를 수립하며 온통 비체abject로 뒤덮이게 된다.

당연하게도 한번 생긴 것은 완전히 사라질 수 없고, 역사에는 깨끗한 절단면이 존재하지 않는다. 편의상 세 단계로 나누었지만, 오늘날 예술에서 세 가지 프레임은 중첩되어 작동한다. 우리는 오물과 피로 범벅되어 이데올로기와 재현 양쪽을 공격하는 작품을 얼마든지 상상해볼 수 있다. 또 징그럽고 혐오스러운 장면이 외상적 실재로 등장하는 동시에 그 앞에 선 외상적 주체가 그로 인해 드러난 모종의 진실을 비판적으로 사유하는 작품도, 혹은 환상처럼 유희하는 작품도 상상

---

4) 같은 글, 221쪽.

할 수 있다. 조합의 구성과 비율은 얼마든지 조절 가능하다. 좀더 정치성을 부여하고자 한다면 역사적 사건이나 재난을 다루는 편이 좋다. 역사가 외상적 실재로 등장하면 이데올로기에 대한 비판을 담으면서도 그 비판을 다시 다원화하는 방식으로 언술 행위나 재현 자체를 심문할 수 있다. 그렇게 정치성을 획득한 실재의 귀환 앞에서 좌파 비평가들은 대체로 후한 반응을 보일 수밖에 없고, 나 역시 마찬가지다. 아무리 형식화되었다고 할지라도 실재를 향한 이러한 세 가지 관점은 예술이 수많은 시행착오 끝에 가까스로 확보한 비판의 지점이자 방법이기 때문이다.

3

그러나 이 같은 비판적 예술에 대해 자크 랑시에르는 완전하고 강고한 거부감을 보인다. 그에 따르면, 1970년대 사진 예술가 마사 로슬러가 시도했던 포토몽타주는 안락한 미국 중산층의 집 내부에 베트남전쟁 피해자의 시신을 도입하여 전형적인 미국 가정의 행복을 폭파했다. 미국의 매끄러운 행복 뒤에 피 흘리고 너덜거리는 시신이 깔려 있다는 사실을 폭로하는 것은 나름대로 비판의 효과가 있었다. 그러나 다음 세대의 비판적 예술가인 조세핀 멕세퍼가 쓰레기가 넘쳐흐르는 쓰레기통을 전경에 두고 그 뒤편에 반전 피켓을 든 시위대를 배치한 사진은 미국적 풍요와 그 외부의 전쟁이라는 이질적 요소를 한 장소에 중첩시켰음에도 어떠한 비판의 효과도 거두지 못한다. 관객은 미국이 세계에 행하는 폭력을 인식하는 대신 미국인들의 정치적 행위 역시 일시적 소비 행위에 불과하다는 냉소적 반응에 이르게 된다.

랑시에르는 비판 전통이 보여준 "현실을 가상으로 변환하거나 가상을 현실로 변환하는" 역전의 방식이 "인식하지 못하는 무능력과 무지하고자 하는 욕망을 계속 고발"하여 관객에게 '죄책감'을 불러일으키는 데에는 성공했을지 몰라도 "해방의 지평과 완전히 절연"하게 되었을 뿐 아니라 급기야 "해방의 꿈에 맞서는 쪽으로 돌아섰다"[5]고 주장한다. 편하게 전시장에 서서 죄책감 좀 느끼는 게 뭐 그리 대수냐 싶지만, 랑시에르에게 이 사실은 중요하다. 그는 포토몽타주의 효과가 소진되었다는 말을 하거나 과거에는 옳았고 지금은 틀렸다는 식의 판단을 하려는 게 아니다. 그가 정말로 하고 싶은 말은 "해방의 집단적 지적 능력은 전반적인 예속화 과정에 대한 이해가 아니"라는 말이다. 그가 보기에 누군가 비판하고 누군가 그 비판을 통해 새로운 인식에 도달하는 이데올로기 비판은 아무런 의미가 없다. "있는 것이라곤 그저 아무 곳에서나 아무때나 돌발할 수 있는 불일치의 무대들뿐이다."[6] 그는 '아무나' 혹은 '몫이 없는 자들'의 미적 주체화가 이루어져야만 이 새로운 감성 공동체에서 해방이 가능해진다고 주장한다.

랑시에르의 말은 언제나 아름답고, 나 역시 그런 일이 가능한 세계를 믿고 싶다. 그러나 안타깝게도 내게는 미학과 믿음이 중첩되는 영역에 관해 할말이 많지 않다. 미적인 것과 정치적인 것이 일치하는 순간, '아무나'가 '아무때나' 도달할 수 있는 이 미적이고도 정치적인 혁명은 언제 어떻게 이루어질 수 있나. 랑시에르 특유의 과소 진술과 과잉 진술을 오가는 화법은 그 사이에서 적절한 매개와 실천을 발견하

---

5) 자크 랑시에르, 「비판적 사유의 재난」, 『해방된 관객』, 양창렬 옮김, 현실문화, 2016, 49쪽.
6) 같은 글, 69쪽.

기 어렵게 만든다. 그에게 해방은 "모든 역사적 규정으로부터 자기를 이탈시키고, 구체적인 시간성으로부터 자기의 독립을 선언"하는 방식으로 이루어진다. 그에게 "정치란 주체를 역사·사회·제도들과 분리시키는 역설적 행위"[7]이고, 나에게 정치란 정확히 그 반대의 행위에 해당한다.

4

물론, "모던한 비판에서 포스트모던한 니힐리즘으로 가는 이론적 이행은 없다"[8]는 랑시에르의 분석은 일면 타당하다. 벤야민의 말처럼 사물과 사람들의 거리는 급격히 압축되었지만 랑시에르의 말처럼 실재와 비평가의 거리는 여전히 소멸되지 않았다. 모던에서 포스트모던으로 이어지는 비판은 세계를 텍스트로 바라보는 절대적이고 회복 불가능한 거리를 마련했다. '실재 찾기'를 수행하는 첫번째 프레임과 '실재들'을 유희하는 두번째 프레임의 공통점은 공간적 차원에서의 '거리'이고, 둘의 차이점은 모더니즘 예술과 포스트모더니즘 예술의 차이처럼 진지함과 가벼움, 한정과 개방, 좀더 중립적인 용어로 말하자면 '정지' 상태와 '운동' 상태일 것이다.

그렇다면 이와 같은 방식으로, 핼 포스터가 시기별로 구별한 '실재를 바라보는 프레임'을 추상화·형식화하여 공시적인 '비판의 형태학적 분류'로 전환해볼 수도 있다. 눈에 보이는 것이 실재 그 자체라고 믿는 소박한 실재론자들을 제외하면, 언제나 비판은 실재와 주체 사

7) 안토니오 네그리, 「맑스 없이 코뮤니스트가 되는 것은 가능한가?」, 히로세 준, 『혁명의 철학―안토니오 네그리의 존재론과 주체론』, 은혜 옮김, 난장, 2018, 189쪽.
8) 자크 랑시에르, 같은 글, 65쪽.

이의 관계를 고유한 방식으로 정립하고 활성화한다. 그러니 실재를 보는 첫번째 프레임을 '거리-정지'의 비판, 두번째 프레임을 '거리-운동'의 비판이라 명명할 수 있다. 모더니즘과 포스트모더니즘의 관계가 대립인지 연장인지 언제나 모호한 것은 이렇게 형태상의 공통점과 차이점이 마치 데칼코마니처럼 대칭을 이루기 때문이다. 그렇다면 이제 세번째, 실재를 외상으로 대하는 프레임을 어떻게 분류할지 알아챘을 것이다. 외상적 실재 앞에서 주체가 보여주는 충격의 정동은 거리를 삭제한다. 1990년대와 2000년대 포스트모더니즘의 질주를 통과한 후 2010년대 한국문학이 보여준 '실재의 윤리'처럼, 외상적 주체는 실재의 귀환에 충격을 경험하고 끝없이 침잠하는 절대적 윤리를 보여준다. 따라서 실재를 바라보는 세번째 프레임은 '몰입-정지'의 비판에 해당한다. 거리는 더이상 다른 층위로 갱신되지 못한다. 거리는 폐기되고, 외상적 실재 앞에 몰입해야만 주체의 특권은 보장된다.

이제 거리/몰입, 정지/운동을 x축과 y축으로 삼아 위치와 운동 상태의 좌표계를 그려보면 가능한 한 가지 쌍이 남는다. 마지막 사분면에 해당하는 '몰입-운동'이다. 한번 상상해보자. 여전히 사물들은 거리를 확보할 수 없이 압도적이며 미디어는 범람한다. 다시 비평가의 특권적 위치가 용인된 것도, 통일된 이념이나 보편적 세계상이 정립된 것도 아니다. 그런데 주체는 이제 정지 상태에 머무르기를 거부한다. 실재의 귀환 앞에서 주체는 가장 위축된 상태로, 동시에 외상의 증인으로서 특권적으로 복권되었고, 바닥을 친 주체는 서서히 몸을 풀고 움직이기 시작한다. 윤리적이면서도 행동력을 갖춘, '포스트-외상적 주체'라고 부를 만한 주체가 등장한다.

5

실제로 핼 포스터는 최근 십 년 사이 실재를 바라보는 새로운 태도가 나타났다고 언급한다. 은폐되었거나 부유하는 실재도, 충격과 공포 속에서 귀환한 실재도 아닌 "염려하며 보살펴야 하는 연약한 구성물로 실재를 보는 관점"[9]이 등장했다는 것이다. 이 네번째 프레임이 '포스트-외상적 주체'의 '몰입-운동'의 비판에 해당할 것이다. 최근 문학과 미술을 비롯한 예술의 전 영역에서 아카이브를 구축하거나 모큐멘터리를 제작하는 시도가 자주 나타나는 것은 이와 같은 맥락에서 이해할 수 있다. 이제 작가들은 '해체'의 전략을 택하기보다 '재구성'의 노고를 감당하기로 한 것처럼 보인다. 실재를 '보살펴야 하는 구성물'로 여기며 새로운 현실을 재구성하는 이 같은 '몰입-운동'에는 냉소 대신 성실함이 수반된다.

평단에서 많은 주목을 받은 정지돈, 한정현, 서이제, 신종원 등의 아카이브 서사뿐 아니라 SF 장르의 약진, 대안적 여성 서사의 유행, 역사 서사의 재등장까지, 재현의 뒤에 은폐된 현실을 드러내는 대신 재현을 통해 현실을 재구성하거나 발명하는 흐름은 분명 존재한다. 비판적 예술과 담론이 공격 대상으로 삼았던 자들이 역으로 그 메커니즘을 습득하여 현실을 기각하는 상황에서, 일군의 예술가들은 전통적 비판의 방식보다 "위계화된 현실의 질서를 무력화시키고 평등한 위계를 산출하는 정보들로 구성된 서사를 발명함으로써 새로운 현실을 창조해내"[10]는 것이 더 유효한 전략이라고 판단한 것처럼 보인다.

---

9) 핼 포스터, 같은 글, 224쪽.

10) 이은지, 「편집과 연출―아카이브 서사의 가능성과 한계」, 『쓺』 2022년 상권, 477쪽.

내게는 신유물론으로 총칭되는 최근의 이론적 경향 역시 실재를 염려하고 돌보는 네번째 프레임에 해당하는 것으로 보인다. '언어적 전회'가 비판적 담론이 작동할 수 있는 메타적 좌표를 설정하는 데 유효했다면, '사물로의 전회' '존재론적 전회'는 비인간, 사물, 객체와 연결된 새로운 실재를 만들어내고자 정성을 기울인다. 이 점은 "비판가는 폭로하는 사람이 아니라, 집결하는 사람"[11]이라는 브뤼노 라투르의 글에서 더욱 분명해진다. 라투르에 의하면, 피에르 부르디외로 대표되는 기존의 비판이 싸우지 않을 사람들끼리 싸우게 만들고 진짜 싸워야 할 사람들에게 강력한 무기를 제공하는 전략적 실패를 초래했다면 이제 그와 같은 형태의 비판을 고집하기보다 "고집스러울 정도의 실재론적 태도"를 유지하는 편이 더 유용하다. 라투르 역시 강한 어조로 '비판을 비판'하지만, 두번째 프레임의 비판을 관습화하고 일반화한 뒤 모든 비판을 우상파괴하듯 청산해버리는 랑시에르와는 조금 다른 톤을 보여준다. 그는 전략적인 평가와 분석의 차원에서, 그러니까 "적어도 한 세기에 한 번 새로운 비판적 도구를 고안하자는 말이 우리 지적 생활의 집합체에 너무 지나친 요구는 아니"[12]지 않느냐며 읍소하듯 논리를 전개한다.

6

그러나 네번째 프레임만 작동하는 것은 첫번째 프레임만 작동하는 것보다 더 위험할 수도 있다. 우리가 만들어진 실재를 쉽게 목격할 수

---

11) 브뤼노 라투르, 「왜 비판은 힘을 잃었는가? 사실의 문제에서 관심의 문제로」, 이희우 옮김, 『문학과사회』 2023년 가을호, 315쪽

12) 같은 글, 311쪽.

있는 곳은 '마블 세계관'처럼 대중 서사가 선보이는 다양한 '세계관'의 전시장이다. 언젠가부터 세계가 존재하고 그에 대한 세계관이 만들어지는 것이 아니라 세계관이 존재하고 그에 맞는 세계가 구축되고 있다. 모두의 것이 엄존하고 각자의 것이 생성되는 것이 아니라 각자의 것이 정해지고 그에 부합하는 모두의 것이 제공된다. 그리고 이렇게 빚어진 세계는 어떠한 비판도 튕겨낼 수 있는 방패를 얻는다. '그 세계관에서는 그렇다'는 말이나 '서로 세계관이 달라서 그렇다'는 말은 실은 아무런 의미도 갖지 않지만 그 자체로 완벽한 알리바이가 된다. 그러니 첫번째와 두번째 프레임이 존재하지 않으면, 다시 말해 어떤 식으로든 '거리'가 확보되지 않으면 네번째 프레임은 자족적인 망상 체계를 다양하게 구축하는 것에 만족할 위험이 있다.

또한, 신유물론이 보여주는 '몰입-운동'이 '평평한 존재론'이라는 말에 암시되어 있듯 동등한 층위에서 수평으로 확장하는 움직임에 가깝다면, 수평과 수직을 가로지르며 난폭하게 질주하는 방식도 얼마든지 가능하다. '몰입'과 '운동'이 쌍으로 결합했는데 반드시 착한 놈만 나오라는 법은 없다. 훨씬 더 위험하고 거친 놈도 나올 수 있다. '거리-운동'인 포스트모더니즘 예술에서 무게를 느낄 수 없이 부유하는 움직임만큼이나 비약적인 속력으로 탈주하는 움직임도 존재했던 것처럼, '몰입-운동'도 그 스펙트럼은 넓을 것이다. 아니, '몰입-운동'은 '거리-운동'과 달리 거리감 없이 몰입된 상태이기에 더 격렬한 폭주를 보여줄 수 있다. 최근 '가속주의'라는 이름으로 등장한 일련의 흐름이 정확히 이에 해당하는 예시가 될 것이다.

가속주의자들은 '평평함' 따위는 거부한다. 그들은 자본주의를 파쇄하기 위해 자본주의의 모순을 비판하거나 반성하거나 저지하는 대신 오히려 그것을 강화하고 가속화해야 한다고 주장한다. 이렇게 정동이 흘러넘치는 고속의 질주에는 당연히 잠재성과 위험성이 동시에 존재할 수밖에 없다. 복잡한 맥락이 존재하긴 하지만, 트럼프의 당선에 기여한 대안 우파 닉 랜드부터 얼마 전 스스로 목숨을 끊은 좌파 비평가 마크 피셔까지 모두 가속주의의 울타리 안에 포함된다. '대안적 사실'을 만들어내고 인종 혐오를 일삼는 극우파부터 시장 친화적인 기술 유토피아주의자, 세계의 멸망을 기다리는 오컬트 집단, 극단적인 무정부주의자에 이르기까지 가속주의자는 기이할 정도로 넓은 범위에 걸쳐 있고 정합적인 실천을 일관되게 유지하지도 않는다. 물론 애당초 그럴 이유도 필요도 없다. 세계를 분쇄하고자 가속된 몸짓을 할 때 지속성과 안정성은 중요한 기준이 될 수 없다. 그래서 가속주의는 아무리 세계를 구원하고픈 강렬한 갈망에서 출발했다 해도 본질적으로 자기파괴적인 속성을 보인다.

그럼에도 가속주의에 모종의 매혹이 있음은 부정할 수 없다. 만약 가야 할 방향을 확실히 정하고 다른 프레임들을 중첩시켜 실행한다면 가속주의는 꽤 강력한 버전의 비판이 될 수도 있다. 예컨대, 온갖 죄악의 온상으로 취급받지만 그렇게 비난하는 이들 역시 은밀하게 즐기는 유튜브를 생각해보자. 사용자에게 자괴감과 죄의식까지 불러일으키는 유튜브에 대해 가속주의자는 그것이 "내재적으로 자본주의적"인 것은 아니라고, 오히려 "자본이 본질적으로 기생적이라는 마이클 하트와 안토니오 네그리의 주장을 입증해"[13]준다고 말하며 유튜브의 배후에 있는 '협동적인 욕구'를 가속화할 것을 주장한다. 언뜻

---

13) 마크 피셔, 『자본주의 리얼리즘—대안은 없는가』, 박진철 옮김, 리시올, 2018, 151쪽.

상황주의를 연상시키는 가속주의자들의 실천은 미학적 실험으로 수렴될 수도 있고, 정치 신학에 기대지 않는 "오늘날의 코뮤니즘 과업에 적합"[14]한 대안일 수도 있다. 또한, 태그를 반복하며 "'#가속하라'를 맹목적으로 옹호"하는 온라인 폭주족들에게는 금세 타올랐다 사그라지는 힙한 유행일 수도 있고, 신중한 학자들에게는 "신미래주의적인 파시즘적 사기극"[15]처럼 보일 수도 있다. 중요한 것은, 아무리 강력한 실재론자가 된다고 할지라도 그 힘만으로는 어떠한 가치도 담보할 수 없다는 것, 그 연결과 구축에 비판이 부재한다면 그것은 시류에 어울리는 힙하고 화려한 수사로 장식된 제자리걸음에 그칠 수도 있다는 사실이다. 그럼에도 가속주의가 불러일으키는 매혹에 대해 한마디 더 보태자면, 누구나 혼자서 조용히 신유물론자가 될 수는 있지만 그런 방식으로 가속주의자가 될 수는 없다는 것이다. 가속주의자가 되기 위해서는 꽤 큰 판돈을 내놓아야 한다.

7

김연수의 소설 「다시 한 달을 가서 설산을 넘으면」(2005, 이하 「다시 한 달」)과 「이토록 평범한 미래」(2022, 이하 「이토록」)는 실재를 바라보는 프레임의 변화를 뚜렷이 보여준다. 전자는 여자친구이고 후자는 엄마, 전자는 1980년대이고 후자는 유신 시절이지만, 둘 다 엄혹했던 시절 사랑하는 사람의 자살을 경험하고 그 죽음의 이유를 곱씹는 남겨진 사람들의 이야기다. 여기에는 어떤 방식으로든 추론과

---

14) 안토니오 네그리, 「『가속주의 정치 선언』에 대한 성찰」, 로빈 맥케이, 아르멘 아바네시안 엮음, 『#가속하라─가속주의자 독본』, 김효진 옮김, 갈무리, 2023, 357쪽.

15) 퍼트리샤 리드, 「가속주의에 대한 일곱 가지 처방」, 같은 책, 502쪽.

상상, 상상과 사실, 사실과 진실 사이의 관계가 수립될 수밖에 없다. 먼저, 「다시 한 달」에서 여자친구의 유서에 담긴 진의를 파악하기 위해 히말라야까지 간 '그'와 그의 실종 이후 그가 남긴 기록을 보며 그의 마음을 짐작해보는 '나'는 "원문이 사라졌으므로 우리가 상상하는 모든 문장은 원문이 될 수 있"다는 낙관과 "주석이란 선택할 수 있는 많은 해석 중에서 가장 많은 사람들이 합당하다고 생각하는 해석을 채택하는 일에 불과"[16]하다는 낙담 사이에서 괴로워한다. 반면, 근작 「이토록」에서 주인공들은 행복한 미래에 무사히 도달한 뒤 과거를 회고한다. "이제는 안다. 우리가 계속 지는 한이 있더라도 선택해야만 하는 건 이토록 평범한 미래라는 것을. 그리고 포기하지 않는한 그 미래가 다가올 확률은 100퍼센트에 수렴한다는 것을." 그들은 "엄마도 이토록 평범한 미래를 상상할 수 있었다면 좋았을 텐데"[17]라고 말하며, 간절히 믿고 상상하는 것은 결국 현실로 이루어진다고 확신한다.

'진실은 해석에 달려 있다'는 희망과 '진실은 끝내 찾을 수 없다'는 절망 사이에 끼여 재현의 (불)가능성을 포기하지 못했던 불가지론자가 '실재하는 미래'의 희망을 전파하는 '미래완료주의자'가 되기까지 이십 년은 긴 시간일까 짧은 시간일까. 아무리 설산을 넘어도 알 수 없던 그녀의 마음이 미래완료로 해명되어버리는 것에는 어딘가 허탈한 구석이 있다. 정말 우리에게 '이토록 평범한 미래'가 주어질지 그 여부는 차치하고서라도, 역사적 시공을 살고 간 한 사람의 고통과 자

---

16) 김연수, 「다시 한 달을 가서 설산을 넘으면」, 『나는 유령작가입니다』, 창비, 2005(개정판 문학동네, 2016), 143, 151쪽.

17) 김연수, 「이토록 평범한 미래」, 『이토록 평범한 미래』, 문학동네, 2022, 34쪽.

살이 '평범한 미래'가 올 줄 몰랐던, 정확히 말해 '믿지 못했던' 이의 안타까운 자기 포기로 해석된다면, 그것은 마치 역사적 시간성을 동시대성으로 한꺼번에 감싼 후 과거와 미래를 손쉽게 현재화해버리는 것처럼 보인다. 시대의 폭력 속에서 죽어간 자들을 미래를 믿지 못해 낙담한 자들로 취급하면, 과거의 고통은 불신자의 미망으로 해석 완료되어버리고 만다.

대문자 역사를 의문에 부치고 사실의 영역을 가능성의 영역으로 분산시키던 포스트모더니스트 김연수는 한 가지 가능성의 영역을 실재의 영역으로 옮겨와 믿고 돌보는 자가 되었다. 아마 그사이 육 년여간의 침묵에는 '세월호'로 상징되는 외상적 실재의 귀환이 놓여 있으리라 짐작해본다. 2000년대 김연수의 소설은 '거리-운동'인 포스트모던 역사 서사로서 공인된 역사를 하나의 재현으로 바라보고 '거리-정지'인 근대적 역사관을 향한 비판을 수행했다. 그리고 몇 해간 '몰입-정지'의 어둠에 머물렀고, 이제 바람직한 실재를 창출하고 돌보는 '몰입-운동'으로 이동했다. 랑시에르가 첫번째 프레임에서 두번째 프레임으로의 이동이 둘 사이의 공통점을 의미한다고 보았던 것과 달리, 프레임 간의 이동은 어느 쪽으로든 그리 어려운 일이 아니다. 네 종류의 프레임을 통시적인 단계 대신 공시적인 형식으로 보면, 두 쌍의 이항 대립으로 이루어진 좌표계는 언제든 상하좌우 이동이 가능하다. 물론 이 변화를 둘러싼 맥락을 탈역사화하자는 말은 아니다. 다만 이항 대립은 특정한 시대를 초과하는 유구한 속성을 지닌 형식이고, 이미 성립된 프레임들은 공시적으로도 작동할 수 있다는 사실을 환기하려는 것뿐이다. 앞으로 김연수의 소설이 언제 어느 좌표로 이동할지는 알 수 없고, 다른 작가들 역시 그 이동 여부나 방향은 제각각일 것이다. 더구나 소설이 아닌 현실에서라면 더더욱 상황은 복잡하고, 네 종류의 실재와 비판은 필요에 따라 끊임없이 중첩되고 변형되며 움직일 것이다. 그러니 비판을 '이후'의 틀로 다루는 태도에는 지나치게 깔끔한 선형의 회로가 작동하는 건 아닌지 의문에 부칠 필요가 있다.

8

내게 비판이라는 말은 규정된 한계를 지닌 말이 아니라 어떤 맥락에서 누구에 의해 이루어졌느냐에 따라 완전히 다른 의미를 지닌다. '비판에 대한 비판'은 누군가에게는 비판 이론의 효력 상실에 대한 불만일 수도 있고, 누군가에게는 페미니즘을 비롯한 정체성 정치의 언설에 대한 경계일 수도 있고, 누군가에게는 음모론을 쌓아가는 진영주의에 대한 단죄일 수도 있다. 물론 누군가에게는 이 모든 것이 '피곤한 비판'으로 묶일 수도 있지만, 이 경우 자신의 비판 역시 그 비판에 포함된다는 점에서 설득력을 얻기 어렵다. 그러니 비판의 한계를 주장하기 전에 구체적인 맥락에서 이루어진 특정한 비판에 대해 검토해볼 필요가 있고, 그때 중요한 기준 중 하나는 그 비판의 유효성이다. 그렇다고 해서 유효성이 없다는 이유로 비판을 단죄한다는 말은 아니다. 비판은 가성비를 따지는 행위가 아니며, 그 실패는 비판자의 능력 부족에서 기인하기보다 더이상 이해관계를 넘어서는 어떠한 가치도 담보되기 어려운 오늘날의 세계, 온갖 미디어에서 온갖 이야기들이 쏟아져나오는 유례없이 과잉된 세계에서 연유하는 면이 크기 때문이다. 비판이 힘을 잃은 것은 원인이기보다 결과에 가깝다. 그런 이유로, 비판에 대한 한정된 정의에서 출발하여 그렇게 특정된 비판을 평가하고 그 비판이 수행된 맥락에 관해 고루 분석하는 시도가 아니라면, '비판에 대한 비판'은 나소 편의적이고 비겁하게 들린다는 사실을 부정할 수 없다.

나는 대학원에서 부르디외의 책을 읽고 자유로움을 느꼈다. 나는 '선언문의 시대'를 살아본 적이 없어서 내가 어떤 사람인지 설명하기 위해 내놓을 것이라곤 취향밖에 없었다. 어떤 스타일의 옷을 입고 어떤 유머를 구사하고 어떤 작가를 좋아하고 심지어 어떤 정치적 입장을 갖는지조차 모조리 애호의 수준에 불과했지만, 더없이 소중한 것들이었다. 『구별짓기』를 읽으면서 나는 내가 가진 것이 아무것도 아니라는 점, 나다운 것들을 보며 느꼈던 자부와 나답지 않은 것들을 보며 느꼈던 혐오가 실은 아무것도 아니라는 점을 알았다. 나를 설명해온 항목들이 그리 대단치 않을 수도 있음을 알게 된 경험은 나 자신을 "한편으로는 원한의 주체로, 한편으로는 죄책감의 주체로 분열"시키거나 "위아래라는 틀에 사로잡히게"[18] 만들지 않았다. 나를 감싸고 있는 좌표들을 대단하게 모시지 않아도 된다는 것, 타인들이 지닌 낯섦을 격하하거나 동경하지 않아도 된다는 것은 지금까지도 나를 지탱하는 힘이 되었다. 그때의 내게 '그 비판'은 정확히 필요한 것이었다. 누군가에게는 돌봄이 아닌 파괴가 해방일 수도 있다. 그럼에도 여전한 나의 애착과 선호를 얼마만큼의 거리에서 바라보고 긍정해야 하는지, 아무리 노력해도 도무지 호감을 느낄 수 없는 것들에 대해 얼마만큼의 거리를 조정하고 숙고해야 하는지, 그 폭과 깊이를 고민하는 작업은 당연히 남는다. 이론은 역사적 지평에서도 그러하듯 이론

---

18) 이희우, 「비판이 오래 가르쳤지만 배울 수 없었던 것들」, 『쓺』 2023년 하권, 95쪽.

을 받아들이는 한 사람의 삶에서도 한계가 분명한 것이다. 이론은 좁고 뚜렷한 파장의 빛으로 넓은 어둠 속에 등대처럼 서 있지만, 그 빛은 어둠을 모두 해소할 수 없을뿐더러 바로 그 어둠에 의해 가시화되고 가치를 부여받는다. 어둠 때문에 빛을 폐기할 필요도, 빛 때문에 어둠을 숨길 필요도 없다.

비판 이론의 세례 속에서 자라 '의심의 해석학'을 구사하는 데 능란한 비평가들에게 죄의식을 불러일으키는 비판만 존재한다고 생각지 않는다. 애초부터 예술의 분야에서 이루어지는 비판은 관심과 애정으로부터 자유로울 수 없다. 애정에도 불구하고 솟구치는 비판이, 비판에도 불구하고 어찌할 수 없는 애정이 존재한다. 문학이 물신이라고 지적하기 위해 글을 쓰는 비평가를 상상하긴 어렵다. 누군가 문학의 이데올로기성을 말하면 나는 그렇지 않음을 이야기할 것이고, 누군가 문학의 위대함과 무구함에 대해 말하면 그때도 나는 그렇지 않음을 이야기할 것이다. 비평가란 대체로 그런 존재다. 그러니 사물이라는 말은 상품이라는 말과 동시에 등장해야 한다. 그렇지 않으면 그것이 페티시즘으로 전락할 수 있음을 기억해야 한다. 비인간 행위자라는 말은 구조의 공고함과 동시에 말해져야 한다. 그렇지 않으면 그것은 인간이 책임져야 하는 영역까지 인간과 별개인 것처럼 '대우'하는 우아한 면피로 귀결될 수 있다. 중요한 건 언제나 우월성이 아니라 복잡성이고, 모든 이론은 배율이 정해져 있다. 원자와 세포 단위의 생기를 포착하는 이론이 우주의 진공을 감당할 순 없는 것처럼, 우주의 막대함에 대해 사변하는 이론이라 해도 비루하고 모순적인 현실을 해명해줄 순 없다. 비판은 지금 여기에서 한정적으로 모순을 포함하여 구성되고, 그런 의미에서 임상과 유사하다. 푸코의 말처럼, 비판은 특정한 이념이나 진리를 일컫는 것이 아니라 "이런 식으로, 또 이런 대가를 치르면서 통치받지 않으려는 기술"[19]이고, 그 기술은 당연하게도 현재 상황에 맞는 유연함을 반드시 포함한다. 그렇다면 어디에 '포스트'를 붙여야 하는가. 포스트의 명명은 언제나 포스트의 자리를 차지하는 것에 대한 욕망과 결부되어 있고, 내게 의미 있게 읽히는 포스트는 '포스트-자본주의'이지 '포스트-비판'은 아니다. 자본주의 이후를 상상하고 기획하고 실천하기 위해 우리에게 필요한 것들은 여전히 충분치 않아 보이고, 그러므로 사유를 멈추지 않는 한 '비판 이후'는 없다.

(2023년 겨울호)

---

19) 미셸 푸코, 「비판이란 무엇인가?」, 『비판이란 무엇인가?/자기 수양』, 오트르망 옮김, 동녘, 2016, 45쪽.

윤
원
화

글쓰기를 위한
시스템 설계

—『사이클로노피디아』,
또는 현재의 기록시스템을
재정의하기

윤원화
시각문화 연구자, 비평가, 번역가. 저서로 『1002번째 밤―2010년대 서울의 미술들』『문서는 시간을 재/생산할 수 있는가』『그림 창문 거울―미술 전시장의 사진들』『껍질 이야기, 또는 미술의 불완전함에 관하여』 등, 역서로 『광학적 미디어: 1999년 베를린 강의―예술, 기술, 전쟁』『기록시스템 1800·1900』『포기한 작업으로부터』『사이클로노피디아―작자미상의 자료들을 엮음』 등이 있다. 서울미디어시티비엔날레 2018에서 〈부드러운 지점들〉을 공동 제작했고, 부산비엔날레 2022 온라인 저널 '땅이 출렁일 때'를 기획 편집했다.

누군가 글을 쓴다. 이를테면 영화의 등장인물 중 하나가 글쓰는 사람이라고 하자. 이 인물을 어떻게 소개하면 좋을까? 노트북에 올려진 손, 커피가 담긴 머그잔, 한적한 카페 한 귀퉁이에서 키보드를 두드리는 사람이 있다. 이런 장면을 스크린에서 적어도 한 번은 보았을 것이다. 실제로 카페는 많은 사람들의 공용 작업장이자 응접실이고 드라마를 시작하기에 좋은 장소다. 같은 이유로 카페는 글쓰기의 장면을 가시화하기 전에 글쓰는 사람의 공적인 삶을 상연하는 무대가 되기 쉽다. 자리를 옮기자. 드문드문 빈자리가 있는 한낮의 지하철, 멍하니 앉은 사람이 스마트폰을 만지작거리다 두 손가락으로 문자를 찍는다. 이 손가락들을 주시하는 것만으로는 무슨 일이 일어나고 있는지 알 수 없다. 어쩌면 그들은 단지 비밀번호를 잊어버려서 허둥대고 있는지도 모른다. 자판 사용을 최소화하는 인터페이스 디자인의 발전에도 불구하고 디지털 기기를 사용하는 일은 여전히 알아보기 어려운 문서 더미 속을 헤엄치는 것과 같다. 글쓰기를 단순히 문자열을 생성하는 것으로 정의할 수 있다면, 우리가 스마트폰을 들여다보면서 디지털 발자국을 남기는 동안에도 글쓰기는 일어난다.

이러한 글쓰기의 주체가 누구인지 묻는 것은 지나치게 인류학적인 접근이다. 글쓰기의 장면은 데이터의 흐름을 발생시키는 물리적이고 가상적인 손가락들의 연쇄로도 얼마든지 그려질 수 있다. 부드러운 산호의 촉수처럼 가지각색의 손가락들이 물결친다. 지난 수천 년 동안 글쓰기는 일차적으로 숙련된 손가락들의 일이었으며, 이들을 규제, 보조, 전파, 대체하려는 기술적 노력은 손가락들의 생태계를 더욱 복잡하게 키웠다. 그런 불투명한 문자들의 조류 속에서 고작 손가락 열 개로 저자가 되려는 사람이 있어, 덜컹거리는 지하철 안에서 메모장을 열어 단어들을 나열하고 지우고 고쳐쓴다. 아무도 알아주지 않는 그 은밀한 고난은 한 쌍의 수수께끼를 낳는다. 글쓰기로 무엇을 기대할 수 있는가? 그리고, 글쓰기는 왜 멈추지 않는가? 글쓰는 자는 꿈틀대는 손가락들과 그들을 통솔하는 신원 미상의 지휘부 사이에 어수선하게 흩어져 있다. 저자가 된다는 것은 무엇보다도 주어진 기관들과 도구들, 물질화된 기호들을 조합하여 자기의 신체를 재조립하는 일이다. 부품은 매번 남거나 모자라지만 언젠가 모든 것이 딱 맞아떨어지는 설계도를 찾아 명실상부한 자기의 주인이 되리라는 막연한 바람이 있다.

문학자이자 미디어학자였던 프리드리히 키틀러는 이 유령 같은 조립공들의 작업장을 '기록시스템'이라고 불렀다.[1] 저자들의 출현에 앞서 담론의 생산, 유통, 소비를 규제하는 커뮤니케이션 회로가 있

---

1) 프리드리히 키틀러, 『기록시스템 1800·1900』, 윤원화 옮김, 문학동네, 2015, 645~650쪽.

고, 그 내부에서 또는 그것을 넘어서는 발화 위치를 확보하기 위해 분투하는 손가락들이 있다. 키틀러는 19세기부터 20세기 초반의 독일 문학사를 재검토하여, 인간의 자연적 역량으로 환원되지 않는 문화 기술적 실재로서 언어가 생산되는 과정에서 읽고 쓰는 사람들의 자기 구성적 노동이 어떻게 동원되었는지 밝혔다. 언어가 하나의 표준 체계로 정립되어 대규모로 보급되려면 그것을 저장, 재생, 유포하는 미디어들의 연결망이 필요하고, 그 가능성의 지평은 당대의 물질적, 역사적 조건에서 자유롭지 않다. 키틀러는 근대 문학과 철학도 특정한 기술적 한계 내에서 형성된 정보 처리 기법이며 이후의 기술 발전으로 인해 낯설어지는 것을 피할 수 없다고 보았다. 구시대의 유물로 전승되거나, 최근의 추세에 부합하는 신상품으로 재발명되거나, 또는 그 시대착오적 잔존을 통해 지배적 현재에 매몰되지 않는 동시간적 관점을 제시하든 간에, 그들은 이방인이 된다.

급변하는 미디어 환경에서 책들은 부득이하게 다른 시간성을 불러들인다. 책의 관습적 형태, 그에 연합된 담론과 가치 체계는 지난 수 세기 동안 형성된 기록시스템의 유산이다. 도래할 책을 모색하는 미래적 접근조차 지금 시점에서는 이국적이고 조금은 생소한 전통으로 나타난다. 과거에 정박하는 것은 현재에 대한 비판적 거리를 유지하는 한 가지 방법이지만, 돌아오는 길을 찾지 못하면 그동안 발견한 것들은 모두 먼 나라에 두고 와야 한다. 말들은 금지되기 이전에 방치된다. 무엇이든 말할 수 있고 모든 것이 저장되며, 그중 일부가 간혹 예측할 수 없는 방식으로 발굴되어 막대한 보상이나 처벌로 되돌아온다. 곧이어 변덕스러운 말의 증폭과 감쇄가 뒤따른다. 우리는 글이 곧 말이 되고 유통망이 곧 아카이브가 되는 신기한 기록시스템 속에서 살고 있다. 글쓰기는 반드시 인간만의 활동은 아니고, 데이터 저장과 처리에 초점을 맞추면 언어 체계가 꼭 필요한 것도 아니다. 인류의 물질적 행적을 각인하는 역동적인 데이터 저장 장치로서의 지구의 발견은 "형상화하는 정신의 펜으로 자연의 판 위에 신성한 사유를 포착하는" 철학적 글쓰기를 무색하게 한다.[2] 여기서는 아무것도 기록되지 않을 수 없다. 그럼에도 무언가 누락된 것이 있다는 의혹이 잉여의 손가락들을 움직인다.

남아도는 손가락들, 그저 널브러진 자들을 움직이는 것은 그들의 형체 없음이다. 세상 만물을 비춘다는 미디어의 거울에서 자기를 알아볼 수 없음을 깨달은 또 한 사람이 그 공백으로부터 세계를 직접 그리기 시작한다. 이는 기록시스템이 변이하는 하나의 국면이다. 기술 혁신은 새로운 기록 수단을 제공하여 표상의 한계를 재설정할 뿐 어떤 목적을 향해 자동 조준되지 않는다. 기록시스템은 표상을 산출하고 그로부터 실재를 파악하는 인식론적 틀의 결함이 감지되어 수리와 재설계를 거듭하는 역사적 과정이자 그 누적된 산물이다. 이 글은 행성적 규모의 다중적 기록 장치로 변모하는 세계를 타고 넘으려는 문학적 시도로서 이란 출신의 철학자 레자 네가레스타니의 사변소설 『사이클로노피디아—작자미상의 자료들을 엮음』을 키틀러의 『기록시스템 1800·1900』과 겹쳐 읽는다. 네가레스타니는 중동을 "지각 능력을 가진 사막화의 과정"으로 규정하고 그 이질적인 존재론을 확장하여 지구의 안팎을 까뒤집는 신성모독적 사변을 전개한다.[3] 다중적

---

2) 프리드리히 슐레겔, 「철학에 관하여」, 같은 책, 111쪽에서 재인용.

3) 레자 네가레스타니, 『사이클로노피디아—작자미상의 자료들을 엮음』, 윤원화 옮김, 미디어버스, 2021, 204쪽.

기록시스템으로서의 지구의 잠재력을 탐색하면서 저자의 위치를 재발명하려는 글쓰기의 모험은 시공간의 틀 자체가 다변화되는 21세기 초반의 분열적 조건을 각인하는 허구적 아카이브를 가져온다.

유동성의 해석

『사이클로노피디아』는 20세기에 존재할 수 없었던 책처럼 보인다는 점에서 현재의 기록시스템을 과거와 비교 분석하기에 좋은 사례다. 이 책은 네가레스타니가 2002년부터 2005년까지 '콜드 미cold-me.net' '하이퍼스티션hyperstition.abstractdynamics.org' 등의 웹 사이트에 썼던 글을 편집자 로빈 매케이가 갈무리한 것이다. 그러니까 어떤 면에서는 진짜 아카이브인데, 폭파된 웹 사이트의 잔해나 '인터넷 아카이브archive.org'의 웨이백 머신으로 검색되는 과거의 캐시 데이터와는 다르다. 에세이들은 한 권의 책이 되기 위해 선별, 교정, 보충되었다. 완성된 책 표지의 저자명은 '작자미상의 자료를 엮음'이라는 부제를 허구적 설정으로 거느린다. 책에 나오는 화자들과 필자들이 모두 저자의 창작은 아니지만, 가짜가 섞인 것이 분명하기 때문에 독자는 아무것도 곧이곧대로 받아들이지 못한다. 저자는 불신을 퍼뜨리거나 또는 적어도 믿음이 유예되는 상황을 창출한다. 하지만 글쓰는 자는 단정하게 재단된 지면에서 허구의 정원을 가꾸는 것이 아니라 이미 출렁이는 담론에 잠겨 있다. 파도는 어디에서 오는가? 버둥거리는 팔다리가 질문한다. 이 파도 속에서 무엇을 할 수 있을까?

글쓰기에 앞서 그것을 촉진하고 제한하는 어떤 유체역학적 배치가 있다. 이에 관한 손쉬운 설명은 인터넷이 기존의 담론 통제를 회피하는 말들의 경로 겸 저수조를 개방했다는 것이다. 초기 인터넷은 '넷

스케이프 내비게이터'나 '인터넷 익스플로러' 같은 골동품 웹 브라우저들의 이름이 증언하듯이 현실과 다른 차원에 있는 미지의 공간처럼 인식되었다. 디지털 미디어가 관습과 규제, 물리적 한계를 넘어선 매끄러운 공간을 공급한다는 오래된 열광에 동조하지 않더라도, 인터넷이 상대적으로 고립된 비서구 문화권들에 외부 세계와 무허가로 접촉할 수 있는 실시간 커뮤니케이션 채널을 제공한 것은 사실이다. 네가레스타니는 몇 권 없는 외국 철학서를 직접 번역하고 돌려 읽는 게 전부였던 1990년대 후반 이란의 지하 학술장에서 인터넷이 "한 세대의 지적 유산을 통째로 실어날라준 우주선"과 같았다고 회고한다.[4] 그는 흔쾌히 이 우주선에 탑승하여 영어로 글을 썼다. 이는 진공 상태의 우주로 탈출하는 것과는 달랐다. 네가레스타니의 온라인 자유 글쓰기는 내국인과 외국인을 불문하고 아무도 그의 글을 온전히 해독할 수 없고 필자의 위치를 추적할 수 없는 가상의 경계 지역을 강박적으로 생성했다.

이처럼 불확실성을 증폭하는 운동은 책 속에서 끈 공간의 확산 또는 '은닉된 글쓰기'로 확대해석된다. 그것은 땅 밑에 필요 이상의 구멍을 내면서 상황을 악화시키는 중동의 벗어날 수 없는 존재론이자, 지상에 불가해한 문양을 새기는 지구 내부의 외계적 이성과 소통하기 위한 암호화 기술이다. 중동의 부조리한 현실과 끊임없는 전쟁을 이해하려는 자들은 어김없이 광란에 빠지는데, 이는 인간이 감당할 수 없는 합리성이 그에 내재하기 때문이다. 이런 전제하에 『사이클로

---

4) 같은 책, 358쪽. 또한 구기연, 「불타 버린 세대(Nasl-e Sukte)—이란 도시 중상류층 젊은이들의 자아와 일상적인 저항」, 『한국문화인류학』 47권 2호, 2014, 45~85쪽 참조.

노피디아』는 중동이라는 난제를 더 크고 무시무시한 신비로 치환한다. 지구 전체가 헤아릴 수 없는 책이라면, 유일신교의 전통에 따라 하느님의 섭리를 구현하는 것이 아니라 그 유래를 일일이 분간할 수 없는 난잡한 물질과 공백의 뒤얽힘 속에서 스스로 작동하는 신기한 글쓰기 판이라면? 지구를 하나의 정합적인 체계가 아니라 복잡한 통로들의 다발로 바라보면 완전무결한 구체 내부에서 그와 중첩된 다공성의 또다른 지구가 어렴풋이 모습을 드러낸다. 그것은 신축성 있는 구멍들의 다중적 연결망이자 그에 의해 꿰뚫린 물렁물렁한 덩어리로서 잉크처럼 검은 기름을 머금고 있다. 중동은 이렇게 스펀지 같은 지구가 노출된 부분으로서 석유를 운송하고 소비하는 모든 기계들을 손가락 삼아 글을 쓴다.

　은닉된 글쓰기는 허구를 양산하는 허구다. 지상의 논리와 다른 지하의 논리가 있다는 설정에 동의하기만 하면 누구나 이 이야기를 이어 쓸 수 있다. 만약 이야기들 사이에 설정 구멍이 발견되면 그것을 틀어막기 위해 또다른 이야기를 지어내면 된다. 성글게 엮이는 이야기들은 자연스럽게 더 많은 구멍들과 그에 뒤따르는 이야기들을 낳는다. 이는 다산적인 글쓰기 방법이자 효과적인 탈출의 기예다. 글쓰는 자는 실제와 가상의 손가락들 사이에 자기를 숨겨서 바깥으로 실어나른다. 이로써 저자는 역구축된다. 그것은 단독적인 창조의 주체나 지적재산의 소유자이기를 멈추고, 외부적 힘의 채널이자 그를 통해 창조되는 것들의 관문으로 자신을 재설계한다. 저자는 자신을 통과하는 창조물들에 의해 분쇄, 산포되어 다시 태어날 것이다. 상당히 파괴적으로 들리지만 이는 궁극적으로 부활의 기획이다. 또다른 이야기에서, 스스로 죽음을 택한 신은 먹음직스러운 시체가 되어 자연

발생하는 구멍들과 살덩어리들에 파먹히고 그럼으로써 주인 없는 창
조성의 설계자로 **숭배된다**. 그런 이야기들이 한 권의 책이 되어 새로
운 저자의 이름을 떠받친다. 이는 저자성의 신화를 재가동하여 이름
을 얻고 기성 세계에 편입되는 것만을 의미하지 않는다. 이제 저자는
변신술의 장소이자 지각 능력이 있는 땅굴들의 그물망으로 탈바꿈했
기 때문이다.

저자의 땅굴들은 크게 세 겹의 지층을 가로지른다. 먼저 책 속에
서 하이퍼스티션 연구실이라고 불리는, 실제로 네가레스타니가 글을
썼던 동명의 블로그 모임이 있고, 이들이 몰두했던 전설적인 고고학
자 하미드 파르사니의 책과 논문, 노트 등이 있으며, 그 가상의 저자
가 종합적 또는 합성적 독해를 시도했던 고대 중동의 유물, 사막의 폭
풍, 지하의 구멍들이 있다. 이는 인터넷, 도서관, 지구가 중첩된 삼중
의 기록시스템으로, 상호적 번역 가능성이 보장되지 않으나 끊임없
이 접속이 일어난다. 원칙적으로 모든 층위는 서로 흔적을 남길 수 있
다. 광케이블이 해저를 가로지르고 지진이 그 단단한 선을 끊는다. 삼
림이 격자무늬로 양성되고 벌채되는 동안 벌레들이 오래된 책을 구
불구불 갉아먹는다. 분홍색 손가락 장갑을 낀 손이 디지털 도서관에
들어갈 책을 스캔하다가 그림자를 흘리고 간다.[5] 그러나 『사이클로
노피디아』의 하이퍼스티션 팀은 데이터 공간에 존재하는 추상적 연
결망으로, 중동의 의심스러운 도서관을 경유해야만 지구에 접근할
수 있는 것처럼 행동한다. 파르사니의 문헌들이 땅에 교착된 바로 그

---

5) Kenneth Goldsmith, "The Artful Accidents of Google Books", *The New Yorker*, 2013. 12. 4, http://www.newyorker.com/books/page-turner/the-artful-accidents-of-google-books.

만큼 하이퍼스티션의 인터넷은 땅과 단절돼 있다. 그 시공간의 기울기가 둘 사이에 포식의 위험이 있는 친화력을 발생시킨다.

이는 고도로 근대화되어 끝내 비물질의 경지에 도달한 사회가 토착민의 지혜에 의지하여 자애로운 어머니 자연으로 돌아갈 길을 찾는 귀향의 드라마와 거리가 멀다. 과학철학자 도나 해러웨이와 브뤼노 라투르가 오래전부터 이야기했듯이, 우리가 사는 세계는 자연을 떠나 허공을 배회하는 우주선이 아니라 지구를 철저하게 전유하고 인공화한 끝에 자연이라는 외부적 실재의 개념을 더는 유지할 수 없게 되었을 뿐이다.[6] 자연적인 것과 인공적인 것을 구별하는 근대의 구성적 허구가 무너지면서 오디세우스가 고향으로 돌아가지 못하는 저주의 대가로 향유했던 수평선 너머의 목적지들도 함께 증발한다. 자연이 인류 진보의 수단이자 그 방향과 거리를 측정하는 기준점으로서 무고하고 무기력한 상태에 고정되지 않으면, 우리가 어느 방향으로 움직여야 하며 애초에 우리를 실어나르는 운송체와 무슨 차이가 있는지 알 수 없게 되어버리기 때문이다. 그리하여 세기 전환기의 인터넷은 귀환할 곳도 나아갈 곳도 없는 현재에 갇혔다는 후기 근대의 폐소공포증과 그럼에도 무한한 공간을 향해 질주하려는 근대의 끈질긴 열망 사이에서 조각되는 혼란스러운 통로들의 다발로 나타난다.

이 미로에 출몰하는 얼굴 없는 인물들은 각자의 삶을 에워싼 허위적인 환경을 벗어나 그들이 언제나 내재했지만 접속할 수 없었던 실재를 향해 낙하하고 싶어한다. 행위능력은 어디에 있고 어떻게 발동

---

6) 도나 해러웨이, 『유인원, 사이보그, 그리고 여자─자연의 재발명』, 민경숙 옮김, 동문선, 2002; 브뤼노 라투르, 『우리는 결코 근대인이었던 적이 없다』, 홍철기 옮김, 갈무리, 2009.

될 수 있는가? 여기저기의 땅굴들이 가냘프게 울부짖는다. 파르사니의 도서관은 그 유령 같은 목소리들을 끈끈한 기름을 분비하면서 천천히 불타오르는 낯설지만 익숙한 지구로 데려간다. 그곳은 행성적 규모의 초유기체처럼 상상되는 러브록의 가이아보다는, 자본주의 시스템의 공격적 작동으로 깨어난 자연의 공포스러운 힘으로 고쳐 그려진 스텐게르스의 가이아에 가깝다.[7] 다만 이 구멍투성이 지구는 자신을 침략하는 외부의 힘을 이미 내재화한 가이아의 변종으로서 화석연료로 자본을 중독시켜 더 많은 구멍의 발생을 유발하는 것으로 밝혀진다. 모든 길은 석유로 통한다. 이것이 파르사니의 저주다. 건전한 생태적 순환에서 탈락된 찌꺼기의 축적이자 행성 전체를 경로에서 이탈시킬 수 있는 고효율의 에너지원으로서, 석유는 불완전하고 자기파괴적인 세계의 결과와 원인이 합선되는 사악한 시간의 고리를 형성하여 지상의 인간들을 집어삼킨다.

파르사니 일당의 음모론은 자연의 힘에 맞서는 인간의 투쟁이 후자의 파멸적인 승리로 귀결되고 있다는 근래의 진단을 기이하게 반전시킨다. 인간이 지질학적 역사를 좌우하는 지배적인 힘으로 부상했다는 우려 섞인 기대는 열기관에서 원자력발전에 이르기까지 물질에서 에너지를 추출하는 기술혁신과 함께 성장했다. 2000년 대기화학자 파울 크뤼천과 생물학자 유진 스토머가 인류세라는 새로운 지질시대를 제안할 수 있었던 것은 인간 활동이 지구의 물리화학적 조성과 생태적 다양성에 끼치는 영향을 기록하고 이해하기 위한 다양한 모델과 장치들이 그전부터 가동되고 있었기 때문이다.[8] 이렇게 생

---

7) Isabelle Stengers, *In Catastrophic Times: Resisting the Coming Barbarism*, trans. Andrew Goffey, Open Humanities Press, 2015, pp. 43~50.

산된 지식은 인위적인 표상 체계와 별도로 지구 자체가 인간의 물질적 발자국을 지지, 저장, 처리하는 또하나의 기록시스템으로 기능하고 있었으며 이를 통해 동시대 커뮤니케이션 환경을 전면적으로 재검토할 수 있다는 미디어 이론의 지질학적 전환을 촉진했다.[8] 그러나 『사이클로노피디아』를 만드는 일차적 원료는 포괄적인 데이터 수집과 분석에 기반한 지구과학적 지식보다는 아라비아만 또는 페르시아만의 끝나지 않는 전쟁의 경험이다. 전쟁이 재발할 때마다 화염에 휩싸여 검은 연기를 뿜어내는 유전지대의 압도적인 풍경은 무엇을 말하는가? 이것이 파르사니를 부르는 주문이다.

모든 길이 석유로 통한다는 것은 요컨대 중동을 통하지 않고서는 세계를 사유할 수 없다는 명령이다. 여기서 실재의 글쓰기에 대한 독점적 접근을 제공하는 이국적 기록시스템으로서의 중동이라는 허구가 도출된다. 파르사니는 석유를 스스로 실현되는 물질화된 예언, 또는 치명적인 행위의 연쇄를 촉발하는 모종의 프로그램이 내재하는 물질로 읽어낸다. 석유에 과도하게 압축된 에너지는 유기체의 비정상적인 활동 항진을 초래하여 잘 정의된 경계를 교란한다. 파르사니를 추종하는 가상의 지하 공론장에서 전쟁은 이 불길한 에너지원을 전유, 소비, 경외, 숭배하는 상이한 양식들 간의 숙명적인 충돌로 재해석된다. 인간 사회를 가동시키는 낯선 힘을 어디에 위치시키고 그

8) Paul J. Crutzen, Eugene F. Stoermer, "The 'Anthropocene'", *IGBP Global Change Newsletter*, no. 41, 2000, pp. 17~18; Will Steffen, Jacques Grinevald, Paul Crutzen, John McNeil, "The Anthropocene: Conceptual and Historical Perspectives", *Philosophical Transactions of The Royal Society*, no. 369, 2011, pp. 842~867.

9) Jussi Parikka, *A Geology of Media*, University of Minnesota Press, 2015.

와 어떤 관계를 정립하는가에 따라 상황은 매번 다르게 그려진다. 우리는 무고한가, 강력한가, 아니면 힘을 가진 자들을 영리하게 활용하는가? 저들은 위험한 적인가, 전략적 동맹자인가, 하찮은 놀잇감인가, 신성한 희생양인가? 전쟁은 서로 어긋나는 다수의 이야기들이 증식하여 땅에 새겨지고 공기 중에 흩뿌려지는 석유의 진흙 서판으로, 무엇이 섞였는지 모를 지구의 잡종 언어로 되먹임되는 장대한 서사시를 육성한다.

　실제로 『사이클로노피디아』는 근대 서사시의 객체지향적 변종으로 독해할 수도 있다. 이를테면 허먼 멜빌의 『모비 딕』의 역전된 속편이라고 하자. 고래기름은 석유로 대체된다. 지하에 매장된 죽은 기름이 크라켄처럼 땅 위로 촉수를 뻗고 분쟁을 일으키니 자연과 인간의 결투는 만인의 만인에 대한 투쟁으로 전화하여 아무도 무사히 빠져나갈 수 없는 소용돌이를 형성한다. 프랑코 모레티는 『모비 딕』이 "서구의 문명화된 삶을 위해 폭력이 필요"하고 "서구의 문명화된 의식을 위해서는 폭력을 부정할 필요가 있"음을 인정하는 드문 사례라고 평가한다.[10] 『사이클로노피디아』는 바로 그 폭력의 부정을 맹렬하게 부정한다. 그럼에도 폭력의 궁극적인 책임은 여전히 석유에 깃든 외래적 악에 전가되는데, 이는 인간의 무고함을 주장하는 것이 아니라 무력함을 역설하는 것이다. 근대 서사시가 산업혁명 이후 온갖 이질적인 것들이 범람하는 교환과 생성의 평면으로 재조직된 세계를 그 총체성 속에서 재현하려는 비판적 자기 정당화의 기획이었다면, 『사이클로노피디아』는 어떤 이유로든 그것이 지속 불가능해진 지

10) 프랑코 모레티, 『근대의 서사시—괴테의 『파우스트』에서 마르케스의 『백년의 고독까지』 근대 문학 속의 세계체제 읽기』, 조형준 옮김, 새물결, 2001, 54쪽 주 22.

점에서 출발한다. 세계를 하나의 텍스트로 엮는 영웅적 주인공은 수수께끼의 물질이 남긴 구멍들과 그것을 해독하는 고고학자로 대체된다. 지구가 한 다발의 천공카드라면 그것은 어떤 오퍼레이터를 불러낼 수 있을까? 이 질문은 기록시스템의 객체이자 주체인 저자의 양가적 위치에 관한 더 상세한 분석을 요구한다.

기록시스템 속에서 살기

글쓰기는 말을 기록하는 언어의 부차적 기능이 아니다. 무인도에 조난된 사람이 빗금을 그어 날짜를 셈하고 물품 목록을 관리하는 상황을 생각해보자. 여기에는 미디어학자 존 더럼 피터스가 요약하는 글쓰기의 특징들이 모두 들어 있다. 평평한 표면에 시각적 표식이 새겨진다. 그것은 지속성 있는 기억의 저장고로서 조난자가 자기 존재를 의탁할 수 있는 최소한의 고정된 틀을 제공한다. 현재 상황을 파악하고, 탈출 계획을 세우고, 가상의 친구를 만드는 등의 활동이 모두 이 틀 안에서 이루어진다. 글쓰기의 판은 변경 불가능한 것을 확립하고 그에 따라 가변적인 것의 영역을 정의하면서 외부 세계의 연산과 통제 가능성을 증대한다. 글쓰기는 말과 결합하기 전에 간단한 기록과 계산, 다시 말해 회계의 기술로 고안되었다. 피터스는 한나 아렌트를 참조하여 "말하기는 정치적 세계를 변화시키는 행동을 하게 하지만, 글쓰기는 물리적 세계를 변화시키는 일을 하게 한다"라고 쓰는데, 이는 도식적이지만 상당히 유용한 구분이다. 말하기는 인간을 향하고, 글쓰기는 사물을 향한다.[11]

---

11) 존 더럼 피터스, 『자연과 미디어—고래에서 클라우드까지, 원소 미디어의 철학을 향해』, 이희은 옮김, 컬처룩, 2018, 387~394, 356쪽.

글쓰기와 말하기가 호환되려면 둘을 절합하는 기록시스템이 필요하다. 문자들의 나열을 누군가의 발화 행위로 인식하고 그에 응답하는 것은 생각만큼 자연스러운 일이 아니다. 글쓰는 자들이 기록된 말을 통해 그들의 뜻을 전달할 수 있도록 하는, 또는 적어도 그런 기대를 가지고 글쓰기에 매진하도록 하는 어떤 회로가 있어야 한다. 키틀러는 『기록시스템 1800·1900』에서 이런 회로의 두 가지 유형을 식별한다. 먼저 1800년식 기록시스템은 말과 글의 격차를 최소화한다. 글쓰기는 외적 발성의 기록이자 내적 음성의 표현으로 재정의된다. 언문일치에 기반한 표준어 공론장은 원칙적으로 누구나 자기 생각을 펼칠 수 있는 투명한 커뮤니케이션 채널로 기능한다. 보편화된 문자문화는 그들이 진정으로 귀속될 세계를 스스로 구상하고 주장할 정치적 권리에 관한 의식을 일깨운다. 하지만 그 권리는 모두에게 허용된 것도 아니고 실제적 주권성을 보장하지도 않는다. 저자들은 주어진 말을 반복하지 않고 비언어적 원천에서 새로운 말을 길어올릴 수 있는 자로, 단지 말할 수 있을 뿐이다.

말하기를 전유하여 인간 내면에 접속하는 글쓰기는 생동하는 정신을 조형, 저장, 전송하는 수단을 제공한다. 이는 강력한 미디어지만 읽고 쓸 줄 아는 인간만 해독할 수 있는 언어로 암호화되기 때문에, 정신의 목소리로 외부 세계를 호령하려면 별도의 지휘 체계에 의존해야 한다. 바로 이 지점에서 자연을 기록하고 해부하고 더 나아가 인간이 원하는 대로 움직이도록 재배열하는 글쓰기, 파우스트가 악마의 소관으로 넘겼던 물리적 마법, 연금술, 기계를 부리는 술수가 끼어든다. 라투르는 잡다한 자연철학의 계열들이 근대적 과학기술로 제도화되는 것을 "사물들을 문서로 전환하고 (……) 문서를 더 적은 양의 문서로 전환하는" 평범한 서류 작업의 점진적 혁신으로 설명한다. 자연의 글쓰기는 사물의 흔적을 변질 없이 복제, 이동, 축적, 재조합, 중첩하는 다수의 눈과 손, 규정된 절차와 형식에 따라 수행되거나 부분적으로 자동화되는 양방향적인 기입의 연쇄를 통해 산출된다.[12] 이처럼 정신의 목소리를 받아쓰지 않고 통치의 기계를 조직하는 관료주의적 글쓰기는 자연과학뿐만 아니라 통계학적 기법을 도입한 당대의 사회과학에서도 발견된다.[13] 웅변하는 정신은 입도 없고 귀도 없이 그저 묵묵히 셈하는 손가락들, 사람과 사물이 조합된 기록과 계산의 장치들에 에워싸여 있다.

알려진 세계가 남김없이 점령되었다면, 그에 편승하지 못한 저자들은 그들의 영토를 스스로 찾아내는 수밖에 없다. 재현의 평면에서 세계를 모사하고 변형할 수도 있고, 언어 자체를 연구 재료 삼아 인간 존재를 고찰하거나 그에 선행하는 말들의 자율적 논리를 탐구할 수도 있다. 그러나 언어는 말하고 들을 수 있는 소통의 매개체이자 기록하고 셈할 수 있는 기호의 집합이다. 의미를 생생하게 전달하는 말의 총체성이 파괴되어 개별적으로 분석되기 시작하면, 인간 또한 언어 능력을 구성하는 하위 기능들의 집합으로 해체되기를 피할 수 없다. 이것이 1900년식 기록시스템의 초기 조건이다. 읽기, 쓰기, 말하기, 듣기는 하나씩 *끄거나 켤 수 있는* 생리적 기능으로 규명되고, 패턴의

---

12) Bruno Latour, "Drawing Things Together", *Representation in Scientific Practice*, eds. Michael Lynch, Steve Woolgar, MIT Press, 1990, p. 48: 브뤼노 라투르, 『젊은 과학의 전선—테크노사이언스와 행위자-연결망의 구축』, 황희숙 옮김, 아카넷, 2016, 133~145쪽.

13) 이언 해킹, 『우연을 길들이다—통계는 어떻게 우연을 과학으로 만들었는가?』, 정혜경 옮김, 바다출판사, 2012.

지각, 기억, 상기, 재인지 등으로 더욱 세분화된다. 목소리는 감각, 심상, 이미를 동일하는 특권적 지위를 상실하고 다른 소리들과 똑같이 저장된다. 자연현상을 그 고유한 진동 속에서 기록하는 엄정하고 화려한 기술들이 정신의 미디어를 조각낸다. 남은 것은 반쯤 분해된 낯설고 이질적인 기계로서의 신체인데, 그것이 무엇을 말할 수 있으며 그 횡설수설을 기록해봐야 무슨 소용인가? 글쓰기로는 아무것도 보장되지 않지만 그 오래된 약속을 기억하는 저자들은 직접 말과 글의 합선을 창출해야 한다.

키틀러가 이 새로운 회로의 전형으로 소개하는 『한 신경병자의 회상록』의 저자 다니엘 파울 슈레버는 의외의 방식으로 말, 글, 신체를 연합한다. 슈레버가 자신의 편집증적 망상 체계를 기록한 이 책은 '기록시스템'이라는 용어의 원출처이기도 한데, 그는 어떤 신비한 통신망이 신경에 직접 접속하여 자기의 말과 생각을 맹목적으로 기록, 재생, 조작하면서 "영혼 살해"를 꾀한다고 믿는다.[14] 그러나 시를 암송하고 신문을 읽으며 자기를 방어하는 그 영혼은 애초에 자연어를 인간에게서 분리, 정화하여 재주입하는 국가 표준어 담론의 작동 속에서 형성된 것이 아닌가? 기록시스템의 개념은 글쓰는 자가 이미 언제나 기입의 대상이자 장소이며 더 거대한 글쓰기 장치의 일부로서 프로그래밍된다는 특수한 가정 또는 망상에 기초한다. 그에 따르면 저자가 된다는 것은 자신에게 설치된 프로그램과 씨름하면서 그것을 습득, 전유, 변용하는 과정이다.[15] 1800년식 기록시스템의 저자들이

---

14) 프리드리히 키틀러, 같은 책, 508~531쪽; 다니엘 파울 슈레버, 『한 신경병자의 회상록』, 김남시 옮김, 자음과모음, 2010, 125~140쪽.

15) 미셸 푸코, 「저자란 무엇인가?」, 장진영 옮김, 『미셸 푸코의 문학비평』, 김현 엮음,

이를 고갈되지 않는 언어의 축복으로 수용하고 전파한다면, 1900년식 기록시스템에서는 그것이 어째서인지 불가능해지면서 이 악조건을 해명하고 극복하는 것이 저자의 입문 의식이 된다.

슈레버는 말의 주인이 못 된다는 점에서 고전적인 저자와 다르다. 말은 외부로부터 쇄도하여 문자 그대로 내면을 폭파한다. 그는 은밀한 폭탄 테러의 희생자로서 자신의 시체에 새겨진 문양들을 실마리 삼아 온 우주를 그의 고통에 관여하는 음모론적 연결망으로 고쳐 그린다. 언어는 보이지 않게 인간을 관통하는 치명적인 무기로 재발견되고, 저자는 읽을 수 없는 상형문자가 각인된 자기의 비석이자 그것을 본뜨고 해석하는 고고학자로 재탄생한다. 키틀러는 슈레버와 같은 저자들이 무의미한 기호들을 기록, 조합하는 기능공일 뿐 진정한 의미의 저자는 아니라고 폄하하지만, 그 역시 1900년식 기록시스템의 저자로서 동일한 공식에 따라 책을 구성한다. 아직 말해지지 않은 것들의 신비가 이미 모든 것이 기록되었다는 난제로 반전된 곳에서, 저자들은 질문한다. 이 세계는 대체 어떻게 해서 이렇게 자동으로 적히는 걸까? 슈레버와 키틀러의 차이는 잠복하는 기억과 환각을 바탕으로 신학적 설명을 시도하는가, 아니면 공적인 아카이브에 기반하여 사회 기술적 문화사를 서술하는가 하는 것뿐이다.

여태껏 언어를 경험하고 이해해온 방식과 실제로 언어가 그들에게 작용하는 방식에 차이가 있다는 불안은 1900년식 기록시스템의 저자들에게 나타나는 공통의 정서다. 키틀러는 문학이 보통 의식하기 어려운 언어의 실제적 효과가 의도치 않게 기입된 아카이브를 제공하

문학과지성사, 1989, 250~251쪽 참조.

지만, 최신 미디어 기술에 비하면 실재를 기록하고 조작하는 데 한계가 있다고 본다. 이러한 언어의 가치 절하는 기술의 과대평가로 이어진다. 컴퓨터를 소실점 삼아 조형예술과 미디어의 역사를 사후적으로 조망하는 『광학적 미디어』에서, 키틀러는 디지털 기술이 감각적 장, 상징 언어, 실재를 자유롭게 넘나드는 보편적 미디어 시스템을 구축하여 전혀 새로운 우주를 개방하리라고 예언한다.[16] 언어에 의존하는 인간과 기술적으로 조작되는 실재의 간격이 사라지면서, 둘 사이의 커뮤니케이션 오류, 상호적인 오남용, 예기치 않은 창안이 중단되고, 시대착오적 저자가 불완전한 기술의 틈새에서 서술할 수 있었던 미디어의 역사가 마침내 종결된다는 것이다. 이 새로운 우주는 기존의 인간 중심적 세계와 거리가 먼 자율적 거대 컴퓨터에 가깝겠지만, 프로그래밍언어를 기본 소양으로 갖춘 21세기의 새로운 인간은 소외나 억압을 경험하지 않고 스스로 원하는 방식으로 그와 상호작용할 수 있으리라고 상상된다.

예언은 실현되었나? 세계는 물질과 데이터를 처리하는 단일 시스템으로 재조직되었으나, 그것은 전능한 컴퓨터가 아니라 고유한 모순을 역동성으로 전환하면서 끊임없이 재구성되는 불안정한 세계시장이다. 디지털 기기의 보급률은 가파르게 상승했으나, 지금 디지털화된 세계와 인간의 간격을 해소하리라 기대되는 것은 보편화된 컴퓨터 언어 교육이 아니라 인간 언어를 시뮬레이션하는 인공지능이다. 하나의 한계를 제거하기 위해 또하나의 한계를 보이지 않게 도입하는 미디어 디자인의 유구한 원리는 여전히 관철되고 있다. 역사

16) 프리드리히 키틀러, 『광학적 미디어: 1999년 베를린 강의―예술, 기술, 전쟁』, 윤원화 옮김, 현실문화, 2011, 343~351쪽.

는 종결되지 않고 변주된다. 인류학자 데이비드 그레이버는 인터넷을 지난 세기의 우편 시스템과 비교하여 미디어의 역사에서 반복되는 패턴을 도출한다. 상의하달 방식의 혁신적인 군대 통신망이 민간화되면서 제도적 규제와 물리적 한계를 넘는 자유로운 사회적 실험의 장을 제공하고 유토피아적 상상력을 촉발한다. 누구나 지휘관처럼 자기 명령대로 움직이는 효율적인 시스템을 누리려면 세계 전체가 점점 더 복잡한 지휘 체계에 뒤얽히는 것을 피할 수 없다. 그러나 무절제한 열정과 그것을 해방하는 기계의 공진화는 이상적인 "폭정의 민주화"에 도달하지 못하는데, 관료제가 거대화되면서 급격히 비효율화되기 때문이다.[17]

디지털 미디어 환경을 변형된 관료제로 간주하는 것은 무엇이 변했고 무엇이 변하지 않았는지 헤아려볼 수 있는 한 가지 방법이다. 우리가 어떤 세계에 살고 있고 무엇을 할 수 있는가는 간단히 말할 수 있는 문제가 아니다. 하나의 결정적인 요인을 가정하는 것은 그 문제를 지나치게 쉽게 만든다는 점에서 차라리 서술의 기법에 가깝다. 강력한 거대 행위자는 세계를 재신화화하면서 그것을 추적하는 주인공의 산발적인 궤적들을 하나로 엮는다. 그러나 주인공은 자신이 풀던 수수께끼 속에서 행방불명될 수밖에 없는데, 라투르가 올바르게 지적하듯이 "대규모의 행위자"라는 것은 다수의 작은 행위자들과 그들이 처리하는 문서들의 연쇄로 이루어진 시스템의 효과이기 때문이다.[18] 가르강튀아와 팡타그뤼엘이 먹고 마시고 배설하면서 세상 만물

---

17) 데이비드 그레이버, 『관료제 유토피아—정부, 기업, 대학, 일상에 만연한 제도와 규제에 관하여』, 김영배 옮김, 메디치, 2016, 225~241쪽.

18) Bruno Latour, "Drawing Things Together", pp. 55~56.

에 흔적을 남기는 것이 아니라, 바로 그 만물들의 연합 속에서 거인의 환상이 출현한다. 이 거인은 1800년식 기록시스템에서 선악을 불문하고 신성한 힘을 부여받은 인간의 형상으로 나타나, 1900년식 기록시스템에서 신과 인간을 모두 죽였다 되살리기를 반복하는 강령술적 자동기계로 진화할 것이다. 그러나 『사이클로노피디아』에서 그것은 존재의 사다리에서 가장 저급한 물질, 천상과 지상의 모든 존재들이 파묻힌 묘지에서 흘러나오는 "탄화수소 시체 주스"로 변모한다.[19]

이는 하나의 기록시스템이 다른 기록시스템으로 대체된다는 말이 아니다. 아마도 우리는 새로운 시대로 굴러떨어진 것 같지만, 낯선 미래가 실현된다는 것은 오랫동안 누적된 약속과 모순들이 놀라울 정도로 생생하게 또는 알아볼 수 없이 변질되어 표면화된다는 뜻이기도 하다. 흙과 뼈와 플라스틱, 잉크와 식물섬유, 희토류와 전자로 작성된 문헌들은 우리가 몰랐던 것을 가리켜 보이는 한편 그 방대한 기록에 누락된 무언가 중요한 것이 있음을 상기시킨다. 기록시스템은 그 미지의 것을 추적하면서 시공간의 지도를 개정하는 저자들의 연구실이자 그들의 노동으로 돌아가는 담론 생산의 공장이다. 키틀러는 문학적 기록시스템이 글쓰는 자를 실재로부터 분리하는 몽상의 장소이자 실재가 글쓰는 자에게 기입되는 악몽의 장소로서 이중 구조를 이루고 있었음을 해명함으로써 저자의 죽음을 저자 자신의 추도사로 장엄하게 완성했다고 믿었던 것 같다. 그러나 알렌카 주판치치가 정확하게 재해석한 것처럼, 해명 불가능한 "꿈의 배꼽"은 완전히 제거되지 않으며 좀처럼 풀리지 않는 그 성가신 매듭 속에서 저자

---

19) 레자 네가레스타니, 같은 책, 61쪽.

들은 태어나기를 멈추지 않는다.[20]

　네가레스타니의 외부 지향적 글쓰기는 지구 시스템의 복잡성이나 기술의 난해함으로 환원되지 않는 언어의 기이함으로 오염되어 있다. 저자는 자기의 몸 밖에, 심지어 자기가 태어나기 전에 기록된 것들을 마치 자기의 기억인 양 재발견하는 이상한 과정을 통해 외부 세계로 분산되고 재발명된다. 무선통신망이 설치되기 훨씬 전부터, 읽기와 쓰기는 멀리 떨어진 것들의 불가능한 접속을 성취하고 나와 타자, 실재와 허구의 경계를 재배치하는 원격 커뮤니케이션의 수단을 제공했다. 글쓰는 자는 문자들의 연쇄를 따라 바깥으로 나가서 말과 사물이 어긋나는 곳에 닻을 내리고 자신의 신체를 북적거리는 운송체이자 만남의 장소로 재구성한다. 언어의 고유한 외재성과 비인간성은 인간의 자기 구성적 허구를 폭로하고 죽음을 선언하는 끝없는 장례 행렬을 불러낼 수도 있지만 인간과 그의 세계를 고쳐 만드는 도구가 될 수도 있다. 최신 기술을 통해 자유로운 신체 개조를 약속하는 화려한 포스트휴먼의 전망과는 좀 다르게 보일지 몰라도, 저자는 언제나 느린 재생과 재구성의 장소로 기능해왔다. 그것은 곤경에서 자라나는 글쓰기 판으로서 스스로 알지 못했던 말을 마치 자신의 것인 양 쓰기 시작한다.

(2023년 여름호)

---

20) 알렌카 주판치치, 『왓 이즈 섹스?─성과 충동의 존재론, 그리고 무의식』, 김남이 옮김, 여이연, 2021, 274~276쪽.

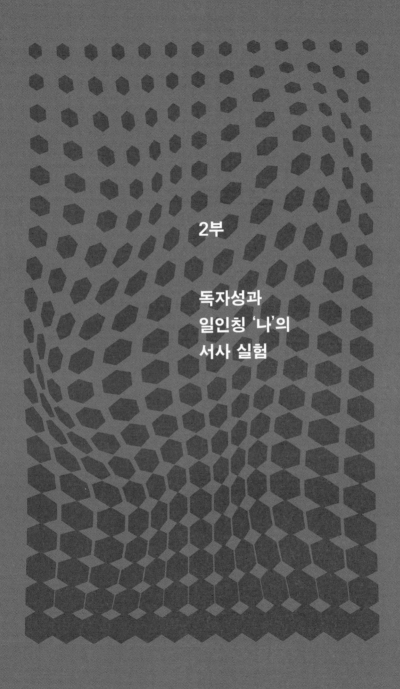

2부

독자성과
일인칭 '나'의
서사 실험

김
경
태

수치심의 글쓰기와
퀴어의 사랑/윤리

김경태
연세대 매체와예술연구소 연구원. 중앙대 첨단영상대학원 영상예술학과 박사과정 졸업.

들어가며

지난 2018년 여름, 김봉곤의 첫번째 소설집 『여름, 스피드』[1]를 처음 접했을 때의 달뜬 감각을 선명히 기억한다. 게이 작가가 자신의 이야기를 쓴 '오토픽션'이라는 생소한 장르의 소설로 등단을 할 수 있었고, 또 그런 소설들로 묶인 책을 심지어 메이저 출판사에서 출간했다는 사실이 문학에 문외한인 내게는 신선한 충격이었다. 나는 매우 더디게 읽어나갔다. 깊은 물속으로 잠수를 하듯, 크게 숨을 들이쉬고 천천히 내쉬며 몇 단락을 읽어나가다가, 이내 책을 덮고 떨리는 마음을 추스르기 위해 심호흡을 했다. 나는 그의 소설을 읽어내려가는 동안 점점 몸이 달아오른 것이 한여름의 더위 탓인지 소설 탓인지 알 수 없었다. 그의 소설은 마치 내가 도저히 쓸 수 없었던, 수치스러운 욕

---

1) 이 글에서 다루는 김봉곤의 작품은 다음과 같다. 「컬리지 포크」「여름, 스피드」「디스코 멜랑콜리아」「Auto」(『여름, 스피드』, 문학동네, 2018), 「시절과 기분」(『시절과 기분』, 창비, 2020). 이하 인용시 본문에 작품명과 쪽수만 밝힌다.

망과 경험으로 가득찬 내밀한 일기처럼 읽혔다. 작가의 커밍아웃과는 별개로, 정말 게이가 아니면 절대 쓸 수 없는 내용들이라고 확신했다. 물론 이는 한국 게이들의 어떤 전형화된 일상과의 합치성이나 유사성만을 두고 하는 말이 아니다. 엄밀히 말해 나를 그 심연으로 끌어들인 건, 욕망과 경험이 아니라 그것들을 둘러싼 익숙한 감각의 진폭, 어떤 과잉된 '감정의 형태'였다. 그것은 동성애 혐오적인 사회 속에서 사랑하기 위해, 살아남기 위해 퀴어들이 몸부림치며 공유되고 반복되고 축적된 공통의 쓰라린 감각이었다. 때문에 김봉곤의 소설은 애써 감추고 싶어했던 불쾌한 정동들, 혹은 알고 싶어도 도저히 알 수 없었던 불가해한 정동들로 가득찬 판도라의 상자였다.

아마도 김봉곤의 소설을 환대하는 문학계의 태도에는 게이 하위문화에 대한 일말의 관음증적 시선, 혹은 민속지학적 시선이 개입했을 것이다. 그런 맥락에서 문학계는 그의 작가적 역량뿐만 아니라 그의 소설의 동시대적 '상품성'을 헤아리며 그의 소설을 지지했고, 그의 소설을 포함한 일군의 퀴어 소설들이 대중적 인기를 끌며 그 선택이 틀리지 않았음을 입증했다. 적어도, 작가와 나눈 내밀한 대화가 당사자들의 허락 없이 무단으로 작품 속에 게재되었다는 문제가 공론화되기 전까지는 말이다.

게이 정체성과 수치심

그의 소설에 매혹된 만큼 그의 치기 어린 용기에 혀를 내두른 것은 나뿐만은 아니었을 것이다. 물론 여기에서 용기란 단순히 그가 '오픈리' 게이 작가로서 당당하게 활동하기로 결심한 걸 두고 하는 말이 아니다. 그의 소설에는 단순히 '저는 동성애자입니다'라고 고백하는 차원을 넘어서는 자기 고백의 심오함이 있었다. 그것은 동성애자들은 '성적으로 문란하다'는 동성애 혐오적 프레임에 아랑곳하지 않고, 또한 기존 사회에 복속되려는 동화주의적 욕망에 따라 성적 엄숙주의를 설파하는 일부 게이들의 시선도 신경쓰지 않는 무심함에서 비롯된다.

나는 이미 완전히 발기해 있었다. 그가 나를 향해 돌아서며 무언가 말하려 했을 때 나는 의자를 뒤로 빼 다리를 벌렸다. 그러고는 양손을 나의 허벅지에 올렸다. 그의 시선이 내 아랫도리로 향하는 게 보였다. 나는 회색 쇼츠 안에서 내 성기를 까닥여 보였다. (……) 나는 거의 그를 덮치고 싶은 욕망에 휩싸였다. 바지를 벗겨 땀으로 젖어 있을 그의 사타구니에 얼굴을 파묻고 마구 핥고 싶었다. 원한다면 그에게 밟히거나 오줌을 먹어도 좋다고 생각했다.(「컬리지 포크」, 34쪽)

팔십 킬로가 넘으면 웬만하면 잤다. 구십 킬로가 넘으면 얼굴도 안 봤다. 직선거리가 가까웠던 한 사람과는 택시를 잡고 또 타고 가는 시간이 아까워 소렐 부츠를 껴 신고 산을 넘어가서는 섹스를 했다. 거의 중독이라고 생각할 만큼 나는 그 시기에 섹스에 열을 올렸다. 내 명쾌한 취향에 감사하면서.(「여름, 스피드」, 65쪽)

이처럼 김봉곤 소설 속 화자들은 게이로서 과거 자신의 치부를 낱낱이 들춰내며 저 밑바닥까지 모든 걸 내려놓는데, 그것은 성정체성을 드러내는 데서 멈추지 않고 그것을 초과하는 커밍아웃, 존재에 각인된 수치스러운 욕망과 경험을 필요 이상으로 나열하는 과잉된 커밍아웃이다. 다르게 말해 그것은 실오라기 하나 걸치지 않고 독자들 앞에 선 채 상징적 죽음을 마다하지 않는 '존재론적 거밍아웃'이다. 김봉곤의 인물들은 동성애 규범을 따르며 게이 자긍심으로 가득찬 게이가 되는 데 관심이 없다. 대신 그들은 과거로 돌아가 수치스러웠던 자신과 마주함으로써 나르시시즘적 자아를 밀어낸다.

조르조 아감벤은 주체성의 가장 고유한 정조로 수치심에 주목했다. 그에 따르면, "자신의 의지에 반해 성적 폭력을 겪는 사람에게서는 부끄러움과 같은 것이 있을 리 없다. 하지만 그가 기꺼이 폭력을 감내한다면, 그 폭력을 즐긴다면, 그가 자신의 수동성에 의해 감응된다면, 다시 말해 자기 촉발이 산출된다면, 오로지 그때라야 부끄러움에 대해 말할 수" 있다. 즉 육체적 폭력을 고통이나 훈육이 아닌 쾌락으로 받아들이는 비순응적인 태도가 수치심을 유발한다는 것이다. 과거 그리스인들은 "동성애적 관계에서 능동적 주체(에라스테스)와 수동적 주체(에로메노스)를 분명히 구별"하며 "그러한 관계의 윤리상 에로메노스에게 쾌락을 느끼지 말라고 요구"했다.[2] 주체가 항문을 통해 느끼는 쾌락은 비규범적이기에 수치심을 동반한다. 게이는 신체에 부여된 규범적 쾌락을 위반하기에 수치스러운 존재이다. 그들은 상대에게 밟히거나 오줌을 먹으면서 흥분할 수 있고, 상대의 얼굴을 보지 않은 채 프로필에 적힌 체중의 수치만으로 발기할 수 있다. 남자의 '좆'을 입에 넣고 빨면서 "아무 맛도 안 나는데 맛있어!"(「디스코 멜랑콜리아」, 96쪽)라는 모순적인 감탄을 뱉어낼 수 있다. 이처럼 수치심은 자신과 규범적 세상의 어긋남을 알려주기에 비규범적

---

2) 조르조 아감벤, 「부끄러움, 혹은 주체에 관하여」, 『아우슈비츠의 남은 자들』, 정문영 옮김, 새물결, 2012, 165~168쪽 참조.

사유의 출발점이 되는 정동이다.

게이들이 느끼는 수치심, 즉 '게이 자긍심'을 독려하여 몰아내고자 했던 '게이 수치심'은 공원이나 공중화장실, 극장, 사우나 등의 공공 시설을 성적 수행의 공간으로 전유하는, 성적 문란함의 근거로 지목 되는 크루징 문화에서 비롯되는 것이 아니다. 그것은 게이로서의 원 초적 경험에서 기인한다. 예컨대 성정체성의 혼란을 겪던 어린 시절 게이 포르노를 처음 접한 게이는 머릿속으로 상상하고 수치스러워하 고 부정하기를 수없이 반복했던 그 불온한 욕망의 가시화 앞에서 음 경이 단단해지는 만큼이나 재빨리 엄습하는 창피함과 두려움에 몸서 리를 친다. 게이의 신체는 언제나 성적 흥분과 수치심을 동시에 각인 해왔다. 강조컨대, 게이 주체성의 가장 고유한 정조는 수치심이다.

그리고 김봉곤은 수치스러운 존재 그 자체로 인정받고자 한다. 그 것은 어떠한 규범에도 순응하지 않은 채 있는 그대로의 자신으로 인 정받기 위한 투쟁이다. 「여름, 스피드」의 '나'는 "영우가 날 좋아하지 않는다고 말했을 때, 그건 오직 한 사람이 날 거부한 것이었지만 나 는 세상 모든 사람으로부터 거절당한 기분이 들었다"(90쪽)고 말한 다. '나'에게 있어 자신의 사랑에 대한 거부는 곧장 자기 존재에 대한 부정으로 감지된다. '나'를 동성애자로 존재하게 하는 건, 고로 '나'를 살아 있게 하는 건, 지금 눈앞에 있는 사랑뿐이기 때문이다. 그러므 로 고백이 거부될 때, 그것은 동성애자의 신체에 새겨진 오랜 부정의 역사와 공명하며 '나'를 절대적 수치심에 휩싸이게 한다. 때문에 김 봉곤의 소설 속 인물들은 자신이 받아들여질 수만 있다면 죽어도 여 한이 없다고 느낀다. 처음 만난 남자의 차를 타고 어딘가로 향하면서 "운전하는 그의 좆을 빨다가 죽어버려도 좋겠지"(「디스코 멜랑콜리아」, 96쪽)라고 생각하거나, "지금 이 순간, 폭력의 두려움보다 거절의 두려움이 더 크고, 그걸 변명할 생각은 전혀 없"(같은 글, 99쪽)다고 생각한다. 이처럼 인물들의 죽음 충동의 기저에는 죽음보다 더 두려운 공포, 즉 아무에게도 사랑받지 못할 수도 있다는 두려움이 자리 잡고 있다.

미래가 없는 퀴어의 사랑

김봉곤에게는 '금사빠'가 문제가 아니다. 정말 문제는 사랑을 너무 빨리 잊는다는 것이다. 함께한 시간이 얼마였는지, 몇 명에게 마음을 줬는지는 중요하지 않다. 사랑은 이별 후에 비로소 시작된다. 새로운 사랑은 필연적으로 옛사랑을 상기시키고 또 경유해야 한다. 현재의 사랑 위로 과거의 사랑이 중첩되고 틈입한다. 과거의 사랑은 새로운 사랑으로 잊히는 게 아니라 더 선명해진다. 사랑은 사랑을 먹으며 자꾸만 웃자란다. 그래서 사랑은 늘 그에게 산만하고 과잉된 무엇이다. 이토록 창피한 줄도 모른 채 혹독하게 사랑했는데 어찌 감히 부정할 수 있냐며, 당신은 나처럼 모든 걸 내려놓고 사랑한 적이 있냐며, 그러니 사랑의 대상이 아니라 그 방식을 직시하라며, 김봉곤은 자신의 모든 걸 까발린다. 그 치열했던 사랑을 기록하는 것이 그에게는 생존을 증명하는 유일한 방식이다.

일찍이 미셸 푸코가 말했다. "아마도 동성애자들에게 사랑에 있어 최고의 순간은 연인이 택시를 타고 떠날 때일 것 같다. 섹스가 끝나고 그가 돌아가버린 바로 그 순간, 우리는 그의 체온과 미소, 말투에 대한 꿈을 꾸기 시작한다. 동성애 관계에서는 섹스에 대한 기대보다 오히려 그 기억이 더욱 중요하다"[3]고. 퀴어는 혼인과 출산이라는 규범적 통과의례를 상상할 수 없다. 퀴어의 사랑에서 기대할 수 있는 '다음 단계'란 이별뿐이다. 사랑과 이별 사이에는 불안의 정동이 가득할 뿐이다. 아무런 기대를 할 수 없는 미래 때문에 퀴어는 과거로 돌아간다. 섣부르게 기대하기보다는 차라리 안전하게 기억하고자 한다. 기억은 온전히 자신의 것이며 자신이 통제할 수 있는 것이기 때문이다. 퀴어가 오롯이 자신만의 방식으로 소유할 수 있는 사랑은 과거의 그것뿐이다. 그래서 김봉곤은 지난 사랑에 집착하고 또 천착한다. 그토록 사랑을 했고 또 사랑을 받았던 존재였음을 철저하게 기억하면서 불안한 미래를 살아낼 용기를 얻는다. 사랑의 기억만이 퀴어를 지상에 묶어주는 유일한 끈이다. 사랑에 대한 '기대'보다 '기억'이 더 중요한 이유이다.

여타의 게이들이 그러하듯 김봉곤의 인물들은 오프라인 모임이나 데이팅 앱, SNS를 통해 누군가를 계속 만난다. 게이들 사이에서 통용되는 은어인 '번개'는 일회성 섹스를 목적으로 만나는 것을 의미하는데, 문자 그대로 즉흥적인 섹스는 '번개처럼' 빠른 속도를 본질로 한다. 섹스의 편의성은 그대로 사랑의 편의성으로 전이된다. 그래서 "만난 지 하루 만에 잤고, 그다음날쯤엔 사귀기로 했던 것"(「Auto」, 186쪽)이 가능하다. '포르노'와 '에로스' 사이의 인지적 거리는 섹스의 속도에 비례해 좁혀진다. 한갓 포르노를 에로스로 착각한다. 그러나 속도에 침몰된 관계는 사랑을 잉태할 수 없다. 섹스가 사랑으로 이어지기 위해서는 느린 잉여의 시간이 필요하다. 그래서 김봉곤은 이별 후에도 사랑을 지속한다. 아니, 이별 후에야 비로소 사랑을 시작한

---

3) Michel Foucault, "Friendship as a Way of Life", *Ethics: Subjectivity and Truth*, The New Press, 1998, p. 150.

다. 그에게 사랑은 언제나 실패한 사랑이기 때문이다. 퀴어에게 사랑은 늘 실패할 사랑이기 때문이다. 과거로 돌아가 그 순한 만남들을 때로는 아련하게, 때로는 구질구질하게 회상한다. 그것은 지난 사랑을 뒤늦게 구원하기 위한 애처로운 몸부림이다.

「Auto」의 '나'는 '살찌고 털이 많은 아시아 남자들의 사진'이 모인 텀블러 사이트에서 '국내산 2'라는 제목이 붙은, 오십대로 보이는 중년남성들이 직접 촬영한 조악한 섹스 동영상을 보며 지난 연인을 떠올린다. '나'는 그들 중 하나가 "환장하겠다. 환장하겠네./자기야, 환장하겠어. 이 자지 내 거 맞지?/환장하겠어. 내 보지에 넣으면 환장하겠어"(195쪽)라고 말하는 그 수치스러운 동영상에서 자신의 과거를 본다. "그 영상을 다섯 번쯤 더 돌려 보았을 때, 나는 그와 처음 만났던 날을 떠올리고 있었다. 새벽녘, 신촌의 한 싸구려 모텔에서, 그가 나에게 했던 말이 떠올랐다. 이거 이제 내 거다. 그는 내 성기를 쥐고는 그렇게 말했다. 그런 말을 했었다. 나는 더이상 그 영상을 볼 수 없"(196쪽)게 되었다. 여기에서도 포르노와 에로스의 간극은 한없이 좁다. 다만 이번에는 포르노에서조차 지난 에로스의 흔적을 발견하고 만다. 포르노를 곧장 에로스와 연결시키는 천연덕스러운 뻔뻔함은 사랑이 본래 수치스러운 경험임을 알기에 가능하다.

미래는 퀴어의 사랑을 규범적 정체성으로 길들이려 한다. 미래가 없는 사랑은 규범적 세상에 위협적이기 때문이다. 그러나 퀴어는 더이상 성정체성을 대변하고 포괄하는 용어가 아니다. 대신 퀴어는 자신이 지금 맺고 있는 관계의 감정에 몰두하고 최선을 다할 뿐이다. 「시절과 기분」에서 '나'는 부산에서 대학을 다녔던 시절에 잠시 사귀었던 여자친구를 만나 그때를 반추한다. 그 이성 연애는 '나'가 게이로서의 성정체성을 자각하고 인정하기 이전에 필연적으로 거쳐야 했던 시행착오에 머물지 않는다. 그것은 우정을 사랑으로 착각한 실수이거나 미숙하고 부끄러운 사랑에 불과한 것이 아니다. '나'는 게이 정체성의 전사前事를 찾기 위해 과거를 떠올리는 것이 아니다. 그는 현재의 게이 정체성을 근거로 과거의 이성애적 사랑을 부인하지 않는다. 사랑은 더이상 정체성으로 수렴하거나 정체성의 원인이 되지 않는다. '나'는 그것이 현재의 성정체성에 어긋나는 연애였지만, 그 시절에는 분명히 사랑에 빠진 기분을 느끼게 했음을 고백한다. 혹은 성애적 규범과 상관없이 그들만의 특별한 방식으로 사랑했음을 밝힌다. 퀴어는 언제나 새로운 사랑을 발명할 준비가 되어 있다.

과거시제에서 뒤처진 미래시제로

과거에 집착하는 김봉곤도 미래를 욕심내고 상상하곤 한다. 미래가 없는 퀴어에게도 미래를 꿈꾸고 희망할 권리와 자격은 있다. 다만, 현재를 넘어 미래로 스며드는 지난 사랑의 흔적들은 회한과 반성의 정동들로 주체의 발걸음을 무겁게 한다. 그는 밝은 미래에 대한 기대에 휩싸인 채 정면을 응시하며 걷기보다는, 미련이 남은 과거를 차마 보내지 못해 자꾸만 뒤돌아보며 머뭇머뭇 느리게 겨우 한 걸음을 내딛는다.

나는 소설을 쓸 것이다.
소설을 쓰던 중 그와 그에 대한 기억을 떠올리다, 여전히 형섭을 사랑했었다는 사실에 나는 경악하게 될 것이다. 동시에 에하라 선생님을 진심으로 사랑한다는 것도 깨달을 것이다. 사랑한다고 끝내 말하지 못한 것을 나는 아쉬워한다. 글을 쓰던 어느 날, 형섭이 쿠마를 내게 안겨주고 떠났을 때 눈물을 쏟게 될 것이다. 한동안 니는 쓰지 못한다. 그리고 다시 쓰기 시작했을 때, 당신의 사진을 보았던 날 내가 느낀 감정은 분노를 가장한 흥분이었다는 사실을 나는 인정해야 할 것이다.(「컬리지 포크」, 49쪽)

그의 소설은 과거의 경험을 풀어놓은 것이기에 과거시제로 전개된다. 그런데 결말에 이르면, 김건형의 지적대로 "사랑을 기억하며(과거) 그것이 해당 작품이 될 것임을(미래) 지금 쓴다는 흥미로운 시제를 사용한다. 소설 본래의 '서사적 과거시제'는 순간적으로 '서사적 미래시제'가 된다"[4]. 소설에서 그는 미래시제를 사용해 앞으로 소설을 쓸 것이고, 그러다 사랑을 깨달을 것이라고 말하지만 이미 완성된 소설을 읽고 있는 독자들에게 그건 과거의 일이다. 다만 그 시점에서 이야기하는 과거의 기억보다는 한참 후에 벌어진 일로 추정된다. 과거시제뿐인 오토픽션에서 굳이 과거를 쪼개어 보다 근과거에 벌어진 사건에 미래시제를 부여하는 것이다. 그러나 그 서사적 미래시제는 정확히 예측된 대로 이루어진 미래만을 환기할 뿐이다. 기껏 떠올린 미래마저 과거에 점령당해 있는 것이다. 거기에는 앞으로 다가올 사랑에 대한 기대 따위는 없다. 그럼에도 불구하고 미래가 없는 퀴어는 미래의 도래를 목격하는 듯한 망상에 젖는다. 그러다 금세 정신을 차려, 그 미래시제가 함축하는 미래란 끝내 과거로부터 자유로울 수 없는 미래임을 깨닫고 좌절할지도 모른다. 미래에 대한 감각만을 품은

---

4) 김건형, 「퀴어 테크놀로지(들)로서의 소설─김봉곤식 쓰기/되기」, 문장웹진 2018년 12월호.

문장들은 이내 덧없이 과거로 돌아가는 결정론적인 미래와 닮아 있을 뿐이다. 더구나 그 미래는 실패한 사랑에 하릴없이 점유되어 있다.

수치심과 깊이 연관된 '뒤처짐backwardness'의 정동은 퀴어들의 정체성 형성에 영향을 미친다. 헤더 러브에 따르면 "뒤처짐은 많은 것을 의미한다. 부끄러움, 양가성, 실패, 멜랑콜리, 외로움, 퇴보, 희생, 비통, 반근대성, 미성숙, 자기혐오, 절망, 수치. 뒤처짐은 퀴어 역사의 '감정의 구조structure of feeling'이자 퀴어 역사 기술의 모델"이다. 그 뒤처짐은 퀴어로 하여금 "재생산적 명령과 낙관주의, 보상의 약속 등과 동떨어진 미래를 상상"하게 하며 이는 "뒤처진 미래backward future"를 소환하는 계기가 된다.[5] 러브는 퀴어 역사의 본질적 정동인 수치심을 충분히 사유하고 돌보지 않으면서 자긍심을 적극적으로 독려하는 목소리를 의심한다. 일례로 실패한 사랑에서 헤어나오지 못해 비통해하는 퀴어에게 장밋빛 미래를 약속하는 정체성 정치는 무의미하다. 뒤처진 퀴어를 돌보는 것은 성 정치적 어젠다가 아니라 친밀한 관계 안에서만 유의미한 윤리적 실천이기 때문이다. 나아가 러브는 퀴어의 미래 없음을 부정하지 않으면서 대신 '뒤처진 미래'라는 대안적인 미래를 제시한다. 동성애 규범적 진보 서사에 대한 강박 및 맹목적 추구와 거리를 둔 채, 깊이 체화된 수치심을 보듬으며 천천히 나아가는 미래를 옹호한다. 그것은 진보하는 선형적인 미래가 아니라 너와 나 사이에서 순환하는 미래, 관계 안에서만 열리는 미래이다. 따라서 앞서 언급한 「컬리지 포크」 결말의 그 흥미로운 서사적 미래시제는 '뒤처진 미래시제'라고 명명할 수 있다. 지난 시절과 지난 사랑을 끌

---

5) Heather Love, *Feeling Backward: Loss and the Politics of Queer History*, Harvard University Press, 2009, pp. 146~147.

어안은 미래시제, 미래에 대한 감각만을 지닌 가장 퀴어적인 미래시제의 발명인 것이다.

정동적 아우팅과 오토픽션의 상품 불가능성

하얀 부표처럼 멈추어 제자리에 둥둥 떠 있는 영우가 보였다. 표정은 알 수 없었지만 어째서인지 나는 걔가 웃고 있을 거라고 상상했다. 세월이 지나도 넌 쓰레기라고. 나도 색정에 돌아버린 똥오줌 못 가리는 등신이라고. 다시는 만나지 말자고 혼잣말했다.(「여름, 스피드」, 89쪽)

「여름, 스피드」의 '나'는 결말쯤에 이르러, 자신을 거부한 '영우'를 '쓰레기'라고 여기며 그를 경멸할 뿐만 아니라 그에게 미련을 가졌던 스스로를 '등신'이라 지칭하며 자기혐오를 내비친다. 사실 사랑 안에서는 누구도 멀쩡한 자신으로 있을 수 없다. 그런데 그 소설은 영우를 현실로 소환하는 뜻밖의 결과를 초래했다. 영우의 실제 모델이 트위터를 통해 "김봉곤 작가에게 수년 만에 연락하기 위해 전달한 페이스북 메시지 역시 동일한 내용과 맥락으로 책 속의 도입부가 되었다"며 "그의 글을 읽고 당혹감, 분노, 모욕감을 느꼈다"고 밝힌 것이다. 그리고 그는 "오토픽션이라는 이름하에 행하고 있는 지극히 개인적인 욕망의 갈취가 여전히 실재하는 인물들에게 가해가 되고 있다는 사실을 공론의 장에서 다시금 알릴 뿐"이라고 덧붙였다. 동의 없는 노출로 인해 '실재-영우'가 받은 상처는 분명하다. 그러나 나는 그 상처가 전통적인 의미의 아우팅으로 인한 상처와는 결이 다르다는 점에 주목하고 싶다. 나는 차라리 그것을 실재-영우와의 관계에 있어서 너무 친밀해서 숨기고 싶었던, 혹은 둘만 간직하고 싶었던 정서적 교감을 여과 없이 묘사한 '정동적 아우팅'이라고 부르고 싶다.[6] 그것은 성정체성의 드러냄을 넘어 관계의 수치스러운 정동에 대한 가혹한 폭로이다. 소설은 실재-영우의 자긍심을 훼손한 것이다. 그는 자신을 '쓰레기'라고 부른 작가를 용서할 마음이 없으며, 자신의 온전한 나르시시즘을 작가처럼 저 밑바닥까지 내팽개칠 준비가 되어 있지 않았다.

「여름, 스피드」는 둘만의 내밀한 경험을 글로 쓰는 행위에서 기대할 수 있고 감당할 수 있는 안전한 정동, 그 이상의 불쾌하고 위태로운 정동을 노출했다. 그래서 단순히 상대에게 소설화에 대한 동의를 구하는 것 이상의 '정동적 승인'이 필요한 일이며 그것이 결코 쉬운 일이 아니라는 사실을 작가는 이미 알고 있었을 것이다. 작가는 실재-영우 역시 자신과 동일한 정동적 층위에서 그 경험을 바라보고 있다고 믿고 싶었을지도 모른다. 아니면, 자신이 쓰고 싶은 소설을 위해 애초에 그 정동의 수위에 대한 타협의 여지가 없었을지도 모른다.

---

6) 「그런 생활」에 자신과의 사적 대화를 무단으로 인용한 것에 대해 문제를 제기한 'D'도 이와 같은 맥락에서 이해할 수 있다. D는 "시시콜콜한 일상에서부터 남자와 섹스, 글쓰기까지, 그러니까 내 거의 모든 것을 이야기하고 조언을 주고받는 친구"(「그런 생활」, 294쪽)인 'C 누나'로 등장한다. 작가가 C 누나에게 거의 모든 것을 고백한 만큼 C 누나 역시 작가에게 자신의 사적인 부분을 드러내며 진심어린 응대를 한다. 수치심은 친밀한 관계 안에서 공유될 때 그 어떤 정동보다 견고한 결속의 작인이 된다. 상대방에 대한 무한한 신뢰가 전제되어 있기 때문이다. D는 자신의 경험을 경유해서 오롯이 작가만을 대상으로 건넨 내밀한 조언들이 불특정다수에게 공개되었을 때, 즉 공유된 수치심의 암묵적 규율이 깨졌을 때, 배신감을 느꼈을 것이다. 그것은 정동적 아우팅과 다름없다.

반면에 실재-영우는 작가가 펼쳐놓은 수치심의 세계에 동참할 의지가 없었을 것이다. 따라서 이 사태의 본질은 작가의 윤리 문제를 넘어 작가와 실존 인물 간의 정동적 괴리가 불러온 문제로 볼 수 있다.

오토픽션의 핍진성은 작가로부터 나오며, 그것을 입증하는 주체는 그 누구도 아닌 작가 자신일 것이다. 그것은 오토픽션임을 자인하며 자신의 삶을 쓰는 작가의 윤리이다. 그렇다면 "나는 나의 삶을 쓴다. 그것이 내 모든 것이다"('작가의 말', 『시절과 기분』, 360쪽)라고 선언하는 작가 외에 그 핍진성을 보증할 수 있는 사람은 없는가? 이번 사태는 작가의 윤리 문제를 점검하기 이전에 그의 소설이 진정한 오토픽션이었음을 증명하는 하나의 사건이 되었다. 소설 속 이야기들이 엄연한 사실임을 밝히는 실재-영우의 폭로로 인해, 그의 소설세계는 관계에 대한 배려 따위는 염두에 두지 않고 어떠한 정동적 미화도 허락하지 않는 완전한 오토픽션으로 받아들여졌다. 실재-영우는 본의 아니게 그 소설이 진정한 오토픽션임을 증언하는 증인이 되었으며, 나아가 소설의 형태로 일단락된 수치심을 실재의 층위로 끌어올려 작가에게 새로운 차원의 수치심을 안겨주었다. 그래서 소설화된 수치심의 바깥에서 전도유망한 게이-소설가로서 사랑받는 김봉곤이 지녔을 한줌의 나르시시즘마저 여지없이 무너뜨려버렸다. 어쩌면 그들은 서로를 바닥으로 끌어내리는 반목 관계가 아니라 게이의 고유한 주체성을 일깨우기 위해 서로의 나르시시즘을 훼손하는 공조 관계인지도 모른다. 역시나 김봉곤의 소설쓰기는 상징적 죽음을 재촉하는 무모한 도전이었다. "나는 나의 삶을 쓴다. 그것이 내 모든 것이다"라는 작가의 선언은 결국 언젠가 벌어질지도 모를 상징적 죽음에 대한 짧지만 단호한 최후 변론이었다. 그의 오토픽션은 실재의 소환을 염두하고 예측하면서도 쓰기를 무릅쓴 시뮬라크르였다.

그런데 아이러니하게도 김봉곤의 소설들은 오토픽션으로서의 진가를 인정받음과 동시에 즉각적으로 판매가 중단되어야만 했다. 간절히 회고되고 기록되기를 원했던 퀴어의 불온한 욕망은 지상을 잠시 스치고 덧없이 사라졌다. 아무리 사실에 가깝더라도 오토픽션 역시 궁극적으로는 픽션에 불과할 뿐이라는 안이한 변명으로 일관할 수 없게 되었다. 소설 속에 거의 그대로 인용된 페이스북 메시지와 카카오톡 대화라는 '실재의 조각'이 소설이라는 장르적 안전망하에서 평온하게 유지되던 상징질서를 교란시켰기 때문이다. 그것은 소설의 실재성을 담보하는 중핵이기에, 그러니까 작가가 구축하려는 오토픽션의 세계에 있어 뼈대와 같은 것이기에 그는 그것의 사용을 단념할 수 없었을지 모른다. 출판사들은 신속하게 그 불온한 욕망을 거둬들였다. 그의 책들에 대한 대대적인 회수는 실재의 틈입으로 인해 균열이 온 상징 질서를 회복하기 위한 필연적 수순이었다. 그의 소설은 상품이 될 수 없었음을 뒤늦게 깨닫는 순간이었으며, 나아가 완전한 오토픽션의 상품 불가능성을 인지하는 순간이었다. 그것은 차별받고 억압받는 특정 소수집단 속 실존 인물들의 수치스러운 욕망과 경험을 상품화하는 것이 윤리적으로 가능한지 질문하는 순간이기도 했다. 따라서 이번 사태와 관련해 우리는 작가의 윤리 문제를 점검하기 이전에 상품의 윤리 문제를 짚어야 할지도 모르겠다.

사회적 자유와 퀴어 윤리

선언 그대로, 김봉곤은 자신이 가진 모든 것을 썼다. 그것이 작가로서의 삶을 멈추게 할지라도 말이다. 그가 자기 삶을 쓰는 것을 자신의 '모든 것'이라고 선언했을 때는 어떤 각오가 필요했을 것이다. 과연 그는 자신의 삶을 쓰려 할 때 실존 인물들에게 어디부터 어디까지 허락을 받았어야 했을까? 아마도 그에게는 그런 절차 자체가 허락을 가장한 검열처럼 느껴졌을지도 모른다. 삶의 정밀한 기록에 대한 허락/검열은 곧 그의 온전한 전부를 포기해야만 하는 끔찍한 경험이 될 수도 있었다. 그는 자신의 삶을 쓰는 것에 대한 '절대적 자유'를 갈망했다. 그러나 집단 속에서 살아가는 사회적 존재인 우리에게 타인을 배려하지 않는 자유는 결국 이기적인 방종일 뿐이다. 그런데 그저 타인과 적당한 거리를 두는 것에 불과한, 즉 타인의 권리를 침해하지 않는 소극적인 배려에 머무는 자유는 규범적 관계를 재생산할 뿐이다. 우리에게는 절대적 자유에 대한 욕망이 방종이 되게 하지 않으면서 그것이 관계의 열림으로 나아가게 하는 새로운 자유가 필요하다. 그것은 관계 안에서 타인과 거리를 유지하는 데 그치지 않고 서로를 지향하는 '사회적 자유'이다.

악셀 호네트에 따르면 사회적 자유에서 "자유가 의미하는 것, 즉 가능한 한 개인 자신의 의도나 목표가 방해받지 않고 실현된다는 것은 이제 개별적 인간에 의해 실현되는 것이 아니라, 이에 상응하는 집단에 의해 실현"된다. "도구적이지 않은 이유에서 타인의 자기실현을 염려"하고 "서로에게 상호 관심을 갖기 때문에 이들은 근본적으로 동등한 존재로서 행동하며, 이때부터 서로에 대한 착취나 도구화를 포기"한다.[7] 개별 주체들은 한때 자신의 자유를 방해하는 대상으로 여겼던 타인을 위해서 행동할 때라야 진정한 자유에 도달할 수 있

---

7) 악셀 호네트, 『사회주의 재발명—왜 다시 사회주의인가』, 문성훈 옮김, 사월의책, 2016, 65쪽.

다. 그 사회적 자유 속에서 타인과의 상호작용은 상대방의 자유를 침해하지 않는 것을 전제로 하는 예의와 배려의 제한적이고 형식적인 관계를 넘어선다. 사회적 자유는 동등한 자기실현의 명목으로 서로의 삶에 보다 깊숙이 개입하는 계기로 작동한다. 이를 실천하기 위해서는 상대에게 친밀한 소통을 시도하고자 애써야 하며 그 과정에서 무수한 시행착오는 불가피하다.

강조컨대, 무엇보다 퀴어는 관계를 정향하며 관계를 대하는 특정한 태도를 가리킨다. 퀴어한 것은 정체성을 넘어 관계성으로 나아간다. 이제 퀴어는 관계의 자리를 새롭게 발명하는 주체여야 한다. 따라서 누구보다 사회적 자유의 실천에 민감해야 한다. 퀴어는 모든 규범으로부터 자유로운 날것 그대로의 관계, 예외상태의 관계를 염두에 두어야 한다. '퀴어 윤리'는 바로 그런 관계로부터 탄생한다. 사카이 다카시에 따르면 "아래로부터 예외상태가 온전히 개방적으로 전환되기 위해서는 자유가 사려 깊게 행사돼야 한다. 즉 반성돼야 한다. 윤리란 자유가 취하는 반성된 형태이다"[8]. 예외상태에 놓인 퀴어는 자기를 실현하기 위해 친밀한 관계 안에서 사유되고 반성되는 자유를 추구한다. 퀴어는 궁극적으로 자유로운 정체성의 향유가 아니라 자유로운 관계 맺기를 지향하기 때문이다. 퀴어에게 자유란 관계 안에서만 의미를 갖는다. 따라서 윤리에 대한 사카이의 정의를 변주해 퀴어 윤리를 정의 내린다면, 그것은 '자유로운 관계가 취하는 반성된 형태'라고 할 수 있다. 김봉곤이 퀴어로서 갈망하는 글쓰기의 절대적 자유는 혹독한 시련을 겪으면서 사회적 자유로 나아가고 있는 중이

---

8) 사카이 다카시, 『통치성과 '자유'—신자유주의 권력의 계보학』, 오하나 옮김, 그린비, 2011, 371쪽.

다. 그런 자유를 쟁취하기 위해, 그리고 퀴어 윤리를 따르기 위해 다시 당신에게 손을 내밀어야 한다. 당신에 대한 글을 써야 한다.

나오며

이번 사태는 작가가 앞서 했던 경험들과 비교할 수 없을 만큼 깊은 수치의 정동을 그의 몸에 각인시켰을 것이다. 아마도 그는 이 수치스러운 경험의 감각을 열심히 복기하며 무언가를 간절하게 써내려갈 것이다. 그로 하여금 자꾸만 과거로 돌아가게 하고, 그래서 글을 쓰지 않을 수 없게 하는 동력은 바로 그 자기 촉발로서의 수치심이기 때문이다(아니, 원래부터 글쓰기란 자신을 드러내야만 하는 수치스러운 행위일지도 모른다). 언제나 그래왔듯 그는 작가적 수행과 퀴어적 수행 사이 어디쯤에서, 후회와 한탄, 반성과 성찰이라는 인고의 시간을 견디며, 실재와 줄타기를 하는 아찔하고 위험한 소설로 자신의 경험을 승화시킬 것이다. 내가 이 글의 결말에서 사용하는 미래시제는 과거에 붙들리고 얽매인 미래시제이다. 동성애 억압적인 현실에서 어렵게 자신의 전부를 드러내기로 결심한 재능 있는 퀴어 예술가에 대한 나의 안타까움과 애증이 담긴 뒤처진 미래시제이다. 어렴풋하게 사라져갈 그 미래의 감각에는 희망어린 미련이 섞여 있다. 그의 소설을 처음 만났던 지난 여름날의 달뜬 기분을 뚜렷이 기억하기에 차마 외면하지 못하고 나는 자꾸만 뒤돌아보고 있다.

(2020년 겨울호)

오은교

벽장의 문학과
사생활의 자유

―소수자 시민 가시화의
욕망을 둘러싼 한 쟁점

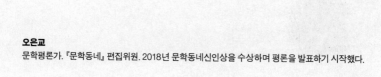

오은교

문학평론가. 『문학동네』 편집위원. 2018년 문학동네신인상을 수상하며 평론을 발표하기 시작했다.

1. 들어가며: 법 앞에서

2021년 6월 14일, 시민운동계의 오랜 염원이었던 '차별금지법'이 국회 법제사법위원회에 자동 회부되었다. 2007년 법무부의 입법예고 이후 이 법안은 '사회적 합의'가 필요하다는 이유로 여러 차례 발의와 폐기가 반복되었는데, 올해 국민동의청원을 통해 10만 명의 연대 서명을 받으며 국회 소관 위원회에 다시 한번 상정된 것이다. 오랜 계류의 세월을 뒤로하고 시민들은 이제 이 문을 통과할 수 있게 된 것일까.

카프카의 짧은 이야기 「법 앞에서」는 유예의 정치학을 잘 보여준다. 이야기의 주인공인 시골에서 온 사내는 법의 문 앞에 당도하지만 말단 문지기에 의해 출입이 저지된다. 사내는 "한참을 생각하더니 나중에는 들어갈 수 있느냐고 묻는다. 그럴 수 있겠지요. 문지기가 말한다. 그러나 지금은 안 돼요."[1] 활짝 열려 있음에도 정작 들어갈 순 없

---

1) 프란츠 카프카, 『소송』, 김재혁 옮김, 열린책들, 2011, 275쪽.

는 문, 나중엔 가능하리라고 암시되지만 여하간 지금은 통과할 수 없는 문, 그 뒤로 더 많은 문들이 첩첩이 이어지는 그 문은 법의 보호 바깥에 놓인 인간의 난처함을 투영한다. 고대하던 나중은 이야기가 끝날 때까지 오지 않고, 사내는 죽음을 맞으며, 그를 내내 한자리에 묶어두었던 그 문은 굳게 닫힌다. 이 이야기는 법적 질서와 보호가 작동하지 않는 곳에서도 효력을 끼치는 법체계의 구성적 배제 원리를 설명하는 우화로 널리 알려져 있다.

새삼 카프카의 이야기를 떠올린 것은 '나중'이라는 희망보다 빨리 오는 죽음을 지금 우리가 살고 있는 이 사회에서도 자주 목격하고 있기 때문이다. 이야기 속 시골 남자가 법에서 소외된 모든 이를 상징하면서도 동시에 사적 역사와 성품을 지닌 개인이듯, 투쟁은 다수가 해도 고통은 단수의 몫으로 온다. 세차게 진행되고 있는 차별금지법 제정 촉구 운동과 더불어 수면 위로 떠오른 '비정상' 시민들의 가시화 과정과 그와 동시에 커지는 백래시의 광풍 속에서 (1인) 가정의 안녕을 볼모로 소진하지 않는 시민권 투쟁에 대한 논의가 긴요해지는 지금이다.

2. 가시화의 열망과 문학이라는 무대의 당사자성

작가 화자를 내세운 '소설가 소설'은 시대를 불문하고 활발히 쓰여 왔는데, 최근 등장하는 수많은 소설가 소설의 주요 주제는 '여성 작가를 향한 원색적 비판에 대한 자기 변론' '굴절 재현되는 퀴어 당사자로서의 직접 발화의 열망' '문학적 도구화에 대한 우려' 등이다. 이는 당연히 자아의 성장과 세계의 발전을 연결시키며 세상의 주인공을 자임할 수 있었던 오래된 대의 예술 체제가 돌이킬 수 없이 흔들려버린 시대의 증상일 것이다.[2] 서사적 재현과 대상의 도구화 문제에 관해 사회 전반의 감수성이 섬세해지는 과정에서 오랜 세월 억압된 주체들을 적극 가시화하려는 페미니스트들의 열망은 맹렬히 증폭되었고 작품에 등장한 작가 지인들의 피해 공론화 문제까지 더해지며 소설은 그 자체로 스캔들의 무대가 되었다.

퀴어 소설가를 화자로 한 김병운의 「기다릴 때 우리가 하는 말들」[3]은 가시화의 불안을 잘 보여준다. '나'는 오래전 게이 인권 단체에서 만나 작품 집필 당시 도움을 받았던 '주호'의 초대를 받는다. '나'와 격조해진 사이 주호는 스스로를 논모노로맨틱으로 정체화하고 에이섹슈얼 모임에서 만난 '인주'와 동거중인데, '나'는 잠시 출타한 주호를 기다리며 "나를 꼭 한번 만나고 싶어서 주호에게 자리를 만들어달라고 여러 차례"(166쪽)나 부탁했다는 인주로부터 소설에 관한 여러 질문을 받게 된다. "퀴어 소설이 많이 나온다"(157쪽)는 말을 "게이 소설이 참 많이 나"(158쪽)온다는 말로 정정한 인주는 '나'의 소설에 대한 애정어린 독후감부터 책의 구체적인 판매량에 대한 궁금증까지 거침없이 쏟아내며 겸연쩍은 마음에 화제를 돌리려는 '나'에게 집요히 말을 붙여온다.

알고 보니 인주가 '나'를 그렇게까지 만나고 싶어했던 것은 주호에게 다른 사람이 생겼으며 그 사람이 '나'라고 짐작했기 때문이었다. '나'를 만난다고 말하고 외출한 주호의 뒤를 밟으며 인주는 그가 혼

---

2) 김미정, 「흔들리는 재현·대의의 시간—2017년 한국소설의 안팎」, 『움직이는 별자리들—잠재성, 운동, 사건, 삶으로서의 문학에 대한 시론』, 갈무리, 2019, 49~82쪽.
3) 김병운, 「우리가 기다릴 때 하는 말들」, 『릿터』 2021년 2/3월호. 이하 인용시 본문에 쪽수만 밝힌다.

자 연극을 보고 서점에 들러 '나'의 책을 구매해서 읽는 것을 목격한다. 그것은 '나'와 주호가 이전에 함께 외출할 때의 동선과 동일했고, 파트너의 거짓말을 확인한 인주는 주호가 '나'를 좋아한다는 사실을 알게 된다. '나'는 인주에게 "맹세컨대 우리에겐 아무 일도 없었다고, 걷다가 손끝이 한 번 스친 적도 없는 게 바로 우리"라고 강조하지만, 인주는 담담히 주호의 말을 전한다. "윤범씨는 죽어도 모를 거라고요."(168쪽)

"힘겹게 받아들인 정체성을 공고히 할 수 있는 경험"과 "비슷한 삶의 궤적을 그려온 사람들을 직접 만나야만 느낄 수 있는 위안과 위로, 소속감이 절실"(162쪽)한 사람들이 모여 있던 게이 인권 단체에서 주호가 주장하는 젠더의 유동성과 범주의 해체 등은 부차적인 것으로 취급되었고, '나'는 주호가 오랫동안 보내왔던 욕망의 신호들을 전혀 감지하지 못했던 것이다. 그날의 모임이 파한 후 책의 중쇄 소식을 알리며 수정을 제안하는 편집자의 메일을 읽던 '나'는 자신의 소설에서 새로이 눈에 들어온 문장을 보고 기겁한다. "차라리 무성애자였으면 좋겠어./아무 감정도 못 느꼈으면 좋겠고 누구도 사랑할 수 없으면 좋겠어."(171쪽, 강조는 원문)

그런데 소설은 단지 정체성은 무수히 다양하고 퀴어로 과잉 대표되는 게이 또한 맹점이 있으니 조심조심하자고 주의를 주려는 것만은 아닌 것으로 보인다. 주호의 마음을 전하던 인주는 말한다. "오늘 우리가 만난 얘기 쓸 건가요?" 인주의 기습적 물음을 "자신을 함부로 소재 삼지 말라는 경고"로 이해하던 찰나 '나'는 뜻밖의 말을 듣는다. "우리에 대해 쓰면 좋겠다고요. 그럼 5000명은 보는 거잖아요. 그죠?"(168쪽) 당황한 '나'는 "당사자가 아니면서 그 삶에 대해 함부로 쓸 수는 없을 것 같다"고 말하지만 인주는 단호히 말을 끊는다. "저에 대해서가 아니라 우리에 대해서요. 오늘 윤범씨가 왔잖아요. 여기 베란다에 저만 있었던 게 아니고 윤범씨도 있었잖아요. 그런데 어떻게 이게 제 얘기예요. 우리 얘기지."(169쪽)

소설가에게 성소수자 재현의 권한을 대리, 위임하고 그가 그 무게를 앓으며 원고 위에서 도전과 실패를 반복한다는 점에서 이 소설의 구도는 어쩌면 위험하다고도 볼 수 있지만, 그렇다고 해서 다양한 퀴어 종족지를 가시화하려는 열망과 성소수자 공동체의 신뢰 관계까지 기각되는 것은 아니다. 가시화의 욕망과 범죄가 불가분한 원인은 가시화 대상의 속성이 아니라 그의 존재를 위법한 것으로 구성하는 공동체의 안보 레짐 때문이라는 것을 잘 아는 '나'는 그 사각지대를 드러내는 일에 도무지 포기할 수 없는 책무를 느낀다. 발화의 당사자성은 그 자체로 중요한 정치적, 미학적 의미가 있지만, 그렇다고 해서 퀴어 서사는 당사자만이 쓸 수 있는 것은 아니라는 점, 나아가 퀴어 서사에서 당사자란 퀴어로 정체화한 그 사람만이 아니라 퀴어라는 게토 범주를 만들고 유지해온 우리 모두라는 것을 이 소설은 주장한다.

가시화의 욕망과 실제 피해가 맞닿는 일은 박서련의 「그 소설」[4]의 중심 주제이기도 하다. 여성 소설가 '나'는 「내 얘기」라는 작품을 발표한 후 전 남자친구의 전화를 받는다. 임신중절수술 경험을 담은 「내 얘기」는 화자에 따르자면 "수업에 가져갔다면 자퇴를 결심할 만큼 혹평을 들었을"(304쪽) 만한 작품이다. "갓 스무 살 먹은 대학생들이 상상할 수 있는 가장 치명적인 사건"으로 "남자애들은 섹스, 그

---

4) 박서련, 「그 소설」, 『문학동네』 2021년 여름호. 이하 인용시 본문에 쪽수만 밝힌다.

중에서도 첫 섹스와 관련된 소설을 썼고, 여자애들은 임신이나 낙태를 중심 사건으로 둔 소설을"(같은 쪽) 주로 썼는데, 그런 소설은 교수와 동료들에게 진부한 클리셰 취급을 받고, 그런 소설을 쓴 여학생은 진위 여부를 추궁받아야 했던 것이다. '나'는 "생리가 하루만 늦어져도 씨발 임신인가?"(같은 쪽)라고 걱정할 정도로 정기적인 스트레스에 사로잡혀 있지만, "죽어도 다른 여자애들과 같이 도매금으로 취급받고 싶지 않다는 일념"(305쪽)으로 낙태에 관한 소설을 쓰지 않겠다고 굳게 다짐한 바였다. "같은 경험을 남자애들은 모험담처럼 쓰고 여자애들은 임신과 낙태에 대한 공포소설"로 쓴다는 사실, "섹스 해봤다 너무 신난다 광고하는 듯한 소설을 써온 남자애들은 절대 낙태 소설을 써온 여자애들만큼 망신을 당하지도 않"(같은 쪽)는다는 현실이 불공평하고 짜증나지만, 그럴수록 '나'는 결의를 다진다. 임신 소식을 듣고 이별을 통보한 남자친구 없이 홀로 임신 중단을 고민하던 중 계류유산 진단을 받아 "수술대에 누워 마취제 투여를 기다리던" 바로 그 순간에도 말이다. "아……/이걸로는 소설 쓰지 말아야지."(같은 쪽)

'나'가 지적하듯 문제의 핵심은 "여자 소설가가 쓴 소설의 주인공은 이따금 그 소설을 쓴 작가의 얼굴로 상상된다는 것"(305~306쪽)이다. 친족 성폭력 피해자의 이야기를 담은 '나'의 다른 소설을 도용당했을 때, 도용범으로부터 소유권을 되찾자마자 소설의 인물이 '나'의 얼굴로 전환되어 상상되는 것처럼 '나'는 이 소설이 진짜 '내 얘기'인지 확인하고 싶어하는 지인들의 연락을 받는다. 소설을 도둑맞은 후 "절대로 흉내낼 수 없는 내 얘기"(306쪽)를 쓰고 싶다는 생각에 낙태에 관한 소설을 쓰지만, '나'가 예상했다시피 '소설은 허구'라는 원칙은 순식간에 증발하고 사람들은 입을 모아 말한다. "보니까 마음이 좀 그렇더라. 고생 많았어."(310쪽) 임신 중단이 가능한 병원을 공유해주었던 같은 과 언니는 "혹시 내 얘기 아니니?"(같은 쪽) 물어오고, 엄마는 "어떤 새끼가 그랬어?"(311쪽)라며 화를 낸다. 지인들의 등쌀에 '나'는 "나중에 가서는 일일이 소설인데요라고 하기도 피곤해져서 아 네네 감사합니다 화이팅!"(310쪽) 하며 상황을 넘기지만, 「내 얘기」를 읽은 무수한 독자들은 수술을 받는 작중인물의 얼굴에 실제 '나'의 얼굴을 겹쳐놓는 일을 무시로 한다. 「내 얘기」는 물론 일정 부분 실화를 바탕으로 하지만, 그것은 당연히 작가에 대한 무례한 추정을 정당화할 사유는 아니며 작품을 실화로 읽는 일은 '나'의 목적이나 의도와는 무관하게 이루어진다. 더하여 '나'는 「내 얘기」가 '우리 얘기'라고 주장하는 전 남자친구의 연락을 받는데, 과거 '나'에게 임신에 대한 모든 책임을 전가한 후 사라졌던 그 남자는 협박의 말을 남기며 전화를 끊는다. "내가 다 폭로할 거야. (……) 네 소설 소설 아니라고. 넌 낙태충 살인자 년이라고."(314쪽) 이미 오래전 일이고, 그사이 낙태죄는 폐지되었고, '나'는 남자들이 억지로 부과하는 죄책감을 주워먹을 마음이 전혀 없지만, 작가로서 사생활이 폭로되어 구설에 시달릴 미래에 대한 불안감은 어쩔 수가 없다. '나'는 폭로가 올라오지 않는지를 확인하기 위해 뉴스 "피드를 힘껏 끌어당기고, 끌어당기고, 끌어당기고 끌어당기고 끌어당기고 또 끌어당"(315쪽)긴다.

2021년 2월에 발표된 김병운의 작품과 같은 해 6월에 발표된 박서련의 작품을 읽고 문학계에서 발생했던 일련의 사태를 떠올리지 않기 어려운데, '글쓰기의 자유에는 책임이 따른다'는 식의 일반론만으론 논의가 더 나아갈 수 없다. 소설은 허구라는 믿음을 견지하게 만드는 근대 서사학의 합의가 특정 순간에는 작동하지 않는다는 것, 소설을 허구로 파악하는 독서 관습을 멈추게 하는 기제가 여성 차별주의, 이성애 중심주의, 도덕주의가 발동된 순간이라는 것을 거듭 주목하는 것이 중요하다. 「그 소설」을 예시로 들자면, 미혼 여성의 임신과 낙태 이야기가 나오는 순간, 즉 현실의 인간을 표적화해서 대대적으로 수모를 겪게 할 수 있을 것 같은 소설 속 장면들에서 사람들은 빠르게 현실을 당겨온다. 그것은 아마 「우리가 기다릴 때 하는 말들」의 '나'가 써온, 그리고 앞으로 쓸 소설에서도 발생할 일일 것이다.

동성애와 낙태가 죄가 아니라는 사실이 가까스로 상식이 된 사회에서 수색과 능욕이 대부분 강요된 수치에 대해 용기 있게 발화한 이들의 말을 근거로 삼는다는 사실은 여전한 비극이다. 일전에 게이의 삶을 다룬 작품집을 출간한 작가가 언론사 인터뷰에서 난데없이 '커밍아웃한 퀴어 작가'로 소개된 일이 있었다.[5] 작가의 반발로 사달은 '오보'로 갈무리되었는데, 특정 인구를 예외적 존재로 낙인찍어 그 사실에 대한 인식의 우위를 자동적으로 점유할 수 있는 사회에선 생판 모르는 남의 운명에 대한 결정권을 쥐고 흔드는 것이 권력이라는 걸 인지하기도 어려운 것 같다. 퀴어 서사와 퀴어 이론 등에 있어 당사자가 아닌 사람은 결단코 아무도 없다.

이처럼 혐오가 대상에 내재된 특성이 아니라 권력과 문화의 경제적 순환에 의해 비난받을 대상을 생성하고 이를 종족화시키는 힘[6]이라고 한다면, 혐오 생산에서 자유로울 수 있는 사람은 없고 그 책임은

---

5) 「문장으로 읽는 책 ⑭」, 중앙일보, 2019. 8. 8.

6) Sara Ahmed, "Affective Economies", *Social Text*, vol. 22, no. 2, pp. 117~139. 웹진 '인-무브'에 번역 전문이 실려 있다. 박구비 옮김, 단감 감수.

당연히 작가와 피해자만의 일이 아니다. 「그 소설」의 '나'부터가 자신 또한 여성 작가의 작품에 작가의 얼굴을 포개는 일을 부지불식간에 하게 된다고 자백하듯 혐오 정동에 익숙한 우리들은 누군가를 공격하기 위해 혹은 그저 쾌락을 위해 허구에 현실을 덧대어 욕을 받을 구체적 대상을 지목한다. 박서련 소설 속 '나'를 형체 없는 피로와 불안으로 몰아넣은 이는 임신 사실을 알리자 도망가놓고 한참 만에 연락해와서 쌍욕과 협박을 일삼는 같잖은 전 남자친구만이 아니라 소설을 읽고 위로와 동정의 말을 보태며 작품의 이면에 대해 캐물었던 '나'의 지인들, 그들과 비슷한 의심을 품을 것이라고 짐작되는 독자 및 예비 독자 전체다. 「그 소설」은 비단 소설쓰기의 윤리뿐만 아니라 저작권을 둘러싼 문학 사용의 윤리, 나아가 내용을 받아들이는 독자의 읽기의 윤리까지 재고하기를 요청한다.

통계적 중간치인 여성의 생애사를 다룬 작품 『82년생 김지영』(조남주, 민음사, 2016)을 '내 얘기'라고 당겨 읽었던 독자군의 출현은 김지영의 속성이 비교적 너르고 두터워 구체적 프로파일링이 불가한 중산층 평균값에 머물 수 있었기 때문에 가능했던 일이었는지도 모른다. 그 평균값의 피해자성마저 의심하는 악지와 생떼에 맞서 김지영의 삶은 보편적인 '내 얘기'가 될 수 있다고 말했던 공통 의지들은 지금 어떠한 진화의 가능태를 품고 있는 것인가. 지금 당장 미래를 상상하게 하는 공공 자원이 되지 못하고 나중으로 밀린 이들의 이야기가 얼마만큼 환대될 수 있는지는 중요한 의제다. 가령 트랜스 남성의 세대 간 성애 및 SM 플레이 여정을 그린 류진오의 글[7]이나 게이 크

---

7) 류진오, 「나는 홧김에 개집을 샀고 할아버지랑 섹스했다」, 『문학동네』 2021년 여름호.

루징 과정과 HIV와 관련한 '안전한 섹스' 담론을 비트는 유성원의 작업들은 이성애 규범성을 타파할 미래를 예비하는 이야기로 기꺼이 초대될 수 있을까. 그의 책 해설을 쓴 퀴어 활동가는 물었다. "과연 이런 서사'도' 자긍심의 언어가 될 수 있는지".[8]

퀴어학이 섹슈얼리티 이론으로서 힘을 잃는 것을 경계한 리오 버사니라면 물론 이런 현상을 비판할 것이다. 그에게 게이 섹스는 무덤 같은 항문을 향한 죽음 충동과 같기에 동성애 규범성을 무력화한다는 대의를 위해 이를 이성애 섹스와 동일한 정도로 안전하고 충만한 것으로, 즉 받아들여질 만한 것으로 마름질하는 것은 한갓진 부르주아 휴머니즘이며 교묘한 리버럴리즘의 동화정책이자 퇴행적 문화정치의 반복이다.[9] 중요한 것은 섹슈얼리티 실천의 옳고 그름과 좋고 나쁨의 위계를 해체하는 것이지 비규범적 섹슈얼리티 일부를 바른 이미지로 세탁해 규범성에 편입시키는 것이 아니기 때문이다. '여성 서사'와 '퀴어 서사'에 대한 환대 속에서 비규범적 섹스와 낙태와 에이즈 등의 주제를 놓고 여전히 공황 상태에 빠진다면, 기다릴 때 우리는 말을 고르게 될 것이고, 그렇게 '내 얘기'는 계속 고립되어야 할 특수한 한 사람의 이야기로 남을 것이다.

3. 벽장의 패닉과 사생활의 자유주의

지난 늦봄, 게이 데이팅 애플리케이션 잭디가 홍대 인근 버스 정

---

8) 나영정, 「우리는 우리 자신에 대해서 언제, 어떻게 말할 수 있는가」, 유성원, 『토요일 외로움 없는 삼십대 모임』 해설, 난다, 2020, 408쪽.

9) Reo Bersani, "Is the Rectum a Grave?", *October*, Vol. 43, pp. 197~222; Homos, Cambridge : Harvard University Press, 1995.

류장 등에 섹슈얼한 게이 이미지를 담은 광고를 게시하자 일부 사용자들이 이에 반발하여 탈퇴 인증과 불매운동을 일으켰다. 많은 사람들이 오가는 번화가에서 앱을 광고하면 혐오 세력이 난입하여 아우팅의 가능성이 높아진다는 것이 주된 이유였다. 확진자의 동선을 샅샅이 뒤져 공유하는 감염병 사태 속에서 퀴어 커뮤니티가 증오의 과녁으로 삼아진 전례가 있었기 때문에 아우팅에 대한 이러한 공포심의 호소는 몹시 절박하다. 그런데 그 불안이 특히 퀴어한 섹슈얼리티 실천과 관련하여 드러난다는 사실은 더 분석이 필요하다. 해당 애플리케이션을 비판한 이들은 사용자와 비사용자를 막론하고 이 광고가 노골적으로 성적이고(벗은 몸) 문란한(다자 관계 암시) 이미지를 담았다는 사실을 큰 문제점으로 지적했는데, 이는 성소수자 보호를 위해 성적인 이미지의 재현을 삼가야 한다는 가시화의 불안을 전제로 한다. 물론 이성애자들이 주로 사용하는 대형 데이팅 앱 광고 또한 섹슈얼한 이미지를 가능한 한 덜어내는('동네 친구' 사귀기) 사실에서 알 수 있듯, 유교적 도덕주의가 만연한 사회에서는 데이트를 다룰 때 성적 지향과 상관없이 건전함을 강조하는 편이다. 하지만 데이팅 앱을 사용하는 이성애자의 성적 표현은 생계와 생존을 걸어야 하는 투쟁의 맥락으로 바로 진입하진 않는다는 점에서 문제의 경중은 다르다. 이제는 '동성애 코드'가 아니라 '동성애'를 다루는 대중 서사들이 주목과 인기를 끄는 사회에서 재현될 만한 올바른 퀴어의 이미지를 선별할 때 섹슈얼리티 이미지가 가장 빠르게 탈락 후보군에 오른 것인데, 그것은 '여성 서사'라는 라벨링 앞에서 섹슈얼리티 실천을 괄호에 넣는 전략과 다르지 않다.

퀴어 생애 서사를 가시화하려는 욕망 속에서 실제 아우팅 피해는 문단에서 먼저 발생했다. 지난해와 올해, 소설가 김봉곤과 김세희의 작품에 등장한 실존 인물들이 아우팅 피해를 호소하며 재현 권력이 지인을 도구화한 사실과 그 정당성에 대한 문제를 제기했고, 지난 몇 년간 문단이 내홍을 겪으며 제도화되다시피 한 절차를 통해 해당 책들은 판매 중지 결정이 내려졌다. 퀴어 서사에 대한 대중의 욕망에 부응하며 널리 읽힌 그 작품들은 김봉곤 작가의 경우 '오토픽션', 김세희 작가의 경우 '자전적 소설'로 유통되었고 작품과 작가 개인의 현실이 상당히 동기화되어 있었기에 소설에 등장하는 인물들에 대한 특정이 쉬웠다. 공론화 이후 제출된 비평들은 대부분 비평의 조직적 역할에 대한 반성이나 소설 장르의 보편적 한계 등을 짚는 쪽으로 쏠려갔는데, 권위에 의문을 제기하며 구설을 무릅쓰고 생업을 포기하면서 공론장으로 나온 피해 당사자들의 질문에 대한 책임감 있는 응답은 문단에서 일어나는 모든 치부에 적용 가능한 제도권 비평의 자기비판만으로 갈음될 수 없다. 소설가에게는 수많은 지인이 있고, 작가가 그들과 나눈 경험이 직간접적으로 작품 안에 들어오게 되지만 특히나 근래 퀴어 서사를 두고 이런 일들이 반복된다는 사실, 피해자들이 소설에서 특정된 장면이 모두 자신의 섹슈얼리티를 드러내는 부분이라는 것을 개별적으로 주목해야 한다.

공론화 이후 가장 빠르게 비평을 제시한 이는 이 사태를 '표절' 문제로 명명했다. "비록 '오토픽션'일지라도 다른 사람과 문자로 주고받은 대화 내용을 그대로 옮긴다면 이는 표절에 해당한다고 볼 수 있다. 적어도 소설에 넣기 이전에 대화 내용을 상당 부분 재가공하든지, 아니면 다른 사람이 쓴 것을 인용했다는 사실을 소설에 표기했어야 한다."[10] 하지만 인용 표기는 인물 색출의 표지가 될 수도 있으며 각색의 강도를 높인다고 아우팅에 대한 염려가 완전히 불식되는 것도 아닐 것이다. 두 작가의 사건 모두에서 소설적 가공을 거쳤다는 소설가측의 주장과 아우팅 피해가 발생했다는 피해자측의 주장이 양립하는 까닭은 문제의 발생이 단순히 타인의 삶을 예술의 소재로 이용한 작가의 윤리의식만이 아니라 섹슈얼리티 실천을 드러낸 개인을 불분명한 일부 정보만으로 프로파일링하려는 사회 전반의 색출 논리에도 기인하기 때문이다. 이 색출 과정에 참여한 익명의 많은 이들은 인격적 주체로서 재귀성을 가지고 있지 않기 때문에 피해 발생의 책임은 온전히 작가가 지는 수순이 이어진다. 게다가 쟁점을 소설적 가공의 정도에만 놓으면 '소설의 어떤 구체적인 대목이 당신을 특정하는가'라는 팩트 체크식 질의가 피해자의 발언의 폭을 축소시킬 가능성 또한 크다. 소설에 기재된 내용이 피해자의 프로파일과 일치하지 않아서, 그러니까 팩트에 대한 가공의 정도가 현저하다는 이유로 당사자가 손해를 입증받을 수 없다면 그것이야말로 가혹한 일이다. 비평적 논의가 정도의 차이를 계량하는 일을 넘어 아우팅의 불안을 유발하는 원인들에 대한 분석으로도 확장되어야 한다.

소설을 매개하여 일어난 신변 노출이 전통적인 의미의 아우팅이라기보다는 문학적 발화 형식을 통해 친밀성과 내밀함을 무대화한 작가와 준비 없이 소설로 끌려나온 인물 간의 인지적, 감정적 낙차, 즉 "작가와 실존 인물 간의 정동적 괴리가 불러온 문제"[11]로 분석하는 것은 불분명한 단서로 사생활이 드러난 인물들을 색출해내는 혐오

---

10) 이소연, 「소금이 짠맛을 잃으면―비판 정신과 비평의 책무」, 『문학과사회』 2020년 가을호, 447쪽.

11) 이 책에 수록된 김경태, 「수치심의 글쓰기와 퀴어의 사랑/윤리」, 110쪽.

경제학을 비교적 유용하게 설명해주는데, 구체적 수색과 검출 작업이 실제 있지 않았다 하더라도 수치심이 유발되는 메커니즘을 포착하게 해준다는 점에서 더욱 그렇다. 근대문학이 여성을 둘러싼 소문을 소설로 소비하며 성립했다는 논의[12] 등이 잘 말해주듯 언론의 자유와 예술의 역사는 개인들의 사생활을 둘러싼 사회의 심성 체제와 함께 발전하는데, 표적 질문을 가능케 하는 사회 전반의 분위기, 그 저변에 두텁게 내려앉아 있다가 때가 되면 낙인 대상을 찾아 들러붙는 도덕주의와 이성애 중심주의 정동 경제는 불안을 강요하는 현 상황을 잘 이해하게 해준다.

이 일련의 사건을 간섭되어서는 안 되는 사생활 보호라는 프레임으로 보는 것에 대해서 조금 더 논의를 이어나가고 싶다. 자신의 일부분을 SNS 등으로 드러내고 이를 공유하는 글쓰기의 물적 토대가 현 상황의 주요 동력이라는 분석은 틀림이 없지만 결코 "공개되지 말아야 할 내밀한 사생활"[13]을 지키지 못한 것을 모든 사태의 원인으로 돌릴 순 없다. 잘 알려져 있다시피 이브 세즈윅은 퀴어 섹슈얼리티를 뜯어내며 정상적 이성애를 발명한 역사를 근대적 집단 도착으로 분석하며 이를 '벽장의 인식론'이라 명명한 바 있다. 그의 논의를 따르자면 섹슈얼리티를 포함한 시민의 사생활이란 개념은 그러므로 얼마간 이 벽장 질서에 의해 정립된 것이다.[14] 퀴어 소설을 읽고 피어난

---

12) 심진경, 「여성문학의 탄생, 그 원초적 장면—여성·스캔들·소설의 삼각관계」, 권보드래 외, 『문학을 부수는 문학들—페미니스트 시각으로 읽는 한국 현대문학사』, 민음사, 2018, 46~69쪽.

13) 김상민, 「소셜미디어 시대의 오토픽션과 자신에 대한 글쓰기」, 『내일을 여는 작가』 2021년 상반기호, 76쪽.

14) 성 사생활의 근대성은 다음의 글에 잘 설명되어 있다. "『벽장의 인식론』에서는 서

의심들을 더 적극적으로 표현하지 않았다는 진술한 자책[15]과 이에 대해 작가에게 진위 여부를 캐묻는 것이야말로 폭력이 될 수 있다는 가당한 비판[16]은 비판적 성찰의 노력이지만 퀴어 서사를 대하는 우리의 언어가 이미 벽장의 패닉에 붙들려 있음을 보여주기도 한다.

실로 사생활이란 권력과 거의 직접적인 연관을 맺는다. 아우팅에 대해 논설한 록산 게이는 가렛 카이저의 『프라이버시*Privacy*』를 인용하며 사생활은 개인의 '권리'이기도 하지만 동시에 개별적 육체와 영혼의 양도권을 협상하는 문명사회의 '시험' 영역이기도 하다는 점을 역설하며 사생활의 유연한 (불)균형성을 주장한다.[17] 저명인사 혹은 이웃의 커밍아웃과 사생활 공유가 프라이드 정치의 중요한 디딤돌이 되기도 하듯이 개인적 삶과 사회적 삶은 때때로 분리가 불가능하다.

구 문화가 호모포비아라는 "만성적 현대의 위기"에 취약한 이유가 대상 선택에 따른 이분법에 매달려 "호모-섹슈얼의 정의가 지난 세기 내내 지배적인 용어로 군림하도록" 방치했기 때문이라고 갈파한다. 독립 범주가 될 수 없는 동성애와 이성애를 대립 항으로 배치하려는 '무지'의 권력에 집착하는 한, 동성애를 소수화하거나 보편화하거나 또는 동성 선택의 심리를 젠더 분리주의로 설명하거나 젠더 통합주의로 설명하거나 어느 쪽으로도 이성애 중심주의가 배양한 호모포비아를 방임하는 인식론적 습속을 반영할 뿐이라고 논증한다. 즉 호모섹슈얼리티를 분석하는 우리의 언어와 논리가 이미 '패닉'에 포박되어서 어떻게든 동성애자를 외부의 적으로 생산하는 구조이기 때문에, '커밍아웃'은 해도 문제 안 해도 문제인 상황이 지속적으로 발생한다." 조선정, 서울대학교 영어영문학과 콜로퀴움 발표문 「Feeling Queer: Between Sexuality and Politics」, 2021. 3. 26. 인용문 내 영문 병기는 생략했다.

15) 백지은, 「왜 소설에 사적 대화를 무단 인용하면 안 되는가」, 『문학동네』 2020년 겨울호, 151~166쪽.

16) 한영인, 「김봉곤 사태와 창작의 쟁점들」, 『내일을 여는 작가』 2021년 상반기호, 55~69쪽.

17) 록산 게이, 「세 개의 커밍아웃 이야기」, 『나쁜 페미니스트』, 노지양 옮김, 사이행성, 2016, 151~162쪽.

벽장문을 회전하며 마킹하고 커버링하는 교란적 퀴어 사생활은 21세기 전후의 정치경제학 속에서 새로운 국면에 들어선다. 신자유주의 질서 속 퀴어 정치의 연성화를 의제화한 리사 두건은 신자유주의 시대에 걸맞은 '신新동성애 규범성'이라고 부를 만한 새로운 정치가 삶의 안정성이 간절하여 "정체성/평등 정치라는 신자유주의적 브랜드를 채택"[18] 한 부유한 엘리트 게이(해당 문맥에서는 '독립 게이 포럼 Independent Gay Forum')를 흡수하며 신흥 보수 세력화를 추진하고 있음을 밝히며 이들이 "조직적 결집으로부터 해제된 게이 구성원의 가능성과 가정생활 및 소비에 입각한 사사화되고 탈정치화된 게이 문화를 약속함으로써 이성애 규범성을 고수하고 지지하는 정치"(123쪽)를 펼친다고 분석한다. 이들은 퀴어 운동을 "'시민권 의제'와 '해방주의'가 아닌, 가정의 사생활 권리 보장 제도, '자유'시장과 애국주의에 대한 접근권으로 재정의"(124쪽)하므로 사실상 이렇게 약속된 평등은 벽장 속에 안전하게 머물 권한에 국한된다. 적법한 관계로 인정받았지만 그러므로 더 가만히 지내야 한다. 사생활의 안녕과 평안을 지키며 자유주의 공적 질서를 위협하지 않을 것, 그것이 동성결혼 법제화라는 관문 앞에 섰던 미국의 새로운 성 정치였다.

포괄적 차별금지법이라는 법 앞에 선 한국사회는 어떠한가. 미국식의 사생활 논의와 그 분석틀은 사생활권이라는 개념이 희박한 집단주의 사회에 그대로 적용될 수 있는 것이 결코 아닐 것이다. 하지만 프라이버시라는 영역을 '억압의 (예비적) 보루'가 아닌 '사회적 자유'

---

18) 리사 두건, 「평등한 퀴어라는 신자유주의의 신화」, 『평등의 몰락—신자유주의는 어떻게 차별과 배제를 정당화하는가』, 한우리·홍보람 옮김, 현실문화, 2017, 112쪽. 이하 인용시 본문에 쪽수만 밝힌다.

를 향한 '저항의 진지'로 전환시키기 위해선 사생활 보전을 공동체적 신의를 통해 함께 가꾸어가는 것으로 인식하는 사유 또한 요청된다. 지난 7월, 차별금지법의 국민청원 목표 달성을 앞두고 청원인 신변 보호에 무능했던 차별금지법제정연대의 실무 과실이 드러난 일이 있었다. 공개를 원치 않는 개인의 사생활은 보호받아야 한다는 주장은 지당하다. 여성이 불평등에 대해 목소리를 내는 일만으로도 온라인 테러가 일어나는 세상이기 때문이다. 그러나 이는 프라이버시 구획과 그 접근성에 대한 결정의 책임자는 오직 그 당사자뿐이라는 배타적 의미가 아니다. 당사자가 신변 노출에 위협을 느낀 것은 목표를 위해 개인의 삶을 정치적 자원으로 삼았던 단체의 부주의 이전에 여성의 신변 노출이 삶을 결딴낼 것이라는 불안을 이 세계가 강제했기 때문인데, 그렇다면 그 불안은 이미 가부장제에 의한 사생활 개입의 흔적이다. 안전하게 살아갈 권리를 욕구하는 것과 그러기 위해 생활을 음지화해야 하는 것은 다르다. 부의 혜택을 입지 못해 공격에 취약한 프라이버시를 가진 이가 지속적으로 삶을 모욕당해야 한다면, '사회적 자유'는 아무리 부유한 자라도 성취할 수 없는 것이 된다.

이성애자 남성의 사생활은 소란을 겪지 않아도 되는 공동체의 다복한 풍경으로 무사히 자리할 수 있지만, 여성과 퀴어의 사생활은 시시때때로 평지풍파의 공론장이 되어야 하는 일의 억울함은 어쩌면 끝내 통약되지 않을 '저주의 몫'으로 남을지 모른다. 그러나 '자기'라는 협애한 의식조차 대자적 관계 없이는 스스로에게도 이미 언제나 불투명하므로 "무지의 순간에 우리를 형성한 것이 우리 앞에 놓인 것에서 분기할 때, 타자와의 관계에서 훼손당하려는 자발성이 인간이 될 기회"[19]를 준다는 버틀러의 지혜를 더 오래 붙잡고 싶은 까닭은 궁극적으로 우리가 바라는 것은 '사생활 보호'가 아니라 '사생활 자유'이기 때문이다.

4. 나가며: 욕망, 응답, 책임

주체가 원본 없는 행위를 수행하며 자기 자신과 사회를 만들어간다는 것을 밝혀낸 것이 젠더 이론의 성과라고 한다면, 퀴어학은 욕망에 관한 이론인 동시에 책임에 대한 이론이라고도 할 수 있을 것이다. 소수자 정치를 논하는 책에서 자주 인용되는 토머스 키넌의 『책임의 우화Fables of Responsibility』는 문학이 전제와 근거가 없는 일을 설명하고 책임지는 방법에 대한 것이라고 주장한다. "근거가 없다는 것은 변명의 구실이 없고 우리의 결정을 참조할 만한 다른 사례도 없다는 의미다. (……) 우리가 무엇을 해야 하는지 정확히 알지 못할 때, 우리 행동의 결과와 조건을 더이상 계산할 수 없을 때, 그리고 우리가 더이상 의지할 곳이 없어서 심지어 우리 '자신'에게로 돌아갈 수도 없을 때, 우리는 책임이라고 할 만한 것과 마주한다."[20]

정의의 요구에 의해 출현하는 취약한 삶들은 도덕과 책임이 출현하는 조건을 형성하고, 그 존재는 우리 각자의 자리에서 가능한 모든 응답들을 요청한다. 단지 삶이 드러났다는 이유만으로 신체를 투명하게 줄 세워 사생활을 난폭하게 들추는 혐오 경제에 맞서, 법적 보

---

19) 주디스 버틀러, 『윤리적 폭력 비판—자기 자신을 설명하기』, 양효실 옮김, 인간사랑, 2013, 233쪽.

20) Thomas Keenan, *Fables of Responsibility: Aberrations and Predicaments in Ethics and Politics*, Stanford University Press, 1997, pp. 1~2. 번역은 다음의 책에 인용된 일부분을 참조하여 수정했다. 더글러스 크림프, 『애도와 투쟁—에이즈와 퀴어 정치학에 관한 에세이들』, 김수연 옮김, 현실문화, 2021.

호가 변이체들을 관리하기 위한 행정을 넘어 규범에 대한 '불일치'의 다양한 감각을 확산시키게 보조할 그 책임의 역사를 축적하는 방식에 대해, 훌쩍 가까이 다가온 법의 문 앞에서 묻고 또 묻게 되는 것이다.

(2021년 가을호)

이 글은 2021년 당시 퀴어 문학 독해를 둘러싼 각종 논의에 응답하고자 쓰여졌다. 소수자 시민의 가시화 전략과 이에 연루된 개인들에 대한 색출이 불분명한 조각들으로 특정 인물을 프로파일링하는 혐오의 '채증 정치'에 기반함을 밝히고, 가공의 정도를 따지는 반성적 논리들이 '사생활 보호'라는 보수적 프레임을 작동시킬 수 있음을 더불어 지적하였다.

여기 보론을 통하여 하나의 쟁점을 더하고 싶다. 지인의 경험을 작품의 서사로 끌어들이는 일에 대한 대한 문제가 제기될 때마다 더욱 빠르게 법 시장이 개입한다는 사실이다. 당사자들 간의 소통이 시작되거나 논의가 성숙되기 전에 개시되는 법적 다툼은 공적 담론과 발화의 가능성을 축소시킬 우려가 있고, 이는 미투 운동 이후 대규모로 조성되기 시작한 법 시장의 구조 개혁 문제와 닿아 있기도 하다. "법 시장은 이러한 법을 적극적으로 기획하고 응용함으로써 공적인 문제 제기를 피해자와 가해자가 개인적으로 경쟁해야 하는 영역으로 이동"[1]시키며 영리화 전략을 세우고 있다.

다양한 섹슈얼리티를 표현하고 이해하는 예술작품에 대한 논의는 자유주의적 권리 담론으로서 '성의 사생활화'를 촉진하는데, 이는 친밀성의 영역이 언제나 공적으로 매개되고 있다는 사실을 은폐하기 마련이다.[2] 문학의 윤리적 문제가 섹슈얼리티 묘사를 중심으로 반복적으로 제기되고 있는 상황에서, 회복의 경로와 방식은 각각 다를 수밖에 없을지라도, 그 사회적·역사적 매개성을 고려하지 않는 '성의 민영화' 방식은 이해 당사자를 고립시키고 성적 담론을 위축시킬 수 있다는 점을 다시 한번 강조하고 싶다.

---

1) 김보화, 『시장으로 간 성폭력』, 휴머니스트, 2023, 45쪽.

2) Lauren Berlant, Michael Warner, "Sex in Public", *Critical Inquiry*, Vol. 24, University of Chicago Press, 1998. pp. 547~566.

한
영
인

자아 생산
장치로서의 에세이

한영인
문학평론가. 『창작과비평』 편집위원. 2014년 『자음과모음』을 통해 평론을 발표하기 시작했다. 평론집 『갈라지는 욕망들』, 산문집 『이 편지는 제주도로 가는데, 저는 못 가는군요』(공저)가 있다.

1

나는 얼마 전 시인 장정일과 서로 주고받은 편지를 모아 함께 책을 냈는데 그 책에 실린 마지막 편지에서 장정일은 이렇게 썼다. "한국에는 '장르 피라미드'라는 게 있어서 피라미드의 꼭대기에 시와 소설이 있고, 그 밑에 평론·에세이·동화·희곡·시조 등속이 자리합니다. 체험 수기 혹은 르포 같은 건 글로 쳐주지도 않아서 장르 피라미드 안에 들어오지도 못하고 피라미드 바깥에 있죠."[1] 피라미드 각층에 속하는 장르에 대해서는 이견이 있을 수 있지만 현실의 '문학 공화국'에서 각 장르들이 암묵적인 위계hierarchy에 의해 자신의 자리를 할당받는다는 사실을 경험적으로 부정할 사람은 많지 않을 것이다. 그렇지만 오늘날에는 그 위계가 예전만큼 공고하지 않은 것도 사실이다. 과연 이와 같은 위계는 어떤 역사적 과정을 거쳐 오늘의 변화된 상황

1) 장정일, 한영인, 『이 편지는 제주도로 가는데, 저는 못 가는군요─문학과 삶에 대한 열두 번의 대화』, 안온북스, 2022, 446쪽.

에 이르렀을까. 그 변화를 이끈 동력은 무엇이며 그 결과 우리 시대는 얼마나 다른 모습으로 나타나고 있을까.

내가 아는 한 제작물들 사이의 위계를 정초한 최초의 인물은 플라톤이다. 플라톤에 따르면 제작물은 모두 이데아를 불완전하게 모방한 것이지만 그 모방에도 등급이 있다. 목수가 만든 침대가 침대의 이데아로부터 한 단계 떨어진 것이라면 그 침대를 모방해 그린 그림은 그로부터 두 단계 떨어져 있다는 식이다. 그렇다면 침대를 그럴듯하게 그려내는 화가의 기술techne은 좋은 침대를 만드는 목수의 기술보다 열등할 수밖에 없다. 이 위계는 그러나 아리스토텔레스에 와서 전도된다. 아리스토텔레스에 따르면 시를 창작하는 기술은 침대나 신발을 제작하는 기술보다 더욱 뛰어나다. 개별적이고 일회적으로 존재하는 사물과 달리 시는 영원하고 보편적인 정신을 담아낼 수 있기 때문이다. 일정한 조건이 충족된다면, 시는 현실의 제작물은 물론이고 사실 그 자체의 기록인 역사보다도 우월하다.

그 일정한 조건을 한 단어로 요약하자면 '형식'이 가장 적절할 것이다. 플라톤이 『국가』에서 시인을 탄핵하면서 서사시와 비극의 저속한 내용을 문제삼았던 것과 달리 아리스토텔레스는 『시학』에서 훌륭한 플롯이 지녀야 할 형식적 요건을 해명하는 데 주안점을 둔다. 제22장에서 "비극 시인들이 일상적인 대화에서 아무도 사용하지 않는 말을 사용한다고"[2] 조롱한 아리프라데스를 비판하면서 시적 언어와 일상 언어 사이에 차이가 있음을 역설하는 장면이 대표적이다. 언어의 기능에 관한 야콥슨의 구분(시적 기능과 지시적 기능)은 물론이

---

2) 아리스토텔레스, 『아리스토텔레스 시학』, 박문재 옮김, 현대지성, 2021, 91쪽.

고 시의 언어와 산문의 언어를 구분한 사르트르의 논의에서도 우리는 아리스토텔레스의 오래된 그림자를 발견할 수 있다. 비극을 공격하는 사람들에 맞서 "옳고 그름의 기준은 정치학과 시학이 서로 다르고, 다른 예술과 시학도 서로 다르다"[3]는 걸 강조하는 제25장의 논의 역시 마찬가지다. '예술의 자율성'에 대한 인식과 형식에 대한 엄밀하고 기술적인 고려가 동시에 나타났다는 사실은 흥미롭다.

아리스토텔레스는 『시학』을 통해 좋은 플롯이 지녀야 할 형식적 구성요소에 대해 꼼꼼하게 논하였으며 그 기준에 입각해 서사시와 비극 사이의 위계는 물론이고 비극 시인들 사이의 위계까지 설정할 수 있었다. 이런 위계가 가능했던 것은 시의 창작을 비이성적인 감정의 표출이 아니라 치밀하고 까다로운 제작의 과정으로 인식했기 때문이었다. 같은 가죽이라도 활용하는 장인의 솜씨에 따라 각기 다른 품질의 가방이 탄생하는 것처럼, 동일한 내용을 담았다 하더라도 창작자가 발휘하는 기예에 따라 작품의 형태와 가치가 달라진다. 이 기예는 질료-내용이 아닌 형상-형식의 영역에 속하는 것이다.

다시 '장르 피라미드'로 돌아가보자. 장정일은 시와 소설이 그 피라미드의 최상단에 위치해 있고 논픽션은 그 아래 위치한다고 말한다. 그렇다면 시와 소설, 그리고 에세이나 르포르타주를 비롯한 논픽션을 분할해온 근본적인 원리arche는 무엇일까? 역시 '형식'이다. 일반적으로 소설에는 에세이나 르포르타주보다 훨씬 더 엄격한 형식적 완결성이 요구된다. 가령 사람들은 소설의 결말을 두고 논쟁하듯 에세이의 결말을 두고 논쟁하지 않는다. 에세이는 소설과 달리 플롯

---

3) 같은 책, 104쪽.

의 규율로부터 자유롭기 때문이다. 어떤 소설이 플롯의 통일성을 비롯한 형식적 요건을 의도적으로 무시하거나 파괴한다고 해서 형식의 지배로부터 자유로운 것은 아니다. 형식의 파괴는 언제나 파괴할 형식에 대한 명료한 자기의식을 배면에 깔고 이루어지기 때문이다.

2

형식은 어떻게 개별적인 작품과 장르를 위계화하고 서열화하는 통치의 권력으로 작동할 수 있는 걸까? 그건 형식이 쓰는 사람은 물론이고 읽는 사람에게도 특정한 방식으로 습득하고 계발해야 할 희소한 자원의 성격을 지니기 때문이다. 김현의 말대로 문학은 무용할지 모르지만 그 무용한 문학이 거느린 다종다양한 형식에 능숙해지기 위해서는 적지 않은 '수업료'를 내야 한다. 문예창작과 등록금이나 사설 창작 아카데미 수업료만을 의미하는 것이 아니다. 대학이나 사설 아카데미에서 공부하지 않더라도 얼마든지 문학의 형식을 배우고 실험할 수 있다. 하지만 그러기 위해서는 상당한 시간을 독서와 습작에 바쳐야 한다. 등록금이나 수업료는 일생을 통해 치러야 하는 세월의 대가에 비하면 오히려 저렴해 보인다.

물론 형식을 단일한 것으로 취급하는 건 옳지 않을 것이다. 캐럴라인 레빈이 주장하듯 형식을 "모든 형태들과 배치들, 모든 질서화의 원리들, 모든 반복과 차이의 패턴들"[4]로 볼 수 있다면, 형식은 언제나 복수형으로 이해되어야 한다. 그렇지만 레빈은 다양한 형식들이 교차하고 중첩하는 양상에 주목할 뿐 개별 형식들이 계급적 위계

---

4) 캐럴라인 레빈, 『형식들—문학도 사회도 문제는 형식이다』, 백준걸·황수경 옮김, 앨피, 2021, 30쪽.

에 침윤되어 있다는 점엔 덜 주목한다. 그러나 아니 에르노의 다음과 같은 진술은 다양한 형식들의 평등한 공존이 환상에 지나지 않음을 날카롭게 드러낸다. "내가 『어린 소녀 브리지트』와 델리의 『노예 혹은 여왕』을 읽고 부르빌 주연의 〈제법인데〉란 영화를 보러 갔던 무렵, 서점에는 사르트르의 『성 주네』, 칼라페르트의 『순수한 사람의 진혼곡』이 나왔고, 연극으로는 이오네스코의 〈의자들〉이 상연되고 있었다. 내게 이 두 계열은 영원히 분리된 상태로 남아 있다."5) 이 두 계열을 멀리 떨어뜨려놓는 것은 취향이라는 지극히 사적인 개념으로 은폐된 계급적 분할이다.

그래서 급진적인 평등 이념으로 무장한 문학 운동은 계급 분할에 오염된 기존의 문학 형식을 해체하고 보다 평등하고 민주적인 문학 세계를 만들고자 시도했다. 우리에게 가장 먼저 떠오르는 것은 사회주의리얼리즘의 영향을 받아 제기된 '장르 확산론'이지만 그와 같은 지향은 사회주의리얼리즘이 공식화되기 이전부터 존재했다. 1920년대 러시아 아방가르드의 '팩토그래피' 운동이 대표적이다. 당시 러시아 아방가르드는 "당연시되어온 전통적인 작가상 및 글쓰기의 모델을 전면적으로 비판하고, 그것을 대체할 수 있는 새 대안을 제시"하고자 했다. 이들은 러시아 프롤레타리아 작가 동맹RAPP조차 "소위 '순문학'에 대한 고집, 혁명적 헌신을 그려내고 일깨우기 위한 수단으로서 '리얼리즘 소설'에 대한 강조"에 매몰되어 있다고 비판한 뒤 "일기, 전기傳記, 회상기, 여행기, 르포르타주"를 비롯해 "'오체르크 ocherk'라 불리는 짧은 에세이 장르"를 새로운 대안으로 제시했다.6)

---

5) 아니 에르노, 『부끄러움』, 이재룡 옮김, 비채, 2019, 114쪽.
6) 김수환, 『혁명의 넝마주이―벤야민의 『모스크바 일기』와 소비에트 아방가르드』,

'팩토그래피' 운동을 이끌었던 트레티야코프는 오체르크의 핵심 특징으로 비유적 언어나 문학적 플롯을 따르지 않는 것을 꼽았다. 그는 문학적 비유로 점철된 문학을 청산하고 "보고서나 명령서 같은 사무적, 기술적 산문의 극단적 형태"[7]로 플롯을 대체해야 한다고 주장했다. 플롯이 비극의 영혼이며, 시인이 갖추어야 할 최고의 기술은 은유라고 주장했던 아리스토텔레스가 무덤에서 벌떡 일어날 말이지만 모든 급진적 운동처럼 '팩토그래피' 역시 결코 뒤를 돌아보는 법이 없었다. 이 과정에서 오체르크와 같은 에세이와 르포르타주는 새롭게 정초된 '장르 피라미드'의 최상단에 오르게 되었고 '순문학'은 "이데올로기적이고 이론적인 차원에서도 그 위상이 격하되었다".[8]

이후 역사의 전개는 아는 대로다. 급진적 해방운동의 기운은 잦아들었고 '순문학'은 다시 '장르 피라미드'의 정상을 탈환했다. 그렇지만 그 과정에서 에세이를 비롯한 논픽션의 위상이 추락한 건 아니다. '에세이 열풍'이라는 말이 쉽게 통용될 정도로 오늘날 독서 시장에서 에세이가 차지하는 비중은 막대하다. 하지만 형식처럼 에세이 역시 복수형이라는 걸 기억해야 한다. 개체발생이 계통발생을 반복하듯 에세이도 자신의 유類에 속한 개별적인 종種 사이의 위계를 가동한다. 몽테뉴 에세이의 탁월성을 거론하면서 "자칫, '아무 말 대잔치'로 전락할 수 있는" 요즘 유행하는 에세이와 달리 그의 에세이는 "'어떻게 살 것인가'라는 질문을 던지고, 그 대답을 시험해본 후, 결과를 손에 쥐고 전후를 성찰해 존재를 수정하는 가운데 조금씩 삶을 형성하

문학과지성사, 2022, 153~154쪽.

7) 같은 책, 155쪽.

8) 같은 책, 151쪽.

는 기술이었다"⁹⁾고 말하거나 "하루키와 서경식의 에세이는 이즈음 이 땅에서 낙양의 지가를 올리는 힐링을 표방하는 에세이와는 그 결과 품을 달리한다"¹⁰⁾고 말하는 대목에서 우리는 그 위계가 작동하는 장면을 확인할 수 있다.

에세이 자체에 이와 같은 분열과 위계가 작동하고 있다면 "에세이란 무엇인가? 에세이가 의도하는 표현형식이 무엇인가? 이런 표현을 가능하게 하는 수단과 방법은 무엇인가?"¹¹⁾라는 루카치적인 물음은 표적을 잃고 방황하기 십상이다. 그 물음이 동시적이고 통합적으로 겨냥하는 단일한 대상을 상정하기 어렵기 때문이다. 이런 분열 앞에서 이제까지 비평이 흔히 취해온 방법은 '얄팍한 에세이'와 "하나의 예술형식이고, 독자적이고 완전한 삶에 대해 독자적이고 완전한 형식을 부여하는"¹²⁾ 에세이를 구분한 뒤, 후자에 해당하는 뛰어난 에세이가 이룬 성취를 조명하는 것이었다. 이는 '평가와 선별'이라는 비평의 본령을 따르는 듯 보이지만 에세이라는 '장르' 자체에 대한 비평으로 성립하기에는 한계가 있다.

아즈마 히로키는 "작품이나 사건을 자세하게 분석하는 것만으로는 평론이 되지 않"으며 "평론이 평론으로 인지되려면 대상의 개별성으로부터 보편적인 문제를 도출하고, 여기에서 사회성이나 시대성을 읽어냄으로써 작품이나 사건과는 언뜻 무관해 보이는 독자와도

---

9) 장은수, 「에세이 열풍을 어떻게 볼 것인가」, 『황해문화』 2019년 봄호, 259~260쪽.
10) 권성우, 「고립을 견디며 책을 읽다―무라카미 하루키와 서경식의 에세이에 대해」, 같은 책, 281쪽.
11) 게오르그 루카치, 『영혼과 형식』, 홍성광 옮김, 연암서가, 2021, 42쪽.
12) 같은 책, 74쪽.

공감의 회로를 만들어내야"[13] 한다고 말한다. 그렇다면 에세이라는 '장르'에 대한 평론을 성립시키려면 에세이의 생산과 소비를 둘러싼 시대적 욕망을 오늘날 사회의 변화된 면모를 통해 보여주어야 하며 이를 위해서는 몇몇 '진정한 에세이'에 초점을 맞춰온 관성을 탈피할 필요가 있다고 말할 수 있을 것이다. 프랑코 모레티는 문학장이 "개별 사례의 합이 아닌, 그 자체가 전체로서 파악되어야 할 집단적 구조"[14]라고 쓴 바 있다. 에세이를 이와 같은 '집단적 구조'로 파악한다는 것은 개별 작품들의 매혹을 해명하는 것을 넘어 에세이라는 '장르'를 오늘날 우세종을 차지한 글쓰기 '장치dispositif'로 파악한다는 의미일 터, 이렇게 보았을 때 우리가 읽어낼 수 있는 오늘날 한국의 사회성과 시대성은 무엇일까?

3

이런 물음은 오늘날 에세이의 생산과 소비를 이끄는 주도적인 힘에 대한 탐구를 필연적으로 요청한다. 오늘날 그 힘은 위계화된 문학 제도를 해체하기 위한 급진적 변혁의 운동이나 시민적 교양의 축적을 위한 열망이 아니라 세계를 바라보고 해석하는 '나'의 주관성이 타인의 그것과 동일한 무게와 의미를 지닌다는 다원주의적 평등의 관념에서 비롯하는 듯 보인다. 정주아가 지적했듯 "이제 에세이는 더이상 글쓰기를 업으로 삼는 작가나 인간사에 대한 통찰을 요구받는

---

13) 아즈마 히로키, 『느슨하게 철학하기─철학자가 나이드는 법』, 안천 옮김, 북노마드, 2021, 97쪽.

14) 프랑코 모레티, 『그래프, 지도, 나무─문학사를 위한 추상적 모델』, 이재연 옮김, 문학동네, 2020, 12쪽.

종교인의 전유물이 아니"며 "'나'를 중심으로 세계가 해석되고 시야가 제한되는 특징을 삶의 태도로 기꺼이 수용하려는 추세"[15]와 맞닿아 있다.

'문학의 민주주의'라는 관점에서 본다면 이런 경향은 긍정적으로 평가할 수 있을 것이다. 소수 엘리트 작가에게 독점되어 있었던 출간의 기회가 보다 평범한 다수의 사람들에게 확대되어가는 진보의 과정으로 볼 수 있기 때문이다(레이먼드 윌리엄스라면 이를 '기나긴 혁명'의 일부로 보았을 것이다). 이 과정에서 그동안 억압되어 있던 사회적 소수자의 존재가 가시화된다. 기존의 사회적 분할하에서 침묵을 강요받았던 사람들이 에세이를 통해 스스로 언어를 획득해내는 감동적인 광경은 우리에게 낯설지 않다. 이렇듯 글쓰기의 민주주의라는 관점에서 본다면 우리는 에세이가 우세종이 된 오늘날의 글쓰기 풍경을 통해 보다 평등해진 다원주의적 개인주의 시대의 긍정적인 면모를 읽어낼 수 있을 것이다.

하지만 다원주의적 평등 관념을 뒷받침하는 개인주의가 지닌 양가적 측면을 동시에 고려할 필요가 있다. 개인주의는 개인의 자율성과 행위능력을 크게 확대시켰지만 동시에 도덕적, 미적, 사회적 판단의 짐을 홀로 져야 하는 부담을 부과한다. 개인주의가 지닌 양가성에 주목하는 논의들이 근래 자주 발견되는 건 우연이 아니다. 개인에게 자율적이고 능동적인 판단과 행위의 주체가 되어야 한다고 부단하게 요청하는 개인주의는 오늘날 사람들을 깊은 허무와 무력감의 늪에 빠뜨리는 원인으로 지목되기도 한다. 박동수는 휴버트 드레이퍼스와

---

15) 정주아, 「일인칭 글쓰기 시대의 소설」, 『창작과비평』 2021년 여름호, 54~55쪽.

숀 켈리가 쓴『모든 것은 빛난다』(김동규 옮김, 사월의책, 2013)를 소개하면서 오늘날 현대적인 개인이 빠진 곤경을 이렇게 서술한다.

모든 것이 나로부터 시작하고 내가 모든 것에 의미를 부여할 때, 모든 사물과 사건은 그 자체로 의미를 갖지 못하게 된다. 그렇게 우리는 더욱더 허무해지고 만다. (……) 이처럼 개인의 자아가 선택의 부담을 많이 가지게 될수록 선택의 자유는 축복이 아니라 오히려 저주가 된다. 그런 까닭에 개인주의의 시대가 부상할수록 그 이면에는 각종 심리적 문제들 또한 부상할 수밖에 없다. 이것이 오늘날 그 많고 많은 심리학서와 에세이 문학이 번성하는 이유이기도 하다. 과거에는 신과 공동체가 부담했던 것들이 모조리 자율적 개인에게 맡겨지기 때문이다. 그리고 이렇게 될 때 모든 의미 추구는 실상 그것이 순전히 개인적이라는 점에서 자의성에서 벗어날 수가 없게 된다. 내가 왜 이것을 하고 있는지에 대한 어떤 확실하고 절대적인 근거도 개인으로부터는 나올 수 없기 때문이다.[16]

'심리학서와 에세이 문학의 번성'을 개인주의 시대가 맞닥뜨린 심리적 문제와 연결시킨 박동수의 논의는 에세이 열풍에 깃든 사회성과 시대성을 검출하려는 이 글의 목적과 관련해 많은 것을 시사한다. 오늘날 생산되는 많은 에세이들은 보편적이거나 규범적인 삶의 형태란 없으며 누구나 자기 고유의 삶을 살아가야 한다고 말한다. '나만 잘못 살고 있는 건 아닐까?'라는 두려움 앞에서 사람들은 다른 사람

---

16) 박동수,『철학책 독서 모임―오늘의 철학 탐구』, 민음사, 2022, 139~140쪽.

이 거쳐온 삶의 행로를 따라 읽으면서 위안과 용기를 얻고자 한다. 하지만 그 타인의 삶은 "순전히 개인적이라는 점에서 자의성"을 벗어날 수 없기에 일회적 대증요법에 그칠 뿐이다.

오늘날 에세이의 생산은 평등하고 자율적인 개인이라는, 언뜻 보기에 긍정적인 관념에 기대고 있다. 하지만 그 개인은 "우리 자신이 스스로 의미의 원천이 되고, 자아를 확장하는 것이 우리 삶의 영원한 과제가 되어야 한다"[17]는 시대의 정언명령에 속박된 존재이기도 하다. 이 '영원한 과제'를 수행하는 양태와 관련해 강경석이 '자아 독재'라고 표현한 최근의 주체성의 양상은 특별한 주목을 요한다. 강경석은 민주주의가 국가나 공동체의 통치술로는 자명한 것처럼 받아들여지거나 이따금 의심되기도 하지만, 그 통치술이 개별자의 '자아 통치'라는 차원에서 논의된 적은 드물다고 말하면서 이렇게 적는다.

고정된 자아에 대한 그릇된 집착을 일컫는 아상我相이나 배타적 자기애로서의 나르시시즘이 문제가 되는 이유는 그 모두가 저마다의 참된 주인됨을 가로막고 진실의 드러남을 은폐하는 일종의 '자아 독재'에 다름 아니기 때문일 것이다. 그러므로 만약 우리의 '공동'이 "진영 논리와 확증 편향과 적대적 공존의 재생산 속에서만 작동하는 것처럼 보인다"면 그것은 그만큼 우리 삶의 경험 구조가 더 많은 자아 독재를 요청하고 단련하는 방향으로 조형되어 있다는 뜻이 된다. 그리고 이때의 자아 독재란 그것의 경제적 표현인 사적 소유와 상호작용하는 가운데 자아를 하나의 사유재산으로 전락시키는 한편 사

---

17) 같은 책, 138쪽.

유재산은 자아의 반영으로 의미화하는 메커니즘을 작동시킨다.[18]

여기에 "올바른 이야기를 한다는 것만으로 윤리적 정당성이 확보
된다고 느끼는 순간에 윤리적 입장은 나르시시즘의 재료로 소모되고
만다"[19]는 정주아의 경고까지 덧붙이면 오늘날 다원주의적 개인주
의가 지닌 긍정성 이면에 자리잡은 한계와 위험이 보다 뚜렷하게 포
착된다. 개인의 목소리를 가시화하는 평등주의가 나르시시즘을 반복
강화하는 '자아 독재'의 위험과 맞붙어 있다면 우리는 '나'의 고유함
과 개별성을 억압하는 세계에 맞서 존재의 자율성을 주장하는 동시
에 '나' 스스로를 끊임없이 의심하고 성찰해야 한다는 상반된 요구에
직면해 있는 셈이다. 이 까다로운 요구는 그러나 "모든 것에 비판적
이고 회의적인 자율성의 상태로는" "의미 있게 살아갈 수"[20] 없다는
지적 앞에서 다시 길을 잃는다.

4

강경석이 '자아 독재는 자아를 하나의 사유재산으로 전락시킨다'
고 말한 대목에 조금 더 머물러보자. 에세이 역시 자아를 일종의 자산
으로 생산해내는 장치가 아닌지 의심해볼 필요가 있기 때문이다. 먼
저 오늘날 개인의 일상과 삶이 지닌 정치경제학적 위상이 과거와 확
연하게 달라졌다는 사실을 확인해둘 필요가 있다. 내가 어릴 때 가수

---

18) 강경석, 「진실의 습격─민주주의와 문학 그리고 자본주의」, 『리얼리티 재장전─
문학과 현실이 가리키는 새로운 미래』, 창비, 2022, 17~18쪽.
19) 정주아, 같은 글, 68쪽.
20) 박동수, 같은 책, 150쪽.

는 무대에서 노래를 하고, 개그맨들은 콩트를 하고, 탤런트는 연기를 했다. 가끔 토크쇼에 나와 자기 이야기를 하는 연예인도 없는 건 아니었지만 그럼에도 우리가 그들의 시시콜콜한 일상생활을 속속들이 아는 건 불가능했다. 그들은 그저 노래를 부르고, 연기를 하고, 방송을 진행할 뿐이었다.

오늘날엔 어떤 연예인이 어떤 집에 살고, 어떤 취미가 있고, 누구와 어울리고, 무얼 하며 사는지가 모두 독립적인 콘텐츠로 제공된다. 혼자 살면 혼자 사는 대로(〈나 혼자 산다〉), 같이 살면 같이 사는 대로(〈동상이몽〉), 아이를 키우고 살면 키우고 사는 대로(〈슈퍼맨이 돌아왔다〉), 이혼하면 이혼하는 대로(〈우리 이혼했어요〉) 모두 쏠쏠한 콘텐츠가 된다. 오래전부터 유행한 '일상툰'이 그러하듯 개인의 일상생활이 콘텐츠의 소재로 활용된 건 어제오늘의 일이 아니다. 하지만 이렇게 많은 사람이 자신의 삶을 콘텐츠로 삼았던 적은 결코 없었다. 오늘날 사람들은 유튜브나 SNS를 이용해서 자기 자신을 콘텐츠화하는 데 능숙하다. 오늘날 에세이의 생산은 이처럼 자기 자신을 콘텐츠화할 수 있게 길을 터준 다양한 기술 매체의 진화와 떼어놓고 설명하기 어렵다. 에세이-책은 스마트폰-기계처럼 자아 생산 장치로서의 성격을 강화해가고 있다.

이런 변화된 현실은 미셸 푸코가 탐구한 근대인의 자기 고백과 그 성격이 상당 부분 겹치지만 미묘한 차이도 발견된다. 푸코는 『성의 역사』 제1권에서 "자신의 진실을 힘겹게 고백"[21]하게 만드는 권력의 방식에 대해 고찰한 적이 있다. 거기서 푸코는 "개인은 오랫동안 다

---

21) 미셸 푸코, 『성의 역사 1 ─ 지식의 의지』, 이규현 옮김, 나남, 2016, 48쪽.

른 사람들의 보증과 타인에 대한 유대의 표명(가족, 충성, 후원)에 의해 공증되었으나, 그후에는 자기 자신에 관해 말할 수 있거나 말해야 하는 진실한 담론에 의해 정당성을 인정받았다"[22]고 말한다. 근대 이전에는 공동체가 개인에게 고정된 위치를 할당해줌으로써 자신이 누구인지 말해야 하는 의무를 면제해주었지만, 신과 공동체가 부담했던 것들이 모조리 자율적 개인에게 맡겨진 오늘날 개인은 자기 자신을 스스로 생산해내야 한다는 것이다.

그래서 근대인들은 "자신의 생각과 욕망을 고백하고 자신의 과거와 몽상을 고백하고 자신의 어린 시절을 고백하고 자신의 질병과 빈곤을 고백하고, 누구나 가장 말하기 어려운 것을 최대로 정확하게 말하려고 열심"[23]히 노력해야 했다. 자신의 내밀한 진실만이 자신을 타인과 구별해주는 주체성의 표지가 되기 때문이다. 푸코가 강조했듯 그 과정에서 문학의 형질변경이 일어났다("이로 인해 아마 문학이 변모했을 것이다. (……) 고백의 형식 자체 때문에 도달할 수 없는 것으로서 번쩍거리는 진실을 자기 자신의 깊은 곳에서 낱말들 사이로 돋아나게 하려는 무한한 노력에 의해 지배되는 문학이 떠올랐다"[24]). 에세이 역시 푸코가 말한 '진실을 생산하는 권력의 작용'에 깊숙이 연루되어 있다. 이는 오늘날 주체들이 행하는 능동적이고 자발적인 자기 진술이 권력에 의해 강제된 것에 불과하다는 이야기가 아니다. 그 능동적이고 자발적인 자기 진술이 주체에 대한 진실을 생산해내는 권력을 스스로 (재)생산하고 있다는 뜻에 가깝다.

---

22) 같은 책, 70~71쪽.

23) 같은 책, 71쪽.

24) 같은 책, 72쪽.

하지만 푸코는 주체의 진실이 오늘날처럼 강력한 환금성을 지니게 되리라고는 미처 예상하지 못했을 것이다. 실제로 오늘날 개인은 단지 자신의 진실을 고백해야 하는 의무를 지는 것만이 아니라 고백한 진실을 상징적, 금전적 자본으로 전환시키는 '크리에이터'가 되길 요구받는다. 조용히 고양이와 노는 것에 만족해서는 안 되며 고양이와 노는 모습을 영상으로 찍어 널리 퍼뜨리라는 명령이 환청처럼 귓가에 맴돈다. 고양이와 함께 보내는 목가적인 시간은 점차 잠재적인 이익에 대한 기회비용으로 간주된다. 영상 속 고양이는 애교도 많고 말도 잘하는데, 그래서 집사에게 많은 돈과 명성을 안겨주는데, 우리집 고양이는 밥을 먹고 똥을 많이 싸는 것 외에는 할 줄 아는 게 없다는 침울함이 곰팡이처럼 피어난다.

이런 반문이 제기될 수 있을 것이다. 오늘날 행해지는 자아의 사유재산화가 나쁘기만 한 것인가? 어차피 프롤레타리아는 자기 자신 말고는 내다팔 것이 없는 존재 아닌가? 오늘날 프레카리아트precariat는 과거의 프롤레타리아가 자신의 노동력을 내다팔듯 자신의 일상과 경험을 내다파는 것 아닌가? 일상을 거래할 수 있는 자유 시장은 새로운 시대가 열어준 기회의 문이 아닌가? 그게 아니라면 주체가 공동체에 의해 타율적으로 생산되었던 시대가 더 좋았다는 말인가? 그런 생각이야말로 퇴행적 복고주의자의 시대착오적 낭만 아닌가?

미셸 푸코라면 둘 중 무엇이 더 나은지 우열을 가리는 건 자신의 관심사가 아니라고 말할 테지만 한병철이라면 헝가리 작가 페터 나다스의 다음과 같은 글을 인용하는 것으로 자신의 '퇴행성'을 당당하게 주장할 것이다.

여기에서 삶은 개인적 체험들로 이루어지지 않고 (……) 깊은 침묵으로 이루어진다는 느낌이 든다. 충분히 납득할 만하다. 개인적 의식을 축복으로 받은 인간은 자신이 아는 것보다 더 많이 말하도록 끊임없이 강제당하는 반면, 근대 이전의 분위기에서는 누구나 모두가 아는 것보다 훨씬 더 적게 말한다.[25]

근대 이전의 인간이 아는 것보다 훨씬 더 적게 말했는지는 모르겠지만 오늘날 사람들이 자신이 아는 것보다 더 많이 말하도록 끊임없이 강제된다는 말은 사실이다. SNS는 자신이 아는 것보다 더 많이 말하도록 강제하는 대표적인 장치 아닌가? 만약 사람들이 자기가 아는 것에 대해서만 말하거나 꼭 필요한 말만 한다면 SNS는 금세 망할 것이다. 한병철에 따르면 신자유주의에 의해 개별화된 주체는 "더 많이 주목받기 위해 자기를 생산한다"[26]. 푸코가 관찰한 근대사회가 스스로 고백함으로써 자기 진실을 생산하도록 유도하는 사회라면, 한병철이 관찰한 신자유주의 사회는 그 진실을 자원화하도록 부추기는 사회다. 하지만 자발적 착취가 자기 계발이라는 아름다운 용어로 포장되듯 이 사적 자원화는 '소통'과 '공감'이라는 휴머니즘의 옷을 빌려 입는다. 오늘날 운위되는 공감과 소통은 인간의 자연스러운 교감의 욕망이 아니다. 그것은 타인으로부터 획득해야 할 일종의 자원이며 공감과 소통의 욕망은 사실 그 자원을 착취하고픈 욕망과 동일한 것이다. '좋아요'나 '리트윗' '구독' 숫자는 우리가 그 자원을 얼마나

25) 한병철, 『리추얼의 종말─삶의 정처 없음을 어떻게 극복할 것인가』, 전대호 옮김, 김영사, 2021, 42쪽.
26) 같은 책, 24~25쪽.

획득했는지 실시간으로 알려준다. 우리는 개인의 일상과 삶을 스스로 자원화하길 요구받는 최초의 인류인지도 모른다.

공감과 소통마저 개인이 획득/착취해야 할 자원으로 기능하는 오늘날 주체의 자기표현이 마냥 개인을 해방하는 긍정적인 역할만을 하리라 생각하기는 어렵다. 2018년 미국에서 두 달간 약 삼천 명을 대상으로 실행한 연구 결과, 페이스북 계정을 비활성화한 집단은 행복감과 삶에 대한 만족감이 늘어나고 불안감과 외로움은 이전보다 더 적게 느낀다고 답했다. 영국 바스대학교 연구팀의 실험도 비슷한 결과를 보여준다. 실험에 참여한 사람들 대부분이 SNS에서 벗어나자 기분이 개선되고 전체적으로 불안이 완화되는 긍정적인 변화를 보였는데 그중 긍정적인 효과가 가장 컸던 그룹은 SNS를 아예 끊은 그룹이었다. 행복해지기 위해서 SNS를 비롯한 자아 생산 장치로부터 벗어나야 한다는 주장을 하려는 게 아니다. 오히려 그게 더 행복하다는 걸 알면서도 우리가 그 장치로부터 벗어나지 못한다는 사실이 중요하다. 오늘날 그 장치를 벗어나 자신의 삶을 가꿔갈 수 있는 대안적인 관계를 형성하는 일은 대단히 어려운 과제가 되어가고 있다.

5

앞서 나는 소설과 에세이를 분할하는 근본원리가 형식이며 이 형식은 '장르 피라미드'의 위계를 구축해온 통치 원리였지만 오늘날은 그 통치의 위력이 예전만큼 안정적이지 않은 측면이 있다고 말했다. 오늘날 에세이에 대해 사유할 때 형식을 피해 갈 수 없는 이유는 단지 에세이가 형식으로부터 자유로운 글쓰기 장르로 여겨지기 때문만이 아니다. 여기에는 오늘날 정치사회적 트렌드와 공명하는 까다로운 문제가 깃들어 있다. 그것은 형식에 대해 오늘날 사람들이 지니는 불만과 원한의 감정이다. 이 불만과 원한 감정은 앞서 러시아 아방가르드나 사회주의리얼리즘의 예에서 확인할 수 있듯 오래된 것이다. 형식이 근본적으로 계급적 위계를 내포하고 있다면 소외되고 억압된 계급이 그 형식의 엘리트주의적인 성격에 대해 적대감을 보이는 건 당연한 일이다. 그런데 형식에 대한 적대는 진보와 해방을 기치로 내건 사회주의-좌파만의 전유물이 아니다. 한병철에 따르면 신자유주의 또한 형식에 대한 일반화된 적개심을 산출해낸다.

> 강제적이고 매혹적인 형식의 자리에 담론적 내용이 들어선다. 마술은 투명성에 밀려난다. 투명하라는 명령은 형식에 대한 적개심을 일으킨다. 예술은 의미의 측면에서 투명해진다. 이제 예술은 유혹하지 않는다. 마술적인 베일은 벗겨진다. 형식은 직접 나서서 말하지 않는다. 형식의 언어, 기표의 언어는 농축, 복잡성, 다의성, 과장, 고도의 불명확성, 심지어 모순성을 특징으로 가진다. 형식은 의미심장함을 암시하지만 의미에 흡수되지 않는다. 그런데 오늘날 형식은 단순화된 의미와 메시지를 위해 사라지고, 예술작품에 단순화된 의미와 메시지가 덮어씌워진다.[27]

신자유주의는 개인을 진정성의 주체로 생산해내고 진정성의 주체는 자신의 진정성을 내면 밖으로 꺼내 타자에게 투명하게 전달하고자 한다. 진정성은 타자의 승인 없이 존립하기 어렵기 때문이다. 우정

---

27) 한병철, 같은 책, 37쪽.

과 사랑은 그 승인의 전통적인 형식이었지만 오늘날 그 무거운 형식은 '좋아요'와 '리트윗' 같은 인스턴트 반응으로 대체되고 있다. 한병철은 이와 같은 승인의 인스턴트화에 맞서 '리추얼'의 형식적 기능을 다시 사유할 것을 요구한다. 그가 말하는 '리추얼'은 일종의 상징적 의례로서 대개 진정성이 없는 형식적 허례허식으로 여겨지곤 하는 것들이다. 오늘날 이와 같은 리추얼의 소중함을 높이 사는 사람은 거의 없다. 소중한 것은 그런 외형적 껍데기가 아니라 개인의 내면에 존재하는 진실이라고 생각하기 때문이다. 모든 의미와 가치가 개인의 내부에서 발원한다고 믿는 사람들이 늘어갈수록 의례는 자기 자신이 만들지 않은, 외부에서 부과된 억압적 형식에 불과해진다.

요즘 에세이들이 각광받는 이유 중 하나는 그런 형식의 억압을 단호하게 거부하고 개인의 고유함을 과감하게 승인하는 데 있다. 하지만 우리는 소설을 통해서도 얼마든지 개인의 고유함을 주장할 수 있지 않은가? 아니, 소설이야말로 이제까지 그걸 가장 잘할 수 있는 영역이라고 여겨지지 않았던가? 그러나 오늘날 속도와 투명성에 있어 소설은 에세이보다 비효율적인 장르라는 점이 보다 명백해지고 있다. 더 많은 형식을 요구하는 소설은 느리고 불투명하며, 동시에 형식에 적대적인 오늘날의 문화와 마찰을 빚는다. 푸코가 고백이 문학의 변화를 가져왔다고 말한 것처럼, 에세이 열풍을 추동한 속도와 투명함에 대한 열망은 이제 소설의 형질변경을 야기하는 듯 보인다.

김미정의 「흔들리는 재현·대의의 시간—2017년 한국소설 안팎」은 오늘날 문학의 형질변경과 관련해 주목을 요하는 글이다. 『82년생 김지영』이라는 텍스트의 안팎을 심도 있게 분석하는 이 글에서 내 눈을 사로잡은 것은 "작가의 욕망과 독자의 욕망"[28]을 한데 묶는 대목이었다. 이 둘을 한데 묶는 게 문제여서가 아니다. 예전에는 거기에 '인물의 욕망'까지 더해 셋이 하나의 세트로 붙어나녔는데 어느샌가 '인물의 욕망'이 삭제되고 작가와 독자의 욕망만이 교호한다는 점이 흥미를 끌었던 것이다.

김현은 「소설은 왜 읽는가」에서 "소설은 수필이나 자서전과 다르게, 쓰는 사람이 읽거나 보고 들은 것을 나의 입장에서가 아니라 소설 속의 인물들의 입장에서 서술하는 이야기"[29]라고 정의하고 이로부터 소설에 내재한 세 가지 욕망을 도출했다. 첫째는 세계를 변형시키려는 소설가의 욕망이고, 둘째는 소설가의 욕망에 따라 혹은 그 욕망에 반대하여 자신의 욕망에 따라 세계를 변형하려 하는 소설 속 인물의 욕망이며, 셋째는 소설을 읽는 독자의 욕망이다. 김현에 의하면 소설과 에세이의 차이는 인물의 욕망을 승인하느냐 그렇지 않으냐에 있다. 하지만 이런 구분은 김현 고유의 비평적 견해라기보다는 근대문학이 널리 합의해온 보편적인 특성에 가깝다. 소설은 에세이와 달리 인물을 매개로 세계와 대면하는 간접성의 양식이며 그 인물은 작가는 물론이고 독자에게까지 저항한다는 것, 독자가 보내는 열광과 지지로 말끔하게 회수되지 않는 잉여는 인물이 지닌 고유한 운동의 영역으로부터 발생한다는 점은 굳이 '전문 독자'가 아니더라도 누구나 동의할 수 있을 것이다. 인물은 독자는 물론이고 작가조차 완전히 장악할 수 없는 세계가 존재함을 보여주는 타자성의 증표이며 그 타자

---

28) 김미정, 「흔들리는 재현·대의의 시간—2017년 한국소설 안팎」, 『문학들』 2017년 겨울호, 35쪽.

29) 김현, 「소설은 왜 읽는가」, 비평동인회 크리티카 엮음, 『소설을 생각한다』, 문예출판사, 2018, 514쪽.

성의 영역에서 비로소 작가는 독자의 탄생을 위해 스스로의 죽음을 대가로 치를 수 있다. 김미정의 글은 그 타자성의 영역이 소설 안에서 점차 축출되는 현실을 보여준다. 타자성의 혼돈이 아니라 동일성의 공감을 강하게 요구하는 새로운 독자의 탄생을 보여준다고 할 수도 있겠다. 독자는 인물을 경유하지 않고 작가의 욕망에 곧바로 접속하고 작가는 인물의 욕망을 건너뛰고 독자에게 육박한다.

예전이었다면 "각성된 주체들의 욕망"[30]에서 곧바로 변혁적 전망을 읽어내는 것이 가능했을 것이다. 하지만 오늘날 '각성한 주체들의 투명한 욕망'은 새로운 변혁의 전망만큼이나 신자유주의의 시대정신과 공명하는 것처럼 보인다. 과거의 급진적 반反형식주의처럼 오늘날 신자유주의 역시 "모든 유형의 형식주의"를 경멸하며 "'형식'에 대한 보편적 반란"[31]을 획책하기 때문이다. 신자유주의는 도처에서 불필요한 규제=형식을 발견하며 그 낡은 규제=형식을 타파하고 사회에 더 빠른 속도를 불어넣길 원한다. 문학에서 이런 경향이 우세해지면 진정성의 직거래 시장이 열리게 된다. 과거 소설의 독자들이 소설을 읽는 과정에서 온전히 이해할 수 없는 인물과의 부대낌을 비용으로 지불해야 했다면 직거래 시대의 소설은 왜 이제까지 그런 쓸데없는 비용을 낭비했냐고, 여기서는 그런 수고 없이 원하는 걸 바로 얻을 수 있다고 유혹한다. 이런 직거래가 유행할수록 '작가의 죽음' 같은 것은 한가한 옛 소리가 되어간다. 작가는 죽지 않는다. 거대한 브랜드로 부풀어오를 뿐이다. 이것이 과거의 변혁적 전망과 오늘날 신자유주의 체제의 차이점이다. 집단 창작이 운위되던 시절의 작가는 소시

---

30) 김미정, 같은 글, 29쪽.
31) 한병철, 같은 책, 11쪽.

민적 개인성을 규탄받고 그 위상이 격하되었다. 하지만 오늘날 사정
은 판이하게 다르다. 오늘날 위상이 격하된 것은 작가가 아니라 명료
한 의미의 산출과 전달을 방해하는 모종의 형식들이다.

　오해를 피하기 위해 덧붙이면 나는 저자에서 텍스트로, 텍스트에
서 독자로 해석의 권한이 이동해온 역사적 과정을 무시하려는 게 아
니다. 오늘날 새로운 독자들이 수행하는 능동적인 개입과 실천이라
고 간주되는 것들이 어쩌면 그 외양과는 달리 독자의 자유로운 활동
영역을 삭제하는 것이 아닐까, 그것은 독자 중심주의의 탈을 쓴 채 작
가 중심주의를 기묘한 방식으로 강화하는 건 아닐까 의심해볼 필요
가 있다고 생각할 뿐이다.

　내 생각에 '정치적 올바름'을 둘러싼 논란은 『82년생 김지영』 현
상이 지시하는 모종의 변화를 이해하는 데 핵심적인 사안이 아니다.
그보다는 작품을 매개로 자아의 진정성과 시대적 메시지를 주고받는
방식에 일어난 변화에 착목하는 것이 더 적실해 보인다. 김홍중에 따
르면 진정성은 한국사회에 신자유주의가 전면화되기 이전, 그러니까
97년 체제가 본격화되기 이전에 우세종으로 군림했던 마음의 양식이
었다. 그래서 김홍중의 진정성은 언제나 느리고 머뭇거린다. "윤리적
으로 진정하다는 것은 해답 없는 질문에 대한 기약 없는 숙고의 과정
이며, 언제나 부정되어 새롭게 사유되어야 하는 진실에 대한 끝없는
접근의 열망"이기 때문이다. "윤리적 진정성의 순수한 형태는 행위
나 실천이 아니라, 행위나 실천의 극단적인 지연遲延에 깃들인다. 그
것은 망설임이며, 주저이며, 때로는 실천적 무능이기도 하다."[32] 그

---

32) 김홍중, 「진정성의 기원과 구조」, 『한국사회학』 43집 5호, 2009, 18쪽.

'윤리적 진정성'이 '도덕적 진정성'에 자리를 내줄 때, 그것은 한병철이 비판하는 신자유주의적, 나르시시즘적 진정성으로 전락하고 만다. 김홍중이 진정성이 우리 시대의 대안이 될 수 없다고 말하면서 "사회적이고 공적인 관심과 책임과 실천의 역량을 가진 주체를 생산할 수 있는 어떤 새로운 '장치'들의 형성과 발명"[33]을 요구하는 것도, 나르시시즘으로 귀결되기 쉬운 진정성의 한계를 날카롭게 인식했기 때문일 것이다.

그렇지만 그 새로운 장치의 발명은 실패했고, 우리는 진정성을 자아의 윤리성과 주체성을 보증하는 상징적 자산으로 재활용하는 편을 택했다.[34] 진정성이 타인으로부터 명료하게 확인받아야 하는 주체의 사유재산이 되면서 문학에 기대하는 독자들의 요구도 변화하게 되었다. 독자들은 작가에게 진정성을 곧바로 확인할 수 있는 투명하고 명료한 구성을 요구하고, 작가도 불확실하거나 불명료한 메시지가 가져올 미지의 위험을 회피하면서 보다 정확한 메시지를 전달하는 데 힘쓰게 된 것이다. 김미정의 글은 오늘날 개인의 진정성과 사회적 메

---

33) 같은 글, 25쪽.

34) 김홍중은 '진정성의 레짐'이 윤리적 진정성과 도덕적 진정성의 절묘한 결합으로 구축되어 있기에 양자의 분리로 인해서 언제든지 와해될 가능성을 내포하고 있는 불안한 체제라고 말한다. 그에 따르면 윤리적 진정성이 도덕적 진정성과 유리될 때 공적 지평으로 나아가지 못하는 나르시시즘의 위험이, 반대로 도덕적 진정성이 윤리적 진정성과 유리될 때 그것은 행위자들을 억압하는 사회적 초자아로 군림할 위험이 불거진다.(같은 글, 19쪽) 하지만 우리가 오늘날 맞닥뜨린 곤경은 윤리적 진정성과 도덕적 진정성이 분리되었다는 점에서 발생하는 것이 아니라 김홍중이 그 분리의 결과로서 각각 나타난다고 말한 자아도취적 주체성과 억압적인 사회적 초자아가 기이한 방식으로 결합하여 독특한 '진정성의 레짐'을 구축하고 있다는 점에서 발생하는 것이 아닐까? 오늘날 새롭게 구성된 '진정성의 레짐'과 한병철이 말한 '신자유주의적 진정성' 사이에는 공유하는 지점이 꽤 많아 보인다.

시지의 영역 모두에서 망설임과 주저, 실천적 무능, 행위의 극단적인 지연을 뛰어넘고 불명확성과 모호성을 가로질러 부단히 명료해질 것을 새로운 실천윤리로 요구하는 '일군의 독자들'이 등장했음을 보여준다.

이 독자들은 언뜻 굉장히 참여적이고 능동적인 듯 보인다. 하지만 그 능동성은 텍스트의 다채로운 향유 과정이 아니라 자신이 기대하는 메시지의 투명한 산출을 기대하는 과정에 정향되어 있다. 그 산출의 주체는 당연히 독자가 아니라 작가이다. 독자는 다르게 읽는 수고로움을 지불하는 대신 작가에게 제대로 쓰라고 말한다. 오늘날 '새로운 독자들'은 기존의 '독자'와 절반 정도의 정체성만 공유한다. 나머지 절반의 새로운 이름은 소비자이다. 한병철이 "불명확성이나 이중의미도 벌써 우리를 불편하게 만든다"[35]고 말한 이유가 여기에 있다. 우리가 마트에 가서 프라이팬을 구입하려는데 그 사용법이 불명확하다면 어떻게 마음놓고 그 제품을 구매할 수 있겠는가?

6

나는 이 글을 통해 오늘날 주체로 하여금 자기 진실을 생산하고 그 진실을 사적 자원화하게 만드는 자아 생산 장치가 일반화되었으며 에세이 역시 그와 같은 자아 생산 장치로 기능하는 측면이 있음을 드러내고자 했다. 오늘날 우리는 '자아의 사유재산화' 혹은 '주체의 크리에이터화'라는 미증유의 압력에 직면해 있으며 그 압력은 개인의 일상과 역사를 자기 자본화함으로써 스스로를 경영하는 주체로 옹립

---

35) 한병철, 같은 책, 112쪽.

하는 새로운 자기 통치의 양식과 무관치 않다. 이렇게 변화된 사회는 에세이를 자아 생산 장치의 일부로 포섭해내는데 그 과정에서 진정성, 공감, 소통과 같은 휴머니즘적 가치들이 동원된다. 에세이는 동시에 형식에 대한 반감과 투명하고 명료한 전달에 대한 욕망을 드러내는데 이 반감과 욕망이 오늘날 소설의 생산과 독법에도 일정한 영향을 미치고 있지 않나 하는 질문도 함께 던져보고 싶었다.

길게 풀어 쓴 글을 마치는 지금 무언가를 해명했다는 후련함은 적고 쉽게 해명하기 어려운 질문을 받아안게 되었다는 찜찜함이 크다. 글이 끝난 후에도 이런 질문은 계속 남기 때문이다. 자기 진술과 자기 표현을 가능하게 하는 모든 매체가 자아 생산 장치의 일종이라면 어떻게 그 장치에서 탈피해 스스로를 정립해나갈 수 있을 것인가? 그 장치들이 약속하는 즉각적인 이익과 만족을 포기하고 새로운 관계의 짜임을 만들어나가기 위해서 우리에게 요구되는 덕목은 무엇일까? 즉각적인 행동을 지양하고 망설임, 머뭇거림, 주저, 우유부단, 지연의 편에 서는 것은 오늘날 갖은 오해와 억측을 불러오지 않던가? 그런 위험을 무릅쓰면서 굳이 후자의 편에 서야 할 어떤 정당한 이유가 있을까? 이 글은 과거와는 달라진 자아의 정치경제학적 위상을 염두에 두면서 에세이가 유력한 자아 생산 장치로 떠오르게 된 상황을 강조할 뿐 그 장치의 포획으로부터 벗어나려는 분투가 깃들 정당한 자리를 마련하지는 못했다. 이 질문들을 끌어안고 걸어가는 와중에 그 자리를 조금씩 만들어나갈 수 있다면 나로서는 행운일 것이다.

이 글은 개별적인 에세이 작품을 하나도 거론하지 않았다. 그렇지만 글을 쓰는 과정에서 내가 참조한 대상이 전무했던 것은 아니다. 무엇보다 나는 글을 쓰는 내내 나 자신을 오늘날 변화된 시대의 한 단면을 보여주는 실례實例로 간주했다. 나는 얼마 전 에세이 장르에 해당하는 책을 냈고 지금도 출간이 예정된 에세이를 쓰고 있으며 담배처럼 페이스북을 끊지 못하고 있다. 사적 체험과 경험을 자산화하려(라)는 욕망 혹은 압력은 물론이고 SNS를 통해 진정성을 드러내는 동시에 타인의 진정성을 손쉽게 확인하려는 태도를 내 안에서 발견하지 못했다면, 이제까지 쓴 문장들을 정당화하기 위해 나는 별도의 다른 사례를 끌어와야 했을 것이다.

(2022년 겨울호;『갈라지는 욕망들』, 창비, 2024)

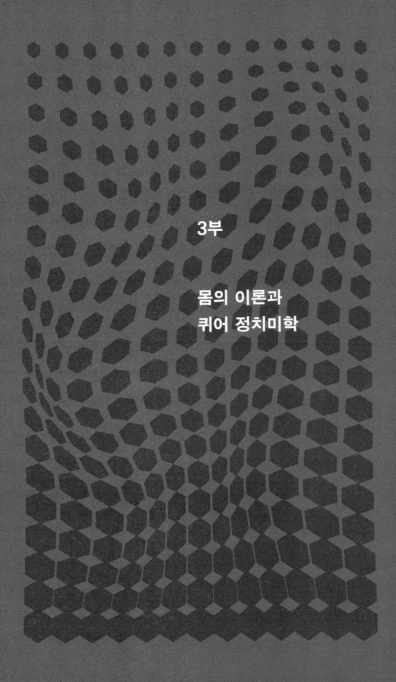

3부

몸의 이론과
퀴어 정치미학

조
선
정

비평하는 몸

조선정

서울대 영문학과 교수. 저서로 『제인 오스틴의 여성적 글쓰기』 『페미니즘: 차이와 사이』(공저), 『여성 주의 고전을 읽는다』(공저), 역서로 『오만과 편견』 『노생거 사원』 등이 있다.

1. 퀴어 이론과 비평

코로나19 팬데믹을 겪으면서 우리는 국가, 계급, 성별, 인종, 지역이 교차하면서 빚어내는 불평등을 목도하고 있다. 백신 공급의 구조적 격차에서도 드러나는 세계 질서는 다시금 불평등을 자연스럽고 정상적인 것으로 영속화하는 듯하다. 기후 위기와 맞물린 팬데믹 재난 시대는 세계에 대한 더 나은 해석, 더 나은 세계를 위한 비평을 요청하는데, 우리는 어떤 실천과 사유로 응답할 수 있을까?

다소 거창한 질문으로 시작했지만, 최근 공정, 혐오, 차별, 평등의 의제가 일상적으로 공론장을 주도하는 현상을 떠올려보면 분명 우리는 어떤 삶의 질서를 추구할 것인지를 열렬하게 질문하고 있다. 어떤 형태의 공론장이든 누가 입장하여 말할 수 있고 누가 그럴 수 없는가는 중요한 문제이다. 누가 무엇을 말하는가 못지않게 누구의 목소리는 왜 들리지 않는지를 계속 살피는 것은 '나' '너' '우리'라는 호명이 결코 자명하거나 완결될 수 없음을 이해하는 일이기도 하다. 또하나

주목해야 할 것은 이 치열한 가치 논쟁의 저변에 단순히 세대 갈등으로 뭉뚱그려지지 않는 어떤 근원적인 질문들이 조밀하게 얽혀 있다는 사실이다. 주체(화)와 권력의 관계, 보편과 차이의 딜레마, 자본주의와 민주주의의 길항, 다문화주의와 신자유주의의 그늘, 희망과 원한의 역설 등등, 모더니티의 한계를 둘러싼 크고 작은 질문들 말이다.

물론, 여기에 섹슈얼리티 주제도 빠지지 않는다. 이 주제가 특히 까다로운 것은 인종이나 계급과 다르게 섹슈얼리티는 은폐와 규제의 이중적 고리로 얽혀 있기 때문이다. 동시에 인종이나 계급과 중층적으로 교차하므로 섹슈얼리티에 관한 지식은 고도로 복잡하고 정치적으로 두터울 수밖에 없다. 기본적으로 근대 주체의 구성을 섹슈얼리티가 긴밀하게 매개한다는 것은 이제 비평 이론 분야에서 상식에 속한다. 19세기 말 성과학과 정신분석에서 시작하여 최근의 트랜스 이론에 이르기까지, 섹슈얼리티와 주체의 연구는 본질주의와 결정론의 잔재를 극복하려는 시도로 점철되어왔다. 섹슈얼리티가 소거된, 투명하고 객관적이고 중립적인 주체는 없다는 합의는 그렇게 만들어진 것이다.

섹슈얼리티가 주체를 구성하는 방식을 수행성performativity 개념으로 포착한 90년대 미국 중심의 퀴어 이론은 수행성에 내재한 탈구의 가능성을 조명함으로써 정체성 정치 이후post-identity politics 탈주체 비평의 총아로 떠올랐고 지난 삼십 년 동안 강력한 영향력을 발휘해왔다. 이 글은 섹슈얼리티 담론이자 주체 담론으로서 미국 퀴어 이론이 도달한 비평의 지평을 조망하면서 핵심적인 쟁점들을 제시한다. 세계에 대한 더 나은 해석, 더 나은 세계를 위한 비평적 개입으로서 퀴어 이론의 쓸모와 의미를 성찰하는 실마리가 되기를 바란다.[1]

먼저, 퀴어 이론의 도래 이전 섹슈얼리티 담론과 주체 담론이 놓여 있던 지형을 간략하게 짚고 넘어가는 것이 좋겠다. 섹슈얼리티는 전통적으로 의학과 과학의 영역이었다가, 20세기 초반 프로이트와 정신분석의 세례를 받았고, 20세기 후반에는 페미니즘의 중요한 관심사였다. 페미니즘이 가부장제의 여성 억압을 성 정치sexual politics로 이론화하는 동안, 미셸 푸코의 『성의 역사 1』이 섹슈얼리티의 사회적, 문화적, 정치적 구성을 계보학적으로 추적하여 섹슈얼리티 연구의 패러다임을 바꾸었다. 푸코에 따르면, 호모섹슈얼리티는 동성 성행위에 얽힌 복잡한 관계성과 사회성의 맥락을 통칭하는 단어였다가 1870년경 현대적 의미의 게이 정체성을 범주화하는 용법으로 진화한다.[2] 호모섹슈얼리티가 비정상적 개인의 일탈로 규율당하는 과정에서 어떤 지식의 테크놀로지가 동원되어 섹슈얼리티를 지식 대상으로 재조직하는지가 그의 관심사이다. 그가 쓰는 성의 역사는 다분히 게이 섹슈얼리티를 특권화하는 면이 있지만, 섹슈얼리티가 고유한 정체성으로 인격화되는 과정에서 근대 주체의 섹슈얼리티가 에로티시즘과 같은 관계성의 윤리를 상실한 채 부르주아 합리성에 기반한 '도덕'의 차원으로 치환된다는 통찰을 제시하는 점에서 퀴어 이론 안팎으로 여전히 소진되지 않은 영감의 원천이라 할 만하다.[3]

---

1) 최근 국문학, 여성학, 문화 연구를 중심으로 퀴어 비평이 활발하고 관련 번역서 출간도 늘고 있다. 국내 연구 동향을 참조하거나 반영하지 못한 점은 이 글의 한계이다. 다음 기회를 약속하는 것으로 변명을 갈음한다.

2) Michel Foucault, *The History of Sexuality: An Introduction*, Vintage Books, 1990.

3) Lynne Huffer, *Mad for Foucault: Rethinking the Foundations of Queer Theory*, Columbia University Press, 2010.

페미니즘과 푸코를 토양 삼아 퀴어 이론의 얼개가 구축되었다는 말은 '기원'에 대한 설명치고는 꽤 느슨하게 들린다. 이론의 기원을 쓰려는 시도는 무망하기 십상인데, 퀴어 이론의 역사 쓰기는 자못 모순적이기까지 하다. 뒤에서 더 논의하겠지만, 퀴어 이론은 단지 퀴어로 호명되는 소수자를 위한 이론이 아니라 정체성을 구성하고 재생산하는 근대 체제를 비판하는 비평이며 그런 점에서 근대 체제의 산물로서의 역사 쓰기에 내재된 모더니티의 진보적 시간관을 비판한다. 퀴어 이론의 기원 서사는 자의적이고 불완전할 뿐 아니라 자기 배반적일 수밖에 없다. 기원 또는 텔로스telos에 대한 회피 또는 침묵이야말로 퀴어 이론이 비평으로 작동하는 순간인지도 모른다.

2. "퀴어의 시간, 퀴어의 순간"

페미니즘과 푸코의 토양을 전제로 퀴어 이론의 구성요소를 조합하다보면 1990년을 흥미로운 변곡점으로 주목하게 된다. 우선 그해 처음으로 퀴어 이론을 제목으로 내걸고 학술대회가 열렸다. 그리고 퀴어 이론의 교과서 반열에 오른 주디스 버틀러의 『젠더 트러블Gender Trouble』과 이브 세즈윅의 『벽장의 인식론Epistemology of the closet』이 마치 약속이라도 한 듯 석 달 간격으로 세상에 나왔다. 또한, 동성애 운동 단체인 퀴어 네이션Queer Nation이 창립되었다.

그해 학술대회를 기획한 테레사 드 로레티스는 당시 레즈비언 게이 연구가 성차sexual difference를 분석하는 이론으로 발전하기를 멈추고 차이를 원래 있던 것처럼 다루며 그 차이의 병렬식 나열로 성차 분석을 대신하고 있다고 날카롭게 지적한다.[4] 당시 레즈비언 게이 연구는 이십여 년의 역사를 가진 분야로서, 진보적 사회운동의 열매였다. 1969년 스톤월 항쟁 이후 게이 해방운동이 가시화되었고, 페미니즘 내부에서는 레즈비어니즘이 (때로는 급진주의로 때로는 분리주의로) 균열을 일으키면서 페미니즘'들'로 분화했다.[5] LGBT라는 용어가 통용되던 80년대 후반, 레즈비언 게이 연구는 정체성 정치에 올라탄 주체 이론이자 80년대 에이즈 위기에서 동성애 혐오와 투쟁하는 실천 학문으로 자리를 잡았다. 그러나 '레즈비언'이나 '게이' 개인의 정체성을 부각하는 접근법으로는 근대 주체로 통합되지 않는 차이의 타자성이라고 할 성차를 이해하는 데 한계가 있다. 드 로레티스의 이런 지적은 레즈비언 게이 연구의 제도권 진입이 노정하는 역설을 함축한다. 드 로레티스가 이십 년 후 회고담에서 레즈비언 게이 연구가 단일한 학문으로 "동질화하는" 흐름에 거슬러 퀴어 이론을 제안했다고 술회한 것 역시 이 지적과 일맥상통한다.[6]

퀴어 이론은 20세기 중반부터 동성애(자)를 비하하는 배제와 낙인의 단어였던 퀴어를 과감하게 전유하는 탈환의 기획이다. 한마디로 "정상 체제에 대한 반대로서의 퀴어"라고 정의할 수 있다.[7] 퀴어 네이션의 상징적인 구호인 "We're here, we're queer, get used to it"

4) Teresa de Lauretis, "Queer Theory: Lesbian and Gay Sexualities: An Introduction", *differences: A Journal of Feminist Cultural Studies*, vol. 3, no. 2, 1991.

5) Martin Duberman, *Stonewall*, Penguin Books, 1993; Alice Echols, *Daring to Be Bad: Radical Feminism in America 1967-1975*, University of Minnesota Press, 1989.

6) Teresa de Lauretis, "Queer Texts, Bad Habits, and the Issue of a Future", *GLQ*, vol. 17, no. 2-3, 2011.

7) Michael Warner, "Introduction", *Fear of a Queer Planet: Queer Politics and Social Theory*, University of Minnesota Press, 1993.

은 더이상 이성애 중심 세계에 받아들여지기 위해 살지 않겠다는 선언처럼 들린다.[8] 한편으로는 정체성 정치가 동화assimilation의 테크놀로지가 되는 것을 비판하고 다른 한편으로는 '네이션'에 내장된 근대 국가의 영토 이미지를 환기함으로써 소수자화/게토화에 저항하는 이중 전략은 꽤 영리해 보인다. 퀴어 이론은 공사 구분에 기초한 근대 국가의 규범 체계가 보편을 표상함에도 전혀 보편적이지 않고 선별과 배제의 원리로 움직인다는 사실을 폭로하되, 규범 체계에 포섭되기를 지향하는 대신 보편성 자체를 어떻게 다시 세울 것인지를 질문한다.[9] 이성애 문법을 세계의 밑그림으로 전제하지 말라고 경고하고 '모두를 위한' 공적 공간을 요구하는 것이다. 퀴어 정치는 주류 편입과 인정 획득으로 끝나지 않을 지배 체제와의 싸움을 지향하며, 그런 점에서 정체성 정치를 사회 재통합의 근거로 포섭하려는 다원주의적 기획과 반목한다.

무엇보다 퀴어 이론은 에이즈 위기가 남긴 트라우마에 대한 응답이자 더 오래된 혐오와 폭력의 역사에 대한 애도를 담고 있다는 점에서 이전 소수자 정치의 흐름에서 비약한 면이 있다. 에이즈 위기를 지나 살아남은 이들에게 멈춤과 슬픔의 시간이 필요하다는 깨달음은 퀴어 공동체를 규합하는 정서로 증폭된다.[10] 에이즈 위기로 잃어버린 것은 무엇인가? 죽을지 모른다는 공포는 동성애자의 삶을 어떻게 바

---

8) Katherine McFarland Bruce, *Pride Parades: How a Parade Changed the World*, New York University Press, 2016.

9) Lauren Berlant, Elizabeth Freeman, "Queer Nationality", *boundary 2*, vol. 19, no. 1, 1992.

10) Douglas Crimp, "Mourning and Militancy", *October*, vol. 51, 1989.

꾸는가? 쾌락이 죽음을 부를 수 있다는 깨달음의 충격은 이른바 '안전한 섹스' 같은 것으로 봉합될 수 있는가? 이런 질문을 통해 섹슈얼리티 담론이 스톤월 항쟁을 기점으로 한 진보적 역사 쓰기의 문법으로부터 이탈할 가능성이 열렸으며, 나아가 섹슈얼리티 담론이 감정/정동의 영역과 교섭할 가능성이 열렸다. 이후 애도가 공동체의 기억과 역사를 다시 쓰는 문화적 실천으로 적극적으로 해석되고, 개인적인 것과 공적인 것의 이분법과 정치적인 것과 비정치적인 것의 차이가 재평가되는 방향으로 퀴어 이론의 확장이 이루어진 것은 그리 놀라운 일이 아니다.[11]

이렇듯 퀴어 이론이 정체성의 물화를 비판하고 동화의 이데올로기와 거리를 두며 에이즈 위기를 둘러싼 폭력의 문제를 성찰하는 동력으로 부상한 데에 80~90년대 미국이라는 시공간의 구체적 역사성이 결정적인 만큼, 퀴어 이론은 미국학의 성격을 두드러지게 갖는다. 그것을 전제로, 좌파의 통찰을 빌려 비평을 "시대의 투쟁과 소망에 대한 자기 이해"로 정의한다면 적어도 퀴어가 미국의 90년대 비평을 대변한다고 말할 수 있다.[12] 세즈윅이 "퀴어의 시간, 퀴어의 순간"이라고 환호했던 90년대 초반, 가장 낙관적인 퀴어 이론가 중 하나였던 마이클 워너는 퀴어가 개인의 정체성의 표지이기를 넘어 가족 구성, 군대, 소비, 계급, 재생산, 건강보험, 교육, 직업 등 사회의 거의 모든 영역에 걸쳐 있다고 논평한다.[13] 말하자면, 퀴어는 주체의 관계성, 사

---

11) Ann Cvetkovich, *An Archive of Feelings: Trauma, Sexuality, and Lesbian Public Cultures*, Duke University Press, 2003.

12) Karl Marx, "Letter to Arnold Ruge"(1843), *Early Writings*, Penguin Classics, 1992.

회성, 정치성을 드러내는 구성적 외부로 작동하면서 이 사회에서 주체가 생산되는 방식을 말해주는 개념적 틀과 같다. 퀴어 이론이 주체 담론으로 유용한 것은 특정한 정체성을 식별하고 분류해주기 때문이 아니라 주체가 된다는 것이 어떤 의미인지 계속 질문하고 성찰하기 때문이다. 퀴어 이론은 새로운 앎을, 오랫동안 앎의 특권적 지위를 누려온 서구 형이상학과 과학과 정신분석과 역사학이 알려주지 않았던 종류의 지식을 생산한다. 퀴어 이론은 섹슈얼리티를 분석하는 지식 생산의 기제이자 근대 체제의 헤게모니를 비판하는 정치학이라는 이중의 쓸모를 가진다.

3. 퀴어 이론과 그 불만: 섹슈얼리티와 정치 사이

드 로레티스는 퀴어 이론 학술대회 후 사 년이 지났을 때 퀴어 이론이 "출판계가 쏟아내는 공허한 개념 놀이로 재빠르게 전락했다"고 비판한다.[14] 레즈비언 게이 연구의 전철을 밟기라도 하듯이, 퀴어 이론의 제도화에 묻혔던 질문들이 돌아오기 시작한 것이다. 퀴어 지식과 퀴어 정치학은 기존의 레즈비언 게이 연구가 도달한 지식 생산과 사회운동의 지평을 얼마나 넘어섰는가? 퀴어 이론의 정치성은 정작 퀴어 범주를 구성하는 핵심 준거인 섹슈얼리티를 소거하는 방식으로 작동하지 않는가? 노골적으로 체제 이탈을 선동하는 듯한 퀴어 이론이 뜻밖에도 '단지 문화적인' 국면으로 퇴행하는 것은 아닌가?[15]

---

13) Eve Sedgwick, "Queer and Now", *Tendencies*, Routledge, 1994.

14) Teresa de Lauretis, "Habit Changes", *differences: A Journal of Feminist Cultural Studies*, vol. 6, no. 2-3, 1994.

15) Judith Butler, "Merely Cultural", *Social Text*, vol. 15, no. 3-4, 1997.

퀴어 이론이 섹슈얼리티의 구체성을 억압한다는 비판의 선구자는 리오 버사니이다. 그는 에이즈 위기 이후 섹슈얼리티가 거의 범죄화되었다고 진단하면서, 그 부정적 의미를 긍정적인 것으로 바꾸려는 시도에는 반대한다. 섹슈얼리티의 의미가 궁극적으로 자기 파괴에 있기 때문에 섹슈얼리티를 아무리 도덕과 구원의 서사로 만들어도 마조히즘의 의미를 봉쇄할 수 없다는 것이다. 한마디로, "섹슈얼리티의 가치는 그것을 구원하려는 노력의 진지함을 비하하는 데에 있다". 그에 따르면, 특히 호모섹슈얼리티는 모든 것을 균질하게 환원하기 위해 차이를 증식하는 자본주의 욕망 구조에 저항하는 '같음homoness'을 욕망하므로 부정적이고 반규범적이고 일탈적인 속성을 끝내 벗어날 수 없다.[16] 그는 퀴어 이론이 섹슈얼리티를 구체적으로 분석하지 않은 채 정치적 수사로 경도된다면 섹슈얼리티를 다루는 (데에 실패하고 마는) 흔한 부르주아 휴머니즘과 계몽주의에 투항하는 결과가 되리라고 끈질기게 비판한다. 퀴어 이론의 대중적 소구력은 두루뭉술한 급진주의 그리고 그 급진적 제스처가 섹슈얼리티에 대한 침묵과 무지를 방조한 덕분이다. 껄끄러운 문제를 모른 척하거나 회피할 수 있게 해줌으로써 퀴어 이론은 일종의 탈게이de-gay 경향에 기여한다는 것이다.

퀴어 이론의 대중화를 통렬하게 비판한 버사니는 역설적이게도 퀴어 이론의 핵심 테제인 부정성, 반규범성, 반사회성의 근원적인 영감을 제공한 비평가로 남아 있다. 그는 '동성애자는 좋은 시민이어야 하는가?'라는 질문을 통해 정상성에 대한 강박을 심문한다. 물론 그

---

16) Leo Bersani, "Is the Rectum a Grave?", *October*, vol. 43, 1987 ; Leo Bersani, Homos, Harvard University Press, 1995.

의 관심사는 부정성 자체를 일반화하는 것이라기보다는 '좋은 시민'이라는 범주가 섹슈얼리티를 탈각한다는 일관된 비평을 관철하는 데에 있다. 사실, 퀴어 이론의 폭발력은 이성애 사회를 표준으로 믿드는 정상화 기제를 폭로하고 퀴어 하위문화를 가시화하는 쾌감에 기댄다. 객관적인 기준처럼 여겨지는 규범 체계는 실상 기존 질서를 정당화하는 이성애 규범성heteronormativity이다. 그것은 "이성애를 일관성 있어 보이게 할 뿐만 아니라 특권적으로 보이게 하는 제도, 이해 구조, 실질적인 경향"을 총칭한다.[17] 세즈윅을 인용하자면, 이성애 체제는 상속, 결혼, 가문, 가족, 가정, 인구 같은 단어의 "제도적 가명"이자 "역사 그 자체"로 행세한다.[18] 이런 비판에는 이성애 규범성의 실질적인 작동에 어떤 배제의 논리와 규율 권력이 개입하는지에 대한 구체적인 분석과 규범성 그 자체에 대한 비판이 겹쳐 있다. '좋은' 시민과 '나쁜' 시민의 구분으로 끝날 일이 아니라 '시민'이란 무엇이며 그 범주가 왜 필요한지를 물어야 한다. 어떻게 보면, 이성애 규범성은 이성애여서가 아니라 규범성이어서 문제 아닌가.

그렇다면, 이성애 규범성의 반대항이란 애초에 성립하기 힘들다. 하지만 이성애 규범성의 대립항이 아니라 종속변수로서 동성애 규범성homonormativity 개념이 성립 가능하다.[19] 이것은 '자부심 넘치는' 소수자 주체가 자본, 소비, 가정의 가치를 신봉하는 신자유주의 헤게모

---

17) Michael Warner, "Introduction", Lauren Berlant, Michael Warner, "Sex in Public", *Critical Inquiry*, vol. 24, no. 2, 1998.

18) Eve Sedgwick, "Queer and Now".

19) 이것은 여성혐오의 대립항으로 '남성혐오'가 가능하지 않은 것과 동일한 논리이다. '남성혐오' 수사는 여성혐오의 구조적 짝패가 아니라 여성혐오의 연장이자 퇴행이다.

니를 추종하는 경향을 일컫는다. 문제는 동성애 규범성이 퀴어 이론의 백래시로 작동하는 데서 끝나지 않고 퀴어 이론이 주체 담론으로서 가진 한계를 파고든다는 것이다. 예컨대, 동성 결혼 합법화 투쟁에 드러나는 정상 가족에 대한 선망이라든가 대기업의 후원에 따른 프라이드 축제의 상업화를 동성애 규범성의 틀에서 비판한다면, 가정의 행복과 소비의 만족을 누릴 개인의 권리를 부정하거나 도덕적으로 비난하는 것을 넘어 정확하게 무엇을 비판해야 할까? 주체에 대한 우리의 인식과 상상력은 국가와 시장을 정체성과 권리와 행복의 합법적인 분배자이자 문제의 (원인이 아닌) 해결사로 정당화하는 이데올로기를 경유하지 않을 수 있을까? "가정적 프라이버시, 자유시장, 애국주의라는 체제로의 접근성"[20]을 획득한 '건강한' 시민 되기의 텔로스에 복속되지 않는 주체의 차이, 몸과 자유와 평등과 공동체에 관한 새로운 이해는 어떻게 가능하며, 그것을 퀴어 정치에 어떻게 기입할 수 있을까?

이런 맥락에서 나온 호모국가주의homonationalism는 퀴어 이론이 주체화와 국가주의 환상에 유착하는 문제를 적확하게 비판한다. 성소수자를 '애국 시민'으로 포용하는 "호모섹슈얼리티와 미국 국가주의의 공모"는 퀴어 수사를 동화의 이데올로기로 소환할 뿐만 아니라 나아가 보편 인권과 진보 이념의 잣대로 전용하는 사례를 예시한다. 이로써 '퀴어 네이션' 미국은 동성애자를 억압하는 이성애 가부장제 국

---

20) Lisa Duggan, "The New Homonormativity: The Sexual Politics of Neoliberalism", eds. Russ Castronovo, Dana D. Nelson, Donald E. Peasem, *Materializing Democracy: Toward a Revitalized Cultural Politics*, Duke University Press, 2002.

가를 계몽할 명분을 선취한다.[21] 퀴어 선진국과 비/반퀴어 후진국의 위계를 강화하는 호모국가주의는 '백인이 유색인종 남성으로부터 유색인종 여성을 구출한다'고 표현했던 서구 제국주의 페미니즘 각본을 '백인이 유색인종 이성애자로부터 유색인종 퀴어를 구출한다'로 바꿔 쓴 전형적인 제국주의 문화정치를 보여준다.[22] 이는 국지적 지식을 보편적 지식으로 전치하는 유구한 미국 예외주의의 연장술이다.

앞서 정리했던바, 섹슈얼리티를 분석하는 지식 생산의 기제이자 근대 체제의 헤게모니를 비판하는 정치학이라는 퀴어 이론의 이중의 쓸모는 내부로부터 모순과 착종된다. 섹슈얼리티에 대한 앎을 약속한 퀴어 이론이 섹슈얼리티를 더 많이 말하지 않고, 근대 체제를 떠받치는 이성애 규범성을 비판해야 할 퀴어 이론이 안으로 동성애 규범성에 고착되거나 밖으로 호모국가주의를 선동하는 등 '미국적'한계를 여실히 드러내는 것이다. 이런 문제는 퀴어 리버럴리즘으로 개념화되어 의심과 견제와 비판을 받아왔다.[23] 이성애 규범성의 질서가 어떻게 재생산되고 유지되는지를 끊임없이 비판하는 동시에 그 비판이 퀴어 리버럴리즘의 알리바이가 되지 않으려면 퀴어 이론은 스스로 퀴어링queering을 멈추지 말아야 한다.

21) Jasbir Puar, *Terrorist Assemblages: Homonationalism in Queer Times*, Duke University Press, 2007.

22) David Eng, Jasbir Puar, "Introduction: Left of Queer", *Social Text*, vol. 38, no. 4, 2020.

23) Jordana Rosenberg, Amy Villarejo, "Queerness, Norms, Utopia", *GLQ*, vol. 18, no. 1, 2011.

4. 부정성 테제와 실패할 자유

퀴어링의 전략 중 하나는 시간성temporality을 질문하는 것이다. 리버럴리즘의 시간성은 미래의 약속에 열려 있다. 더 많은 권리와 자유와 행복을 약속하는 진보의 꿈은 끝없는 결핍에 우리를 결박시킴으로써만 지속 가능한 체제이기도 하다. 부정성, 반규범성, 반사회성 테제를 천명한 『미래는 없다No Future』에서 리 에델먼은 과거와 현재와 미래를 인과관계의 일직선으로 연결한 이성애 시간관을 전제하는 인식론을 "재생산 미래주의reproductive futurism" 또는 "미래 지배 체제 Futurch"라고 명명한다.[24] 그에 따르면, 미래주의의 시간성은 자본주의, 국가와 제국, 친족과 가족이 단절 없이 영속하리라는 믿음을 발판으로 하므로 언제나 '어린이'를 정상적인 삶의 질서의 수혜자이자 수호자로 표상한다. 사실, 부정성은 사회성이나 관계성을 부정하는 태도가 아니다. 파괴를 목적으로 삼거나 사회 변화를 포기하는 것도 아니다. 부정성은 상징계 질서에 이미 스며 있는 구성적 외부로서, 그 질서가 순수하고 일관되고 정연하게 작동한다는 믿음에 균열을 낸다. 문제는 부정성이 모든 것을 이성애 규범성으로 환원하고 그 바깥을 허용하지 않는 또하나의 총체화 기획으로 경도되기 쉽다는 것이다. 이를테면, 에델먼이 비판하는 어린이라는 표상은 무조건 이성애 규범성의 총화이기만 한가? 어린이에게 퀴어의 가능성은 원천봉쇄되어 있는가?[25]

---

24) Lee Edelman, *No Future: Queer Theory and the Death Drive*, Duke University Press, 2004: Robert L. Caserio, Lee Edelman, Judith Halberstam, José Esteban Muñoz, Tim Dean, "The Antisocial Thesis in Queer Theory", *PMLA*, vol. 121, no. 3, 2006.

25) Kathryn Bond Stockton, *The Queer Child, or Growing Sideways in the Twen-*

총체화가 봉착한 또다른 문제는 부정성 논쟁에 참여한 주디스 핼 버스탬이 합당하게 지적하듯이 "지나치게 협소한 아카이브"에 있다. 부정성 이론이 "몇 명 안 되는 총애받는 정전 작가"가 기록한 "특정 한 범위의 정동 반응"을 토대로 일반화되었다는 것이다. 호세 무뇨스 는 핼버스탬보다 더 솔직하게 부정성을 "백인 게이의 최후의 보루" 라고 전격 비판한다.[26] 나아가, 부정성 아카이브의 편집과 확장을 제 안한 핼버스탬의 절충적인 입장과 거리를 두면서 부정성에 탐닉하 는 정서를 퀴어 유토피아니즘으로 전환하기를 모색한다. 그는 "퀴 어란 본질적으로 지금 여기를 거절하는 것이고 다른 세계의 잠재성 potentiality 또는 구체적 가능성concrete possibility을 주장하는 것"이라고 정의한다. 그 "다른 세계"의 시간성을 텔로스가 아닌 '약속'으로 설 명하면서 그는 목적론적 유토피아를 답습할 위험을 피해 간다. 뿐만 아니라, 그는 약속을 실현하려면 "우리는 약에 취해야 한다"는 파격 적인 주체론을 내놓는다.[27] 자아를 벗어나는 시간, 인과성이 파열되 는 시간, 약에 취하는ecstasy 시간에 바로 퀴어 미래성queer futurity이 잠 재되어 있다는 것이다.

부정성의 편집과 확장을 모색하든 부정성을 폐기한 자리에 유토피 아니즘을 두든, 그 방향성의 차이에도 불구하고 흥미롭게도 퀴어 주 체의 수행을 이해하는 방식에는 닮은 데가 있다. 즉, 이들은 퀴어 주 체가 이성애 규범성과 맺는 관계가 반대, 저항, 적대로만 이루어지지

tieth Century, Duke University Press, 2000.

26) "The Antisocial Thesis in Queer Theory".

27) José Esteban Muñoz, Cruising Utopia: The Then and There of Queer Futurity, New York University Press, 2009.

않으며 다른 종류의 관계성이 가능하다는 인식을 공유한다. 한편으로는 부정성이 그 자체로 일반적이고 총체적인 명제가 되지 않도록 구체화하고 다른 한편으로는 진보와 성공의 수사가 아닌 퇴행과 실패의 감각을 새로운 관계성의 자원으로 끌어올린다. 이런 접근은 지난 십여 년간 생산된 퀴어 지식의 가장 뛰어난 성과를 대변한다. 이는 부정성을 일반적인 기율로 총체화하는 것보다 부정의 감각과 정동의 결에 세밀하게 의미를 부여하는 작업이 훨씬 생산적이고 또 정치적일 수 있음을 보여준다. 그러나, 부정의 감각과 정동의 결에서 생산적이고 정치적인 무엇을 끌어낼 수 있으리라고 전제하지 않는다는 점, 생산적이고 정치적인 것이 무엇인지 미리 알 수 있다고 전제하지도 않는다는 점이 중요하다. 결국 부정성이든 유토피아니즘이든 그것이 생산적이고 정치적이어서 중요한 것이 아니라는 말이다. 제대로 저항하거나 반대하지 못하고 실패하더라도 거기서 이 세계와 맺는 새로운 관계성과 새로운 (부정적) 감정의 투여가 이루어지는데, 텔로스와 무관하게 이것은 주체를 살아가게 해주기 때문에 너무나 소중하다.

바꿔 말하면, 행복하게 살기 위해서 반드시 '행복'을 얻을 필요는 없다. 이런 관점은 미국 퀴어 이론의 주류에 속하지는 않으면서 부정성 테제와 퀴어 리버럴리즘을 천착해온 영국의 퀴어 페미니스트 비평가 사라 아메드가 행복 각본에서 이탈한 "정서 이방인affect alien"이 느끼는 '불행할 자유'를 설득하는 논리와 깊이 공명한다.[28] 물론 불행할 자유가 강요되어서는 곤란하다. 행복이든 불행이든 그 누구의 의무도 아니며 역사의 텔로스도 아니다. 행복과 불행을 포함하여 퀴어

---

28) Sara Ahmed, *The Promise of Happiness*, Duke University Press, 2010.

가 세계와 맺는 다양한 관계성과 감정과 정치적 의미에 대해서 열린 대화가 더 많이 필요할 뿐이다. 주체는 무의식을 담은 그릇이나 정체성을 새긴 개인이 아니고, 권리의 다발을 지닌 시민이나 언어적 효과로 구성된 관습의 총체도 아니다. 예측 가능하고 논리적이고 일관적인 목소리를 내는 주체이기보다는 차라리 주체로서 매번 실패하기 때문에 바로 거기서 동어반복의 틀을 벗어난 의미가 나올 수 있다. 주체는 반복과 연속성, 발전과 진보, 기억과 인과성, 강박과 도착의 시간성과 단절하는 계기가 어떻게 다가올지 알지 못한다. 퀴어 이론은 그런 주체의 실패의 감각과 정동의 결을 기록함으로써 기원과 텔로스 대신 "에로스를 기록하는 역사 쓰기erotohistoriography"를 실험하고 있다.[29)]

'동성애자는 좋은 시민이어야 하는가?'라는 버사니의 질문은 '시민이란 무엇인가' '왜 시민인가' 등으로 해체되었다. 이제는 시민의 자격을 따지는 것이 아니라 그 범주의 성립 자체를, 즉 주체의 가능성과 조건을 심문해야 한다. 그렇다고 더 많은 평등과 자유가 더 많은 주체에게 배분되도록 싸우는 것을 냉소할 필요는 없다. 다만, 푸코가 권력이 생산하는 그 모든 것을 통찰하면서도 권력이 "틀어막은 것foreclosed"을 충분히 말하지 않았다고 지적한 버틀러의 지적을 곱씹을 이유는 충분하다. "생존할 수 없음과 알아볼 수 없음unlivability and unintelligibility"으로 밀려난 그곳에 퀴어 주체가 깃들고, 폭력과 상실과 불가능을 사는 낯선 몸이 있다면 말이다.[30)]

---

29) Elizabeth Freeman, *Time Binds: Queer Temporalities, Queer Histories*, Duke University Press, 2010.

30) Judith Butler, *Bodies That Matter: On the Discursive Limits of Sex*, Routledge,

5. 회복하는 몸, 없음의 비평

그 몸을 우리는 어떻게 알 수 있을까? 얼마나 더 많은 (우리가 아직 알지 못하는) 이름이 필요할까? 퀴어 주체가 정체성에 의해 정의되지 않으며 기원과 텔로스에 종속되지 않는다는 것, 성취, 완성, 자유, 능동, 확장 대신 실패, 좌절, 해체, 수동, 고립을 살아가면서 버틀러가 말하는 "살 수 있는 삶livable life"을 위해 싸운다는 것, 통합되지 못한 잔재와 넘쳐흐르는 잉여와 울퉁불퉁한 정동의 타래를 품은 낯선 몸이라는 것, 이런 사유의 흐름을 가장 주도적으로 그리고 독창적으로 보여준 비평가는 이브 세즈윅이다. 널리 알려진바, 세즈윅은 "의심의 해석학hermeneutics of suspicion"을 비판하고 "회복 비평reparative criticism"을 제안한다.[31] 그가 말하는 회복은 '정상'으로의 복귀가 아니라 현재를 견디고 살게 하는 회복적 욕망이고, 이 욕망에 감응하는 인식론이 있을 때 회복 비평이 가능하다. 그는 특유의 비학술적인 어조로 회복적 인식론을 전치사 '옆beside'에 기발하게 비유한다. '옆'의 인식론은 강박적으로 진실을 파헤치고 본질을 정의하는 방식이 아니라 가까이 접촉하여 질감을 느끼는 방식이다. 안팎, 위아래, 앞뒤, 전후 등 위계적 이분법으로 세계를 인식하는 대신, 옆으로 다가가 이것저것 시도하는 방식으로 무수한 감정의 미세한 결과 흐름을 풍성하게 포착할 수 있다는 것이다.

일찍이 세즈윅은 queer의 한 어원이 'twerk'(가로지른다는 뜻)라

1993.

31) Eve Sedgwick, "Paranoid Reading and Reparative Reading, Or, You're So paranoid, You Probably Think This Introduction Is about You", *Novel Gazing: Queer Readings in Fiction*, Duke University Press, 1997.

고 언급하면서 퀴어 이론을 횡단의 정치학으로 정초한 적이 있다. 또한 퀴어를 "의미의 가능성, 사이, 겹침, 불협화음과 화음, 결핍과 과잉이 마구 얽혀 드러난 상태"로 정의한 적도 있는데, 이 유명한 '문학적' 정의는 퀴어 이론이 섹슈얼리티 담론이자 주체 담론일 뿐 아니라 '읽기'를 수행하는 몸에 관한 담론이 될 수 있음을 시사한다.[32) 퀴어 비평가는 감춰진 진실을 강박적으로 복원하는 사람이 아니라 점 사이를 연결하거나 건너뛰고 가로지르며 의미의 지도를 만드는 사람일 수 있고, 거기서 더 나아가 아예 길을 잃고 알 수 없는 곳을 끝없이 헤매는 사람인지도 모른다. '옆'으로 접촉하기는 "공간적인 알 수 없음 spacious agnosticism"을, 거기에 내포된 온갖 두려움과 놀라움과 쾌와 불쾌의 파편을 기꺼이 감당하는 일이다.[33) 그런 맥락에서, 퀴어 비평가는 비평의 대상을 찾아 경계를 허물고 가로질러가는 주권자가 아니라 차라리 허물어짐과 가로지름을 당하는 몸을 경험하는 사람일지도 모른다. 거기서부터 쓰여진 것 못지않게 쓰여질 뻔한 것이나 차마 쓰여지지 못했을 것을 길어올려 "모든 의미가 똑같아지지 않는 곳"으로 흘려보냄으로써 동어반복이 아닌 차이를 만들어내는, 자기로 회귀하지 않으며 자기 바깥에 존재하는 사람.[34)

　퀴어 주체는 구성적으로 세상을 경험하면서 스스로 퀴어 지식을 생산한다. 퀴어 주체가 미리 정의되지 않는 것처럼 퀴어 주체가 애착하는 대상의 범위와 자격 또한 미리 제한되지 않는다. 주체와 대상의

---

32) Eve Sedgwick, "Queer and Now".

33) Eve Sedgwick, *Touching Feeling: Affect, Pedagogy, Performativity*, Duke University Press, 2003.

34) Eve Sedgwick, "Queer and Now".

관계성은 미리 알 수 없는 경험이다. 말하자면, 얼마나 퀴어해야 퀴어하다고 말할 수 있는지 누구도 알지 못한다. 그런 점에서, 퀴어 비평은 주체와 대상에게 정해진 이름을 달아주고 소속할 자리를 찾아줄 수 없다. 대신, 이름 없음과 자리 없음이 무엇을 의미하는지를, 이름과 자리란 어떻게 생겨나는지를 계속 질문한다. 그럼으로써 더이상 이름 없음과 자리 없음을 자연스러운 것, 당연한 것, 몰라도 되는 것으로 타자화할 수 없도록 없음 자체를 정치화하는 한편, 없음이 바로 의미가 생산되는 조건임을 강조한다. 회복이 복귀가 아니라 창조인 것 못지않게 없음이 의미의 조건이라는 것 또한 퀴어 이론의 중요한 역설이다.

십오 년 간격으로 퀴어 이론 특집호를 펴낸 학술지『소셜 텍스트 Social Text』또한 그런 역설에 주목한다. 2005년 첫 특집호는 퀴어 이론이 실증주의적이고 본질주의적인 전제를 거스른 해체주의적 관점을 기반으로 "지구화, 신자유주의, 문화정치, 주체, 정체성, 가족, 친족에 관한 가장 혁신적이고 예측 불가능한 연구"를 제출했다고 평가하고, "주체/주제 없는subjectless" 비평의 유연한 개방성을 상찬한다.[35] 연구자와 연구 주제가 미리 정해진 범위에서 움직이지 않으며 연구 과정에서 퀴어 지식이 창출된다는 것이다. 요컨대, 주체/주제의 '없음less'이란 부재/현존의 묘사라기보다 생산과 작동의 원리에 가깝다.

2020년 특집호는 퀴어 이론의 주체/주제 없음에다 "대상/목적 없는objectless" 비평이라는 정의를 보탠다. 누가 무엇을 왜 연구하는지 정해진 기준과 방향이 아무것도 없다는 말은 퀴어 이론의 경계를 지

---

35) David Eng, Judith Halberstam, José Esteban Muñoz, "Introduction: What's Queer about Queer Studies Now?", *Social Text*, vol. 23, no. 3-4, 2005.

우는 과감한 요약이다. 그러나 경계 없음이야말로 착취와 식민화의 수사이기도 하므로, 퀴어 이론의 세계적 확장에 내포된 문제를 짚을 필요가 있다.[36] 퀴어 주체의 형상이 서구 백인 게이 시민에 한정되지 않게 된 지 오래인 지금, 퀴어 이론의 세계화는 미국의 국지성을 상대적으로 드러내는 효과가 있을 것이다. 그러나 착시 현상 너머, 경계는 더 희미하고 모호한 방식으로 계속 다시 그어지고 있지 않은가? 주체/주제 없는, 대상/목적 없는 비평의 장에 누구나 뛰어들고 무엇이든 분석할 수 있을 것 같지만 비평가가 서 있는 시공간은 진공상태가 아니며 비평 행위는 역사적 구체성과 상호작용한다. 가령 이슬람이나 아시아 국가의 퀴어를 재현한다고 할 때, 그것을 자유와 진보와 다양성을 표상하는 미국적 가치를 기준으로 평가하지 않고 역사적 구체성을 가진 '로컬' 퀴어 지식으로 공정하게 이해할 수 있을까? 결국, 주체/주제 없음과 대상/목적 없음의 비평은 주체/주제와 대상/목적을 다양화하자는 이야기를 하려는 것이 아니다. 무언가를 채워넣고 계속 자리바꿈하는 대신 주체/주제, 대상/목적 그 자체를 흔들어서 시간성과 공간성을 파열시키는 것이 중요하다. 특집호의 편집자들이 퀴어 이론을 주도할 새로운 동력으로 질병/장애debility, 토착성indigeneity, 트랜스trans를 지목하는 것도 주체/주제, 대상/목적을 못박으려는 것이 아니라, 이론적 통일성에 구애받지 않고 주어진 전제에 갇히거나 특정한 재현 모델에 고착하지 않고서 지금까지 없던 새로운 퀴어 지식을 생산할 가능성을 발굴하는 시도일 것이다.

---

36) David Eng, Jasbir Puar, "Left of Queer".

6. 결론을 대신하여: 탈주체와 퀴어

요약하자면, 삼십여 년의 퀴어 이론의 궤적을 정체성에서 벗어나 탈주체로 향하는 흐름으로, 그리고 퀴어 비평의 가능성을 '없음'의 자유로 이해할 수 있다. 주체/주제 없는, 대상/목적 없는 비평으로서 퀴어 이론이 스스로를 증명하는 방식, 즉 미리 정해진 것이 없다고 말함으로써, 자신이 언제나 여기 있지 않고 다른 곳에 있다고 말함으로써 존재하는 방식은 퀴어 비평을 투명한 진실의 영역이 아니라 차이와 욕망과 환상의 영역으로 만든다. '없음'으로 존재하는 비평이란 우리가 만들어낸 애착의 대상, 느낌의 대상, 불확실한 대상일지도 모른다. 그렇다면 퀴어 비평이란 계속 읽는 (연습을 하는) 일이 될 수밖에 없다. 언뜻 잘 읽히지 않는 상황일수록 잘못 읽을 실패의 가능성이 있고, 그럴수록 동일시를 거부하는 퀴어 비평의 자유를 누릴 수 있다.

퀴어 비평이 가장 신중하고 사려 깊어지는 순간은 퀴어 이론의 핵심이 LGBTQAI＋의 나열이 아니라 그런 분류를 의심하고 해체하는 것이라고 말할 때이다. 퀴어라는 단어에서 탄압과 박해의 역사를 지우는 것은 지금도 정체성을 부정당하는 경험으로 고통받는 이들을 비가시화한다는 지적에 동의하지 않을 비평가가 있을까. 다만, 세즈윅이 갈파하듯이 '커밍아웃'을 호모섹슈얼리티의 가장 중요한 문제로 다루는 벽장의 인식론은 그 자체가 섹슈얼리티를 알 수 없게 하는 근대 서구 문명의 집단 도착이기도 하다는 것, 정체성은 있고 없음의 문제가 아니라 복합적이고 교차적으로 미리 알 수 없는 방식으로 작동한다는 것을 퀴어 비평의 출발점으로 이해할 필요가 있다.[37]

퀴어 비평은 섹슈얼리티와 정치의 두 축 사이에서 어떤 균형점을 찾기보다는 그 둘의 관계를 계속 다르게 실험한다. 퀴어 비평이 읽는 것은 LGBTQAI +를 이루는 각각의 섹슈얼리티가 아니라 성차 그 자체, 섹슈얼리티의 차이가 아니라 섹슈얼리티라는 차이이다. 섹슈얼리티는 내 몸이 소유한 것이라기보다 내 몸이 "박탈당하는" 경험이다.[38] 퀴어 비평이 일깨운 교훈은 역사는 거울이 아니라는 것, 우리를 위안하지 않는다는 것, 우리는 돌아갈 수 없다는 것일지도 모른다. 역사는 "존재가 부상하기 시작하는 입구"나 "고향"이 아니라 "우리를 가로지르는 그 모든 단절"을 들춰내는 것일 뿐이다.[39] 거기서 차이를 마주하는 일은 즐겁지 않다. 퀴어 비평 덕분에 그 일이 왜 즐겁지 않은지를, 왜 즐거워야 한다고 생각하는지를 질문하는 법을 연습할 수 있다. 차이를 만나는 것은 이미, 언제나, 너무나 퀴어하다.

(2021년 가을호)

---

37) Cathy Cohen, "Punks, Bulldaggers, and Welfare Queens: The Radical Potential of Queer Politics", *GLQ*, vol. 3, no. 3, 1997.

38) Judith Butler, *Undoing Gender*, Routledge, 2004.

39) Michel Foucault, "Nietzsche, Genealogy, History", *Essential Works of Foucault 1954-1984*, vol 2, The New Press, 1998.

앞선 글에서 이렇게 썼다. 처음부터 정해진 것은 없기에 우리는 예측할 수 없음과 알 수 없음의 정동을 가로질러가면서 차이를 생산하는 퀴어한 존재가 될 수 있다고. 그렇게 '비평하는 몸'이 되어간다고. 그때 하지 못한 두 가지 질문이 있다. 그 몸은 어떻게 살아남는가? 그 몸은 모두에게 열린 가능성인가?

전쟁과 생태 위기가 촉발하는 절멸의 위기감, 자본주의와 신기술의 속도에 짓눌린 존재의 위기감이 중첩된 일상 속에서 새삼 퀴어 이론이 얼마나 생존에 밀착했던가를 떠올린다. 대표적인 퀴어 이론가 이브 세즈윅과 주디스 버틀러는 사유와 스타일의 결이 사뭇 다르고 교류가 없었지만, 생존이라는 화두에 깊이 공명해 서로를 끌어당기는 것 같다. 세즈윅은 단일한 직선으로 표상되는 진보와 미래의 시간성을 비틀고, '옆'으로 닿아 접속하고 얽혀들고 연루되고 변이하는 주체의 움직임을 강조한다. 버틀러는 퀴어를 규범적 사회에 내던져진 존재의 '위태로움precariousness'이라는 틀에서 재정의하고, 삶의 취약성을 공통분모로 하는 연대를 강조한다. 퀴어는 옆으로 움직이며 취약한 채로 살아남는다. 퀴어 비평은 생존의 기예와 같다.

일관되고 통합적인 서사를 관장하는 주권적 주체를 탈중심화하기, 박탈당하고 훼손된 존재의 연결과 생존에 주목하기. 이것이 퀴어 비평이 하는 일이라면, 퀴어는 자명하고 투명한 하나의 범주로 고정될 수 없으며 그 범주는 계속 갱신될 수밖에 없다. '퀴어 아시아'나 '퀴어 디아스포라'의 부상은 단순히 지구적 확장을 의미하지 않는다. 서구와 북반구를 중심으로 한 퀴어가 보편적 표준으로 특권화되는 과정과 얽혀 있기 때문이다. '초국적transnational' 퀴어 비평은 바로 그 헤게모니의 작동을 비판하고 퀴어가 매끄럽게 균질해지는 것을 경계한다. 퀴어는 이름 붙일 수 있는 것, 알 수 있는 것으로 쉽게 환원되지 않는다. 그렇다면, 지금, 여기에서, 앎은 어떻게 가능한가? 예컨대 '퀴어 코리아'라는 틀을 가지고 와서 알 수 있는 것은 무엇이고 알 수 없는 것은 무엇인가?

퀴어 비평은 미래를 약속하지 않는다. '포스트퀴어postqueer'를 상상하더라도 그것은 새롭다기보다는 관습적이다. 비평 이론은 스스로를 소진하며 텔로스에 도달하기를 어느 정도 욕망하는지도 모른다. 퀴어 '이후'가 도래하더라도 예측할 수 있는 방식은 아닐 것이다. 시작, 끝, 이후를 잇는 선이란 결국 몸이 지나가면서 차이를 통해 생겨나는 것이니까. 몸이 무엇을 할 수 있는지 우리는 다 알지 못한다.

정
민
우

불가능한 퀴어 이론

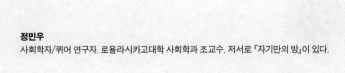

정민우
사회학자/퀴어 연구자. 로욜라시카고대학 사회학과 조교수. 저서로 『자기만의 방』이 있다.

낮 꿈

퀴어 이론에 관한 글을 써달라는 청탁을 받고서 며칠 뒤 퀴어 이론에 관한 낮 꿈을 꾸었다. 이론에 관한 꿈이라니 무슨 헛소린가 싶지만, 그것은 틀림없이 특정한 이론서나 이론가에 관한 꿈이 아닌 이론 그 자체에 관한 꿈이었다. 그렇다고 해서 꿈이 개념과 개념 사이의 관계랄지 세계에 관한 추상적 이해를 다룬 것은 아니었다. 마치 생명을 지닌 야수인 양 시퍼렇게 산 퀴어 이론을 맞닥뜨리는, 가위인지 환영인지 모를 꿈. 다만 여느 낮 꿈이 그러하듯, 정신을 차리고 보니 퀴어 이론에 관한 꿈이었다는 선명한 기억만을 제외하고 나머지는 다 모래알처럼 손아귀를 빠져나가 희미하기만 했다.

한동안 퀴어 이론이 삶을 압도했던 적이 있다. 미국 유학을 고민하고 준비하며 반강제로 주어진 긴 유예기간 동안이었다. 미국에서 출간된 최신의 퀴어 이론 서적들을 찾아 읽고, 퀴어 이론의 근황을 다룬 학술 저널들을 구독하고, 책이나 논문의 감사의 말에서 자주 언급되는 이름들을 찾고, 그들의 궤적을 좇았다. 그들이 속한 학교, 그들이 자주 출현하는 학술 대회, 그들이 자주 포스팅을 하는 블로그와 소셜 미디어 그룹에 주목했다. 그들 중 저명한 누군가가 한국을 방문했을 때 만나 이야기를 나눌 기회가 있었고, 그가 권한 대로 그가 속한 학교의 박사과정에 진학했다. 퀴어 이론의 계보 위에서 한국의 삶과 정치를 다시 쓰고 싶었고, 그들이 속한 퀴어 이론의 자장 안에 녹아들고 싶었다.

미국에서의 박사과정 첫 두세 해가 지나고 많은 것들이 바뀌었다. 나를 그 학교로 이끈 퀴어 이론가는 얼굴 한 번 볼 새 없이 몸값을 높여 대륙 끝 다른 학교로 자리를 옮겼다. 그럼에도 나는 대부분 미국학 아니면 영문학 전공인 동료 대학원생들과 범태평양 퀴어 연구 모임을 꾸려 함께 수업을 듣고 시간을 보냈다. 그들은 빠르게 변하는 학술 트렌드에 발맞춰 전후 디아스포라와 기후 위기 문학, 인종화와 디지털 테크놀로지 영상학, 장애로서의 비만 미학과 같은 연구 주제들을 찾아갔다. 아시아의 성소수자 운동에 관한 내 사회학 박사 연구 계획은 그들에 비하면 투박하고 미련스럽고 뒤처져 보였다. 연구 계획서를 공유한 날, 그들은 내 연구가 충분히 퀴어하지 않으며 '아시아'나 국민국가, 혹은 법제도와 같은 규범적인 범주들을 뒤흔들기보다 오히려 고착시킨다고 비판했다. 이윽고 현장 연구를 위해 한국과 대만과 싱가포르로 떠나는 길에 나는 퀴어 이론과 내 연구 사이의 관계를, 퀴어 이론을 점유한 그들과 나 사이의 관계를 다시 물어야 했다.

경향들

퀴어 이론은 종종 젠더/섹슈얼리티에 관한 규범과 정상성에 대한 저항에 기반한 이론적 체계로 여겨진다. 적어도 퀴어 이론이 이론으로서 발돋움하기 시작한 즈음에는 그랬다.

많은 이들이 주디스 버틀러Judith Butler의 『젠더 트러블Gender Trouble』, 이브 코소프스키 세즈윅Eve Kosofsky Sedgwick의 『벽장의 인식론Epistemology of the Closet』, 데이비드 핼퍼린David Halperin의 『백 년 동안의 동성애One Hundred Years of Homosexuality』가 출간된 1990년을 퀴어 이론의 원년으로 꼽지만, 퀴어 이론의 제도화에서 중요했던 것은 오히려 1993년일 것이다. 1993년은 고전 영문학자인 캐럴라인 딘쇼Carolyn Dinshaw와 데이비드 핼퍼린이 『GLQ: A Journal of Lesbian and Gay Studies』라는 새로운 학술지를 창간한 해다. 이들은 발간사에서 학술지 제목에 'G'와 'L'을 명시한 것이 정체성 범주를 중심화하거나 게토화할 위험에도 불구하고 섹슈얼리티에 기반한 비판적 사유의 역사에서 게이와 레즈비언들이 핵심적인 역할을 해온 데 대한 헌정의 의미라고 밝힌다. 반면 'Q'는 계간지quarterly라는 의미에 더해 "까다로운, 와해시키는, 짜증스러운, 참을 수 없는, 당당한, 고약한, 캠프한, 그리고 퀴어한" 방향으로의 탐구를 의미한다고 쓴다.[1] 이처럼 퀴어라는 이론적 지향은 규정되기보다 의도적으로 어지럽게 펼쳐져 있었다.

같은 해인 1993년, 이브 코소프스키 세즈윅을 비롯한 몇몇 영문학자들은 듀크대 출판부에서 '시리즈 Q'라는 이름으로 퀴어 이론서들을 출간하기 시작한다. 『GLQ』가 게이와 레즈비언이라는 정체성의 주체를 퀴어라는 채 규정되지 않은 형용사와 함께 배치했다면, '시리즈 Q'의 편집자들은 레즈비언/게이 연구 혹은 섹슈얼리티라는 질문

---

1) Carolyn Dinshaw, David Halperin, "From the Editors", *GLQ: A Journal of Lesbian and Gay Studies*, vol. 1, no. 1, 1993, p. iv.

에 보다 이론적이고 범학제적인 시각으로 접근하고자 했고, 이를 통해 '퀴어'의 의미를 이론적으로 다시 규정하기 시작했다. 2009년까지 십칠 년간 48권의 단행본 및 편저를 출간한 이 시리즈는 섹슈얼리티와 학제라는 양쪽의 규범적 경계를 심문하고 허물며 퀴어 이론을 '이론'으로 자리매김하는 데 주요한 역할을 했다.[2] 그사이 작은 출판사에서 발행되다 듀크대 출판부로 자리를 옮긴 『GLQ』 역시 이러한 새로운 방향성으로 수렴되고 있었다. 2006년 『GLQ』의 차기 공동 편집장으로 위촉된 앤 스베코비치Ann Cvetkovich와 애너마리 자고스Annamarie Jagose는 『GLQ』가 앞으로 현재 이론의 지형들을 좇기보다 여태 주목받지 못한 새로운 영역들을 탐문함으로써 '퀴어 이론'의 경계를 확장시킬 것이라 예고했다.[3]

2009년 이브 코소프스키 세즈윅의 작고와 함께 공식적으로 종간한 '시리즈 Q'를 보다 직접적으로 계승한 것은 영문학자인 로런 벌랜트Lauren Berlant와 리 에덜먼Lee Edelman 등이 편집을 맡은 듀크대 출판부의 '이론 Q' 시리즈다. 이 시리즈는 '퀴어'와 '이론' 사이의 생산적이고 변혁적인 관계를 추구하며, 나아가 '퀴어'와 '이론'의 비평적 저변을 넓히기 위해 "규범적 논리, 사회적 삶, 미학적 형식, 정치적이고 문화적인 실천, 그리고 비평 그 자체"를 재사유하고자 기획됐다.[4]

---

2) Michèle Aina Barale, Jonathan Goldberg, Michael Moon, Eve Kosofsky Sedgwick, "Series Q: Overview", Duke University Press Webpage(https://www.dukeupress.edu/series/Series-Q).

3) Ann Cvetkovich, Annamarie Jagose, "From the Editors", *GLQ*, vol. 12, no. 1, 2006, pp. 3~4.

4) Lauren Berlant, Lee Edelman, Benjamin Kahan, Christina Sharpe, "Theory Q: Overview", Duke University Press Webpage(https://dukeupress.edu/series/

그러나 퀴어 이론의 경계를 확장하는 데 있어 가장 대표적인 시도는 미국학자들인 잭 핼버스탬Jack Halberstam과 리사 로Lisa Lowe가 주축이 된 '도착적 근대perverse modernities' 시리즈일 것이다. 2001년 듀크대 출판부에서 출범한 이 시리즈는 젠더, 섹슈얼리티, 몸, 욕망에 대한 질문과 인종, 제국주의, 정치경제에 대한 질문을 역사적으로 분리해 온 지식 체제에 저항하며 근대성의 논리 안에서 섹슈얼리티와 인종, 제국주의가 어떻게 교차해 만들어졌는지에 천착해왔다.

이 시리즈는 특히 2000년대 중반 이후 퀴어 이론의 새로운 방향들―유색인종 퀴어 비평, 퀴어 디아스포라, 그리고 신자유주의와 미 제국주의 비판으로서의 퀴어 이론을 성립시키는 데 결정적인 역할을 했다. 인종화 과정에서의 섹슈얼리티의 역할을 탈성애화된 아시아계 남성이라는 형상을 통해 분석한 데이비드 엥David L. Eng의 『인종적 거세Racial Castration』, 뉴욕에서 살아가는 필리핀계 퀴어 이민자들의 일상을 통해 단일한 퀴어 근대의 내러티브에 문제제기한 마틴 마날란산Martin Manalansan IV의 『글로벌 디바Global Divas』, 남아시아계 디아스포라 문학과 영화 분석을 통해 주류 민족주의 및 자유주의 내러티브에서 비껴난 불순하고 불가해한 저항적 실천을 살핀 가야트리 고피나트Gayatri Gopinath의 『불가능한 욕망Impossible Desires』, 마오쩌둥 이후 급변하는 중국 사회 각 영역에서 부상한 '욕망하는 주체'를 통해 신자유주의와 성 정치 사이의 연결고리를 읽어낸 리사 로펠Lisa Rofel의 『욕망하는 중국Desiring China』, 비선형적 형태의 시간을 통해 조직된 에로틱한 관계와 신체적 실천의 가능성을 들여다본 엘리자베스 프리먼

Theory-Q).

Elizabeth Freeman의 『타임 바인즈*Time Binds*』, 자유주의 국가의 폭력에 대한 점유와 섹슈얼리티를 경유한 인종적 배제에 기반한 시민권 개념을 통렬히 비판한 찬단 레디Chandan Reddy의 『자유와 폭력*Freedom with Violence*』 등은 이미 퀴어 이론의 현대적 고전으로 자리매김했다.

이러한 작업들을 통해 볼 때, 오늘날의 퀴어 이론은 단지 젠더/섹슈얼리티의 규범에 도전하고 성적 경계를 교란하는 퀴어한 존재들에 관한 것만이 아니라, 이들을 퀴어하게 주조하고 주변화시킨 역사와 지식 체제 그 자체에 관한 일종의 메타이론으로서 스스로를 위치 짓는다. 그리하여 오늘날의 퀴어 이론은 "역사적 내러티브와 국민국가에 관한 근대적 가정, 인간 과학에 대한 인식론, 시민-주체와 시민사회 사이의 연속성, 건강과 질병의 구분, 사회를 분리된 영역들로 구획하는 합리성 자체에 대한 도전"을 제기한다.[5] 이제 퀴어한 것은 미국 노예제의 역사 속에서 침탈, 박탈, 배제, 실패, 부적합성으로 점철된 흑인 사회성과 그 불가능성이다(스티븐 베스트Stephen Best, 『우리와 같은 이들은 없다*None Like Us*』). 미국 통치하 필리핀에서 미국의 인종 및 젠더 규범에서 비껴난 식민지 주체들의 몸과 욕망을 야만적이고 타락한 것으로 규정한 제국주의 인종화 과정이다(빅터 로만 멘도자Victor Román Mendoza, 『메트로 제국 친밀성*Metroimperial Intimacies*』). 팔레스타인 점령 지역에 설치된 무수한 체크포인트들에서 벌어지는 강제적 몸 수색에서 드러나는 시선의 군사 폭력이다(길 혹버그Gil Hochberg, 『시각적 점령*Visual Occupations*』). 종전의 레즈비언/게이라는 성적 주체 대신 새

---

5) Jack Halberstam, Lisa Lowe, "Perverse Modernities: Overview", Duke University Press Webpage(https://www. dukeupress. edu/series/Perverse-Modernities-A-Series-Edited-by-Jack-Halberstam-and-Lisa-Lowe).

로운 퀴어의 표상으로 발견되고 내세워지는 것은 국가와 자본이 규정한 합리성으로부터 비껴난 몸과 정동, 북반구에서 박탈, 배제당한 인종화/성애화된 노동, 그리고 반제국주의 하위문화적 실천이다.

반규범이라는 규범

학술적 기획으로서 퀴어 이론이 젠더/섹슈얼리티 규범에 대한 저항을 넘어 성적 규범과 타자의 생산을 통해 지속된 식민과 제국주의의 역사, 인종화 과정, 글로벌 자본주의의 작동 방식에 대한 비판 기획으로 재조정되는 과정에서 또하나의 주요한 경향으로 도드라진 것은 이른바 퀴어 이론의 "반사회적 전회" 혹은 "부정성으로의 전회"일 것이다.[6]

같은 시기 많은 퀴어 이론가들이 긍지, 관용, 안정, 행복, 희망, 자기 계발, 성공, 발전, 미래, 유토피아와 같은 관념들을 주류 질서의 문화적 규범이자 재생산의 메커니즘으로 보고, 이에 대응하는 치욕, 혐오, 트라우마, 불행, 절망, 낙담, 실패, 후퇴, 퇴행, 디스토피아와 같은 부정적 감정이나 상태들을 오히려 퀴어한 전복과 저항의 거소로 주목하기 시작했다. 퀴어한 존재와 삶의 양태들이 이미 실패로 규정되고 각인되어 있다면(잭 핼버스탬, 『실패의 퀴어 예술*The Queer Art of Failure*』), 행복이라는 약속이 이미 불행으로 규정된 퀴어한 존재들을 통제하는 효율적인 메커니즘이라면(사라 아메드Sara Ahmed, 『행복의 약

---

6) Robert Caserio et al., "PMLA Conference Debates: The Antisocial Thesis in Queer Theory", *PMLA*, vol. 121, no. 3, 2006; Annamarie Jagose, "The Trouble with Antinormativity", *differences: A Journal of Feminist Cultural Studies*, vol. 26, no. 1, 2015; Robyn Wiegman, Elizabeth Wilson, "Introduction: Antinormativity's Queer Conventions", *differences*, vol. 26, no. 1, 2015.

속*The Promise of Happiness*』), 이성애 재생산을 통해서만 도래할 미래 속에서 퀴어가 곧 도태 혹은 죽음과 동의어가 될 수밖에 없다면(리 에델먼, 『미래는 없다*No Future*』), 차라리 부정적이라고 규정된 그 모든 것들을 다시금 퀴어하게 전유하는 전략일 터다.

그러나 퀴어 이론은 단지 이론적 지향들의 집합체가 아니다. 퀴어 이론이 '이론'으로서의 지위를 지속하기 위해서는 퀴어 이론을 이론으로서 정당화하는 일련의 상징 투쟁과 물질적 자원, 제도적 지원, 퀴어 이론을 의미 있는 이론적 흐름으로서 생산, 유통, 소비하는 일련의 행위자들, 그리고 이들이 형성하고 공유하는 일련의 문화와 실천적 태도들이 필수불가결하기 때문이다. 퀴어 이론의 이론적 지향들은 퀴어 이론이 배태된 제도적, 문화적 조건들과 무관하지 않다. 퀴어 이론가들이 주로 훈련받고 후학을 양성하는 학제적 배경으로서 미국 내 인문학—특히 영문학과 문화 비평, 퀴어 이론가들이 주로 자리잡고 관련 대학 수업을 개설하는 젠더/섹슈얼리티 연구 및 미국학/에스닉 연구 프로그램들, 이들이 주로 모이고 교류하고 논쟁하는 장인 미국 현대어문학협회 Modern Language Association, 미국연구학회 American Studies Association, 전미여성학회 National Women's Studies Association, 그리고 이들의 작업들이 주로 출간되는 『GLQ』『소셜 텍스트*Social Text*』『차이들*differences*』『퍼블릭 컬처*Public Culture*』『래디컬 히스토리 리뷰*Radical History Review*』『계간 사우스 애틀랜틱 *South Atlantic Quarterly*』과 같은 학술 저널들과 듀크대 출판부의 '도착적 근대' 같은 저술 시리즈들이야말로 퀴어 이론을 이론 구성체로 만들고 유지하고 재생산하는 제도적 장치들이기 때문이다.

퀴어 이론의 부정성으로의 전회는 퀴어 이론의 문화적 장 안에서 사회적으로 규범적인 모든 것 혹은 규범적이라 규정된 모든 것에 대한 저항이라는 실천적 태도와 강하게 결부되어 보다 견고해졌다. 미국에서 퀴어 이론을 출발점으로 삼는 많은 대학원생들이나 연구자들은 단지 젠더, 섹슈얼리티, 욕망을 정상성의 체제 속에 배열하는 이성애 규범성이나 시스젠더 규범성 혹은 이를 모방하거나 대체한 호모 규범성을 학술적으로 비판하는 데서 그치지 않고, 레즈비언, 게이, 바이섹슈얼 등과 같은 정체성 범주들과 이들의 정체화 방식들 역시 규범적이라고 보고 비판한다. 나아가 이들은 성소수자 또는 LGBT(IAQ+)라는 느슨하게 묶인 집단에 대한 경험적인 자료를 생성하고 분석하고자 하는 흐름 자체에 대한 반감, 그리고 이러한 분석 과정에서 분석틀과 범주를 만들고 개념을 발명하며 설명을 시도하는 사회과학적 과정에 대한 부정적인 태도를 공유한다. 또한 이들은 신자유주의 대학과 학계에서 중시되는 출간, 학술 기금, 네트워킹, 전문화, 다양성과 같은 기업화된 실천들에도 적대적인 경향을 띤다. 그에 따르면 오늘날 퀴어 이론으로부터 가장 거리가 먼 이들은 미국 안팎에서 젠더/섹슈얼리티 연구, 포괄적 성교육, 트랜스 권리 등을 공격하는 극우 보수주의자들이라기보다 오히려 성소수자의 건강, 차별 상황, 정치적 태도 등을 경험적으로 연구하기 위해 연구 기금을 구하고, 서베이나 통계 방법을 통해 수많은 공저 논문을 출간하는 사회과학자들일 것이다.

요컨대 오늘날 퀴어 이론의 자장 안에서 활동하는 이들은 신자유주의 기업 체제의 일부가 된 미국 대학과 학술 장에 포섭되거나 그로부터 배태된 다양한 문화적 규범들, 예컨대 포용되어야 할 다양한 소수자 집단 가운데 하나로서의 성소수자 정체성, 불가해하고 복잡하고 퀴어한 현실을 말쑥한 개념들로 축소시키는 사회과학의 실증주의 또는 경험주의적 방법, 그리고 '출간 아니면 도태publish or perish'라는 지배적인 학술 생산성에 가장 저항적인 집단 가운데 하나다. 달리 말하자면, 퀴어 이론을 주된 이론적 소통의 매개로 삼는 이들 사이에서 반범주적, 반사회과학적, 반생산적 태도는 그 자체로 강력한 문화적 규범으로서 작동한다. 즉, 어떤 문제의식이나 연구를 정당한 혹은 의미 있는 퀴어 이론적 작업으로 볼 것인지를 집합적으로 판정하는 데 중요한 것은 더이상 그 연구가 퀴어한 존재나 그들의 삶, 죽음, 투쟁에 관한 것인지 여부가 아니다. 어떤 작업이 퀴어한 작업이 되기 위해서는, 즉 그러한 인정을 위해서는 새롭게 확장된 퀴어 이론의 연구 영역들―제국주의, 인종화, 자본주의 비판―속에서 부정성을 중심에 둔 이론적 지향―그리하여 정동, 시간성 등을 주요한 키워드로 삼은―을 공유해야 하며, 동시에 그 작업을 하는 이는 반범주적, 반사회과학적, 반생산적 태도를 충분히 드러내야 한다. 그렇지 않다면 그 연구는 충분히 퀴어하지 않으며 정치적, 문화적, 학술적 규범성을 고착시키고 재생산한다는 비판으로부터 자유롭지 않을 것이기 때문이다.

가장 특권적인

퀴어 이론의 문화적 장 안에서 공유되는 반규범성이라는 규범의 가장 큰 역설은 이러한 실천적 태도들이 자리한 제도적 조건과 그에 대한 집합적 침묵에 있다. 이제 퀴어 이론 관련 수업은 미국 전역의 문학, 역사학, 인류학, 영화학, 퍼포먼스 연구, 미국학/에스닉 연구, 젠더/섹슈얼리티 연구 등 다양한 학제에서 개설되고 소비되지만, 퀴어 이론의 생산 및 재생산은 그 어느 학술 분과보다 더 특권적인 장소들에 집결되어 있다.

일례로 최근 이십여 년간 퀴어 이론 안팎에서 빈번히 인용되고 논의되는 주요 저작들을 출간해온 듀크대 출판부의 '도착적 근대' 시리즈의 단행본 저자 혹은 편저 편집자들 33명 가운데 대부분인 26명이 2023년 현재 미국 내 엘리트 교육기관에서 전임 교수직―이들 가운데 절대다수는 종신 교수직tenure―을 가진 이들이다.[7] 이들은 아이비리그 대학(예일대, 컬럼비아대, 펜실베이니아대), '아이비 플러스'라 불리거나 그에 준하는 저명 사립대학(노스웨스턴대, 워싱턴대, 서던캘리포니아대, 뉴욕대), '공립 아이비'로 일컬어지는 주요 주립대학(UC 버클리, UCLA, UC 샌디에이고, UC 산타크루즈, UC 데이비스, UC 산타바버라, 미시건대, 메릴랜드대, 미네소타대, 마이애미대)에 속해 있다. 나머지는 단 한 명을 제외하고는 모두 북반구 주요 대학들(런던대, 유니버시티칼리지 런던, 토론토대, 캐나다 요크대, 호주국립대, 대만 국립중앙대)에 자리하고 있다.[8] 흥미로운 것은 이들 가운데 약 삼

---

7) 작고한 호세 에스테반 무뇨즈(José Esteban Muñoz)나 은퇴한 리사 로웰, 재키 알렉산더(M. Jacqui Alexander)의 경우는 마지막 소속 기관으로 셈했다. Duke University Press Webpage(https://www.dukeupress.edu/series/Perverse-Modernities-A-Series-Edited-by-Jack-Halberstam-and-Lisa-Lowe).

8) 퀴어 이론의 생산을 단행본만이 아니라 학술잡지로까지 넓혀 고려한다면 어떨까. 마찬가지로 듀크대 출판부에서 발행하는 삼십 년 전통의 대표적인 퀴어 이론지 『GLQ』에 어떤 논문이나 에세이, 서평을 실을지, 어떤 특집호를 기획하고 누구를 특집호 편집위원으로 위촉할지 등을 결정하는 편집장들은 2023년 현재 각기 미국 명문 사립인 시카고대와 워싱턴대에 속해 있다. 이 학술지에 투고되는 논문 상당수의 심사를 담당하는 이십여 명의 편집위원들 역시 전원 아이비리그(예일대, 컬럼비아대, 펜실베이니아대), 주요 주립대학(UC 버클리, UC 산타크루즈, 미시건대, 버지니아대, 노스캐롤라이나대, 텍사스대, 메릴랜드대), 그리고 북반구 주요 대학(케임브리지대, 킹

십 퍼센트에 해당하는 10명이 듀크대 출판부에서 저술을 출간한 이후 더 부유하거나 저명한 대학으로, 때로는 이른바 '특별 교수직named professorship'을 얻어 자리를 옮겼다는 점이다. 이는 듀크대의 대표적인 퀴어 이론 저술 시리즈로 출간된 책이 학술 장에서 명성과 지위로 환산될 수 있는 적지 않은 상징적 가치를 지녔음을 보여준다.

퀴어 이론이 생산되는 장소들의 협소함은 같은 저자들의 박사학위 수여 기관에서 보다 명징하게 드러난다. 소속 대학과 마찬가지로 이들 절대 다수가 아이비리그(컬럼비아대, 코넬대, 예일대, 브라운대), 저명 사립대학(스탠퍼드대, 시카고대, 듀크대, 서던캘리포니아대, 터프츠대, 로체스터대, 뉴욕대), 주요 주립대학(UC 버클리, UCLA, UC 샌디에이고, UC 산타크루즈, 미네소타대) 또는 북반구 주요 대학(멜버른대, 텔아비브대)에서 박사학위를 받았다. 저자들의 소속 대학에 비해 출신 대학은 단 18개 대학에 편중되어 있으며, 특히 UC 버클리(7명), UC 샌디에이고(4명), 컬럼비아대(3명) 세 학교는 전체 출신 학교의 42퍼센트를 차지한다. 여기에는 두 가지 해석 가능성이 공존한다. 어쩌면 퀴어 이론의 고등교육과 재생산은 퀴어 이론가를 교수로 채용하고 관련 수업을 개설하며 관련 박사 연구를 할 수 있게끔 퀴어 이론 친화적인 조건을 마련한 일부 대학에서만 얻어진 부분적 성취였는지도 모른다. 동시에 이 과정은 학계에서 빠르게 제도화된 퀴어 이론의 영역에서 부유한 엘리트 교육기관이 지닌 특권을 보다 강화시켰을 것이다.

스칼리지 런던, 멘체스터대, 캐나다 요크대, 스웨덴 웁살라대, 홍콩침례대) 등 특권적 교육기관의 반경에서 벗어나지 않는다. "Editorial Board", Duke University Press Webpage(https://read.dukeupress.edu/glq/pages/Editorial_Board).

퀴어 이론의 제도화에서 소비와 생산의 불균형, 달리 말해 퀴어 이론이 이전보다 광범위한 독자들을 확보하게 되었음에도 그 생산이 점점 더 일부 특권적 장소들에 집중되는 현상이 문제적인 까닭은 단지 퀴어 이론의 엘리트주의 혹은 심지어 위선 때문만이 아니다. 퀴어 이론의 소비와 생산의 격차를 고려할 때, 극소수의 특권적 장소들—미국과 북반구의 엘리트 대학들—이 아니라면 퀴어 이론을 '하는' 것, 퀴어 이론을 생산하는 것, 그리고 퀴어 이론 커뮤니티의 정당한 일원으로 인정받고 그들과 동등하게 교류하는 것은 어쩌면 불가능에 가까울지도 모른다. 퀴어 이론의 생산과 재생산이 일부에 의해 독점될 때 결국 특권적 장소들 밖, 예컨대 미국 고등교육의 상당 부분을 담당하는 크고 작은 커뮤니티 칼리지들, 항시적인 재정난에 시달리는 공립대학들, 비영어권 대학들, 대학 외부의 대안적인 학술 공간들에 기반한 삶과 지식은 퀴어 이론의 시야가 닿지 않는 사각지대가 되거나, 퀴어 이론의 이론화 과정에서 납작하게 뭉뚱그려지거나 잔여적인 것들이 투사되는 영역으로 남기 쉽다.

퀴어 이론의 특권적 장소들 바깥 가운데 하나인 가난한 공립 칼리지에서 십수 년 동안 퀴어 이론을 가르쳐온 영문학자 맷 브림Matt Brim은 특권화된 물질적 조건들과 그 부산물로서의 퀴어 이론을 '부유한 퀴어 연구rich queer studies'라 부른다.[9] 스톤월, 액트 업, 퀴어 네이션 등과 같은 사회운동적인 '기원담'이나 현재의 이론적, 실천적 경향에서 도드라지는 반제국, 반자본, 반체제, 반규범적 태도에도 불구하고, 그에 따르면 지금의 퀴어 이론은 미국 내 엘리트 대학들에 "물

---

9) Matt Brim, *Poor Queer Studies: Confronting Elitism in the University*, Duke University Press, 2020.

질적, 정신적으로 교착되어 있으며 이에 공모적"이다.[10] 오늘날 미국 대학 제도는 학원, 과외 등을 통한 입학 자격시험 및 교외 활동 준비, 기부금 또는 레거시 입학, 그리고 막대한 등록금과 생활비를 감당할 수 있는 부유한 학생들을 가장 특권적 학교로, 가난한 유색인종 학생들은 이 년제, '듣보잡' 학교, 또는 착취적 영리 대학으로 밀어넣고 이에 따라 상이한 일자리와 소득/빚 수준을 배정하는 인종화, 계급화된 분류 체계이자 인종 및 계급 불평등을 재생산하는 핵심적 메커니즘이다. 미국 대학원 제도는 이러한 인종화, 계급화된 불평등을 다시 한번 공고화하는 필터로, 특권적 부모 세대의 경제적 부, 학력 및 문화 자본이 은밀히 세습되는 공간이다.

이런 맥락에서 맷 브림은 특정 계급의 물질적 조건에 기반한 '부유한 퀴어 이론'이 퀴어 이론 전반과 그 가능성을 대체하고 잠식해버린 것은 아닌지 묻는다. 주변화된 것, 배제된 것, 박탈된 것, 부정된 것들을 향한 퀴어 이론의 인식론적 지향 또는 매혹은 어쩌면 퀴어 이론의 상향 회로에 접속한 집단의 계급적 특권을 위협하지 않는 한에서만 추구될 수 있었던 것은 아닐까.[11] 퀴어 이론의 자장 안에서 퀴어와 계급은 반목하는 범주들에 가깝다. 퀴어 이론이 반자본적 태도를 오랫동안 견지해왔음에도 불구하고 퀴어와 계급의 교차에 천착한 작업들은 여전히 척박하거나 비루하다. 퀴어 이론의 인문학적 인력과 반사회과학적 태도는 하층계급 퀴어들의 경험적 삶을 상당 부분 삭제하고 추상화하며, 이론화 과정에서는 '백인 중산층 레즈비언/게이'로 막연히 규정된 이들의 체제 포섭적 라이프 스타일 및 소비주의 비

10) Ibid., p. 14.

11) Ibid., p. 16.

판 또는 거대 담론으로서의 글로벌 자본주의 비판이 계급 분석을 효과적으로 대체하고 또 감춘다. 무수한 퀴어 이론가들의 성적 삶과 지향, 실천이 퀴어 이론의 이름으로 금기의 영역에서 벗어나는 동안 그들의 소득, 자산, 계급적 배경은 여전히 지극히 개인적인 정보로 남아 있으며, 그들 중 누구도 가난하지 않거나 가난을 드러내지 않는다. 주변화된 캠퍼스의 퀴어 이론 수업에서 맷 브림이 만난 가난한 유색인종 퀴어, 트랜스, 논바이너리 학생들은 '부유한 퀴어 이론'에서 그들의 자리를 쉽사리 찾을 수 없다.[12] 이제 과연 퀴어 이론에서 퀴어한 것은 성적 도착일까 가난일까.

가장 제국적인

그러나 퀴어 이론의 소비와 생산 사이의 불균형이 극대화되는 스케일은 미국 내의 부유하고 특권적인 대학과 그 나머지 교육기관 사이의 제도적 간극이 아니라, 미국이라는 특권화된 장소와 나머지 세계라는 지리적 간극일 것이다. 그러므로 1990년대 미국에서 등장한 퀴어 이론을 단지 타자화된 섹슈얼리티와 비규범성에 관한 새로운 이론적 경향으로서만 이해하는 것은 부당하다. 퀴어 이론은 미국의 특권적 대학이라는 지적 환경에서 주변화된 인문학자들의 지식 정당성 주장을 위해 고안된 이론 구성체이다. 미국의 패권화와 기업화된

---

12) 가족과 이웃을 피해 집에서 가장 먼 학교를 선택했음에도 퀴어 이론 수업에서조차 커밍아웃을 두려워하는 유색인종 퀴어/트랜스 학생들, 그야말로 홈리스이거나 아니면 이성애/시스 규범적 '집'으로부터 벗어나기 위해 졸업을 유예해야 하는 학생들, 가정폭력으로부터 스스로와 아이를 보호하기 위해 갓난아이와 함께 수업에 들어오는 학생들, 데스크톱도 랩톱도 없어 아르바이트 시간을 쪼개 스마트폰으로 쓴 에세이가 비문과 오탈자로 가득한 학생들이 이런 이들이다. Ibid., p. 21.

학계의 미국 중심적 재편이라는 글로벌 정치경제적 조건 속에서 퀴어 이론은 1990년대 이후 미국 인문학계가 생산한 가장 성공적인 이론적 상품 가운데 하나다. 퀴어 이론이라는 상업적 센세이션을 통해 관련 서적과 저널들을 거의 독점적으로 출간해온 듀크대 출판부는 퀴어 이론의 '성지'가 되었고, 리사 두건Lisa Duggan, 잭 핼버스탬, 로런 벌랜트, 호세 에스테반 무뇨즈, 자스비르 푸아Jasbir Puar 등과 같은 미국 기반의 '새로운' 퀴어 이론가들은 학계의 글로벌한 스타로 자리 매김했다. 그들이 말하고 쓰고 이론화하면 나머지 세계가 이를 읽고 해석하고 인용하고 번역한다. 그들이 비즈니스 클래스를 타고 가 '이론' 기조 발제를 하는 미국 밖 학술 대회에서 그 사회 출신으로서 그 사회의 언어로 그 사회를 연구하는 퀴어 연구자들은 그 이론의 로컬한 '해석'이나 '적용', 혹은 '사례'의 소개를 맡는다.

미국을 위시한 북반구의 패권 부국들이 '이론'의 생산을 독점하고 나머지 세계가 그 이론의 소비, 해석, 적용, '사례'의 증빙을 담당하는 지식 생산의 불평등한 글로벌 노동 분업에 대한 비판은 전혀 새롭지 않다. 호주의 트랜스 사회학자인 레이윈 코넬Raewyn Connell이 '북반구 이론Northern theory'이라고 통렬히 비판한 지식 생산의 글로벌 불균형은 제국주의 시대 식민지 수탈을 통한 서구의 자본축적 과정과 그 결과로서의 과학 발전, 그리고 식민지 지배를 돕기 위한 수단으로서의 인문, 사회과학 발전이라는 역사적 맥락 속에서 이해되어야 한다.[13] 식민지에서 약탈, 채집되어 노예 및 천연 작물, 광물자원 등과 함께 제국 본국으로 보내진 무수한 '자료'들은 유럽 열강의 박물관, 식물

---

13) Raewyn Connell, *Southern Theory: The Global Dynamics of Knowledge in Social Science*, Routledge, 2007.

원, 연구실로 이전, 이식, 박제되고, 대학, 연구소, 도서관에서 '이론'
으로 가공되어 유럽 제국들의 근대 공학, 농경학, 의학 발전의 토대가
되었다. 이렇게 만들어진 지식은 다시 식민지로 되돌아가 식민지 광
산 및 농업 경영과 착취에 동원됐다. 잘 알려진 것처럼 19세기 비유
럽의 '원시' 부족과 그들의 '이국적' 언어, 역사, 문화, 습속을 이해하
기 위한 식민 과학의 한 형태로 등장한 인류학은 식민 정부의 통치,
통제, 규율의 이론적 기반이 되었을 뿐 아니라, 유럽을 역사와 과학,
문명의 유일한 주체로, 유럽 밖 세계를 그 영원한 타자로 확립하는 지
적 기획의 필수적 일부였다.

　탈식민 사회학자인 브루샬리 패틸Vrushali Patil은 더 거슬러올라가
16~17세기 상업자본주의 및 초기 제국주의 시기 식민지무역, 기독
교 선교 활동, 식민지-본국 간 여행 등을 통해 만들어진 초국적 네트
워크에서 광범위하게 생산, 유통된 여행기, 수기, 일지 등을 식민지
인류학의 원형으로 위치시킨다.[14) 유럽 남성 여행가들의 호기심어린
시선으로 관찰, 묘사된 '신세계' 또는 '오리엔트'의 이국성과 이질성
은 주로 신체적 차이, 젠더 표현, 성적 실천에 집중되었다. 이미 유럽
전역에 오래도록 존재했던 남색, '과잉 성애', 인터섹스와 같은 '도착
적' 성적 특질이나 실천들은 이제 갑자기 새롭게 발견된 신세계, 비
유럽인들의 짙은 피부에 투사, 결착되어 특별히 '아프리카적' '인도
적' '아시아적'인 것으로 재규정된다. 이러한 여행기와 여행기적 상
상으로부터 직간접적인 영향을 받은 후대의 유럽 의학, 생물학, 성과
학은 '비유럽적'이라고 규정된 도착적 성으로부터 안전히 표백된 '유

---

14) Vrushali Patil, *Webbed Connectivities: The Imperial Sociology of Sex, Gender, and Sexuality*, University of Minnesota Press, 2022.

럽적' 젠더 규범과 섹슈얼리티 실천을 발명해낸다. 유일한 앎의 주체
로 자리한 유럽의 시선으로부터 비유럽은 '유럽적인 것'의 상상된 반
대편, 즉 성적도착과 방탕, 타락과 모험으로 가득한 미지의 세계이자
앎의 타자로 남아야 했다.

　미국의 세기라고 할 수 있는 20세기와 그 이후를 거치며 지식 생산
의 글로벌 불균형의 중심축 역시 미국으로 재조정된다. 미국은 양차
세계대전과 냉전을 거치며 영국, 독일, 프랑스, 일본, 러시아 등 경쟁
국들을 제치고 명실공히 전 지구적 정치, 경제, 군사 및 문화 질서에
서 제국으로서 자리잡았고, 미국의 이러한 패권적 지위는 글로벌 학
술 장에서도 공고화됐다. 학술 대회나 학술 논문을 통해 연결된 글로
벌 학술 장에서 가장 주요한 공용어는 영어이고, 인문, 사회과학, 자
연과학, 공학 등 분야를 막론하고 미국 주요 대학의 석박사학위는 전
지구적으로 통용 및 거래될 수 있는 고가치 자격이며, 이들이 생산한
학술 지식을 기반으로 한 미국식 교육과정과 커리큘럼은 국제적으로
확산, 수용되는 글로벌 상품이 됐다. 초국적 출판 자본으로 급성장한
세이지Sage나 와일리-블랙웰Wiley-Blackwell과 같은 미국 기반의 학술
출판사들은 이제 유럽 제국들의 식민지 약탈적 지식 생산 과정의 산
물인 다른 초국적 출판 자본과 어깨를 견준다.[15] 냉전 시기 자유주의
세계에서 친미 지식인 양성을 꾀한 풀브라이트 프로그램을 비롯해,
냉전 이후 미국이 관여한 전쟁―이라크전, 아프간전, 시리아 내전
등―에서 문화적 이해를 통한 통치를 목표로 한 미 국방부 미네르바

---

　15) 대표적으로 영국의 테일러&프랜시스 그룹(Taylor&Francis Group), 팰그레이
　　브 맥밀런(Palgrave Macmillan), 독일의 스프링어(Springer), 네덜란드의 엘세비르
　　(Elsevier) 등이 있다.

연구 이니셔티브The Minerva Research Initiative나 미군 산하 인간 분야 시스템Human Terrain System과 같은 미 국방부와 인류학자들의 협업은 오늘날 제국주의적 지식 생산의 현주소를 보여준다.

　제국주의 시대 유럽인들이 성적 차이를 통해 유럽과 비유럽의 경계를 상상하고 발명하고 또 공고화했다면, 미국의 세기 말미에 등장한 퀴어 이론가들은 어쩌면 성적 차이를 통해 이론과 이론의 바깥이라는 경계를 만든 것은 아닐까. 아시아 비교문학 연구자인 페트러스 리우Petrus Liu는 퀴어 이론의 초기 이론화 과정에서 핵심적이었던 미셸 푸코Michel Foucault, 게일 루빈Gayle Rubin, 이브 코소프스키 세즈윅 등의 작업에서 아시아를 비롯한 비서구가 일종의 구성적 외부constitutive outside로 동원되었다고 지적한다.[16] 성을 역사화하거나 인류학적 다양성의 증거를 제출함으로써 성을 고정된 탈역사적 범주에서 구출하려 한 이들의 시도에서 비서구는 "중국, 일본, 인도, 로마, 그리고 아랍-무슬림 사회"라는 서술에서처럼 유럽 근대와 대비되는(유럽 고대와 함께 묶인) 전근대적 시공간이 되거나(미셸 푸코, 『성의 역사The History of Sexuality』), 현대 서구 사회의 섹스/젠더 체계나 동성애와는 본질적으로 다른 이질적인 로컬리티의 장소로 그려진다(게일 루빈, 「여성의 거래The Traffic in Women」 및 「섹스를 생각하기Thinking Sex」). 그도 아니라면 서구 사회 밖은 퀴어 이론이 가닿을 수 없는 일종의 지역적 제약으로 조심스레 암시된다(이브 코소프스키 세즈윅, 『벽장의 인식론』).

　다시 말해, 비서구는 오랫동안 퀴어 이론의 '바깥'에 위치 지워짐

---

16) Petrus Liu, *The Specter of Materialism: Queer Theory and Marxism in the Age of the Beijing Consensus*, Duke University Press, 2023.

으로써 바로 그 퀴어 이론의 시공간적 반경을 규정하는 데 필수적인 구성요소로서 동원됐다. 퀴어 이론이 해체하고 도전해야 할 대상으로서 이성애 규범적, 시스 규범적 '젠더'와 '섹슈얼리티'라는 개념을 역사화하는 과정에서 고대 그리스의 남색적 실천과 근대 성과학과 스톤월 항쟁과 소비주의 게이 문화와 동성혼 합법화가 퀴어 이론의 상상된 시간선에 배치되는 동안, 비서구의 성적 실천이나 젠더 양식은 규범 이전의 세계로서 서구의 상상된 과거와 겹쳐지고, 비서구의 동시대성은 탈각—혹은 박탈—된다. 히즈라, 트라베스티, 버다치, 무셰, 까테이, 통즈, 악티보/파시보 등 비서구의 젠더나 성적 실천의 '이형성'이 서구와는 근본적으로 다르고 서구의 개념과 이론으로는 통약 불가능한 이질적 현실이라는 인류학적 테제는 일견 서구 이론의 헤게모니와 인식론적 폭력에 대한 성찰적 제스처처럼 보이지만, 결과적으로는 비서구의 문화를 본질적으로 퀴어 이론 바깥의 것으로 규정하고 못박는다.[17] 비서구 젠더와 섹슈얼리티의 이형성이라는 주장마저도 기실 서구의 시선에 의한 관찰은 아니었을까. 어쩌면 비서구는 퀴어 이론의 시공간적 바깥으로 규정돼 퀴어 이론에 자료, 영감, 상상력을 제공해온 인식론적 식민지였는지도 모른다.

퀴어 이론을 지방화하기?

페트러스 리우는 퀴어 이론이 비서구를 구성적 외부로 삼아 전개되어온 과정을 1990년대적 현상으로 한정한다. 그에 따르면 오늘날의 '초국적' 퀴어 이론은 남반구의 역사적 경험과 문화적 제도로부터

---

17) Ibid., p. 32.

지속적으로 퀴어 이론 스스로의 개념적 반경을 확장시켜왔으며, 나아가 비서구가 퀴어 이론의 이론적 주체가 될 수 있는 가능성을 제기하기 시작했다는 것이다.[18] 퀴어 이론의 이론으로서의 제도화에 가장 크게 기여한 작업 가운데 하나인 『소셜 텍스트』의 2005년 특집호, '오늘날 퀴어 연구에서 무엇이 퀴어한가?What's Queer about Queer Studies Now?'의 문제의식을 되짚으며 퀴어 이론의 새로운 방향을 제시하고자 기획된 같은 학술지의 2020년 특집호 '레프트 오브 퀴어Left of Queer' 역시 비슷한 관찰을 공유한다. 특집호 편집자들은 퀴어 이론이 미국의 대중문화, 정치경제, 그리고 미국 예외주의를 암묵적 가정으로 삼은 "미국 연구US area studies"가 되었다는 비판을 인정하면서도, 동시에 퀴어 이론이 지난 십여 년간 지속적인 자기 갱신을 통해 스스로를 "지방화provincialize"해왔다는 모순적인 자기 상찬을 아끼지 않는다.[19]

　이러한 모순적 언설에 아주 근거가 없는 것은 아니다. 『GLQ』는 1999년 '섹슈얼리티를 초국적적으로 생각하기Thinking Sexuality Transnationally'라는 제목의 특집호 이후 종종 관광, 이주, 디아스포라, 정복자 식민주의, 이스라엘/팔레스타인 분쟁과 같은 '글로벌한' 주제에 관한 특집호를 출간해왔고, 2016년 퀴어 이론의 미국 중심성과 이른바 '지역학'의 주변화를 문제삼은 '불가능한 지역Area Impossible' 특집호 이후 아프리카와 라틴아메리카에 주목한 특집호를 발간하기도 했다. 마찬가지로 2010년대 이후 듀크대 출판부에서 '퀴어 이론' 또는 'LGBTQ 연구' 분류로 출간된 단행본 가운데 중남미, 카리브해,

---

18) Ibid., pp. 25~26, 34~35.

19) David L. Eng, Jasbir K. Puar, "Introduction: Left of Queer", *Social Text*, vol. 38, no. 4, 2020, p. 4.

중동, 이슬람권, 인도, 중화권, 아시아, 아프리카 등 비서구로부터의 퀴어 정치와 이론화 가능성에 천착하는 작업들이 가시적으로 는 것도 사실이다. 하나 뒤집어 말하자면 이는 퀴어 이론의 지방화라는 과업이 '특수한' 비서구 연구에 전가되고, 나머지 '일반적' 주제들과 대다수 출간물들은 여전히 미국 연구에 머물러 있다는 방증이다.

퀴어 이론의 자장 안에서 이제 '특수'의 자리와 미국 중심성에 대한 성찰이란 과업을 배정받음으로써 가시화된 비서구 퀴어 연구는 바로 이러한 모순 안에서 어쩌면 모순의 증거로서 자라온 건 아닐까. 예컨대 2020년 듀크대 출판부의 '도착적 근대' 시리즈로 "한국의 퀴어에 관한 최초의 단행본"[20]이라는 찬사와 함께 화려하게 출간된 『퀴어 코리아Queer Korea』는 이성애 규범적 한국학과 서구 중심적 퀴어 이론을 연결하기 위해 일제강점기와 분단, 냉전 시기 군사독재와 발전주의, 신자유주의화를 거치며 급변해온 근현대 한국의 퀴어한 결절점들과 주체들을 다양한 학제적 시각에서 검토한다. 『퀴어 코리아』는 규범에 대한 저항과 사회정의를 향한 헌신이라는 장르의 규칙을 충실히 따른다. 편집자 서문에서 한국사 전공자 토드 헨리Todd Henry는 비규범적 젠더와 섹슈얼리티를 역사의 중심에 놓는 퀴어한 한국사 다시 쓰기를 통해 이 편저가 한국사의 민족주의, 가족 중심주의, 발전주의적 역사 서술 경향에 도전할 뿐 아니라 북미/서유럽 중심의 퀴어 이론을 지방화하고자 한다고 반복한다.[21] 그는 주류 역사 서술

---

20) 듀크대 출판부에 의해 전 세계 주요 도서관에 배포된 책 소개는 다음과 같다: "In addition to compiling the first volume focused on queerness in Korea, including work from the South Korean academy, this volume…"(UCLA Library; Northwestern University Library; Vanderbilt University Library)

21) Todd Henry, "Introduction: Toward a Field of Engagement", *Queer Korea*,

에서 오래도록 비가시화되거나 심지어 스스로를 비가시화한 성소수자들의 삶이 단지 '벽장에 갇힌' 것도, 동성 규범성이나 퀴어 자유주의에 사로잡힌 것도 아닌, 식민지, 내전, 분단, 냉전하 체제 경쟁과 같은 20세기의 무수한 비극들 속에서 삶의 조건을 만들고자 한 생존주의적 인식론의 연장선상에서 이해되어야 한다고 주장한다.[22] 나아가 그는 자신이 2000년대 초반부터 이십여 년 가까이 한국의 퀴어 커뮤니티와 퀴어 운동에 깊숙이 관여해왔다며, 『퀴어 코리아』를 과거, 현재, 미래의 주변화된 주체들과 사회 변화를 위해 투쟁해온 한국의 퀴어들에게 정의롭게 헌정한다.[23]

그러나 말쑥하게 다듬어진 이 탈식민적 제안은 석연치 않다.『퀴어 코리아』는 영미권 출간 직후 편집자인 토드 헨리의 요청으로 한국의 성소수자 대학원생/신진 연구자 네트워크 회원들에 의해 2020년 말 한국어로 초벌 번역되었으나 출간은 예정보다 지연됐다. 영문 초판에 포함된 인류학자 티머시 기츤Timothy Gitzen의 원고인 「트라우마의 잔물결Ripples of Trauma」에 그가 한국 성소수자 운동 연구 과정에서 만나고 교류한 활동가들 및 다른 성소수자들과 사적으로 나눈 이야기들이 동의 없이 실명 또는 활동명으로 실려 '트라우마'의 증거로 제출돼 있었기 때문이다.[24] 한국의 퀴어 활동가들은 이 사실을 저자도

Duke University Press, 2020, pp. 8~9, 11, 20.

22) Ibid., pp. 8, 24~27.

23) Ibid., p. viii~x.

24) 남웅, 「유감, 팀 깃즌과 『퀴어 코리아』」, 행동하는성소수자인권연대 웹진(https://lgbtpride.tistory.com/1791), 2023. 2. 25. 이하의 『퀴어 코리아』 한국어판 출간 과정에 대한 서술은 남웅의 기록을 요약, 정리한 것이다. 사실관계를 다시 한번 확인해준 남웅, 정성조에게 감사드린다.

편집자도 아닌 어느 동료의 제보를 통해 알게 됐다. 나아가 저자의 미네소타대 인류학 박사논문에는 셀 수 없는 퀴어 활동가들의 실명과 활동명, 사생활이 동의 없이 다뤄져 있었다. 「트라우마의 잔물결」에 이름이 실린 세 명의 퀴어 활동가들은 저자, 편집자, 듀크대 출판부, 미네소타대학 및 다른 『퀴어 코리아』 저자들과 역자들에게 문제제기와 사건의 해결을 위해 연락했다. 지난한 과정 끝에 활동가들은 영문 초판의 판매가 중단됐고, 문제가 된 글은 영문 개정판 및 한국어판에서 빠질 것이며, 박사논문은 수정되어 활동가들의 이름이 익명 처리되었다는 소식을 전해들었다. 그러나 연루된 누구도 활동가들이 요구한 최소한의 책임을 지는, 즉 공적으로 과오를 인정하고 사과를 남기는 일은 없었다.

사건이 잊힐 무렵, 『퀴어 코리아』는 2023년 2월 한국어로 번역 출간되어 주요 언론의 주목을 받았다. 한국어판에 추가된 머리말에서 편집자인 토드 헨리는 번역 과정에서 제기된—그러나 미결된—문제를 단지 한 저자가 윤리적 기준을 따르지 않은 이례적 사건으로 간략히 또 추상적으로만 언급하며, 이를 해결하기 위해 그가 최선을 다한 결과 한국어판이 "불균등한 지식 생산의 지정학과 연구 위치성에 대한 민감성을 유지"할 수 있었다고 강조한다. 이 한국어판 머리말이 매끈하게 봉합한 번역 및 출간 과정은 2월 말 문제제기의 당사자 중 한 명인 남웅 활동가가 "덮어두고 모른 척하고 망각하려 했던 문제제기와 협상 과정의 자갈밭 길을 기록한 보고서에 가까"운 글을 그가 활동하는 성소수자 인권단체 웹진에 게시함으로써 공론화됐다.[25]

―――――――――――

25) 같은 글.

이 글이 소셜 미디어에서 광범위하게 확산되고, 한국과 미국의 활동가 및 연구자들 사이에서 공유된 지 일주일 정도 지난 후에야 마침내 토드 헨리는 페이스북 계정에 영문과 한국어로 본인의 입장을 게시한다.[26) 본인은 역사학자로서 인류학 연구 과정 및 결과에서의 윤리적 문제를 찾아낼 수 없었으나, 문제를 인지한 후 저자, 듀크대 출판부, 그리고 활동가들과 수차례 소통하며 최선을 다했고, 이후 초판본의 유통을 막기 위해 노력해왔으며, 앞으로도 그 인류학자의 연구가 출간되거나 이용되지 않도록 노력을 기울이겠다는 것이었다. 알려진 소셜 미디어 계정이 없는 그 인류학자의 공개적 사과는 없었다.[27) 『퀴어 코리아』 한국어판 출간에 관여한 한국 출판사와 역자들은 침묵을 택했다.

『퀴어 코리아』의 출간 및 번역 과정은 오늘날 퀴어 이론이 깊숙이 연루된 모순을 스스로 폭로한다. 토드 헨리는 편집자 서문에서 2013년 김조광수, 김승환 커플의 공개 결혼식이 주류 언론의 보도처럼 한국 '최초의' 동성 결혼식은 아니었다며 『퀴어 코리아』를 한국 근현대사 속 "망각된 기억들"을 복원하는 전복적 시도라고 소개한다.[28) 그러나 이 퀴어 역사 서술의 전복성은 이미 한국에 존재하던 퀴어 연구 작업들을 비가시화하며 스스로를 "한국의 퀴어에 관한 최초의 단행본"으

---

26) 토드 헨리 페이스북(https://www.facebook.com/todd.henry.7505), 2023. 3. 3.
27) 티머시 기츤은 2020년 말 문제제기 이후 박사논문에서 모든 활동가 및 단체의 이름을 익명 처리한 뒤 박사논문을 기반으로 계속해서 여러 편의 영문 학술 논문을 출간해왔고, 그 결과 미국 유수 대학의 인류학과에서 한국 문화인류학 및 퀴어 이론 전공으로 교수직을 얻었다. Wake Forest University Webpage(https://anthropology.wfu.edu/faculty/dr-timothy-gitzen/).
28) Todd Henry, op. cit., pp. 5, 7.

로 자처하는 과정에서 빛이 바랜다.[29] 미국 저명 대학 교수인 그는 학계 전반의 호모포비아와 제도적 지원의 부재 속에서도 "취업 전망이 불투명한 퀴어 연구를 지속하는 한국 대학원생"들을 지원해 이들 중 누구라도 한국 대학에서 교수직을 얻는 것이 "내 운동의 기반"이라고 강조한다.[30] 그러나 바로 그 퀴어 대학원생들이 꾸린 연구 모임은 『퀴어 코리아』의 저자가 아닌 번역자로서 초대됐고, 이들이 번역 및 번역 과정의 문제제기에 들인 노력에도 불구하고 이들에게는 역자의 말이나 해제를 쓸 기회조차 주어지지 않았다. 편집자는 본인을 비롯한 저자 대부분이 북미 학계에 기반하고 있지만 그럼에도 두 명의 한국어 필진과 더불어 다양한 배경의 연구자들이 이 책에 참여했다는 점을 강조한다.[31] 그러나 편집자 본인과 듀크대 출판부 웹페이지에 자랑스레 나열된 출간 기념 온라인 행사와 팟캐스트, 영상 인터뷰 어디에서도 이 '다양한 필진들'은 보이지 않는다.[32] 오직 백인 남성 편집자만이 『퀴어 코리아』를 대표해 책의 함의를 본인의 학문적 성과로

---

29) 비슷한 방식으로 한국어판 출판사 보도자료에 기반한 언론사 서평들 역시 이러한 비가시화에 동참한다: "왜 한국이 아닌 북미에서 쓰였을까? 한국이 '퀴어 연구의 불모지'에 가깝기 때문이다."(「이상, 그땐 아니었지만 지금은 분명히 퀴어인 이유」, 경향신문, 2023. 2. 17)

30) Todd Henry, op. cit., pp. ix, 6.

31) Ibid., p. 7. 다음과 같이 시작하는 한국어판 출판사의 공식 책 소개 역시 필진의 '다양성'을 세일즈 포인트로 삼는다: "다양한 학문의 각기 다른 위치에 있는 연구자(북미와 한국에서 교육받은 한국인, 백인 미국인, 한국 디아스포라, 대만 출신의 비백인)들이 쓴 아홉 편의 글을 묶었다." 알라딘 웹페이지 책 소개(https://www.aladin.co.kr/shop/wproduct.aspx?ItemId=310646672).

32) UC 샌디에이고 글로벌 정책 전략 스쿨 『퀴어 코리아』 출간기념회(2020. 6. 1); The Korea File 인터뷰(2020. 9. 25); 하버드 한국 학생 모임 KORUM 인권 옹호와 사회정의 패널 인터뷰(2021. 5. 18), The Korea Society 특강(2022. 5. 10) 등.

홍보할 뿐이다.

남웅 활동가의 문제제기 이후 개인 페이스북 계정에 포스팅된 편집자 토드 헨리의 '입장문'은 "무척 사적이고 개인적인 이야기를 적절한 동의와 윤리적 고려 없이 한 연구자의 학문적인 커리어를 위해 잘못 사용"한 비윤리적인 인류학자와 무고한 스스로를 완전히 분리한다. 나아가 그는 그 인류학자의 "연구가 미칠 부정적인 영향을 고려해" 그의 모든 연구가 출간될 수 없도록 총력을 기울여왔으며 앞으로도 그럴 것이라는 다짐으로 입장문을 마무리한다.[33] 맥락 없이 이 입장문을 마주한 독자들은 그동안 이방인으로서 한국 퀴어 연구에 헌신해온 백인 남성 연구자의 예기치 못한 불행과 다짐에 연민과 격려를 표할까. 아니면 그 인류학자의 박사논문에서 "내 작업과 삶에서 지속적인 격려의 원천이자, 커리어의 전환점을 마련해준 수호천사"로 불린 그가 그 작업을 둘러싼 논란으로부터 자유로울 수 있을지,[34] "현지 연구의 전문가가 아니"기에 해당 인류학 연구의 윤리적인 문제를 발견할 수 없었다던 그가 어떻게 지난 몇 년간 한국 퀴어 활동가들에게 지속적으로 자료 요청과 인터뷰 대상자 연결 등을 요구하며 현지 연구를 진행해왔는지, 한국사를 이십 년 넘게 전공하고 한국어 독해, 강의, 인터뷰까지 능한 그가 왜 "부족한 한국어 실력"으로 인해 문제 해결 과정에서 어려움을 겪었던 것인지 혼란에 빠지게 될까.[35]

---

33) 토드 헨리 페이스북, 2023. 3. 3.

34) Timothy Gitzen, *The Queer Threat: National Security, Sexuality, and Activism in South Korea*, Unpublished Dissertation, University of Minnesota, 2018. p. ii.

35) 토드 헨리 페이스북, 2023. 3. 3.

그러나 무엇보다도 이 입장문은 남웅 활동가가 선명히 제기한 "퀴어를 주제로 삼는 서적일지라도 그 성과 자체가 전혀 퀴어하지 않은 구조와 권력의 문제"를 단지 윤리에 대한 개인적 책임의 문제로 전치시킨다는 점에서 문제적이다. 퀴어 이론이라는 이론 구성체를 겹겹이 에워싼 권력관계들은, 남웅 활동가의 말처럼 현장에서 어렵사리 만들어진 활동가와 연구자 사이의 우정, 신뢰, 연대를 비윤리적으로 상품화한 특정 인류학자의 지식 생산 방식만이 아니라, 2014년 가을 UC 샌디에이고에서 열린 '퀴어 코리아를 기억하기' 컨퍼런스에서부터 2020년 『퀴어 코리아』 영문 초판 출간, 그리고 2023년 한국어판 출간에 이르기까지 모든 단계와 과정에서 촘촘히 작동했다. 누가 "한국의 퀴어에 관한 최초의 단행본"을 꾸리는 자리에 저자로서 초대받을 수 있었고 누가 단지 번역자로 배정됐는지, 어떤 이름들이 추천인과 서평자로 동원돼 이 책에 권위를 더했는지, 한국어판 번역 및 발간 과정에서 미국 저명 대학의 한국학 권위자인 백인 남성 편집자와 한국의 대학원생 번역자들은 어떤 의사소통과 협상을 할 수 있었는지, 영문 초판 및 한국어판 발간을 통해 누가 물질적 이익이나 명성, 지위와 같은 상징적 이익을 취했거나 혹은 피해를 입었는지, 번역 과정의 논란을 둘러싸고 어떤 '입장'이 한국어/영어로 번역되고 번역되지 않았는지, 왜 한국을 연구한 백인 인류학자는 연구 과정에서 제기된 윤리적 쟁점들에 대한 공개적 사과 없이 한국에 대해 퀴어 이론의 이름으로 글을 쓰고, 발표하고, 출간하며 커리어를 이어갈 수 있는지, 그러나 왜 다른 많은 이들은 이 상황에 비판적 목소리를 내는 것만으로도 발생할 수 있는 후과를 두려워해 침묵할 수밖에 없는지. 이 모든 질문들은 답해지지 않음으로써 이 과정에서 작동한 권력관계들을 증명했다. 퀴어 이론의 '지방화'는 이토록 세련된 지적 착취의 방식인 것이다.

불가능한

아시아의 성소수자 운동에 관해 '충분히 퀴어하지 않은' 박사논문을 마무리하고서 듀크대 출판부의 한 기획편집자를 만날 기회가 있었다. 박사논문을 다듬어 책으로 출간할 가능성을 검토하기 위한 여러 만남 가운데 하나였다. 그녀는 몇 년 전 퀴어 연구 모임의 인문학 전공 동료들로부터 들었던 비판을 따다 붙인 듯 반복했다. 내 작업이 비판적으로 퀴어하지 않고 이론적으로 새롭지 않으며 무엇보다 '듀크 스타일'이 아니라는 것이었다. 그녀는 마지막으로 『퀴어 코리아』와 같은 성공 사례가 있으니 한국의 퀴어를 다룬 작업이 더 출간되긴 어려울 것이라고 덧붙였다. 『퀴어 코리아』와 같은 방식으로, '듀크 스타일'을 통해서만 어떤 작업이 성공적으로 퀴어해질 수 있는 것이라면 나는 더이상 퀴어 이론을 믿지 않기로 했다.

퀴어 이론은 젠더/섹슈얼리티 규범에 대한 비판으로부터 출발해 모든 종류의 정상성과 규범성에 대한 비판, 나아가 '이론' 그 자체를 재고하고자 하는 이론적 기획으로서 다양한 분과와 주제 영역으로 가지를 뻗어나갔다. 퀴어 이론이라는 이론적 사건이 출현한 지 한 세대가 지난 지금 이 사건의 효용은 사건의 출발점인 미국 인문학계뿐 아니라 그 너머에서도 질문받고 있다. 어쩌면 퀴어 이론은 앞으로도 여전히 미국과 다른 영어권 사회들, 그리고 미국의 패권적 지위와 글로벌 학술 장에 결박된 곳들의 문학, 영화, 예술, 문화 연구에서 정체성 범주, 국가권력, 인종화된 자본주의 등을 주로 심문하는 비평 이론으로서 지속적인 영향력을 발휘할 것이다. 누군가는 기후 위기, 디지털/플랫폼 자본주의, 급변하는 국제정치와 같은 인류가 맞이한 주요한 변화들 속에서 퀴어 이론의 쓰임새를 새롭게 벼릴 것이다. 그러나 소비와 생산의 전지구적 불균형 속에서 다른 많은 이들은 퀴어 이론의 특권화된 생산 체제에 진절머리를 내며 퀴어 이론과의 대화를 중단할지도 모른다. 힘주어 말할 수 있는 것은, 퀴어 이론이 배태된 중층적 권력구조에 대한 고민 없이 퀴어 이론을 단지 이론적인 기획으로만 여긴다면 이 기획은 반드시 파산할 수밖에 없다는 것이다.

그럼에도 퀴어 이론의 쓸모를 끝내 포기할 수 없다면, 아마도 우리는 퀴어 이론의 불가능성에서 출발해야 할지도 모른다. 특권화된 장소들로부터 생산된 퀴어 이론은 제아무리 유창한 달변으로 포장한들 지금 이곳의 퀴어한 삶과 죽음과 투쟁을 영영 모를 것이다. 그들의 퀴어 이론이 참담히도 불가능해지는 시점으로부터 우리의 퀴어 이론이 시작된다.

(2023년 여름호)

「불가능한 퀴어 이론」이후

「불가능한 퀴어 이론」은 행동하는성소수자인권연대 남웅 활동가를 비롯한 피해자들의 『퀴어 코리아』에 대한 문제제기가 없었다면 쓰일 수 없었다. 문제제기 이후 이 년 가까운 시간이 흘렀지만, 우리는 아무것도 해결되지 않았다는 사실에 이따금 놀란다. 인류학자 티머시 기츤은 재빨리 한국의 퀴어 운동에 관한 첫번째 책을 마무리하고, 이제는 한국 대신 미국에 관해 연구한다. 언젠가 미네소타대에서 그를 지도한 저명한 퀴어 연구자가 부디 그의 실수를 너그러이 이해해달라는 장문의 메일을 남웅 활동가에게 몇 차례나 보내왔을 때, 아마도 그의 방향전환은 이미 예견된 것이었을지도 모른다. 역사학자 토드 헨리는 『퀴어 코리아』 및 한국 퀴어 역사에 관한 또다른 작업을 기반으로 승진 심사를 준비중이라고 알려졌다. 자신에게 문제제기한 한국 퀴어 활동가들과 연구자들을 명예훼손으로 고소하겠다는 직간접적인 위협을 몇 차례나 가한 이후의 일이다. 토드 헨리와 함께 활동가들의 문제제기를 침묵시키는 데 결정적인 역할을 한 듀크대 출판부는 한국에 관한 탈식민 가이드북을 출간할 예정이다. 그러니 『퀴어 코리아』 사태 이후에도 한국의—혹은 한국이라는—퀴어한 현실은 여전히 퀴어 이론 혹은 탈식민 이론의 이름으로 포장돼 고가에 팔리는 상품으로 남아 있고, 이론의 상품화 과정에 내재된 식민주의적 착취는 침묵되어왔다.

『퀴어 코리아』라는 소용돌이 속에서도 미국 중심 퀴어 이론의 불가능성에 저항하고자 한 시도들이 부상했다. 한국의 퀴어 활동가들과 연대하고자 모인 몇몇 연구자와 활동가들은 『퀴어 코리아』가 이례적인 것이 아니라, 미국 학계 내 뿌리깊은 제국주의, 식민주의, 인종주의적 관행이 드러난 또하나의 사례로 보고 이에 대응하기 위한 활동들을 벌여왔다. 2023년 9월 공식 출범한 '디콜로나이징 코리안 스터디즈 콜렉티브Decolonizing Korean Studies Collective, DKSC'는 이러한 시도들 가운데 하나로, 한국과 미국, 활동가와 연구자, '한국학'과 '퀴어 연구'라는 경계들을 넘는 연대를 구축해오고 있다. 지난 일 년 동안 『퀴어 코리아』 사태를 통해 서로에게 연루되고 휘말린 많은 이들은 사태의 미결 지점 어딘가에서 팔레스타인이라는 질문을 함께 마주해왔다. 팔레스타인에서의 집단 학살과 이스라엘의 정착민 식민주의, 그리고 학살과 식민 지배의 지속을 통해 막대한 경제적, 정치적 이윤을 얻는 미국의 정치 엘리트, 주요 기업, 언론, 대학, 그리고 한국을 비롯한 미국의 주요 동맹국 및 초국적 기업들의 공모를 목격하며, 『퀴어 코리아』 사태가 촉발한 질문들을 곱씹고 되새긴다. 그러니 『퀴어 코리아』의 잔해들로부터 우리는 절망하거나 포기하는 대신, 여전히 퀴어 이론 너머를 넘본다.

김
건
형

가족도 미래도 없이
친밀하게
—돌봄의 생명 정치와
난잡한 친밀성들

김건형
문학평론가. 『문학동네』 편집위원. 2018년 문학동네신인상을 수상하며 평론을 발표하기 시작했다.
평론집 『우리는 사랑을 발명한다』가 있다.

최근 한국문학장에 돌봄에 대한 접근이 부쩍 늘어난 것으로 보인다. 돌봄 민주주의, 커먼스, 탈성장 등의 키워드로 돌봄을 새로운 주체의 원리이자 사회 구성의 원리로 정초하여 팬데믹과 환경 재난 이후를 예비하고 신자유주의의 야만성을 멈추기 위한 노력이자 타자(비-남성, 비-인간)를 착취해온 근대성을 극복하려는 시도다. 그런데 돌봄 사회에 대한 낙관적인 전망/재현이 제출되는 동안 돌봄 자체의 권력(제공자-수용자의 위계)과 담론적 포섭력(선한 재생산 관계의 선별과 생산적 노동 주체의 특권)이 다소 간과되고 있는 것은 아닌가 지적해볼 수 있다.[1] 재생산 미래주의와 국가주의와의 은밀한 친연

---

1) "너를 돌봄으로써 우리가 가능해진다는 믿음은 때로 나를 돌보지 못하는 상황을 자각조차 하기 어렵게 만든다. 요컨대 돌보는 사람으로서 내가 돌보아지는 사람인 너에게 품게 될지도 모르는, 감사에 대한 모종의 기대나 너에 대한 전능감의 확보, 내가 준 것이 너에게 절대적이고 유일한 호혜임을 확신하는 주권의 행사 등은 파괴적인 자아 집중의 병적 상태로 나를 이끄는 것은 물론이고, 우리 역시 공존할 수 없게 할 것이다."(이연숙, 「퀴어-페미니스트의 '돌봄' 실천 가이드」를 위한 예비적 연구」, 『문학

성, 이성애 가족적 기능에 기반한 돌봄 모델, 모성적 여성 젠더에 대한 (재)신화화, 퀴어·장애인·만성질환자를 향한 정상 인간 만들기 프로젝트 등의 문제가 더 논의될 필요는 없을까. 상호의존적 존재론을 강조하는 경향 속에서도 이를 민주주의 사회의 근간인 자율적인 인간이라는 원리와 어떻게 병행할지에 대한 구체적인 상상은 아직 본격화되지 않은 듯하다. 이 글은 지금 제출된 소설을 통해 돌봄에 대한 낙관이 누락한 인간(성)의 조건과 자율적 공동체를 상상하는 친밀성의 감성 구조를 살펴본다.[2]

인간의 조건, 신성한 가족 테크놀로지와 숭고한 치유 대리인[3]

조예은의 「두번째 해연」과 나푸름의 「매장된 시신은 땅에 유용한가」는 인간이 더 취약해진 디스토피아를 자녀의 돌연한 죽음으로 집약한다. 「두번째 해연」의 로봇 '해연'은 의료사고로 사망한 해연과 같은 외모를 지니고 해연의 기억을 이식받은 존재다. 해연의 어머니는

동네』 2022년 여름호, 145쪽.)

2) 이하에서 다루는 소설은 다음과 같다. 조예은, 「두번째 해연」, 『문학동네』 2022년 여름호; 나푸름, 「매장된 시신은 땅에 유용한가」, 『에픽』 2022년 7·8·9월호; 이현석, 「훈향」, 『문학과사회』 2022년 여름호; 김병운, 「윤광호」, 「9월은 멀어진 사람을 위한 기도」, 『기다릴 때 우리가 하는 말들』, 민음사, 2022; 박상영, 「보름 이후의 사랑」, 「믿음에 대하여」, 『믿음에 대하여』, 문학동네, 2022; 이유리, 「둥둥」, 『브로콜리 펀치』, 문학과지성사, 2022; 김기태, 「세상 모든 바다」, 『악스트』 2022년 3/4월호; 성혜령, 「버섯 농장」, 『에픽』 2022년 7·8·9월호; 조예은, 「새해엔 쿠스쿠스」, 『에픽』 2022년 1·2·3월호; 김화진, 「근육의 모양」, 『나주에 대하여』, 문학동네, 2022. 이하 인용시 본문에 쪽수만 밝힌다.

3) 이 절은 요즘비평포럼 '돌봄의 수용소'(2022. 7. 21) 발표문을 수정·보완한 것이다. 훌륭한 비평적 기획과 생산적인 논의의 장을 지속적으로 만들어내고 있는 요즘비평포럼측에 감사드린다.

딸의 기억을 고스란히 지닌 두번째 해연을 딸로 인정하고 살갑게 대하지만, 아버지 '백연'은 "기억과 감정, 인격은 별개"(329쪽)이므로 두번째 해연은 "해연이의 기억을 담은 그릇에 불과하다고"(328쪽) 단언한다. 두번째 해연을 부둥켜안고 울음을 터뜨리는 아내 앞에서 그는 "우리 딸이라면 왜 지금 울지 않는 거지?"(같은 쪽)라고 물으며 기억과 눈물을 구별한다. '정보-언어'와 '감정-신체'를 분리하고 전자가 아닌 후자로부터 인간의 자격을 추출하는 것이다. 백연이 알츠하이머를 앓으면서 이 대립은 첨예해져간다. 폐허가 된 적황성에 불시착한 후 점점 기억을 잃어가는 백연에게 도움이 될까 싶어 해연은 적황성의 사어를 연구하던 시절과 진짜 해연에 대한 이야기를 들려달라고 청한다. 행복했던 기억을 털어놓던 백연은 결국 인간을 구성하는 것이 이야기임을 깨닫고, 고립된 위기 상황에서 끝까지 자신을 돌본 '유사 딸'의 지극한 효성에 감복한다. 상태가 악화한 그는 해연의 부담을 덜어주기 위해 자살함으로써 아버지의 자기희생적 돌봄을 받을 만한 "내 딸"(336쪽)의 자격을 최종 승인한다.

「매장된 시신은 땅에 유용한가」는 통제 불가능한 바이러스의 대유행으로 유소년 사망률이 급증한 미래를 배경으로 한다. 가족-국가의 돌봄 시스템을 유지하기 위해 "성년이 되기 전에 아이가 사망하면, 같은 나이의 건강한 아이를 시 차원에서 제공해준다는 보험"(223쪽)이 핵심 설정이다. 하지만 동생 '강이'를 잃은 화자는 동생 대신 집에 들어온 고아를 동생으로 대하는 엄마를 이해하지 못한다. 화자는 대체된 강이를 괴롭히면서도 무력하게 괴롭힘을 인내하는 유사 자녀인 그가 오히려 자신의 감정을 가지고 논다고 화를 낸다. 그러나 진짜인 자신과 가짜인 유사 자녀는 다르다는 확신은 어느새 무너지고, 화자는 "엄마는 내 다음으로 어떤 아이가 오더라도 사랑할 것"이며 자신도 "대체될 수 있"(245쪽)다는 불안을 느낀다. 소설은 국가적 돌봄 대체 디스토피아에서 일어날 수 있는 아동의 존엄성 훼손을 우려하지만, 부모의 돌봄 욕망과 이를 온순하게 충족시키는 자녀로 구성된 가족의 가치는 여전히 유지된다. 부모의 집착적 돌봄 욕망을 곁에서 바라보는 형제자매의 시점을 취함에도 불구하고 화자는 돌봄 자체를 부정하지는 못하고 다만 그 돌봄의 대상이 될 자격을 문제삼을 뿐이다. 진짜 가족의 의의를 훼손하는 국가 돌봄 시스템에 대한 의혹이 드러나긴 하지만, 가족 수준의 '진짜 돌봄'은 천륜이자 진정한 인간성의 조건으로 더욱 신성화된다.

소설은 가족원으로 인정받고자 하는 유사 자녀들의 내적 욕망에 대해서는 구체적으로 들여다보지 않는다. 인간을 위협하는 테크놀로지라는 갈등 앞에서, 화자들은 가족적 돌봄을 회복하(길 요구하)여 인간의 존엄성을 지켜낸다. 이는 개별 인간(성)을 회복하고 계승하는 휴머니즘에 대한 암묵적인 지향 때문일 것이다. 신체/인지 가공 기술은 그 자체로 인간을 만들고 심판하지 않는다. 그것은 서사적 위기를 도입하는 계기일 뿐, 궁극적으로는 가족-돌봄 테크놀로지가 인간을 만드는 것이다.

이현석의 「훈향」은 HIV 감염인들이 입원한 쇠락한 요양병원을 배경으로 치유-돌봄의 생명 통치를 보여준다. 요양병원에서 물리치료사로 근무했던 '세연'이 그곳에서 만난 '선생님'에게 보내는 편지의 일인칭 서간체와 사건을 전개하는 삼인칭 전지적 시점이 교차되는 소설은 낭만적 회상과 종교적 경건함의 분위기를 병치한다. '의료 구금 시설'에서 인간성을 박탈당한 채 마냥 침대에 누워 급식 튜브로 진정제와 유동식을 주입받는 환자들의 모습에 연민을 느낀 세연은 일시적으로나마 튜브 없이 섭식했던 기록이 있는 환자 '윤오'에게 희망을 품는다. 윤오는 교통사고로 응급실에 실려갔다가 우연히 감염 사실이 드러나 여러 병원에서 입원을 거부당해 처치가 늦어진 탓에 결국 뇌손상을 입은 비참한 '비-인간'으로 그려진다. 윤오의 삶을 회복시키고자 하는 세연의 선의는 한편으로 재활 연구자로서의 학문적 야심과도 연동되어 있다. 그의 사례가 "재활에 성공한 기록"으로서, 진창을 딛고 "원래 있던 곳으로 되돌려줄지도 모를, 아니 그 이상으로 도약시켜줄지도 모를 마스터키"(213쪽)가 될 수 있기 때문이다.

HIV 감염인으로서 다른 환자를 돌보는 요양보호사로 일하는 '선생님'은 세연의 시도가 위험 부담이 크다며 강하게 반대한다. 그러나 "어딜 가든 우릴 개버러지 취급하기 일쑨데 이곳만은 한몸 편히 누울 자리를 내주"기에 "다른 곳에 비하면 여긴 천국"(220쪽)이라는 그의 태도는 윤오와 선생님 모두의 인간적 지위를 회복시키고자 하는 세연의 책임을 강화할 뿐이다. 선생님은 '문란'하게 아무 남자와 관계를 맺었던 청년기를 회고하면서, 자신의 감염을 그런 죄악이 예정한 운명적 추락으로 받아들인다. "원장 목사가 기도로도 당신들의 죄는 사해지지 않을 거란 말을 무람없이 내뱉어도 그게 정말 맞는 말 같아 주여, 주여, 라며 세차게 고개를 주억였다고 냉소적으로 회고하"면서도 그는 "다시 두 발로 일어나 이 사람들을 보살피게 된 걸 보면 하나님이 정말 있긴 있나보다"(204~205쪽)라며 감사한다. 자신의 섹슈얼리티가 문란하고 병적이었으므로 처벌받아야 한다는 인과율에 순응하면서 참회와 봉사의 삶을 사는 것이다.

한편 세연이 선생님을 설득하고자 애쓰는 데는 세연 자신이 감염병으로 인해 비인간적 육체로 취급받았던 경험도 중요하다. 지방대 의대 교수이던 남자친구가 업자들에게 리베이트를 받아 성 매수를 하다 코로나19에 감염되어 세연까지 감염시켰던 것이다. 증상이 심해 생명까지 위협받은 세연은 병상에 결박된 채 사지에 주삿바늘을 꽂고 위장관 튜브를 넣은 채로 울부짖었던 기억이 생생하다. 보건 지침을 어긴 비시민적 행동에 대한 사회적 공분에 더해 나쁜 남성에 의해 성적으로 매개되었다는 윤리적 분노와 죄책감은 HIV 감염에 대한 종교적·운명적 죄의식을 토로하는 선생님의 회고와 겹쳐진다. "네가 자초하지 않았느냐고 조소하는 손가락만 남는 일을 생각하다 어쩌면 그 일이 나의 일이 되었을지도 모른다는 생각에 세연은 몰래 몸서리친다."(223쪽) 비도덕적인 성적 문란함을 (서사적인) 감염의 원인으로 설정하여 그로 인한 은밀한 죄의식을 병치하고, 이를 단죄하는 현실적 패배를 인물에게 부과함으로써 윤리적 속죄를 명령한 셈이다. 그러므로 다시 인간이 되기 위해서 돌봄에 헌신해야 하는 것이다.

간척사업으로 바닷가 고향을 상실한데다 제대로 정착해 산 경험이 없는 선생님은 환자들이 사망할 때마다 정원의 꽃을 바치며 그들과 자신의 허망한 삶을 추도한다. 희생적 애도에 종교적 분위기를 부여하는 이 향기는 세연의 윤리적 목표를 암시한다. 마치 대속代贖으로 인한 성흔처럼, 선생님의 얼굴에는 감염으로 인한 카포시 육종[4]의 흔

---

4) 미국에서 HIV가 대중적으로 알려진 1980년대에 퀴어 혐오적 미디어에 의해 문란한 남성 동성애자의 필연적 죽음을 상징하는 이미지로 피부 병변이 특징인 카포시 육종이 강조되곤 했다. 치료를 받지 않은/못한 감염인에 한해 심각하게 진행될 수 있는 질병임에도 불구하고, 감염 전후를 대비하는 시각적 스펙터클 때문에 비규범적 성적 타락의 증거로서 꾸준히 재현되었던 것이다. 더글러스 크림프, 「감염인의 재현」, 『애도와 투쟁—에이즈와 퀴어 정치학에 관한 에세이들』, 김수연 옮김, 현실문화, 2021.

적이 남았고 세연은 코로나 후유증으로 이취異臭를 맡는다. "퇴원을 했어도 흔적은 몸에 남아 끊임없이 속삭였다. 너는 전과 같지 않을 것이다. 이제는 완전히 다른 세상에서 살아야 한다."(239쪽)

세연의 열정에 감복한 선생님은 윤오의 섭식을 허락하고 두 사람은 정성스럽게 재활 치료를 한다. 하지만 활동성이 증진된 윤오는 점점 거칠어져 급기야 세연을 물려 하고, 윤오를 가로막던 선생님이 손을 물려 피를 흘리는 사고가 일어난다. 그럼에도 윤오를 뿌리치지 않고 달래는 선생님의 상처를 지혈하기 위해 세연은 선생님의 손등에 손을 댄다. 그때 선생님은 오히려 "휘둥그레진 눈으로 그 광경을 쳐다보셨는데" "당신의 눈이 당신의 상처가 아닌, 당신의 피로 흥건해진 저의 맨손에 닿아 있었다는 사실"(233~234쪽)을 세연은 뒤늦게 알아차린다.[5] 피를 흘리는 예수의 상처에 손을 넣어보는 토마스의 의심은 주에 대한 진정한 믿음을 의미하는 삽화로 승화되었다. 그 삽화가 윤오를 인간화하기 위해 피를 흘리는 선생님과 그의 진정성에 감응하여 혐오스러운 감염인의 구멍에 기꺼이 손을 넣는 제자 세연의 헌신으로 이어진 셈이다.

하지만 그런 희생적 돌봄에도 불구하고 윤오는 순치되지 못한다. 윤오는 결국 기도로 음식이 들어가 섭식을 중단하고, 급성기 병원으로 전원되었다가 가까스로 살아 돌아온다. 이 경과를 덤덤히 전하면서 세연은 "윤오씨가 돌아갔으니 천운이라 여기면서도 그렇다면 제

---

[5] 육 개월 이상 복약을 통해 면역 수치가 관리되고 바이러스가 검출되지 않는 감염인의 체액은 접촉해도 감염될 위험이 없다. 감염내과 의료계와 HIV 활동가들은 이를 'U=U(Undetectable=Untransmittable)'라는 캠페인으로 강조하고 있다. 접촉 이후의 감염을 막는 사후 예방약을 비롯한 의료적 프로토콜은 이미 제도적, 기술적으로 완비되어 있고, 의료인의 기본 숙지 사항이다.

가 선생님을 괜히 설득했는지, 그러지 않았다면 윤오씨에게는 아무 일이 일어나지 않았을지 "더 나은 선택은 무엇이었을지 여전히 모르겠"(205~206쪽)다고 번민한다. 이 사후적 반성은 의료적 결정에 대한 세연의 책임을 면죄하는 동시에, 인간성을 회복시키고자 하는 희생적 결단과 감염을 두려워하지 않는 헌신, 그럼에도 윤리적 선의가 끝내 배반되고 마는 비극으로 사태를 의미화한다. 돌봄을 통한 인간화라는 숭고한 사명 의식을 간직하면서 세연은 탁월한 인간으로 거듭난다. 세연 자신이 말하듯 윤오의 섭식 문제와 섬망, 난동은 HIV 자체와는 무관한 것이었다. 그 점에서 이 삽화는 (물론 지방 요양병원의 현실을 핍진하게 반영한 것이지만) 돌봄 수용소에 격리된 혐오 대상을 돌보는 희생을 부각하는 서사적 위험이었던 셈이다. 추락한 인간성을 애도하기 위하여 퀴어/장애인/만성질환자와 만날 때, 그의 자율적이고 고유한 현존은 사라지고 그 공백은 대리 치유자의 윤리적 책무와 헌신적 진정성으로 대체된다.[6] 세연의 일인칭 고백체는 의학계의 여성 차별과 연인의 성 도덕적 배신, 전염병 시대의 고통을 이겨내고 자신보다 더 열악한 상황의 비-인간을 돌보는 진정성을 토로한다. 대리 치유를 통해 사회적 위신과 자기 효능감을 회복한 뒤로 세연의 어조는 유배를 끝내고 서울로 돌아가는 기행문의 문체로 변한다.

---

6) 공동체의 도덕적인 목적에 따라 장애인에 대한 치유 명령을 내재화한 비장애인 가족-부양인은 장애인의 치유를 위한 노력을 입증함으로써 주체가 되려는 열망을 갖게 된다. 그럴 때 장애인은 비장애인이 사회적 위신이라는 이익을 얻기 위한 매개가 되고, 그 과정에서 사회의 역할은 사라지고 치유 대리인의 주체성만이 강조된다. 장애인은 당사자의 욕구와 무관하게 장애와 더불어 사는 삶을 무의미한 것으로 규정당하고 치유 노력을 제외한 시간을 빼앗긴 채 정상성을 회복하기 위해 치료되어야 하는 돌봄 주체의 소유물이 된다. 김은정, 「대리 치유」, 『치유라는 이름의 폭력─근현대 한국에서 장애·젠더·성의 재활과 정치』, 강진경·강진영 옮김, 후마니타스, 2022.

"시간을 몇 번이고 되감아보아도 가정의 끝에 저는 늘 이곳으로 돌아오는데, 그것은 아마도 제가 해야 할 일이 그곳이 아닌 이곳에 있다고 여기기 때문이겠죠."(245쪽) 자신이 '그곳'이 아닌 '이곳'에 속한다는 고백은 부득이(하지만 그래서 명확)한 거리를 창출한다. 그 바깥에서 치유의 당위와 그 실패를 기억하겠다는 책임감은 지금 살아 있는 자들을 과거의 존재로, 죽음에 가까운 존재로 만듦으로써 애도하는 주체의 숭고미에 도달한다.

장례식에서 섹스를 생각하기: 미성숙하고 난잡한 퀴어 친밀성

대상에게 투여한 사적 친밀성을 회수하는 감정 경제로 애도를 설명한 프로이트와 달리, 근래 퀴어 서사는 사회적으로 주목받지 못하는 죽음이 어떻게 개인적 리비도 회수 이상의 정치적 친밀성이 되는지 탐색하고 있다. 김병운의 「윤광호」는 '평범한' 죽음조차 공적인 애도의 형식을 통과하는 순간 정치적 감정과 연결될 수밖에 없는 퀴어 장례식을 다룬다. '나'는 젊은 나이에 급성폐렴으로 안타깝게 사망한 퀴어 활동가 '윤광호'를 추모하면서도 그를 개인적으로 잘 알지 못해 발화할 자격이 부족하다고 말한다. 그는 어디에서나 커밍아웃해야 직성이 풀리고 젠더 규범에 더 적극적으로 저항해야 한다는 '훈계'를 일삼아 '나'의 일상을 침해했다. '나'는 무례한 그를 멀리했고 당연히 그의 죽음과 무관함에도 그의 죽음에 부채감을 느낀다. 이는 퀴어의 장례식에 필연적으로 잠재된 정치성 때문이다. 투병 말기의 그는 "에이즈도 아니고 자살도 아니니 커뮤니티에 그 어떠한 자극도 주지 못하는" "자기 같은 죽음은 정치적으로 이용될 명분이 없다며 아쉬워"(91쪽)했다. 활동가다운 강단을 보여주는 이 말은 장례식의 정치에 대한 퀴어의 자의식을 보여준다. 장례식은 고인이 왜 어떻게 죽었는지를 반추하게 하고, 고인의 삶을 통해 추모하는 인간 자신을 정의하고 변하게 만든다.[7] 처음 광호의 사망 소식을 듣자마자 '나'는 그가 "먼저 우리 곁을 떠난 성소수자들처럼 어느 순간 죽지 않고는 견딜 수가 없었던 걸지도 모른다"(120쪽)고 지레짐작한다. "까무러칠 만큼 놀라우면서도 동시에 넌더리가 날 만큼 익숙"한 "우리의 서사"(같은 쪽)를 즉각 떠올릴 수밖에 없기 때문이다. 예상과 달리 그가 끝까지 투병하다가 세상을 떠났다는 사실은 '나'를 안도하게 하지만, 그와 함께 활동했던 '밍밍'은 "숨쉬는 공기마다 노골적인 증오와 모욕과 낙인이 독성 물질처럼 부유하는"(121쪽) 탓에 건강할 수가 없었던 그의 죽음을 산업재해와 같은 사회적 타살로 본다. 평범한 죽음마저 공동체의 존재 형식과 분리되지 않으므로, 퀴어한 삶을 사는 누구나 그 죽음의 형식(정서적 타살)에 친연성을 느끼고 이를 매개로 자신의 삶-죽음의 형식을 보게 된다. 광호의 장례식에서 시작해 이 주년 추모식으로 끝나는 소설의 구성은 고인에 대한 사후적 친밀감이 각자의 삶에 미치는 영향을 종합한다. 매년 이어지는 작은 추모회에서는 그의 가족은 물론 그를 따라 활동가가 된 사람, 퀴어 서적을 다루는 서점 주인, 혼인평권에 관심을 둔 변호사, 다큐멘터리 제작자 등 남겨진 사람들이 모여 친밀감과 믿음을 공유하며 다종다양한 퀴어 일상 정치로 번져가는 서로를 확인한다.

---

7) "욕망과 물리적 취약성의 부지"로서 신체를 공유하는 우리는 애도를 통해 "누가 인간으로 간주되는가, 누구의 삶이 삶으로 간주되는가, 무엇이 애도할 만한 삶으로 중요한가"를 결정한다. 진정한 애도는 "자신이 겪은 상실에 의해 자신이 어쩌면 영원히 바뀔 수도 있음을 받아들일 때 일어난다". 주디스 버틀러, 『불확실한 삶—애도와 폭력의 권력들』, 양효실 옮김, 경성대학교 출판부, 2008, 46~47쪽.

추모식의 이야기를 소설로 쓰면서 '나'는 "내게 주어진 이 지면이 어떤 성소수자들의 희생으로 비로소 가능해진 미래"(123쪽)임을 본다. "십 년 전에는 절대로 불가능해 보였던 일들이 어째서 지금은 가능해"졌냐는 '나'의 의문에 한 개인의 "용기의 문제가 아니라 시간의 문제"(117쪽)라고 답했던 광호를, 그의 죽음이 만든 파장을 생각한다. 「윤광호」는 앞 세대의 죽음, 자살, 우울, 질병에 빚을 지고 있음을 재발견하게 하는 퀴어 장례식의 역사성과 수행성을 드러낸다. 소설 속 윤광호가 한국 현대 퀴어 문학의 앞머리에 놓인 이광수의 「윤광호」(1918)를 직접 오마주하는 것도 같은 맥락이다. 사랑과 존재를 기입하려 애쓰다 끝내 자살을 택한 윤광호를 비극적 과거에 가두지 않고 후대의 퀴어(문학)를 가능하게 한 자원으로 인용하는 소설은 죽음을 통해 가시화되고 기록되는 퀴어의 역사를 슬퍼하거나 부정하지 않고 친밀성의 대상으로 재탄생시킨다. '게이 라이프스타일 보고서'를 준비하면서 광호를 처음 만난 '나'는 육십대 게이의 삶을 채록하며 이전 세대와 '나'의 시대의 같고 다른 점을, 그 차이의 동력을 생각한다. 광호가 강조했던 "우리가 우리를 외면하지 않는다면 그런 세상은 틀림없이 앞당겨질 거라는 신념"(118쪽)은 소설의 끝에서 자연스럽게 또다른 의미를 얻는다. 우리가 우리의 죽음을 외면하지 않는다면 고인이 꿈꾸어온 미래는 틀림없이 앞당겨질 것이다. 사후事後/死後의 친밀감은 퀴어 역사와 정치적 친밀성의 원리에 대한 발견으로 이어진다.

박상영의 연작소설 『믿음에 대하여』에서 장례식과 애도는 느닷없는 (성애적) 친밀감을 불러일으킨다. 죽음은 퀴어의 (자기)혐오와 수치심(이 퀴어한 섹슈얼리티에서 출발함)을 드러내는 사건이기 때문이다. 「믿음에 대하여」는 '한영'의 이모 장례식장에서 시작한다. 장례식은 사회적 관계를 집약하여 고인의 자리를 확인하는 자리다. 하지만 동성 연인은 그 관계망에서 겉돌기에 "한영의 가족이며 친척들의 시선이 따갑"(178쪽)다. 이런 불편한 장례식이 처음은 아니다. 화자 '철우'는 남자친구 'Y'의 갑작스러운 장례식에 갔다가 그간 Y가 수많은 거짓말로 삶을 꾸며왔다는 것을 알고 충격을 받은 적이 있다. Y는 가족과의 불화로 집을 나간 이후 사랑받고자 하는 욕망으로 외피를 부풀리며 짧은 관계를 전전해왔던 것이다. 철우는 씁쓸한 마음으로 Y의 휴대전화에 남겨진 익명의 남자들 번호로 부고를 보내고, Y의 또다른 연인이었던 한영을 장례식장에서 만난다.

　교회 사람들과 예배를 올려야 한다며 Y의 누나에게 내쫓긴 철우와 한영은 "Y에게 배신당한 통증 때문이었는지 아니면 그의 죽음이 야기한 충격 때문이었는지"(189쪽) 모르는 채로 함께 울다가 서로를 안고, 둘은 정식으로 사귀기 시작한다. "그 모든 일이 충동적이라면 충동적이고, 자연스럽다면 자연스러운 과정이었다."(192쪽) 그 모두가 퀴어한 삶의 취약한 조건을 마주한 이들이 공유하는 갑작스럽지만 강렬한 친밀감에서 비롯했기 때문이다. Y의 배신과 죽음 이후 철우는 "내 삶에 무언가 '진실된' 게 존재한다는 믿음이 사라져버렸다는 사실"(190~191쪽)을 깨닫는다. 한영 역시 "쓸데없는 희망이나 환상 같은 게 없"이 "지금 이 순간의 나를 있는 그대로 봐주는 사람, 그게 형"(191쪽)이라서 함께하고 싶다고 고백한다. 미래를 갖지 못하는 환멸과 패배 속에서 현재를 있는 그대로 견디고 지지하게 해주는 친밀감에 투항하는 것이다. 애도와 슬픔의 시간, 미래에 대한 믿음이 무너지는 균열의 순간에 불쑥 끼어드는 갑작스럽고 문란한 친밀성은 「믿음에 대하여」의 핵심적 사건이다. 2020년 이태원발 코로나19 확산으로 인한 게이 혐오의 광풍이 휘몰아칠 때, 코로나19에 감염되면 언제든 위태로워지는 게이 직장인의 지위를 체감할 때, 이웃의 신고를 받고 찾아온 경찰에게 연인이라고 말하지 못하고 숨어야 할 때, 그렇게 위축된 순간에 서로 곁에 있던 '남준'과 철우 역시 느닷없이 키스를 나눈다.

원래 남준은 불안한 친밀감이 아니라 확고하고 성숙한, 그래서 공증된 관계를 만들기 위해 가장 애써온 사람이다. 남준은 같이 아파트를 구매하면 미래를 보장할 수 있다며 연인 '찬호'를 설득한다. 비록 전세 계약서의 임대인과 임차인 칸으로 나뉘어 있지만, 둘의 이름이 나란히 적힌 최초의 공문서는 찬호에게 감격을 준다. "성적 욕망이나 사랑이라고 단순화되곤 하는 그런 감정을 초월한, 어떤 안정감 같은 것이 마음속에 차올랐다. 나와 내 주변을 구성하고 있는 모든 기둥들이 단단히 뿌리를 내리고 있다는 그런 신뢰감."(「보름 이후의 사랑」, 97쪽) 아파트가 상징하는 표준적 중산층 가족의 삶에 진입함으로써 불안정한 퀴어의 조건을 벗어나 성숙한 성인이 됐다는 자신감을 얻은 것이다. 이제 남준은 방역 수칙을 어기고 교회에 모인 종교인들을 비-시민으로 당당하게 단언한다. "모이지 말라고 그렇게 말을 해도 죽어라 모이네. 무식한 새끼들."(「믿음에 대하여」, 207쪽) 정치적 시민권을 경제적 시민권으로 벌충한 퀴어 가족은 공공 안전을 위협하는 비정상 타자에 대한 정의로운 혐오를 발화할 주권을 얻는다.

그러나 경제적 자신감을 통해 규범적 안정성을 획득하려 했던 노력은 이내 허무하게 무너진다. 이태원발 코로나19 확산으로 인해 게이는 "유흥에 미쳐 타인에게 피해를 주는 사람들"(「보름 이후의 사랑」, 103쪽)이 된다. "이 시국에 성적 욕망을 풀기 위해 거리로 술집으로 뛰쳐나온 더러운 동성애자들이라며 댓글마다 비난이 가득했다."(같은 쪽) 공공 안전을 위협하는 존재로 낙인찍은 집단을 생득적 속성으로 병리화하는 혐오는 남준이 했던 말을 그대로 닮아 있다. 법률적 계약과 공적 제도에 의해 공증된다면 퀴어도 성숙한 가족 주체로 살 수 있다는 기대는 사적 영역에 국한해서만 가능한 희망인 것이다. "보건소나 아무튼 뭐 그런 데서 연락 오면, 우리는 만난 적 없는 거다. 집주인과 세입자의 관계일 뿐인 거야. 알지?"(109쪽)

게이 클럽에서 "걸그룹 노래에 맞춰" 추는 춤은 "암컷 게이가 수컷들에게 구애를 하는 춤"(103쪽)으로 명명되어 놀림거리가 된다. 무고한 시민에게 질병을 감염시키는 '불건전한 유흥'과 '더러운 욕망'에 대한 공분은 '여성성'을 공격한다. 리오 버사니가 신랄하게 논했듯이 "여성이 된다는 자살적인 황홀경에 빠져 공중에 다리를 벌리고 있는 성인 남성이라는 참을 수 없는 이미지"[8]는 남성 주체에 대한 사회적 이상을 매장하는 무덤과도 같다. 사회적 남성성을 욕망하고 또 패러

---

8) Leo Bersani, "Is the Rectum a Grave?", *October*, vol. 43, *AIDS: Cultural Analysis/Cultural Activism*, MIT Press, 1987, p. 212. 버사니는 19세기 유럽의 매독 유행으로 인한 성 노동 여성에 대한 공포와 1980년대 미국의 에이즈 위기로 인한 남성 동성애자에 대한 공포는 이들이 모두 '관통'당하는 '수동적' 섹슈얼리티에 대한 도덕적 금기를 환기하여 남성 주체의 자아 환상을 손상하기 때문이라고 지적한다. 에이즈 활동가들은 '세이프 섹스'의 개념과 규칙을 발명하고 콘돔과 피임을 게이와 여성의 것이라고 거부하던 남성 문화와 싸움으로써 안전한 친밀성을 모든 사람을 위한 것으로 확장할 수 있었다. 한국 역시 비규범적 섹슈얼리티를 통제함으로써 감염병으로부터 '무고'한 시민을 지키려 시도했다. 2020년 5월 당시 퀴어 활동가들은 축적된 HIV 예방 운동 경험을 바탕으로 행정 당국에 코로나19 익명 검사를 제안하고 지원했으며, 퀴어 공동체 내부에서 서로를 향한 도덕주의적 공격을 위로로 바꾸는 활동을 통해 전염병 시대 친밀성의 가능성을 보여준 바 있다.

디함으로써 이를 교란하고 '타락'시키는 게이 남성(성)의 하위문화와 이를 통한 친밀성은 성숙한 남성 주체가 되지 못한 '암컷 동물'의 엇나간 구애라는 비웃음의 대상이 된다. '구애'를 완수하고 정상 가족을 형성하는 성숙한 연령에 이르면 클럽 문화와 같은 하위문화는 당연히 그만두어야 하는 청년기의 일탈로 간주하는 통념 역시 강고하다. 술 마시고 춤을 추고 수다를 떠는 친밀성은 미성숙한 놀이/유흥에 불과하다는 맥락에서 퀴어한 친밀성은 성장을 거부한다.[9]

「보름 이후의 사랑」은 퀴어 하위문화적 친밀성과 가족적 친밀성 사이의 위계를 초반부터 전면화한다. 찬호는 "누구로도 대체할 수 없는 공고한 관계를, 어쩌면 한없이 '정상 가족'의 형태에 가까운 삶을 인생의 최우선 과제로 삼"(71쪽)고 살아온 한영을 부러워한다. 자신은 "살면서 단 한 번도 '좋은 사람'을 만나게 해달라는 소원을 빌어본 적이 없"(같은 쪽)을 정도로 안정적 연애와 거리가 먼 삶을 살아왔기 때문이다. 한영이 "삶을 안정적으로 만들어줄 배경"으로서 "지속 가능하고 행복한 관계"(74쪽)를 중시하는 것과 달리, 찬호는 "공격적인 기운이 서려 있고, 나사가 반쯤 풀려 있는 사람을 보면 심장보다 먼저 아랫도리가 동하고는 했다"(73쪽). 그것이 자신이 청소년기에 읽었

---

9) 동성애적 친밀성을 이내 극복해야 할 성장의 '한 단계'로 분석하는 정신분석 이론처럼, 하위문화적 수행 역시 지속적인 삶의 장치가 아니라 일시적 '단계'로 간주된다. '성인(adult)'에게 부여된 재생산적 가족의 시간에 도달하지 않는 퀴어는 '청년기(youth)'에 계속 머물게 되는 것이다. 핼버스탬은 성인이 되어도 클럽, 공연장, 섹스 등의 퀴어 하위문화를 고수하면서 '퀴어(한) 시간(queer time)'이 생겨난다고 분석한다. J. Jack Halberstam, *In a Queer Time and Place: Transgender Bodies, Subcultural Lives*, New York University Press, 2005, p. 174. 퀴어 하위문화는 결혼과 재생산, 아이의 미래라는 규범적 생애 각본 바깥의 삶을 상상하게 하여 대안적 시간성을 연다. Ibid., p. 2.

던 "인터넷 소설의 영향"(72쪽) 때문이라고 자조하면서 찬호는 대중 연애 서사와 게이 마초 이미지를 비롯한 하위문화적 취향이 열등하다는 위계를 내면화한다. 그래서 '정상 연애' 과정에서 느끼는 곤혹 감을 계속 자신의 성격 탓으로 개인화한다.

찬호의 연인인 남준도 퀴어 친밀성을 구분한다. 남준은 "연애나 성애의 목적이 아닌 이쪽 관계에 대해서, 오롯이 우정으로 엮인 친구들에 대해서 잘 이해하지 못하는"(83쪽)데, 그것은 "연애나 (성적 해소를 위한) 하룻밤 만남 외에는 이쪽 남자들과 그 어떤 친분도 쌓아본 적이 없"(84쪽)기 때문이다. 그나마 가시화할 수 있는 '성숙하고 지속적인 가족'과, 감추어야 할 '미성숙하고 일탈적인 유흥'을 양분하고 그 사이의 친밀성 스펙트럼을 모두 외부의 위협으로 규제하는 것이다. 남준은 두 사람만의 애틋하고 배타적인 근대 연애 모델에 대한 낭만으로 이를 변호하지만, 찬호는 거기에 잠재된 공포를 감지한다. "그건 애틋하기보다는 수치스러운 관계가 아닐까?"(87쪽) 남준의 두려움은 언론계라는 노동환경이 아우팅의 위협에 취약하다는 문제 때문만은 아니다. 그것은 "잠재적인 섹스 상대"(83쪽)의 연속체에 기반한 퀴어 친밀성에 근접할수록 애써 이룩한 정상 가족/인간의 자격을 상실할지도 모른다는 자기 검열이다. 사회적 응시와 호명을 전제로 한 퀴어의 도덕적 자기 승인 욕망이야말로 스스로를 옥죄는 것이다.

김병운의 「9월은 멀어진 사람을 위한 기도」는 이런 난잡한 친밀성을 바라보는 퀴어 공동체/담론의 균열을 정확하게 포착한다. '물'과 '흙'은 각각 정반대의 게이를 대변하는 인물이다. 물은 "이후의 관계를 전제하지 않고도 자신을 욕망해줄 수 있는 사람들을" 만날 수 있는 "휴게텔이나 디브이디방, 화장실 같은"(176~177쪽) 한국적 게이

크루징 하위문화에 친숙하다. 흙은 "물처럼 자신의 욕구를 활발하게 실천하"고 "그걸 거리낌없이 말하는 사람은 주변에서 본 적이 없다며 신기해"(189쪽)하면서도 "아무리 외로워도 그렇지 계속 그런 식으로 사는 건 아닌 것 같"(190쪽)다고 철저히 거리를 둔다. 화자는 물에 대한 그런 낙인에 반대하지만 "정상성의 위계 구조 속에서 그나마 한 층이라도 더 위"(191쪽)로 가고 싶어 그를 온전히 긍정하지는 못한다. 흙 역시 "우리 사회의 시선"으로 보면 "우리는 사회악이고 우리가 하는 동성애는 중범죄"(180~181쪽)라는 도덕주의적 자기 비하를 반복한다. 소설은 퀴어의 죽음에서도 도덕적 자기 비하를 읽어낸다. 퀴어 조문객을 피하려는 유족 때문에 물의 죽음은 뒤늦게 알려지고, 상실의 대상을 찾지 못한 애도는 죽음을 완성하지 못한다. "물의 죽음은 그저 우리에게 익숙한 몇 가지 키워드와 거기서 비롯된 추측으로만 설명"(204쪽)된다. 물의 죽음을 반복되는 퀴어의 비관 자살로 한정하고 싶지 않은 화자는 물의 죽음을 부정문으로 다시 써본다. "물은 문란해서 죽은 게 아니다./물은 불안해서 죽은 게 아니다./(……)/물은 게이여서 죽은 게 아니다."(205쪽)

하지만 이런 인과관계를 끊어내려는 노력은 나에게 또다른 질문을 남겼다. 어째서 나는 물의 죽음을 무결한 것으로 만들고 싶어하는가. 어째서 나는 불온해 보이는 것들은 모조리 지우려 하는 것이며 게이는 다 그렇게 사는 것도 아니고 다 그렇게 죽는 것도 아니라고 해명하고 싶어하는가. 내가 자기 검열을 반복하며 끊임없이 의식하고 있는 시선의 주인은 도대체 누구이고, 그 시선으로부터 허락받기 위해 밀어내거나 끊어내는 사람은 또 누구인가.(같은 쪽)

'나'의 자문은 게이의 섹스를 최대한 축소하는 시민권 담론을 향한 크림프의 질문과 맞닿는다. 게이를 긍성적으로 재현하는 세련되고 평등한 방식이 실은 "남성 동성애자의 삶을 위생화하고 있는 것은 아닐까? (……) 이 사회가 동성애자를 혐오하게 만드는 바로 그 근본적인 원인"을 다시 수치스러운 것으로 만들어 "남성 동성애자의 성적 문화를 계속해서 부정하는 근거가 되는 것은 아닐까?"[10] 동성애 혐오적 시선을 내면화하여 세속적 신체를 분리하고 죽음만을 도덕적으로 성스럽게 만드는 방식은 문제적이다. "우리가 애도하는 이의 섹스를 경축하지 못한다면, 우리가 애도하고자 하는 이의 삶에서 가장 중요한 의미를 지닌 부분을 경축하지 못한다면 어떻게 그를 온전히 애도할 수 있겠는가?"[11] 상실을 정확하게 보지 못한다면, 성적·정서적 친밀성이 이룩한 쾌락과 돌봄을 온전히 보지 못한다면 애도는 실패하고 우울증적 주체가 된다. 세계가 아닌 자아를 향해 도덕적 비난을 던지고 자기를 처벌할 뿐이다.[12] 이 우울을 잘 알고 있기에 물은 "스치듯 만난 남자와 그 만남에서 비롯된 감정, 느낌, 생각"을 말하며 "자신을 투명하게 보여주려 했다"(177쪽). "외로워서 그러는 게 아니고 좋아서 그러는 거라고. 거기엔 좋다는 것 말고 다른 이유 같은 건 없다고."(190쪽) 문란한 친밀성은 자신을 죽이는 게 아니라 오히려 살게 만든다고. 정신적인 준비 과정부터 몸을 이용한 실험, 의식적인 작업 등 고도로 발달한 문화를 통해 성적 쾌락의 다양성과 질을 확장해

---

10) 더글러스 크림프, 「애도의 스펙터클」, 같은 책, 276쪽.

11) 같은 쪽.

12) 더글러스 크림프, 「애도와 투쟁」, 같은 책, 202쪽.

온 친밀성은 삶을 파괴하는 것이 아니다. "우리의 문란이야말로 우리를 구할 것이다."[13]

쾌락과 사랑, 성애적 끌림과 정서적 접속은 분명 상호적이다. 하지만 우리는 육체적·물질적 친밀성은 일차원적(이어서 동물적인 퀴어/여성의) 욕망으로, 언어적·관념적 친밀성은 고등한 (인간/남성의) 것으로 훈육받는다. 이성애적 정상 규범은 상존하는 친밀감의 물질성을 표면적으로는 감추면서도 이를 고등한 친밀성과 연결한다. 이러한 친밀성은 그 감춤과 연결에 얼마나 많은 공적 기술과 인적 자본이 투여되는지 굳이 찾을 필요를 느끼지 못할 만큼 자연화된 감정 형식이다. 그러나 세계와 합일하는 사랑의 조건을 설명하는 인문학, 정치사회학 담론은 그토록 오래 축적되어왔음에도 현실에서 늘 실패해왔다. 그것이 친밀성의 실질적 작동 양상을 은폐하고 있기 때문이다. 그 은폐의 체계가 노출되는 지점 중 하나가 퀴어한 몸과 정동이다. 은폐된 친밀성의 물질적 체계를 드러내기에 퀴어의 친밀성 수행 장치는 도드라져 보인다.

퀴어에게는 물질적 친밀성과 관념적 친밀성을 연결하고 조율하는 체계와 규범이 제공되지 않기에, 그러한 사회문화적 장치의 개발은 개인이나 소수의 공동체의 몫으로 남겨진다. 유독 퀴어에게 개인의 능력에 의존해 친밀성을 확보해야 하는 감정적 생존주의가 부과되는 것은 이 때문이다. 그 과정에서 여전히 은폐된 친밀성 위계가 작동하기에, 가까스로 자신의 몸, 그리고 타인과 친밀성을 형성해가는 퀴어의 수행은 손쉽게 육체적·물질적 차원으로 제한되는 것이다. 근래 한

---

13) 더글러스 크림프, 「감염병의 시대에 우리의 문란한 사랑을 계속하는 법」, 같은 책, 96쪽.

국 퀴어 서사는 소수자의 사회적 권리를 요구하는 수준을 넘어 물질적-관념적 친밀성 사이에서 움직이는 감정 통치를 첨예하게 파헤치고 있다.

우리는 영원한 사랑의 감성 형식을 발명한다

우리는 영원/We are one/전율 속에 뜨거운 그 맘을 던져/Just like a love bomb/We are one/Girls, We are forever/(······)/언제나 너의 곁에 있고 싶은데/널 생각하면 강해져/There's no one like you, no one like you/우리 꼭 영원하자

—소녀시대, 〈FOREVER 1〉

소녀시대의 〈FOREVER 1〉은 언뜻 전형적인 사랑 노래 같지만, 그간의 공백과 분화를 딛고 팬덤 '소원'에게 보내는 위로이자 지금까지의 활동을 집약하면서 미래를 전망하는 프로젝트라는 맥락을 알고 나면 다르게 들린다. 이성애 규범적 대화 구도의 흔적만 남긴 채 '소녀들'에게 '우리'의 사랑을 더 강하게 이어가자고 약속하며 동반자적이고 퀴어한 친밀성을 확인하는 이 노래는, 과거 소녀시대의 가사·안무·의상·배경을 인용하는 퍼포먼스까지 고려하면 무대 위에서 재현하는 자기 고양 상태의 정서적 전율과 그 미학적 일체감으로의 초대로 해석하지 않기가 어렵다. 케이팝과 팬덤이라는 텍스트는 이제 이성애 규범적인 대화 구도를 젠더적·퀴어적으로 전유하는 것에서 더나아가 팬덤의 관계성에 잠재된 미학적/감성적 인식에 대한 메타적 재현으로 나아가고 있는 것은 아닐까.

물론 여러 대중문화 비평과 페미니즘 연구가 짚어왔듯 팬덤은 이미 활발한 문화정치적 수행을 이어오고 있으며, 문학장에서도 팬덤 문화, 엔터테인먼트 산업이 꾸준히 다루어져왔다. 지금까지 팬덤을 둘러싼 문학장 안팎의 담론이 아이돌이라는 대상을 소비/전유하는 욕망에 내재된 젠더적·섹슈얼리티적 실천에 주목해왔다면, 나아가 팬덤 문화를 다루면서도 대상 욕망에 기반한 젠더/섹슈얼리티의 관점으로 완전히 수렴되지 않는 나름의 감성 형식을 탐구하는 소설에 주목해볼 필요가 있다. 이유리의 「둥둥」과 김기태의 「세상 모든 바다」는 팬덤 문화의 한복판에 있는 인물을 관찰하면서도 그와 거리를 둔 인물/시점을 도입해 해석적 낙차를 만든다. 언뜻 아이돌이라는 '대상'을 향한 이성애처럼 보이지만, 그 이면에는 아이돌을 매개로 유통되는 무조건적이고 무목적적인 관계성이 있다.

　「둥둥」의 '나'는 우연히 아이돌 지망생 '목형규'와 마주친 순간 '덕통사고'를 당한 후로 무명이던 형규에게 재력과 시간과 감정을 쏟아붓고, 남들은 모를 형규의 고민과 불안을 달래주는 친밀한 관계에서 삶의 보람을 느낀다. "반짝이는 형규를 더욱 반짝이게 해주는 쓸모 많은 나"는 "오로지 목형규와 짝을 이룰 때에만 가치 있는 존재"(45쪽)라는 자의식은 절실하고 헌신적인 이성애적 대상 욕망처럼 보인다. 급기야 '나'는 형규의 불안을 달래주기 위해 대마초가 든 캐리어를 전해주러 가다가 교통사고로 바다에 빠지고 만다. 목숨이 위태로운 상황에서도 캐리어를 계속 붙잡고 떠 있으면 설령 구조되더라도 형규의 투약 사실이 들키게 될까 걱정한 '나'는 다리 위의 빨간 경고등을 보며 형규의 상징색 역시 붉은색이라는 사실에 용기를 얻고는 가방을 열어 증거를 없애고 담담히 죽음을 택한다. 그런데 뜻밖에도 그

때 외계인들이 나타나 '나'를 구한다. "이타심이 생존 본능을 이기는 순간"(65쪽)을 연구하여 자기 종족의 생명을 연장하는 방법을 찾고 있던 외계인들은 '나'의 삶을 스캔하는 대가로 소원 하나를 들어주겠다고 제안하고, '나'는 자신이 진정으로 바라는 것이 무엇인지 고민한다. "형규가 세상 무엇보다 사랑하는 단 하나의 여자"(70쪽)가 되는 건 어떨까. 하지만 그것은 '나'를 위한 것일 뿐 형규를 위하는 일이 아니다. 결국 '나'는 형규를 처음 만나 '덕통사고'를 당했던 그날로 되돌아가는 영원 회귀를 택한다.

외계인들이 분석했듯이 '나'는 연인이나 가족에 대한 책임에 종속된 사랑과는 다른 감정에 의해 움직인다. 자신의 욕망을 위한 에로스나 타인의 선택에 자신을 의탁하는 로맨스 어디에도 속하지 않는 이 친밀감은 상대를 위해 헌신하고 희생함으로써 상대를 소유하는 독점적 이성애와는 다르다. '나'의 애정은 형규와의 관계성인 동시에 자기 자신과 관계 맺는 형식이기 때문이다. '나'는 "나를 전부 해체해서 그 조각 하나하나를 잘 닦고 손질해 다시 사람을 만든다면 그게 바로 형규"이며, "저렇게 빛나고 사랑스러운 존재가 마치 형규이자 나인 것만 같"(45~46쪽)은 일체감을 느낀다. "형규를 알게 되고 나서부터 나는 형규만이 아니라 나까지 진심으로 사랑하게 되었"(45쪽)다. 대상과 자아를 통합하는 친밀성의 감성 형식을 알려준 형규와의 "그 관계성이 미치고 팔짝 뛰도록 좋았"지만, "형규는 내게 연애 대상이 아니었다. 굳이 비유하자면 아름다운 야생동물에 가까웠다"(47~48쪽). 이것은 경제적·생물학적 재생산 계약을 전제로 서로의 발전과 성숙을 도모할 의무를 지우는 근대적 사랑의 형식이 아니다. 대상을 (재)생산하거나 소유하거나 축적하지 않고 그저 상대를 향한 감정 속에 있는 자신을 긍정하고 낭비하고 향유하는 과정이다.

오직 아름다움에 대한 친밀감으로 매개되는 이 관계성은, 진정한 예술작품이 제공하는 것은 자산 가치나 대상에 대한 페티시즘이 아니라 결국 작품에 반사되는 감상자 자신에 대한 인식임을 떠올리게 한다. 이 목적 없는 친밀성은 미학적 관조의 원리에 닿는다. '나'는 형규가 자신과 분리된 존재임을 알면서도 일체감을 느끼고, 그 어떤 생산적인 목적이나 소유의 욕망도 없이 관계를 맺으면서 자신의 미감을 확산하고자 한다. 그런 감성적 친밀성/관계성이 죽음과 상실에도 굴하지 않고 자기 고양의 완성을 상상할 수 있게 한다. 그래서 '나'는 설령 그 길이 죽음으로 이어지더라도 세계와 불화하지 않고 '형규-나'를 비춰주는 빨간 별빛을 담담히 따라갔고, 마침내 대상/세계와 자아/주체가 합일되는 유쾌한 우아함에 도달한 것이다. "우리가 공유하고 있는 이 우주 어딘가에서, 당신의 사랑이 어떤 죽음들을 막아"내는 "기술에 유용한 힌트"(72쪽)가 될 것이라는 외계인의 마지막 인사처럼, 근원적 사랑의 기술은 개별적 상실을 넘어서는 실존에 관한 기술을 암시한다. 이 미학적 관계 맺음은 이성애적 관계성과 재생산 미래주의와 같은 여러 규칙을 정지하거나 우회하기 때문에 (그래서 팬덤을 미성숙한 전前-이성애 단계의 소비주의로 간주하는 기성 사회의 혐오와 불안 때문에라도) 퀴어한 효과를 발생시킨다. 그간 자주 분석된 팬덤의 여성-퀴어적 문화의 근간에도 이런 미학적 친밀성·인식론이 있었던 것은 아닐까.

「세상 모든 바다」도 팬덤이 공유하는 정치적 가치와 수행성 아래에 잠재되어 있는 사랑의 근원적 형식을 살펴본다. 주로 여성 청년의 젠더/섹슈얼리티를 중심으로 팬덤을 재현하던 그간의 서사적 경향과 달리 소설의 화자는 남성 청년 '하쿠'다. "그렇게 열렬한 '덕후'는 아니라고 스스로 여"(258쪽)기며 음습하고 기분 나쁜 '오타쿠'의 하위 문화를 타자화하는 그는 성숙한 남성이라면 보편적 가치를 지닌 문화 자본을 고수해야 한다는 자의식을 강하게 드러낸다. 특히 자이니치 4세로 태어나 일본 국적을 취득하면서 "알지도 못하는 사람에게 배신자 취급을 당하기도 했"(같은 쪽)기에 자신이 어떤 사회문화적 위상으로 읽히는지에 매우 민감한 그는 여성 아이돌 그룹 '세상 모든 바다(세모바)'에 대한 애정이 민족적 자부심이나 이성애적 소비가 아니라고 반복해서 변호한다. "주로 귀여움을 판매하는 일본의 걸그룹에 비해 케이팝의 그녀들은 더 유능하고 당당해 보"이는 "멋있는 프로페셔널"이므로 "나도 덜 부끄럽게 팬이 될 수 있었다"(261쪽). "그들은 아름다웠고, 유능했고, 심지어 옳았다."(263쪽) 데뷔곡 〈우리 사이의 바다가 푸른 소식을 전할 수 있게〉부터 세모바는 문화 차이와 장애 차별, 환경 위기를 극복하여 세계를 더 나은 곳으로 만들려는 의지를 보여주었다. "흔히 '국뽕'이란 말을 사용하지만, 그 노래를 들으면 '세계뽕' 혹은 '인류뽕'이 차올랐"(같은 쪽)으므로, 하쿠는 차별금지법 제정과 탈원전을 주창하며 "인권과 환경에 대하여 세모바가 보여준 꿈을 나누고 있"(258쪽)는 팬들의 '푸른 소식'을 아름답게 바라보며 바다와 같이 연결된 팬덤의 보편적 애정이야말로 시대정신이라고 확신한다. 이는 대상을 향한 일방적 애정으로부터 확장해 같은 가치를 공유하게 하는 동시대 문화정치에 대한 인식을 보여주는 것이며, 케이팝 팬덤의 조직 문화가 개별 국민국가 단위를 넘어 아시아와 중남미의 권위주의 정부에 저항하는 청년운동으로 확산하는 최근의 현상을 참조하고 있는 것이기도 하다. 아이돌이라는 대상에 대한 친근감에 그치지 않고 서로에 대한 친근감으로 연결된 팬들은 각자의 자리에서 마주한 정치적 쟁점을 공유하면서 보편적 이상으로 연결된다.

그런데 소설은 그런 '청년 문화의 세계화'에서 멈추지 않고 그동안 세심하게 다뤄지지 않은 다른 질문으로 나아간다. 친근감은 과연 무엇이고 어떻게 생겨나는가. 좋아한다는 것은 왜 정치적 감정이 되는가. 하쿠는 세모바 공연장 앞에서 아이돌이라는 대상을 일방적으로 소비하는 듯한 '영록'을 만난다. 영록은 땀에 젖은 셔츠에 두꺼운 안경을 쓴 전형적인 오타쿠 패션을 하고도 타인의 시선을 전혀 의식하지 않고, 경상북도 해진군에서 왔다면서도 정작 해진의 원전 건설에 반대하는 팬덤의 활동은 알지도 못한다. 하쿠는 팬덤이 공유하는 가치에 무관심한 영록을 내심 비웃는다. 그러거나 말거나 같은 그룹을 좋아하는 외국인 팬을 만나 잔뜩 들뜬 영록은 서투른 영어로 하쿠와 대화를 나누고 그에게 '친환경 세계지도 굿즈'를 선물한다. 팬이라면 마땅히 공유하는 가치도, 팬덤 내부의 아름다운 관계성도 모르면서 대책 없이 낯선 '나'를 환대하는 이 소년이 남긴 '좋아한다'는 말은 기묘한 울림을 남긴다.

영록과 헤어진 직후, 세모바의 공연 현장에서 모형 총을 들고 전쟁을 상기하는 퍼포먼스를 통해 반전 메시지를 공유하려던 팬들이 테러리스트로 오인되는 사고가 벌어지고, 공포와 혼란의 와중에 영록이 압사당하고 만다. 이후 벌어진 사태는 하쿠를 고민하게 한다. 중요한 메시지를 던지려 했던 이들이 도리어 팬덤의 가치를 배신했다고 평가받고, 그런 가치와 무관했던 영록은 저항적 청소년으로 애도된다. 세모바는 이 사건의 추모곡을 공개하면서 "바다와도 같은 커다란 사랑"(266쪽)을 호소하고, 이 사랑에 따라 죽은 '테러범'도 애도해야 한다는 세모바 멤버 '송희'의 말에 팬덤은 분열한다. 그 경이로운 친밀감에도 불구하고 서로의 의도와 가치는 제대로 공유되지 못하고, 실제로 나타나는 순간 그저 공포와 분열로 체감된다. 혼란 속에서 하쿠는 영록의 고향 해진으로 향하고, 그곳에서 낙후된 지역의 발전을 위해 세모바와 팬들이 그토록 반대하던 원전을 짓게 해달라고 호소하는 "늙고 춥고 지친"(269쪽) 얼굴을 한 아주머니를 만난다. 짧은 시간에 제 자식의 안부와 삶의 고난을 잔뜩 늘어놓더니 이내 잘 가라고 인사하는 아주머니 때문에 하쿠는 아득해진다. 영록이 그랬듯 같은 가치를 공유하는지 확실하지 않은, 그래서 서로 다른 존재에게 있는 그대로 자신의 삶에 대해 말하고, 호의를 건네고 또 바라는 이 사람들을 어떻게 이해할 수 있을까.

큼지막한 파도 하나가 방파제에 부딪쳤다. 하얀 물보라가 세차게 튀어올랐다. 얼굴에 와닿는 차가운 물방울의 감각. 실제로 닿았을까. 느낌뿐이었을까. 분명한 건 내가 뒷걸음질을 쳤다는 것이다. (……)

지금은 펼치지 않고도 떠올릴 수 있는 그 세계지도에서, 세상의 모든 바다는 분명 이어져 있다. 이제 나는 그 사실이 다소 무섭다. 바다를 등지고 아무리 멀리 가도, 반드시 세상 어떤 바다와 다시 마주치게 될 테니까. 그 불편한 예감에 시달릴 때마다 이상하게도 오래전 지하 소극장에서 본 오타쿠들이 떠오른다. 그 키모이한 오타쿠들의 열렬한 구호. 가치코이코죠. 진짜 사랑 고백. 좋아 좋아 정말 좋아 역시 좋아……

그것도 사랑이라면, 나는 어쩐지 그 근시의 사랑이 조금 그립다.(270쪽)

엄연히 실재하는 차이가 드러나고 서로를 이해할 수 없음을 깨닫는 순간 무한하게 연결된 바다는 도리어 무섭게 다가온다. 정말로 다른 존재를, 차이를, '키모이한(기분 나쁜) 너'를 어떻게 바다처럼 만나고 사랑할 수 있을까. 영록이 잠깐이나마 보여준, 먼 미래를 생각하지 않고 눈앞의 사람만을 바라보는 '근시의 사랑'은 어떻게 가능할까.

사심 없이 상대에 대한 호의를 드러내는 영록의 이상한 친밀감은 낯선 타인을 그저 그대로 보게 한다. 하쿠에게는 인류가 공존하는 세계지도를 보는 일보다 차가운 물방울 하나를 실제로 느끼는 일이 더 낯설다. 우리가 꿈꾸는 세계를 그리기 전에 눈앞에 보이는 다른 사람이라는 상호적 사건을 온전히 감각하는 데서 시작해야 하는 것은 아닐까. 그 물방울로부터 바다가 태어나고 '소식'이 전해져 사람 사이의 관계(정치)의 테크닉[14]이 생성되는 것이다. 그렇다면 필요한 것은 도저한 차이 앞에서도 뒷걸음질치지 않고 조건 없는 상호작용을 상상할 수 있는 감성적 훈련일 것이다. 소설은 타인을 좋아한다는 단순하지만 강력한 감정이 어떻게 유통되고 어떻게 정치적 잠재성을 갖게 되는지 살피는 것으로 나아간다. 대상에 대한 소유욕과 결부된 정체성의 문제에서 조건 없이 연결된 상호작용이라는 사건의 문제로 독법을 전환하면서.

---

14) 상호 연관된 생성을 향한 관계의 테크닉은 "'돌봄'이라는 단어의 의미를 바꿉니다. 우리가 진짜로 돌보고 있는 것은 우리의 분리된 자아가 아닙니다. 다른 개체들도 아닙니다. 우리는 사건을 돌봄으로써 그 둘 모두를 돌봅니다. (……) 정치적 표현과 관심사의 협상을 위한 지배적인 테크닉은 상호작용의 테크닉입니다"(브라이언 마수미, 『정동정치』, 조성훈 옮김, 갈무리, 2018, 288~289쪽).

복수하는 친밀성, 어떤 가족도 재생산하지 않는 여성 청년들

아버지 없이도 무탈하게 살아가는 가족은 이제 자주 발견되는 모티프다. 끈질기게 잔존하는 가부장제와 싸우는 방법이자 서로를 돌보는 구심점으로 여성 친족과 여성 간 관계성을 개발해온 덕분이다. 그런데 근래의 여성 청년 인물들은 대안적 여성 연대체를 만드는 대신 서로의 거리를 인지하면서 모호하고 흐릿한 친밀성을 나눈다. 그리고 이 친밀성을 가족을 향한 '복수'의 매개로 삼는다. 성혜령의 「버섯 농장」에서 전 남자친구의 후배에게 사기를 당한 '진화'는 가해자의 아버지 연락처를 어렵게 알아내 그를 만나러 가는 길에 '기진'에게 동행을 부탁한다. 그러나 요양병원에서 만난 남자는 아내의 이혼 위자료와 노모의 간병비로 여유가 없다고 하소연하며 자신은 부모 부양과 자식 양육이라는 "책임을 다하고도 남았"으니 "진짜 떳떳"(257~258쪽)하다는 말만 늘어놓는다. 하지만 잠시 뒤 그가 자신의 변명과는 달리 비싼 자동차를 몰고 가는 것을 본 진화와 기진은 미행 끝에 남자의 비닐하우스에 도착하고, 남자는 능청스럽게 두 사람을 비닐하우스로 초대한다.

그곳에서 진화는 너무도 익숙한 것들을 마주한다. 액운을 막는다며 아빠가 걸어두던 달마도, 아빠의 사무실에 있던 미니 골프대, 그리고 은퇴 자금을 투자했다가 실패한 버섯 농장주가 자살한 틈을 타 땅을 싸게 샀다는 남자의 자랑까지. 그는 저임금으로 진화를 착취하는 쇼핑몰 사장이나 상속세를 덜 내기 위해 열악한 건물을 수리하지 않는 진화의 오피스텔 건물주와도 닮아 있다. 부에 대한 부모의 갈망은 여전히 진화에게 깊은 상흔으로 남아 있다. 그런데 두 사람이 잠시 자리를 비운 사이에 남자는 심장마비로 급사한 채로 발견되고, 다소 급작스러운 죽음에도 두 사람은 크게 당황하거나 도망치지 않는다.

　진화가 골프채를 들고 남자에게 다가갔다. 그리고 폼을 잡고 남자
의 머리를 가볍게 쳤다. 스윙이 크지도 않았는데 푹, 하고 무언가 꺼
지는 듯한 둔탁한 소리가 났다. 피는 튀지 않았다. 한번, 쳐보고 싶었
어. 진화가 말했다.(265쪽)

애초부터 진화와 기진이 "기숙사 고등학교에서 밤에 서로의 침대
를 찾아가 부모의 끔찍함을 조용히 속삭이며"(254쪽) 친해졌다는 점
을 염두에 둔다면, 이 소설은 기성세대 가장의 자의식을 마주하고 그
자멸을 가뿐하게 수락하는 여성 청년들의 로드무비로 읽힌다. 여기
에서 사회에 갓 입사한 청년들이 사기나 부당 계약으로 위기에 처해
모종의 추적에 나서는 여러 서사들을 그리 어렵지 않게 떠올릴 수 있
다. 그러나 블랙코미디든 리얼리즘이든 청년들은 대개 더 심각한 위
기에 빠진 가장의 복잡한 사연을 청취하고 추심에 실패한 채 쓸쓸하
게 되돌아온다. 그 실패야말로 공정거래 위반으로 단순화할 수 없는
시대의 병폐와 이를 고독하게 감당하는 가장의 애환에 공감하는 성
숙으로 이어지기 때문이다. 하지만 부모를 혐오한다는 공감으로 모
인 이 여성 청년들은 이 세계의 복잡성을 포용하는 성숙으로 나아가
길 거부하고, 도리어 합리성과 공정함이 상실된 세계를 만들어놓고
는 복잡성(내 가족!)을 핑계삼는 가장에게 복수한다. 그런데 관습적
여성 연대로 전망될 수 있을 법한 복수의 순간에도 두 여성 청년이 끝
끝내 서로를 돌보는 가족이 되거나 서로의 상처를 이해하는 순간에
도달하지 않는다. "모든 것을 나누어도 괜찮은 사람" 같은 게 "있을

리 없다"(266쪽). 둘은 계급적 격차로 인한 가치관의 차이로 서로를 얼마간 한심하게 생각하며, 채무를 나누지도 않는다. 복수하는 친밀성은 미래를 약속하거나 서로에게 책임을 부여하지 않고, 다만 가족을 위해 당연하게 마음을 저당잡혔던 과거로부터 자신을 풀어준다.

조예은의 「새해엔 쿠스쿠스」도 가족에 대한 복수를 매개로 여성 청년들이 나누는 어렴풋한 친밀감을 포착한다. '나'는 간신히 사립학교의 교원이 되었지만 직장 내 성희롱과 괴롭힘에 시달리다 그간의 폭언을 교육청에 신고하고는 방안으로 숨어든다. 그러나 엄마는 계속 방문을 두드리며 학교로 돌아가기를 종용한다. "그런 거 젊었을 때 안 겪어"본 사람 없고 "다 너 잘되라고 하는" 말이라는 K-부모 특유의 사랑은 이내 "나 괴롭히려고 일부러 이러는 거"(300쪽)냐는 죄책감을 유발하는 질문으로 변한다. 어렸을 때부터 1등을 도맡아 하는 사촌 '연우 언니'에게 뒤져서는 안 된다고 강조하던 엄마는 고모가 "연우는 내가 만든 작품"이라고 자랑할 때마다 "억울하게 진 선수 같은 표정"(310쪽)으로 '나'에게 어디 가서 부끄럽지 않은 딸이 되어달라고 말하곤 했다. 자녀를 가족 재생산을 위한 투자자산으로 간주하며 자아(의 확장)와 분리하지 않는 무한한 돌봄은 딸들의 마음에 기묘한 회로를 만든다.

하지만 모범적으로 대학을 졸업한 연우 언니는 결혼 직전 갑자기 사라진 뒤 '나'에게 홀로 여행을 떠났다고 메시지를 보낸다. 놀랍게도 어른이 된 후에 만난 연우 언니는 '나'를 미워하게 만든 엄마의 사랑에 복수하고 싶었다고 고백한다. 그리고 그 복수심은 '나'도 마찬가지 아니냐고 묻는다. 착할 수 없는 마음의 회로 속에서 착하(고 싶)지 않은 자신을 발견하고 인정한 '나'는 그제야 엄마에 대한 애증에서 벗어나 연우 언니가 있는 곳으로 같이 여행을 떠날 수 있게 된다.

물론 복수와 분리는 단번에 되는 것이 아니므로 상당한 마음의 근력이 필요하다. 김화진의 「근육의 모양」은 그런 마음의 근육을 단련하기 위한 일상을 그린다. 소설은 결혼이 정말로 바라는 일이 아니라는 것을 깨닫고 남자친구와 결별한 '재인'과 대기업을 퇴사하고 필라테스 강사로 새로운 삶을 시작한 '은영'의 이야기를 교차해 서술한다. 이 여성 청년들에게는 "마음을 열심히 들여다보는 일"(138쪽)이 삶의 경로를 결정짓는 중요한 일이다.

재인은 은영에게 필라테스 수업을 받으면서 스스로를 잘 모르고 있었다는 사실을 깨닫는다. "써본 적 없는 근육을 상상하기란 생각보다 더 어려웠다."(129쪽) 아무리 잘해내고 싶다고 생각해도 "마음처럼 몸도 복잡"(146쪽)하기 때문이다. 재인은 모든 것을 자신이 결정하고 그대로 따라야만 자신을 지킬 수 있다는 긴장을 풀고 근육의 위치를 파악하는 법을 천천히 익혀간다. 필라테스 학원은 "내 마음을 열심히 들여다보는 일이 누군가에게는 무책임한 일"(138쪽)로 치부되는 세계와 구분된, 타인을 위한 책임감보다 자신을 향한 관찰이 더 중요한 공간이다. 이는 온·오프라인 독서 모임과 상담 모임처럼 임시적이고 한시적이지만 그래서 도리어 일상을 버티게 해주는 작은 공간을 '구독'하는 세대의 관계성을 보여준다.

퀴어 로맨스적인 분위기에도 불구하고 두 사람은 서로에게 각자의 상처에 대해 말하거나 돌보지 않는다. 도리어 "다시 등록하지 않으면 이 상냥한 선생님도 다시는 보지 않는 사이"가 될 수 있고 "이 관계도 내가 끊을 수 있"(148쪽)다고 관계의 단절을 상상하면서 안도한다. 이 기묘한 친밀성에는 상식적인 예의가 통하지 않는 세계와 달리

서로를 조심스럽게 대하는 안전거리가 있다. '나'를 타인과의 관계 속에서 규정하지 않고 개별적 존재로서 상호관계를 맺을 수 있는 감성적 조건을 시험하는 이 감각은 상호부조를 전제하는 책임감도, 모종의 위계를 전제하기 마련인 연민도 아니라 각자 자유롭고 평등한 시민으로서 나누는 친밀감, 즉 우애[15]에 가깝다.

자신의 몸과 통증을 관찰하고 근육의 위치와 움직이는 방법을 훈련하는 재인에게 이제 삶의 회로를 정지하는 일은 사회적 실패가 아니라 감성적 근육을 단련하는 자기 배려가 된다. "독립, 절교, 파혼, 끊어진 관계들의 기록"은 이제 "흉터가 아니라 근육"(150쪽)이다. 기묘하게 휘발되는 이 여성 청년들의 친밀성은 취약한 타인을 돌보는 대의代議적 돌봄 구도에서 벗어나 각자가 자기를 돌볼 수 있도록 돕는 정동을 보여준다. 참을 수 없는 불편함에 대한 솔직한 자기표현을 통해 개인이 규율 권력에 영향을 미칠 수 있다는 푸코의 논의[16]를 경유한다면, 이 근육의 이름은 용기다. 단선적이고 연약한, 우애로운 친밀감으로부터 기꺼이 불편할 용기가 명명될 수 있다.

(2022년 겨울호)

---

15) 프랑스 혁명의 3대 정신은 흔히 자유, 평등, 박애(fraternité)로 알려졌지만, 만물을 향한 종교적 감성 형식인 박애(博愛)보다는 우애(友愛)가 더 정확한 번역이다. 우애는 시민적 주체로서 다른 시민적 주체를 대하는 시민사회의 예의와 방법에 대한 감수성이다.

16) 미셸 푸코, 『담론과 진실/파레시아』, 오트르망 옮김, 동녘, 2017.

저성장과 인구 감소, 고령화가 상수가 된 시대다. 한국사회는 표면적으로는 이를 근심하면서도 (삶의 구조와 노동시간을 재조정하기는 커녕) 위기임을 강조함으로써 심화된 신성장주의를 장려하고 강제하고 있다. 최근 인문학 담론은 자기 계발과 생존경쟁이 아닌 상호 돌봄의 윤리로 조직된 사회를 전망하기 시작했다. 그런데 더 나은 돌봄의 윤리, 기술, 제도에 대한 요구를 들여다보면, 지속 가능성을 위해 아동과 노인을 비롯한 사회적 약자를 돌보고 동물과 환경까지 살피겠다는 국가-자본의 미래주의적 기획과 크게 다르지 않아 보이기도 한다.

이 글은 김은정[1]과 나영정[2]의 사유에 힘입어 돌봄에 대한 지향이

---

1) 김은정, 『치유라는 이름의 폭력―근현대 한국에서 장애·젠더·성의 재활과 정치』, 강진경·강진영 옮김, 후마니타스, 2022.

2) 나영정, 「"행복이 들어갑니다?"―쾌락과 돌봄을 다시 발명하기」, 『문학동네』 2022년 겨울호.

'정상적 상태로의 회복'이라는 새로운 주권성을 자발적으로 열망하는 보수적인 감정 정치와 공모하는 것은 아닌지 되묻고자 쓰기 시작했다. 특히 돌봄의 윤리를, 도래할 민족/국가 공동체의 새로운 기조로 상정하는 비평에 대한 염려에서 출발했다. 만성질환과 장애가 최근 문학에 자주 등장하고 돌봄을 실천하는 인물형도 급증하고 있지만, 종종 이는 건강한 개인, 가족, 국가를 복구하라는 다정한 명령문과 결합한다. 혐오와 차별이 아이의 탈선을 꾸짖는 부모의 애처로운 돌봄의 형상과 자주 결합하듯, 타인을 돌보겠다는 선한 의도 역시 자기동일성의 확장을 공동의 밝은 미래로 간주하곤 한다. 가족, 국가, 공동체의 권력의지가 다정한 돌봄 명령문으로 분화하여 사회 전체를 느슨하고 상시적 돌봄 수용소로 만드는 것이라면, 더 급진적인 관계성은 무엇일 수 있을까.

이 글에서는 상대를 '고통스럽고 불구적인 상태'로부터 정상 궤도에 되돌리거나 성장하게 돕는 것을 목적으로 하는 돌봄과 달리, 친밀함은 그 정상 규범을 응시함으로써 생성되는 관계성일 것이라고 상정했다. 물론 돌봄과 친밀성을 현실에서 엄밀히 구분하기란 거의 불가능한 까다로운 문제겠지만, 죽음과 문란함과 (감정적) 낭비를 매개로 한 친밀함은 그간 각자를 구속하는 것이야말로 정상 궤도였음을 드러내는 상호적 수행으로 이해해볼 수 있을 것이다. 돌봄에 비하면 이 친밀성은 규범적인 제도와 쉽게 결합하지 못했고, 그 외곽에서 때때로 등장했다 사라지기에 단편적이며 분절적일 수 있다. 이 글에서도 친밀성은 장례식, 감염병, 문란한 섹스, 소비문화, 복수와 적대심 사이에서 부유한다. 이는 규범 바깥의 자기를 돌보는 방법을 발견하고 알려줌으로써 서로를 돌보는 방법에 대한 고민이기도 하다. "상호

부조를 전제하는 책임감도, 모종의 위계를 전제하기 마련인 연민도 아니라 각자 자유롭고 평등한 시민으로서 나누는 친밀감, 즉 우애"가 더 궁금하다. 애초부터 친밀성이 사적인 영역이며 공적 담론/제도가 개입하지 않아야 한다는 전제가 실제로는 지켜지지 않는다면, 사실은 애초에 불가분하기도 하다면, 도리어 돌봄(의 재생산 규범)과 무관하면서도 친밀한 관계를 시민적 관계 맺음의 원리로 상상할 필요가 있다. 이는 퀴어하고 불구적인 감정-정치를 공적/사회적 감정-정치로 상상하는 일이기도 하다.

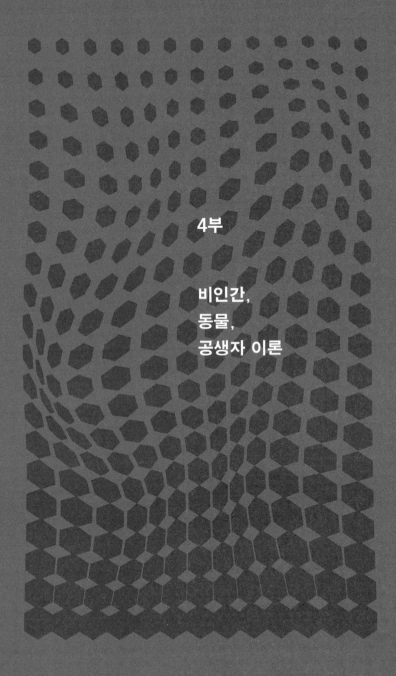

4부

비인간,
동물,
공생자 이론

진
태
원

인류세와 민주주의

진태원
성공회대 민주자료관 연구교수. 『황해문화』 편집주간. 저서로 『을의 민주주의』 『애도의 애도를 위하여』 『스피노자 윤리학 수업』 『알튀세르 효과』(편저), 『포퓰리즘과 민주주의』(편저), 『스피노자의 귀환』(공편) 등이 있다.

논란을 본질로 하는 개념으로서의 인류세

스코틀랜드 철학자인 월터 브라이스 갈리는 약 칠십 년 전에 '논란을 본질로 하는 개념Essentially Contested Concepts'이라는 유명한 강연을 한 적이 있다.[1] 그가 말하는 '논란을 본질로 하는 개념'은, 그 개념의 중요성에 대해서는 누구나 인정하지만 그 구체적인 의미나 용법에 관해서는 의견의 일치가 이루어지지 않고 오히려 논쟁과 갈등이 존재하기 마련인 개념을 가리킨다. 갈리는 주로 미학이나 역사철학, 정치철학이나 종교철학 등에서 이런 유의 개념을 발견할 수 있다고 생각했는데, 오늘날 생각해보면 인류세라는 개념이야말로 논란을 본질로 하는 개념의 뚜렷한 사례가 아닌가 한다. 인류세 개념이 중요하다는 점, 그리고 그것이 지구시스템과학 같은 자연과학(또는 융합과학)만이 아니라 특히 인문사회과학에 미증유의 도전을 제기한다는 점에

---

1) W. B. Gallie, "Essentially Contested Concepts"(1956), *Philosophy and the Historical Understanding*, Schocken, 1964.

관해서는 누구나 동의하겠지만, 어떤 측면에서 그것이 중요하고 왜 그것이 전례없는 도전인가에 대해서는 불일치와 갈등, 논쟁이 일반 석이기 때문이나.

국제지질과학연맹IUGS 산하 국제층서위원회International Commission on Stratigraphy, ICS에서 제시한 지질연대표에 따르면 우리가 사는 시대는 현생누대의 신생대 제4기 중 약 1만 년 전(정확히 말하면 마지막 빙하기가 끝나는 시점인 11,650±699년)에 시작된 홀로세가 막 끝나고 이제 인류세가 시작되는 시대라고 말할 수 있을 것이다.[2] 우리가 인류세에 접어들었는가에 대해서는 그동안 뜨거운 논쟁이 전개된 바 있다. 인류세의 시작이 공식적으로 인증받기 위해서는 다른 지질시대와 구별되는 고유한 지질학적 증거가 존재해야 하는데, 알루미늄이나 플루토늄 또는 플라스틱 등과 같은 물질을 증거로 간주하기에는 지난 칠십 년간 축적된 해양 퇴적층의 두께가 겨우 1밀리미터에 불과할뿐더러, 언제 인류세가 시작되었다고 할 수 있는지에 대해서도 뚜렷한 합의가 존재하지 않기 때문이다. 농경과 산림 벌채의 시작을 그 시점으로 잡는 경우도 있고, 아메리카 신대륙의 발견이나 산업혁명을 기점으로 제안하기도 하며, 미국 뉴멕시코주에서 최초의 원자폭탄 실험이 있었던 1945년 7월 16일이 그 시작점으로 제시되기도 한다.[3] 게다가 1945년을 인류세의 시점으로 잡는다면 팔십 년 남짓한

---

2) 국제지질연대층서표의 최신 판본(2023. 9)은 국제층서위원회 홈페이지에서 확인할 수 있다(https://stratigraphy.org/chart). 대한지질학회에서 제시한 한글 버전도 있다.

3) Jan Zalasiewicz, Paul Crutzen, Will Steffen, "The Anthropocene", *The Geologic Time Scale*, ed. F. M. Gradstein et al., Elsevier, 2012; Simon L. Lewis, Mark A. Maslin, "Defining the Anthropocene", *Nature*, vol. 519, 2015; 김지성 ·

시간은 다른 지질시대의 연대 측정 오차 범위보다도 짧은 시간에 불과한데, 여기에 과연 '세cene'라는 명칭을 부여하는 것이 적절한가에 대해서도 논란이 있다.

이런 논란은 2023년 7월 국제층서위원회 산하 인류세실무그룹 AWG이 캐나다 토론토시 부근의 크로퍼드 호수를 인류세의 시작을 가장 잘 나타내는 국제표준층서구역GSSP으로 선정함으로써 일단락되었다. 이른바 '대가속기'가 시작된 1950년대 이후 핵실험과 원자력발전에서 발생하는 플루토늄이나 발전소에서 석탄 같은 화석연료를 태울 때 배출되는 구형 탄소 입자SCP같이 인류세를 대표하는 주요 지표가 지구상에서 급속히 증가한 지질학적 흔적이 이 호수의 퇴적층에 뚜렷이 나타나 있고, 이는 우리가 새로운 지질시대로 접어들었다는 강력한 증거가 된다는 것이 선정 이유다. 이제 제4기 층서위원회SQS와 국제층서위원회에서 차례로 투표를 거쳐 이 선정안이 통과되면, 올해 국제지질학총회IGS에서의 최종 비준을 통해 인류가 신생대 제4기 인류세 크로퍼드절에 들어섰다는 사실이 적어도 지질학적인 차원에서 공식적으로 승인이 되는 것이다.

하지만 그렇다고 해서 인류세를 둘러싼 논란이 종결된 것은 아니다. 인류세라는 것이 인간의 행위성agency으로 인해 기후변화와 종 다양성 파괴, 해양생태계의 훼손 같은 현상들로 표출되는 지구 시스템의 변동이 일어나 인류의 생존이 위협받는 상황을 지칭하는 명칭이라면, 우리가 뒤에서 살펴볼 것처럼 그것은 과학적 분석 및 서술의 대상일 뿐만 아니라 서로 양립하기 어려운 상이한 윤리적·정치적 입장

남욱현·임현수, 「인류세(Anthropocene)의 시점과 의미」, 『지질학회지』 52권 2호, 2016.

을 산출할 수밖에 없기 때문이다. 실제로 인류세에 관한 다양한 이론적·규범적 입장들이 제출되고 있을 뿐만 아니라, '인류'라는 추상적 보편성을 지구온난화의 핵심 원인으로 지칭하는 것은 부적절하며 오히려 자본세나 플랜테이션세, 또는 툴루세 같은 명칭이 더 적절하다고 주장하는 도나 해러웨이나 안드레아스 말름, 제이슨 W. 무어의 저작이 보여주듯이 인류세라는 명칭 자체가 본질적인 논란의 대상이 되고 있기도 하다.[4]

인류세라는 개념이 지질학이나 지구시스템과학의 경계를 넘어 학계 및 사회 일반에까지 널리 확산되고 있는 것도 이 때문이라고 할 수 있다. 이 개념은 지금까지 생태학자들이나 환경운동가들이 우려하고 고발해왔던 환경오염이나 생태계 훼손의 차원을 넘어 지구 시스템의 생명권 자체의 급격한 변동, 곧 인간을 비롯한 다수 생명들이 살아갈 수 있는 조건의 와해를 상징하는 개념이 된 것이다. 그것은 특히 인류에게는 근대 문명을 넘어서 인간 문명 자체의 붕괴 가능성을 지칭하는 명칭으로 자리잡고 있다.

인류세에 관한 상이한 입장들

인류세는 인류에게, 그리고 철학 및 비평에게 역설적인 사태로 나타난다. 한편으로 인류세는 불변적인 것으로 간주되어온 지구 시스템 자체를 변동시킬 수 있는 위력적인 인간 행위성의 표현인 한에서[5] 주

4) 도나 해러웨이, 『트러블과 함께하기—자식이 아니라 친척을 만들자』, 최유미 옮김, 마농지, 2021; 제이슨 W. 무어, 『생명의 그물 속 자본주의—자본의 축적과 세계생태론』, 김혜진 옮김, 갈무리, 2020; 안드레아스 말름, 『화석 자본—증기력의 발흥과 지구온난화의 기원』, 위대현 옮김, 두번째테제, 2023.
5) 인류세에 관한 과학적 연구를 주도해온 과학자들 자신이 인류세의 핵심적인 의

체와 객체의 이원론 및 자연의 주인으로서의 인간이라는 관점에 입각한 근대 철학과 문명의 극한을 나타낸다고 볼 수 있다. 주지하다시피 서양 근대 철학의 두 전통의 기원인 데카르트와 베이컨은 공히 자연을 정복의 대상으로 삼았으며 인간이 자연의 주인임을 천명한 바 있다. 이것은 갈릴레이와 뉴턴 이래 우리의 감각기관에 나타나는 자연이 아니라 우리의 이성적 능력을 통해 재구성된 자연이야말로 진정한 자연이라고 파악해온 근대 수리과학과 여기에 기반을 둔 기술문명의 발전의 표현이면서 그것을 정당화한 철학적 원리였다. 그 결과 하이데거가 지적한 바 있듯이, "지구 전체에 대한 무조건적인 지배를 위해 인류의 모든 능력을 최고도로 그리고 무조건적으로 전개하는 것이야말로 근대인으로 하여금 더 새롭고 가장 새롭게 발진하도록 촉발하고 그의 안전한 전진과 목표의 확실성을 보장하는 지침을 정립하도록 촉구하는 은밀한 목표"[6]가 되었던 것이다.

하지만 다른 한편으로 인류세를 이러한 변동으로 인해 초래되는 지구 시스템의 폭력적인 힘과 그로 인한 인류의 가능한 종말을 가리키는 명칭으로 이해한다면, 이는 인류의 왜소함을 나타내는 것으로 간주할 수도 있다. 클라이브 해밀턴이 간명하게 지적하듯이 "자유와 기술력을 방종하게 사용함으로써 우리는 파멸 직전에 이른 것으로 보인다. 인간의 능력을 배양한 바로 그 행위로 인해 우리는 길들여

미를 "지구환경에 기입된 인간의 흔적이 매우 크고 인간의 활동이 대단히 왕성해져 지구 시스템 기능에 미치는 인간의 영향력이 자연의 거대한 힘과 겨룰 정도가 되었다"는 사실에서 찾는다. Will Steffen, Jacques Grinevald, Paul Crutzen, John McNeill, "The Anthropocene: Conceptual and Historical Perspectives", *Philosophical Transactions of the Royal Society A*, no. 369, 2011, p. 843.

6) 마르틴 하이데거, 『니체 2』, 박찬국 옮김, 길, 2012, 132쪽.

지기를 거부하고 갈수록 더 인간의 이익에 냉담해지는 자연과 맞닥뜨리게"[7] 된 것이다. 근대 문명에서 인간은 자연과 분리되는 것을 넘어 자연의 지배자가 되기를 추구해왔는데, 이때 인간의 자연 지배가 성립하기 위한 조건은 자연이 인간의 지배에 순응하는 존재자라는 점, 물론 이런저런 저항과 부작용이 존재하겠지만, 그럼에도 결국 인간이 점차적으로 탐사하고 통제하고 길들일 수 있는 수동적 대상이라는 가정이었다. 하지만 21세기에 접어들어 지배자로서 인간의 힘이 더욱 강해지는 만큼 여기에 대한 자연 또는 지구 시스템의 반작용도 더욱 강해져서 더 많은 폭염과 산불, 가뭄, 태풍과 침수, 영구 동토층의 해빙, 전염병의 빈번한 확산과 같은 파괴적인 결과를 산출하고 있으며, 많은 과학자들은 지구 평균기온을 산업화 이전(1850~1900년 평균) 대비 $1.5\,^{\circ}\mathrm{C}$ 이하로 낮추는 데 성공하지 못한다면 앞으로 더욱 예측 불가능한 파괴적 결과들이 초래될 것으로 우려하고 있다.

이런 역설적 사태에 직면하여 세 가지 대안이 제시될 수 있다. 첫째는 인류세를 인류에 대한 새로운 도전으로, 그것을 극복함으로써 자연의 지배자로서 인류의 역량을 입증해야 할 미증유의 과제로 이해하는 일이다. 에코모더니즘ecomodernism이라 불리는 이러한 대안은 지구공학geoengineering이나 기후공학climate engineering의 방식으로 인류세의 도전에 응전하고자 한다.[8] 국내에 소개된 저작 가운데서는 얼

---

7) 클라이브 해밀턴, 『인류세—거대한 전환 앞에 선 인간과 지구 시스템』, 정서진 옮김, 이상북스, 2018, 70쪽. 강조는 인용자.

8) 에코모더니즘에 관해서는 무엇보다도 The Breakthrough Institute, *An Eco-modernist Manifesto*(2015, www.ecomodernism.org)를 참조. 에코모더니즘을 전 지구적 사회민주주의 기획으로 이해하려는 시도로는 Jonathan Symons, *Eco-modernism: Technology, Politics and the Climate Crisis*, Polity, 2019. 에코

276   4부 비인간, 동물, 공생자 이론

C. 엘리스의 『인류세』가 이런 면모를 보이고 있다.[9] 인류세와 관련된 과학적 연구의 동향과 인문사회과학적 논의에 대한 유익한 개론서인 이 책에서 그는 인류세라는 "이 역사의 새로운 장에서 당신〔곧 독자들을 비롯한 인간들—인용자〕은 주인공 역할을 맡"았다고 지적하고 자신의 저작을 통해 "독자들이 나와 마찬가지로 영감을 받고 좀더 의식적이고 주도적으로 더 나은 인간의 시대를 만들어낼 수 있기를 희망"[10]한다고 말하면서 책을 시작한다. 그리고 결론에 이르러서는 '좋은 인류세'가 가능하리라는 희망적인 견해를 피력한다. 그가 말하는 좋은 인류세는, 위의 역설에 비춰 생각해본다면, 결국 더욱 혁신적인 기술 공학을 통해 한층 더 강력해진 인간의 지배력이 자연 내지 지구 시스템의 도전을 이겨내어 이전과 마찬가지로 지구를 자신의 통제 아래 둘 수 있게 되는 상황을 가리킨다. 따라서 에코모더니즘의 관점에서 보면 인류세가 인류에게 새로운 도전을 제기하는 것은 분명하지만, 이러한 도전은 인간이 자신의 문명을 구축하면서 자연과 분리되고 더 나아가 자신의 이익을 위해 자연을 통제하고 지배해온 과정

모더니즘의 이론적 입장의 변이 과정에 대한 흥미로운 고찰로는 Kristin Hällmark, "Politicization after the 'end of nature': The prospect of ecomodernism", *European Journal of Social Theory*, vol. 26, no. 1, 2023. 에코모더니즘에 대한 비평으로는 클라이브 해밀턴, 같은 책; Anne Fremaux, John Barry, "The "Good Anthropocene" and Green Political Theory: Rethinking Environmentalism, Resisting Eco-Modernism", *Anthropocene Encounters: New Directions in Green Political Thinking*, ed. Eva Lövbrand, Frank Biermann, Cambridge University Press, 2019; Mads Ejsing, "The Arrival of the Anthropocene in Social Theory: From Modernism and Marxism towards a New Materialism", *The Sociological Review*, vol. 71, no. 1, 2023.

9) 얼 C. 엘리스, 『인류세』, 김용진·박범순 옮김, 교유서가, 2020.

10) 같은 책, 6~7쪽.

의 연속선상에서 파악될 수 있다.

둘째는 근대 문명을 생태 문명으로 전환하려는 생태학적 대안의 길이다. 전자와 달리 이러한 길은 인류세를 인간 및 근대 문명의 오만함에 대한 징벌로 이해하고자 하며, 인간의 배타적 주체성과 행위성에 입각한 근대 문명(또는 자본주의 문명)과 다른 비근대적이고 비서양적인 존재론을 모색함으로써 인류세가 산출하는 재앙적인 결과를 완화하거나 거기에서 벗어날 수 있는 길을 추구한다. 이런 관점을 취하는 이들에게 지구는 인간의 탐욕으로부터 구원하고 보호해야 할 대상인 '자연'으로 나타나며, 때로는 '지구와 평화롭게 지내기' 위해서는 근대 문명 이전으로 돌아가 농경과 전원 생활을 영위하는 것이 최선이라는 결론이 제기되기도 한다.[11]

생태철학자 티머시 모턴은 이러한 관점을 취하는 생태주의자들이 '정보 투기'의 방식을 취하고 있다고 비평한다. 그에 따르면 정보 투기는 "손을 부들부들 떨면서 '이 온난화를 부정하는 자들은 대체 왜 깨닫지 못하는가?'라거나 '내 이웃은 왜 나만큼 여기에 신경쓰지 않는가?'"라는 정서적 반응으로 표출되곤 하는 방식으로, 궁극적으로는 "지구온난화 발생 이전의 허구적 시점에 우리 자신을 위치시키려는 방법"[12]이다. 이러한 관점은 돌이킬 수 없는 것을 돌이킬 수 있는 것으로 사고한다는 측면에서도 문제적이지만, 제시되는 해법 자체가

---

11) 에너지사학자 바츨라프 스밀의 분석에 따르면, 이는 80억 세계 인구 절반 이상의 사망을 초래할 수밖에 없다. 바츨라프 스밀, 『세계는 실제로 어떻게 돌아가는가—우리의 문명을 정확하게 이해하기 위한 과학적 접근』, 강주헌 옮김, 김영사, 2023 중 2장 참조.

12) 티머시 모턴, 『생태적 삶—티머시 모튼의 생태철학 특강』, 김태한 옮김, 앨피, 2023, 21쪽, 25쪽. 강조는 원문.

문제의 요소를 구성한다는 점에 대해 맹목적이라는 측면에서도 문제적이다.

세번째 길은 인류세를 단절의 계기로 이해한다는 점에서 두번째 대안과 공명하지만, 한편으로 인간의 행위성을 약화하기보다는 그 행위성을 새로운 철학적 바탕 위에서 이해하고, 다른 한편으로 지구 자체에 영향을 미칠 수 있는 인간의 행위성에 따른 윤리적 책임을 찾으려고 한다는 점에서 두번째 대안과 길을 달리한다. 그에 따르면 두번째 대안에서 불만족스러운 점은, 근대 문명과 단절하고 그에 대한 대안을 이루는 것으로 제시되는 생태문명론에서 끊임없이 호소하는 '자연'이 낡고 보수적인, 심지어 자가당착적인 관념이라는 점이다. 티머시 모턴이 적절하게 환기하는 바와 같이 이러한 자연은 전근대적 농경 문명에 기반을 두고 있지만, 농경 문명 또는 모턴의 표현을 빌리자면 "농업 로지스틱스"가 인간 중심적 관념에 기반을 둔 "매끄럽게 작용하는 시스템"의 논리에 입각해 있다는 점에서 보면 "자연이라고 불리는 것(봉건시대의 상징 시스템에서 아주 쾌적하게 표현되던 저 매끄러운 순환)은 바로 덜 노골적인 방식의 인류세와 다르지 않다"[13]고 볼 수 있기 때문이다. 곧 그것은 "일신교, 왕, 분업을 갖춘" 사회구조로 표현되는 외파적 전체론explosive holism, 즉 전체가 항상 부분들의 합보다 크다고 가정하는 전체론에 기반을 두고 있는데, 이러한 존재론에서는 인간 문명이 "'잡초'와 '해충' 같은 사물과의 전쟁"을 바탕으로 사유되며, 따라서 "인간과 비인간의 근본적 차이"[14]라는 관념을 함축하고 있는 것이다. 결국 "전통적인 생태학적 모델들은 지

---

13) 같은 책, 88쪽.
14) 같은 책, 121, 192쪽.

배계급의 만다라 구조에 의존한다"[15]는 결론이 도출된다.[16]

그렇다면 인류세 문제에 대한 대응에서 필요한 것은 무엇보다 인간 중심주의 내지 인간 예외주의에서 벗어나 인간과 비인간, 생명과 비생명의 관계, 그리고 이론과 실천 내지 인식과 행위의 관계를 새롭게 사유할 수 있는 길을 모색하는 일이다. 인도 출신의 포스트식민주의 역사학자 디페시 차크라바르티나 프랑스의 인류학자 브뤼노 라투르 또는 미국의 생태정치학자 제인 베넷이나 페미니즘 철학자 도나 해러웨이 등이 각자 나름의 방식으로 추구하는 길이 이것이다.[17] 또한 티머시 모턴은 외파적 전체론이 아닌 '내파적 전체론implosive holism', 곧 부분들의 합이 항상 전체보다 크다고 간주하는 관점이 필요하다고 역설하며, 비인간적 존재자들과의 연대를 위해서는 '초월 transcendence'이 아닌 '저월subscendence', 곧 수많은 생명체 및 비생명체들과의 상호 의존성에 주목해야 한다고 강조한다.[18] 비록 모턴은 현

---

15) 티머시 모턴, 『인류—비인간적 존재들과의 연대』, 김용규 옮김, 부산대학교출판문화원, 2021, 45쪽.

16) 이는 농경 이래 인류의 역사를 '이중 기생의 역사'로 규정한 윌리엄 맥닐의 분석과 통하는 바가 있는 주장이다. 윌리엄 맥닐, 『전염병의 세계사』, 김우영 옮김, 이산, 2005.

17) Dipesh Chakrabarty, *The Climate of History in a Planetary Age*, University of Chicago Press, 2021: 디페시 차크라바르티, 『행성 시대 역사의 기후』, 이신철 옮김, 에코리브르, 2023; Bruno Latour, *Où atterrir?: Comment s'orienter en politique*, La Découverte, 2017; 브뤼노 라투르, 『지구와 충돌하지 않고 착륙하는 법—신기후체제의 정치』, 박범순 옮김, 이음, 2021; Bruno Latour, Nikolaj Schultz, *Mémo sur la nouvelle classe écologique: Comment faire émerger une classe écologique consciente et fière d'elle-même*, La Découverte, 2022; 브뤼노 라투르, 니콜라이 슐츠, 『녹색 계급의 출현』, 이규현 옮김, 이음, 2022; Jane Bennett, *Vibrant Matter: a Political Ecology of Things*, Duke University Press, 2010: 제인 베넷, 『생동하는 물질』, 문성재 옮김, 현실문화, 2020; 도나 해러웨이, 같은 책.

상학에서 유래한 철학적 입장을 취하고 있지만, 이는 (기본적으로 스피노자주의에 입각한) 나의 관계론적 관점과도 적지 않게 공명하는 생각이다.

인류세와 민주주의: 어떤 관계?

하지만 세번째 입장이야말로 어떤 의미에서는 논란을 본질로 하는 인류세의 특성이 잘 드러나는 장소이며, 이 글의 핵심 주제와도 직결되는 곳이다. 사실 '인류세와 민주주의'라는 이 글의 제목에서 두 항이 '와'라는 접속조사로 연결되어 있지만, '인류세'와 '민주주의'가 이처럼 자연스럽게 연결되는 것을 자명한 일로 여길 수는 없다.

첫째, 어떤 이들은 양자 사이에서 아무런 논리적 연관성을 발견하지 못할 수도 있다. 인류세는 지질학적 시대구분을 위해 제안된 명칭인데, 그것이 통치의 한 유형 내지 원리로서의 민주주의와 무슨 관계가 있는지 이해하기 어렵기 때문이다. 이런 시각에서 볼 때 양자 사이에 어떤 관계가 존재한다면, 그것은 논리적 관계(따라서 내재적 관계)라기보다는 후자에 대하여 전자가 외부에서 모종의 영향을 미치는 외재적 관계로 보는 게 합리적일 것이다. 요컨대 인류세가 기후변화가 초래하는 자연환경의 교란을 지칭하는 명칭이라면, 인류세와 민주주의의 관계는 기후변화가 인간 내지 인간 종에게 제기하는 위협에 어떻게 효과적으로 대응할 것인가의 문제이지 정치 내지 민주주의의 구조 자체를 변형하는 문제로 이해할 수는 없을 것이다. 이 경우 실천적 과제는 기후 위기에 대응하는 지구적인 거버넌스를 어떻게 형성할 것

---

18) 티머시 모턴, 『인류』.

인가로 집약되며, 이는 현재 기후변화에 관한 정부 간 협의체IPCC와 UN기후변화협약UNFCCC을 중심으로 실행되고 있다. 여기에서 민주주의와 관련된 핵심 쟁점은 넓은 의미에서 기후 불평등의 문제를 어떻게 시정할 수 있는가와 관련되어 있다. 국제적으로 보면 '선진국' 과 '개발도상국' 또는 글로벌 노스Global North와 글로벌 사우스Global South 사이에서의 책임 분배의 문제이고, 한 국가 내부에서 보면 기후 약자들의 불평등 문제, 그리고 현재 존재하지 않는 세대와 관련된 정의의 문제, 이른바 세대 간 정의라는 문제도 포함할 것이다.[19]

둘째, 이것들은 물론 시급하고 중요한 함의를 지닌 문제이지만 인류세는 이런 차원을 훌쩍 뛰어넘는 중요성을 지니고 있다고 보는 입장이 있을 수 있다. 이런 관점에서 보면 인류세는 지금까지 우리 인간이 수행해온 정치적 행위의 물질적이고 상징적인 토대를 이루는 '인간'에 대한 우리의 이해를 근본적으로 문제삼는 범주이며, 따라서 정치적 행위의 본성에 관한 새로운 고찰을 촉구하는 범주이기도 하다. 그것은 무엇보다도 인류세라는 개념이 현재 우리가 직면해 있(다고 믿)는 기후 위기의 궁극적인 원인을 인간 내지 인간의 행위성에서 찾기 때문이다.

정치적 행위, 특히 민주주의적 행위는 오직 인간만이 맡을 수 있는 것으로 간주되어왔다. 고대와 중세는 물론이거니와 근대 이후에도, 정치와 민주주의에 관한 사고 및 제도가 어떤 변형을 겪었든 간에, 정

---

19) 기후윤리학자인 스티븐 가디너는 기후 재난을 '완벽한 도덕적 폭풍'이라고 부르며, 그 핵심 쟁점을 '세대 간 정의'의 문제로 간주한다. Stephen M. Gardiner, *A Perfect Moral Storm: The Ethical Tragedy of Climate Change*, Oxford University Press, 2011.

치가 '정치적 동물'로서 인간의 고유한 활동이라는 이해는 거의 변화하지 않은 채 남아 있다. 하지만 인류세의 문제 설정에서 본다면 정치를 이처럼 인간에게 고유한 활동으로 한정하는 것은 근본적인 한계를 지닐 수밖에 없다. 전통적인 정치관은 인간에게만 행위성 내지 행위능력을 배타적으로 부여하는 인간 중심주의 내지 인간 예외주의를 전제하기 때문에, 더욱이 근대 이후로는 인간에 의한 자연 정복을 철학적으로 정당화하면서 산업혁명으로 본격화된 자본주의에서 화석연료에 기반을 둔 에너지 집약적인 경제와 사회를 구조화해왔기 때문에 인류가 직면한 기후 위기 및 생태계 위기 문제를 해결은 고사하고 제대로 인식조차 할 수 없는 것이다. 앞에서 언급한 차크라바르티나 라투르, 베넷, 해러웨이 등이 이런 입장을 대표하는 사람들로 볼수 있다. 이들은 공통적으로 인류세가 표현하는 생태적 위기는 능동적인 주체로서의 인간과 수동적인 객체로서의 자연 사이의 근원적이분법에 기반을 두기 때문에 이 이분법을 넘어서는 새로운 존재론과 윤리학 및 정치학이 필요하다고 주장한다.

셋째, 하지만 이러한 두번째 입장과 더불어, 인류세 또는 자본세 내지 플랜테이션세 등과 민주주의의 사이에 내재적인 연관성이 존재한다는 것을 긍정하고 더 나아가 기후 위기가 정치 및 민주주의의 내적 전환을 요구한다는 점에 동의하지만, 이러한 내재적 연관성에 대해 상이한 관점을 갖고 있으며 정치 및 민주주의의 내적 전환에 관해서도 독자적인 입장을 가진 이들이 있을 수 있다. 이들은 대개 좌파적인 관점을 지닌 이들로서, 생태사회주의라는 명칭으로 지칭할 수 있는 여러 연구자들, 곧 가장 정통적인 마르크스주의적 생태론을 전개하는 존 벨라미 포스터나 안드레아스 말름, 사이토 고헤이 같은 이들, 또는 마르크스주의와 세계체제론 및 포스트휴머니즘을 포괄적으로 종합하여 세계생태론을 구성하려 하는 제이슨 W. 무어, 그리고 넓은 의미의 비판 이론의 관점에서 자본주의에 대한 새로운 비판 이론을 시도하는 낸시 프레이저 등이 그들이다.[20] 나 역시도 이런 입장에 가깝다.

이들은 라투르나 차크라바르티 또는 베넷이나 해러웨이의 관점이 현재의 기후 위기를 초래한 자본주의 및 신자유주의라는 원인에 대해 (어떤 이들은 노골적으로, 어떤 이들은 유보적으로) 맹목적이며, 기후 위기를 극복하기 위한 정치적 관점에서도 자연/사회, 인간/비인간, 생명체/비생명체 또는 글로벌/지구의 이분법을 넘어서는 것을 강조하면서 오히려 생태 위기의 문제가 계급적 적대 및 젠더 적대, 인종적 적대와 같은 주요 사회적 적대의 문제와 구조적으로 결합되어 있다는 점을 간과하는 잘못을 범한다고 비판한다. 곧 정치라는 것은 기본적으로 인간을 중심으로 하는 집합적 활동인데, 인간/비인간의 이분법을 넘어선다는 구실 아래 오히려 인간의 집합적인 정치적 행위성을 약화시키고, 더 나아가 정치 및 인간의 행위성을 규정하는 계

---

20) 존 벨라미 포스터, 『마르크스의 생태학─유물론과 자연』, 김민정·황정규 옮김, 인간사랑, 2016; 안드레아스 말름, 같은 책; 사이토 고헤이, 『지속 불가능 자본주의─기후 위기 시대의 자본론』, 김영현 옮김, 다다서재, 2021; 제이슨 W. 무어, 같은 책; 낸시 프레이저, 『좌파의 길─식인 자본주의에 반대한다』, 장석준 옮김, 서해문집, 2023. 생태마르크스주의 내부에서 '물질대사 균열'이라는 개념을 둘러싸고 전개된 논쟁에 관해서는 이광근, 「세계생태와 역사적 자본주의의 구체적 총체성─세계체계 분석의 지속 혹은 변신?」, 『아시아리뷰』 10권 2호, 2020; 이광근, 「21세기 초 생태마르크스주의 논쟁의 쟁점들─물질대사 균열 비판과 반비판」, 『경제와사회』 2022년 봄호; 최병두, 「인류세인가, 자본세인가─생태마르크스주의의 이론적 균열」, 『공간과사회』 32권 1호, 2022의 흥미로운 소개 및 논평을 참조.

급적/젠더적/인종적 지배 구조의 문제를 도외시한다는 점에서 문제가 있다는 것이다. 이런 관점에서 보면 인류세의 정치학 내지 민주주의를 요구하는 이들의 주장은 오히려 또다른 의미의 생태 중심주의, 다시 말하면 생태 위기를 일종의 최종 심급으로 격상시키려는 시도로 이해될 수 있다.

자연과 인간, 생명과 비생명의 이분법을 뛰어넘는 인류세의 정치?

이런 면모가 가장 잘 드러나는 사람은 라투르다. 그는 1991년 출판된 『우리는 결코 근대인이었던 적이 없다』에서부터 이미 생태 위기의 문제가 근대성 및 근대 정치의 최대 문제라고 간주한 바 있으며, 2000년 유진 스토머와 파울 크뤼천이 인류세라는 개념을 제안하면서 본격화된 인류세에 관한 인문사회과학적 논의에 적극 참여하면서 『가이아 마주하기』(2015), 『지구와 충돌하지 않고 착륙하는 법』(2017), 『녹색 계급의 출현』(2022) 같은 저작들을 통해 가이아의 정치생태학을 전개한 바 있다. 가이아의 정치학이 구체적으로 전개되는 두 권의 책 중 하나인 『지구와 충돌하지 않고 착륙하는 방법』에서 라투르는 "이주, 불평등의 폭발적인 증가, 신기후체제"[21]가 기후 위기의 정치학의 현실적인 배경을 이루고 있다고 지적하면서, 자신의 가이아 정치학을 명료화하기 위해 근대화 정치와 '대지적 조건 condition terrestre'의 정치를 대비시킨다.

로컬에서 글로벌로 나아가는 운동을 '진보'라고 이해하는 근대화의 정치는 기후변화의 현실 앞에서 근대화 이전의 로컬과 근대화된

---

21) 브뤼노 라투르, 같은 책, 29쪽.

글로벌이라는 두 유인자 사이의 운동을 근본적으로 변형하는 유인자, 곧 반계몽주의obscurantiste 엘리트(라투르는 도널드 트럼프를 언급하지만, 아마존의 제프 베이조스나 테슬라/스페이스X의 일론 머스크 같은 자본가들도 여기에 당연히 포함되어야 할 것이다)가 지향하는 '세상 바깥Hors-Sol, Out-of-This-World'이라는 정치적 유인자를 산출한다. 이것은 경제적 탈규제, 불평등의 증대, 기후변화 부정을 연결하는 유인자다. 말하자면 반계몽주의 엘리트는 기후변화의 현실에 직면하여 지구상의 모든 이들과 소비와 생산의 근대적 시스템을 공유할 수 없다는 것을 자각하고서, 더는 지속할 수 없는 근대적 삶의 방식을 자신들만이 향유하기 위해 경제적 탈규제를 추진하고 이로 인해 악화되는 불평등을 기후변화의 현실을 지속적으로 부정함으로써 정당화한다는 것이다. 라투르는 '세상 바깥'이라는 유인자를 거부할 경우 생태화를 위한 새로운 정치적 유인자로서 '대지Terrestre, Terrestrial'가 제시될 수 있다고 주장한다. 여기서 대지란 실체가 아닌 행위자로서의 인간과 비인간의 어셈블리지를 가리키는 것으로, 라투르에 따르면 인류세라는 새로운 시대에는 인간만이 아니라 가이아로서의 지구 및 그 속에서의 비인간 거주자들 모두 행위성을 지닌 정치적 행위자로 간주되어야 한다.

자신이 제안하는 생태정치를 구체화하기 위해 라투르는 일차적으로 지난 세기 사회주의 운동과 환경 운동의 결합 실패에서 교훈을 얻어야 한다고 주장한다. 핵심은 생산 시스템에 대한 마르크스의 분석을 이론적 기초로 삼아서는 안 되며, 그것을 '생성 시스템systèmes d'engendrement, systems of engendering'으로 대체해야 한다는 것이다.[22] 이러한 제안은 생산 시스템에 대한 분석에서는 자연을 오직 인간 활동을 위한 맥락 및 자원으로서만 간주하기 때문에 기후 위기의 문제가 제대로 인식되기도 어렵고 해결책을 모색하기는 더욱 어렵다는 그의 시각에서 유래한다. 반면 우리가 '생성 시스템'에 입각하게 되면 '자연'을 생산을 위한 자원이자 대상으로 간주하는 생각에서 벗어나 생명과 비생명이 공생하여 형성하는 생명의 그물로서 지구 시스템을 이해할 수 있으며, 각각의 행위자들의 존재 및 생성이 상호 의존 관계에 기반을 두고 있음을 파악할 수 있다. 라투르의 생태정치는 인간들의 이익을 위해 무상의 것으로서 자연을 마음대로 착취하는 것이 아니라(인류세 시대에는 이것이 더이상 불가능해졌다), "대지족族 terrestres, terrestrials의 생성"을 추구한다. 라투르는 생산 시스템과 생성 시스템 사이의 모순은 "문명 그 자체의 문제"[23]라고 역설한다.

『녹색 계급의 출현』에서 라투르는 '녹색 계급classe écologique'이라는 새로운 정치적 주체를 바탕으로 "생태주의가 그저 운동에 그치지 않고 정치를 조직하는 구심점이 될 수 있는 조건"[24]을 추구하고자 시도한다. 녹색 계급은 이중의 투쟁 대상을 겨냥한다. 녹색 계급이 벌이는 계급투쟁은 "허망한 글로벌화와 동시에 국경 안으로의 회귀"[25]에 맞선 투쟁이며, 그 투쟁의 쟁점은 "생산에 대한 이 배타적 관심에서 등을 돌려 거주 가능 조건의 탐색이라는 더 큰 틀로 나아가는"[26] 것이다.

---

22) 브뤼노 라투르, 같은 책, 119쪽 이하; 브뤼노 라투르, 니콜라이 슐츠, 같은 책, 여러 곳.

23) 브뤼노 라투르, 같은 책, 126쪽.

24) 브뤼노 라투르, 니콜라이 슐츠, 같은 책, 10쪽.

25) 같은 책, 42쪽.

26) 같은 책, 26쪽. 강조는 원문.

그런데 이런 문제 설정은 꽤 의심스럽다. 라투르가 투쟁의 대상으로 설정하는 것은, 프레이저의 표현을 빌리면 '진보적 신자유주의'와 우파 포퓰리즘, 미국식으로 말하면 민주당과 공화당, 바이든과 트럼프다. 그러면서 동시에 그는 투쟁의 관건을 생산 대 거주 가능성(또는 생성)으로 제시한다. 처음에 '생산'이라는 용어로 겨냥했던 것은 마르크스주의였는데, 어느새 그것은 신자유주의 정치의 두 세력이 되어 있다. 더욱이 '생산'을 비판하고 '생성' 및 전 지구적 거주 가능성을 녹색 계급의 목표로 제시하는 것은, 사회적 갈등 내지 적대의 여러 물질적 형태들 가운데 오직 경제 또는 생산에만 초점을 맞추는 것이 아닐까?

실제로 라투르의 신기후체제 및 녹색 계급 논의에서는 가부장제의 문제라든가 인종주의적-국민주의적 구조에 대한 분석 등을 찾아볼 수 없다.[27] 왜 그럴까? 그것은 이것들이 '생산'에 비해 부차적인 문제이거나 그것에 (논리적으로) 종속된 문제라고 보기 때문이 아닐까? 그리고 다시 그것은 '생산'이, 더 정확하게는 자본주의 또는 신자유주의가 기후 위기의 핵심 원인이라고 파악하기 때문이 아닐까? 하지만 라투르가 막연하게 '생산'이라는 용어에 대해서만 말하고 마치 이 용어 하나로 마르크스주의적인 자본주의 분석 전체가 요약될 수 있다는 듯 간주하기 때문에, 기후 위기의 원인으로서의 '자본주의'는 손쉽게 '인류'로, 또는 "인간만의 생산과 재생산"[28]으로 대체된다. 아울러 계급투쟁 및 상이한 사회적 적대들 사이의 절합articulation이라

---

27) 같은 책, 67쪽에서 페미니즘과 탈식민주의 운동에 대해 말하고 있지만, 그것은 의례적인 언사에 불과하다.

28) 같은 책, 25쪽.

는 복잡한 문제는 당위적인 요구로 대체되는 경향이 있다.[29] 이런 식이다. "사회운동의 역사 전체가 보여주듯이 태도, 가치, 문화를 이익의 논리와 동조하게 만들기 위해서는 아주 오랜 시간이 필요하다. 다음으로 친구와 적을 분명히 구분할 필요가 있다. 이어서 많이 언급된 '계급의식'을 키워야 한다. 끝으로 정치적 제안을 창출하여 계급들이 제도화된 형태로 갈등을 표현할 수 있게 해주어야 한다."[30]

그런데 이렇게 되면 첫째, 라투르가 제안하는 인류세의 정치 내지 인류세의 민주주의가 여타의 진보적인 민주주의 정치와 어떤 차이가 있는지, 둘째, 더 나아가 라투르가 제안하는 인류세의 정치가 사실 좌파 포퓰리즘의 생태주의적 판본은 아닌가 하는 의문이 제기될 수 있다.

실제로 라투르는 두 저서에서 정치가 인간의 행위성 및 이익을 근간으로 한다는 점을 긍정한다. 그가 변화시키려고 하는 것은 인간의 이익 내지 이해관계가 무엇인가 하는 점이다. "인간들 및 그들의 이익profit을 위한 정치 이외에 다른 정치란 존재하지 않는다는 점은 명백하다! 이 점이 문제가 된 적은 결코 없다. 문제는 항상 이 인간의 형태와 구성에 관한 것이었다. 신기후체제가 문제삼는 것은 인간의 중심적 위치가 아니라 그 구성, 존재, 형상화figuration, 한마디로 운명이다. 그런데 여러분이 이런 것들을 변경한다면, 여러분은 또한 인간의 이해관계intérêts에 대한 정의를 변화시키는 것이다."[31] 하지만 인류세 또는 자본세를 맞아 인간의 이해관계에 대한 정의를 변화시켜야

---

29) 절합 개념에 관해서는 당연히 에르네스토 라클라우, 샹탈 무페, 『헤게모니와 사회주의 전략―급진 민주주의 정치를 향하여』, 이승원 옮김, 후마니타스, 2012 참조.

30) 브뤼노 라투르, 니콜라이 슐츠, 같은 책, 90쪽.

한다는 요구는 라투르와 같이 인류세의 정치를 추구하는 이들에게만 고유한 것은 아니다. 그것은 우리가 앞에서 제시한, 넓은 의미의 생태사회주의라고 부를 수 있는 이론가들노 (_」를 사이의 첨예한 입장 차이에도 불구하고) 공통적으로 제기하는 쟁점이다. 그럴 수밖에 없는 것이 지구 시스템의 변동에 따른 다양한 형태의 생태적 재난이 시간이 갈수록 빈발하는 상황에서 이전처럼 경제성장이나 생산력의 증대를 진보의 척도로 삼거나 자연을 무상의 자원으로만 간주할 수 없게 되었기 때문이다.[32] 더 나아가 그것은 차크라바르티나 해러웨이가 각자 나름의 방식으로 역설하듯이 행성적인 차원의, 또는 '공-산적인 sympoietic' 지구에 관한 존재론 및 인간학, 더 나아가 윤리학적 성찰을 요구할 것이다.[33]

그럼에도 라투르가 두 권의 저서에서 생태사회주의를 포함한 기존의 좌파 정치와 자신의 정치 사이의 뚜렷한 차이를 부각시키려고 애쓰는 것은, 그가 보기에 자신이 제안하는 인류세의 정치가 지금까지의 좌파 정치와는 다른 매우 새롭고 근본적인 정치이기 때문이다. 그것은 문명 전체의 향방을 좌우하는 것일뿐더러, 다른 모든 투쟁의 전제 내지 관건이 되는 것이다. "주변부에 자리하는 것처럼 보였던 투쟁들 전체가 모든 이의 생존을 위해 핵심적인 것이 되었다. 이는 이전의 각 주변인을 머지않아 많은 이와 더불어 대규모로 수행할 필요가

---

31) 브뤼노 라투르, 같은 책, 122~123쪽. 번역은 일부 수정, 강조는 원문.

32) 사실 1972년 로마클럽이 『성장의 한계』를 펴냈다는 점을 감안하면, 이는 이미 오십 년 전에 제시된 통찰이다.

33) 이 점에 관해서는 생태사회주의 내부에 큰 이견이 존재하는데, 나 자신은 다소간 교조주의적 입장을 고수하는 포스터나 말름, 또는 사이토보다는 제이슨 W. 무어의 입장에 동조하는 편이다.

있을 전투의 벡터로 만드는 놀라운 반전이다."[34] 여기서 녹색 계급의 생태정치학에 관한 라투르의 이론적 수사법이 아주 뚜렷하게 드러나는데, 문제는 라투르가 (의식하든 의식하지 못하든 간에) 그가 비판하는 마르크스주의의 전통적인 정치학의 논리를 그대로 답습한다는 점이다. 그것은 앞에서 말한 바와 같이 최종 심급의 정치학이라고 부를 만한 것이다. 주지하다시피 전통 마르크스주의의 한계를 지적할 때 흔히 거론되는 것이 '최종 심급에서의 경제의 결정'이라는 문구다. 이것은 보통 전통 마르크스주의의 '경제주의'를 지칭하기 위해 언급되는데, 라투르의 논리를 고려하면 그의 정치학을 '최종 심급에서의 생태적 위기의 결정'을 옹호하는 입장, 곧 '생태주의' 내지 '인류세주의'라고 부른다고 해서 이상할 것이 없다.

문제는 여기에서 라투르의 인류세 정치학의 비일관성 내지 미성숙함이 드러난다는 점이다. 방금 제시한 인용문만이 아니라 『녹색 계급의 출현』 전체를 보더라도 라투르와 슐츠가 '녹색 계급'을 중심으로 일종의 좌파 포퓰리즘 내지 헤게모니의 정치학을 시도하고 있음을 잘 알 수 있다. 그런데 문제는 헤게모니 정치학이 성공적으로 수행되기 위해서는 적절한 절합이 필수적이며, 이러한 절합이 이루어지기 위해서는 무엇보다 '최종 심급'이라는 전제를 포기해야 한다는 것이다. 라클라우와 무페가 『헤게모니와 사회주의 전략』 이래로 늘 강조하듯이, 헤게모니의 정치 또는 급진 민주주의는 기본적으로 존재론적 우연성에 입각한 정치이기 때문이다. 반면 라투르(와 슐츠)는 한편으로 최종 심급으로서 생태주의를 고수하면서 다른 한편으로 헤게

---

34) 브뤼노 라투르, 니콜라이 슐츠, 같은 책, 91쪽. 번역은 수정, 강조는 원문.

모니 정치를 수행하려고 하는 모순을 드러내고 있다.

　이런 모순에서 벗어나 녹색 계급을 중심으로 한 헤게모니 정치를 수행하기 위해 무엇보다 필요한 것은 절합을 설명하고 구성하는 일이다. 이는 자본주의적 착취 관계를 둘러싼 적대, 가부장제 및 이성애주의와 관련된 적대, 인종적 배제와 차별이라는 적대의 물질성을 기후 위기 내지 지구 시스템의 변동이라는 문제에 대하여 논리적으로 종속적인 것으로 간주하거나 심지어 지나간 문제로 치부하지 않고 구조적 연관성 내에서 각자 상대적 자율성을 지닌 계기 내지 요소들로 설명하는 문제와 다르지 않다.[35] 프레이저가 『좌파의 길』 또는 원제에 더 가깝게 번역하자면 『식인 자본주의』에서 설득력 있게 시도하고 있는 작업이 바로 이것이다.[36]

　하지만 라투르의 인류세의 정치학이 구체적으로 표현되는 두 저작에서 이와 같은 절합에 대한 관심을 찾아보기는 어렵다. 그 대신 라투르는 마치 '녹색 계급'이 예컨대 노동자계급보다 더 포괄적이면서 (현재의 정세를 더 적합하게 반영한다는 점에서) 그것을 대체하는, 미래의 다수자 계급인 것처럼 강변한다.[37] 이 경우 녹색 계급의 정치는

---

35) 알튀세르라면 이것을 "이미 주어진 구조화된 복잡한 전체"의 존재론으로서 구조 인과성이라고 불렀을 것이다. Louis Althusser, "Sur la dialectique matérialiste(De l'inégalité des origines)", *Pour Marx*, la Découverte, 1996(초판 1965); 루이 알튀세르, 「유물론적 변증법에 대하여(기원들의 불균등성에 관하여)」, 『마르크스를 위하여』, 서관모 옮김, 후마니타스, 2017.

36) Nancy Fraser, *Cannibal Capitalism: How our System is Devouring Democracy, Care, and the Planet—and What We Can Do About It*, Verso, 2022; 낸시 프레이저, 같은 책.

37) 이는 이십여 년 전에 안토니오 네그리와 마이클 하트가 '다중'이라는 개념으로 했던 작업을 연상시키지만, 정치학이라는 측면에서 보면 그 난점들에도 불구하고 다중

고사하고 그 정치학은 한편으로는 종파적인 하나의 생태주의 정치학에 머물든가, 아니면 계급 정치를 내세우고 있음에도 모두(심지어 인간만이 아니고 생명체만도 아닌, 모든 '대지족')에게 호소한다는 점에서 사실은 좌파적(이거나 우파적)인 정치학도 아닌 중도 정치학에 그치고 말 위험이 있다.[38] 요컨대 라투르(및 그를 따르는 이들)의 인류세의 정치는, 스스로 표방하는 야심에 부응하기 위해서는 아직 갈 길이 너무 멀다.

라투르의 인류세의 정치가 드러내는 모순 내지 난점들은 제인 베넷의 신유물론적인 생태정치학에서 또다른 방식으로 드러난다. 베넷은 지금까지의 정치학이 인간에게만 배타적으로 행위성을 부여해왔으며, 이 때문에 급진적인 민주주의 이론가조차 민주주의의 범위를 인간으로만 한정해왔다고 비판한다. 베넷은 특히 "감각적인 것을 다시 나누고 지각 가능한 것의 체제를 전복"[39]시키는 파열의 작용(마치 지진과 같은 비인간 사물의 행위성을 연상시키는 은유)에서 민주주의의 핵심을 발견하려고 하면서도 합리적인 담론 활동을 수행할 수 있는 인간에게만 데모스의 자격을 부여하는 자크 랑시에르의 정치 이론에서 이러한 한계 내지 모순의 뚜렷한 사례를 발견한다. 이런 인간 중

의 정치학이 훨씬 더 구체적이고 정교하다. 다중의 정치학에 관한 스피노자주의적 비판으로는 진태원, 『을의 민주주의—새로운 혁명을 위하여』, 그린비, 2017 중 6장과 11장을 참조.

38) 이 경우 '녹색 계급'의 생태정치는 사실 좌파 포퓰리즘에 미치지도 못할 것이다. 좌파 포퓰리즘의 관점에서 '녹색 민주주의 혁명'을 추구하는 샹탈 무페의 관점과 비교해보라. 샹탈 무페, 『녹색 민주주의 혁명을 향하여—좌파 포퓰리즘과 정동의 힘』, 이승원 옮김, 문학세계사, 2022.

39) 제인 베넷, 같은 책, 262쪽.

심적인 민주주의론으로는 인간의 정치적 행위에 대해 구성적 조건을 이루는 비인간적 사물의 영향을 제대로 파악할 수가 없다는 것이다. 그는 이런 실문들을 제기한다. "미국인의 전형적인 식습권이 이라크 침공을 유발하는 프로파간다에 대한 광범위한 감수성을 불러일으키는 데 어떠한 역할을 수행하는가?"[40] "가족농이 기업식 농업으로 전환될 때, 직접 음식을 준비하는 문화가 패스트푸드 소비문화로 변할 때, 공중에서 피비린내나는 전쟁이 펼쳐질 때, 석유 채굴과 유통이 가진 폭력을 인식하지 않은 채 연료를 소비할 때"[41] 생태계가 어떤 변화를 겪고, 인간의 생활양식이 어떻게 굴절되며, 개인들 및 집단들의 정체성 형성이 어떻게 변환되고 이것이 정치에 어떤 효과를 초래하는가?

이런 질문들은 충분히 의미가 있고 중요한 질문이며, 이를 민주주의 정치의 이론적 요소로 포함하는 것은 인류세 시대 진보 민주주의 이론의 공통적인 과제 중 하나가 될 것이다. 하지만 여기에는 또한 간과할 수 없는 규범적 난점이 존재한다는 점에 주목해야 한다.[42] 베넷은 2003년 미국과 캐나다를 연결하는 송전망의 이상 작동으로 인해 발생한 대규모 정전 사태를 인간과 비인간(전기, 발전장치, 송전선, 전력 회사, 소비자, 연방 에너지규제위원회 등) 사이의 '교호-작용trans-action' 및 이를 통한 공중 형성의 좋은 사례로 제시한다. 문제는 베넷이 이렇게 하면서 이런 대규모 재난에 대한 구조적 책임의 문제를 회

---

40) 같은 책, 264쪽.

41) 같은 책, 280쪽.

42) 이하의 논의는 진태원, 「인류세, 신유물론, 스피노자」(『코기토』 100호, 2023)에서 일부를 가져왔다.

피한다는 점이다. 왜냐하면 다양한 인간들과 비인간들이 함께 작용하는 배치의 행위성에 주목할 경우, 그로 인해 발생한 결과(오천만 명에게 영향을 미친 대규모 정전 사태)에 대한 책임을 어떤 특정한 개체나 집단 또는 특정한 배치에 귀속시킬 수 없다고 보기 때문이다. 전력 관리를 민영화한 신자유주의적 개혁을 단행한 의회 및 행정부와 이러한 개혁의 수혜를 받고 최대한의 수익을 올리기 위해 전력 관리의 안전성을 소홀히 한 전력 회사들은 배치의 행위성의 여러 행위소actant 들 중 하나에 불과하며, 따라서 그들에게 이 결과의 책임 대부분을 묻는 것은 부적절하다는 것이다. 더 나아가 그는 특정한 집단이나 개체에 책임을 묻는 것은 행위적 능력들의 망을 정교하게 식별하지 못하고 소모적인 책임 공방을 일삼을 뿐인 "도덕주의 정치"[43]에 불과하다고 일축한다.

　단일한 인간 행위자들에 관한 가정에 입각하여 사건을 설명하려고 해서는 안 된다는 베넷의 주장은 일리가 있지만, 이것을 근거로 정치적 책임을 분산시켜야 한다고 말하는 것은 다소 단순한 주장인 것으로 보인다. 이렇게 생각하면, 아이리스 매리언 영이 제안한 바 있는 '구조적 부정의'와 그것에 대한 정치적 책임('집단적 책임')을 묻는 것도 사실상 불가능해진다.[44] 흥미롭게도 영은 "개별 행위자의 잘못된 행위나 국가의 억압적 정책과 구별되는 도덕적 잘못"[45]으로 구조적 부정의를 정의하면서, 이러한 부정의는 보통 정상적이라고 간주되는

---

43) 제인 베넷, 같은 책, 111쪽.
44) 아이리스 매리언 영, 『정의를 위한 정치적 책임』, 허라금 외 옮김, 이화여자대학교 출판문화원, 2018.
45) 같은 책, 115쪽.

범위, 곧 허용된 규칙과 규범의 범위 안에서 수많은 개인들과 집단 및 제도가 각자 자신들의 목적과 이익을 추구하면서 비의도적으로 상호 작용한 결과 발생하게 된다고 말한다. 다시 말해 베넷이 우발적인 배치의 행위성을 말하면서 분산된 책임을 말하는 반면, 영은 우발적인 상호작용들의 결과로 산출되는 구조적 부정의의 집단적 책임에 관해 말하고 있는 것이다. 이처럼 비생명적 사물의 행위성을 긍정하는 것이 구조적 책임을 불가능하게 한다면, 그것은 민주주의의 진전을 뜻하는 것인가 아니면 퇴보를 의미하는 것인가? 여기에 대해 인류세의 민주주의론은 어떤 답변을 제시할 수 있고 또 제시해야 하는가?

하지만 그럼에도

이제 마지막으로 한 가지 논점만 언급하면서 이 글을 마무리하겠다. 인류세 문제에 관해 가장 흥미롭고 영향력 있는 인문사회과학적 논평을 제시한 사람 중 한 명은 앞에서 언급한 디페시 차크라바르티라고 할 수 있다.[46] 차크라바르티의 작업의 의의는 무엇보다 지구온난화 내지 기후 위기의 문제를 역사학과 연결시키되, 그것을 '지구온난화의 역사' 같은 특수한 역사학의 차원이나 '서발턴의 관점에서 본 지구온난화'같이 서발턴 역사학의 단순한 연장으로 연결시키지 않고, 역사학이라는 것(따라서 인문학적인 것) 자체의 본질에 관한 근원적인 문제제기의 방식으로 고양시켰다는 점에서 찾을 수 있다.

그의 핵심 주장 중 하나는 인류세의 문제가 단지 자본주의나 지구화의 문제로 한정될 수는 없으며, 인간 문명의 지질학적·생물학적

---

46) 디페시 차크라바르티, 같은 책.

토대에 대한 (자연과학적 분석 및) 인문학적 성찰과 대응을 요구한다는 점이다. 생태사회주의자들의 이런저런 분석, 예컨대 포스터의 물질대사 균열에 관한 논의나 말름의 화석 자본에 관한 분석, 또는 탄소 민주주의에 관한 티머시 미첼의 연구[47] 등은 의미가 있지만 인류세 문제를 다루기 위해서는 그 이상의 시야가 필요한데, 인류세 문제를 기껏해야 오백 년 정도밖에 되지 않는 자본주의적 지구화의 수준에서만 사고하는 생태사회주의자들의 문제의식 기저에는 인간 중심주의가 자리잡고 있다는 것이다. 따라서 그의 논의는 요컨대 생태사회주의자들의 문제제기는 타당하지만 그럼에도 한계가 있고 맹목적이라는 것으로 요약될 수 있다.

그러나 앞에서의 논의가 얼마간 일리가 있다면, '하지만 그럼에도'의 논리는 차크라바르티 자신에게도 똑같이 적용될 수 있는 게 아닌가 한다. 이 점과 관련된 교훈적인 사례는 차크라바르티에 대한 슬라보예 지젝의 비판이다. 지젝은 차크라바르티의 문제제기에 대해 다음과 같이 비판적으로 답변한다. "우리는 자본주의 생산양식의 특수한 교착상태를 먼저 해결함으로써만 (인간 종의 생존이라는) 보편적 문제를 해결할 수 있다. (……) 생태학적 위기의 열쇠는 생태학 그 자체에 존재하지 않는다."[48] 지젝 특유의 논법을 보여주는 이러한 답변은, 한편에서 보면 이매뉴얼 월러스틴이 말한 '혁명의 2단계 전략'의 논리를 전형적으로 드러낸다는 점에서 문제적이지만,[49] 다른 한편에

---

47) 티머시 미첼, 『탄소 민주주의―화석연료 시대의 정치권력』, 에너지기후정책연구소 옮김, 생각비행, 2017.

48) Slavoj Žižek, *Living in the End Times*, Verso, 2010, p. 334; 디페시 차크라바르티, 같은 책, 110쪽에서 재인용.

서 보면 '인류세와 민주주의'라는 우리의 주제와 관련된 한 가지 규범적 핵심을 담고 있다. 그것은 '생태학적 위기의 열쇠는 생태학 그 자체에 존재하지 않는다'는 점이다. 차크라바르디 자신도 지적하다시피 현재의 기후 위기 내지 생태학적 위기는 오직 인간(및 일정한 고등 생명체들)에게만 위기일 뿐이며, 더 나아가 그 위기가 표현하는 지구 시스템상의 변동은 인간의 현상학적 경험의 시간 지평을 훌쩍 뛰어넘는 시간(수십만 년 내지 수백만 년)이 경과되면 다시 '정상화'될 것이라는 점을 감안하면, 어떤 인식론적 지평(예컨대 지구시스템과학이나 천체물리학 같은)에서는 아무 문제가 아닐 수도 있다.

이렇게 보면 차크라바르티가 "행성의 역사에는 도덕적 명령의 지위를 주장할 수 있는 것이 아무것도 없다"[50]고 말하는 것은 일리가 있다. 행성의 역사에서 오억 년 전에 발생한 캄브리아기 대폭발, 인간의 존재를 가능하게 한 생명 형식의 폭발이 일어난 시기가 의미 있고 중요한 시기로 규정되는 것은 오직 인간의 관점에서만 그럴 뿐이다. 그 시기 이전의 수십억 년 동안 지구 행성의 표면에 존재하던 혐기성 박테리아의 관점에서 보면 캄브리아기 대폭발은 사실 거대한 재앙의 사건으로 기록되어야 하는 것일 수도 있다.

그럼에도 차크라바르티가 인류세가 인문학에 의미 있는 범주, 따라서 어떤 규범적이고 정치적인 함의를 갖는 범주라고 주장하는 것은, 그가 보기에 인류세의 문제, 따라서 행성적인 문제는 "인간의 삶을 확보한다는 인간 정치의 매우 근본적인 바로 그 전제가 훼손되는

49) 혁명의 '2단계 전략'에 관해서는 진태원, 「5·18과 불화하기」, 『민주주의와 인권』 23권 2호, 2023, 83~84쪽 참조.

50) 디페시 차크라바르티, 같은 책, 145쪽.

팽창과 발전의 지점에 도달"했으며, "세계의 재야만화再野蠻化", 곧 "전 세계의 인간적-정치적 프로젝트를 파괴"[51]하는 결과를 초래하기 때문이다. 그것은 단지 "지속 가능성"이 아닌 "거주 적합성"이라는 규범적 요구, 곧 인간이 아닌 "생명—복잡하고 다세포적인 생명 일반—과 인간만이 아닌 그것의 지속"[52]이라는 요구를 함축하는 변화다. 이 때문에 그는 "행성 위기에 적합한 정치 이론은 인간의 삶을 지킨다는 동일한 오랜 전제에서 시작해야겠지만, 이제는 새로운 철학적 인간학, 즉 생명의 망에서와 지구와 행성의 서로 연결되지만 상이한 역사에서의 변화하는 위치에 대한 새로운 이해에 근거해야 할 것"[53]이라고 결론을 내린다.

라투르보다 더 신중한 그의 논의는 인식론적이고 윤리적인 측면에서 여러 가지 통찰을 제시해주지만, 인류세와 민주주의라는 우리의 주제, 또는 인류세 시대의 민주주의 정치는 어떤 것이어야 하는가에 관해서는 사실 말해주는 바가 그리 많지 않다. 사실 라투르, 차크라바르티, 해러웨이 등의 관점은 공통적인 규범적 요구를 담고 있다. 그것은 라투르식으로 말하자면 가이아의 관점에서, 또는 해러웨이식으로 말하면 툴루세Chthulucene라는 개념에 입각하여 세계화와 행성적인 것, 인간과 비인간, 생명과 비생명의 관계를 사유하는 길이다. 피모아 크툴루Pimoa cthulhu라는 거미의 학명에 함축된 '땅속의chthonic'라는 어근과 '더듬이'를 의미하는 라틴어 텐타쿨룸tentaculum에서 시사를 받아 '공-산적sympoietic' 지구를 사유하기 위해 고안된 툴루세라는 개념은

---

51) 같은 책, 152쪽.
52) 같은 책, 139쪽. 강조는 원문.
53) 같은 책, 153쪽.

그 명칭 자체에서 이미 인간과 비인간, 생명과 비생명의 구별 및 분리를 넘어서며, 유기체와 환경이라는 기본적인 구별을 해체하는 것이기 때문이다. 인간을 더이상 다른 생명체들과 분리하지 않고, 더욱이 다른 생명체들 및 지구 전체에 대한 주인으로 사고하지도 않고, 공생적 집합체로서 다른 홀로바이온트holobiont들과 더불어 지구에서 번성하는 복수종의 함께-되기, 공생을 실행하는 것으로 사유하기.

　그런데 이 대목과 관련하여 두 가지 질문을 제기해볼 필요가 있다. 첫째, 인간이라는 존재자, 독특한 실재를 이처럼 사유하는 것이 윤리적으로 책임 있는 태도일까? 다시 말해 존재론적 차원에서 인간이 다른 생명적이고 비생명적인 실재들과 마찬가지로 하나의 독특한 실재이기 때문에 인간이 다른 존재자 또는 홀로바이온트들과 공생하기를 실행해야 한다고 하면, 그것은 윤리적으로 인간에게 다른 독특한 실재들과 같은 정도의 윤리적 책임을 부여하는 것이 아닐까? 하지만 인간이라는 독특한 실재가 단순히 여느 독특한 실재들 중 하나의 지위로 한정하기 어렵다면, 그것은 바로 인간이 다른 독특한 실재들과 달리 막강한 행위능력을 가지고 인류세라는 이름(또는 자본세 및 툴루세, 플랜테이션세 등과 같은 다른 이름들)을 고안하게 만든 지구 시스템의 변동을 초래했기 때문이 아닐까? 그렇다면 클라이브 해밀턴이 정당하게 주장하듯이 인류를 "지구 전체에 대한 책임감"을 지닌 존재자로 사고하기 위해서는 "인간이 20세기 후반이 되어서야 비로소 최초로 단일한 개체—안트로포스—가 되었고, 엄밀히 말해 새로운 유형의 지구에서 핵심 행위자가 되었다"[54]는 사실을 인정해야 하는 게 아

---

54) 클라이브 해밀턴, 같은 책, 87쪽. 강조는 원문.

닐까?

둘째, 해러웨이가 제안하는 방식의 '함께-되기'를 실천할 수 있는 인간은 평범한 인간이 아닐 것이다. 오직 스피노자가 정의하는 의미에서 능동적인 인간만이 그런 작업을 수행할 수 있다. 문제는, 스피노자가 『윤리학』에서 때로는 현자와 무지자로, 때로는 자유인과 예속자로 구별하듯이, 인류 대다수는 아마도 이러한 의미의 능동성보다는 수동성을 나타내는 이들일 것이라는 점이다. 그리고 이러한 수동성은 다양한 형태의 적대들로 표현된다. 만약 그렇다면, 능동적인 삶의 방식에 대한 호소는, 역시 스피노자가 말하듯 "인간들을 존재하는 그대로 인식하지 않고 그들이 그렇게 존재했으면 하고 원하는 대로 인식"하는 것이고, "어떤 실천적인 용도를 지닐 수 있는 정치학이 아니라 단지 환상으로 생각될 수 있고 오직 유토피아 내지 시인들의 황금시대에서나 가능한 정치학"[55]을 산출할 수도 있지 않을까?

그렇다면 우리는 이율배반에 빠져 있는 것으로 보인다. 한편으로 우리 인간을 여느 독특한 실재들 중 하나로 위치시켜야 하고 그런 위치에 걸맞은 윤리와 정치를 실행해야 하지만, 다른 한편으로 책임 있는 윤리와 정치를 실행하기 위해서는 인간은 여느 독특한 실재에 머물러서는 안 되기 때문이다. 더욱이 다른 독특한 실재들(우리가 '자연' 내지 '지구'라고 부르는 것을 형성하고 있는)과의 관계가 항상 우호적이거나 조화로운 관계가 아니라 갈등과 적대, 심지어 상호 파괴의 가능성을 함축하는 것이라면(해러웨이는 정당하게도 "공생은 '상호 이득

---

55) Benedictus de Spinoza, *Tractatus politicus/Traité politique*, ed. Omero Proietti, PUF, 2005, p. 88; 베네딕투스 데 스피노자, 『정치론』, 공진성 옮김, 길, 2020, 47쪽.

이 되는'이라는 말과 동의어가 아니다"[56]라고 지적하고 있다), 우리는 어쩌면 공생을 위해 자신의 파괴를, 적어도 (심각한) 손해를 허용해야 하는지도 모른다. 더욱이 자신의 파괴 내지 손해를 감수하는 공생은 복수의 사회적·생명적 적대들을 가로질러 실현될 수밖에 없다. 요컨대 단일한 집합으로서의 인류라는 것이 프롤레타리아트와 부르주아지, 남성과 여성, 성적 다수자와 성적 소수자, 백인종과 유색인종 같은 적대적 대립자들을 통해서만 실존하고 생성될 수 있다면, 단일한 집합으로서의 생명체라는 것은 더욱 다양한 적대와 갈등을 통해서만 공생하고 생성될 수 있을 것이다. 인류세의 민주주의가 사고해야 할 주요 과제 중 하나가 아마도 이것일 터이다.

(2024년 봄호)

---

56) 도나 해러웨이, 같은 책, 109쪽.

　　2024년 계간 『문학동네』 봄호에 실린 이 글 273쪽에서 나는 2023년 7월 국제층서위원회 산하 인류세실무그룹이 크로퍼드 호수를 국제표준층서구역으로 선정했다는 소식을 전하면서 2024년 단계적인 투표 과정을 거쳐 인류세가 지질학적 차원에서 공식적으로 승인될 것이라는 낙관적 전망을 제시한 바 있다. 하지만 이 글이 출간된 직후인 2024년 3월 9일 국제지질과학연맹 산하 제4기 층서소위원회 투표에서 인류세 제안이 부결되었다는 소식이 전해졌다. 그것은 인류세를 둘러싼 과학자들 사이의 인식론적·이데올로기적 투쟁이 만만치 않다는 것을 말해준다. 하지만 한편으로 보면, 인류세 공인을 촉구하는 지질학자들이 여전히 낙관적으로 강조하는 바와 같이 인류세라는 개념이 공식적인 층서 개념으로 인정받는 것은 시간문제라고 이해할 수 있다(남종영, 「"지질학계 저항에 불발됐지만… '인류세' 공인은 시간문제"」, 한겨레, 2024. 9. 4). 더 나아가 다른 한편, 이미 인류세라는 범주는 좁은 의미의 지질과학 내지 지구시스템과학의 고유 영역을 벗어난, 말 그대로 학제적인interdisciplinary 또는 초학제적인transdisciplinary 범주가 되었으며, 따라서 지질과학회가 그것을 인정하느냐 여부는 그렇게 본질적인 문제가 아니라고 생각할 수 있다. 중요한 것은 인류세라는 용어가 지시하는, 이미 도래한 재난에 어떻게 대응할 것인가 하는 점이다.

강
지
희

구멍 뚫린 신체와
세계의 비밀
—신유물론과 길항하는
소설 독해

강지희

문학평론가. 한신대 문예창작학과 교수. 『문학동네』 편집위원. 2008년 조선일보 신춘문예를 통해 평론을 발표하기 시작했다. 평론집 『파토스의 그림자』가 있다.

1. 바이러스 공생자와 새로운 우주

코로나19로 인해 전 세계가 예상치 못한 재난 상황을 맞닥뜨린 지도 어느새 이 년이 지났다. 백신 개발과 함께 이 모든 비상사태가 종결되리라는 기대는 계속되는 코로나19 변이와 함께 희미해지는 중이다. 학계의 여러 전문가들은 코로나의 완전한 종식은 없을 것이며 인류는 진화하는 바이러스와 함께 살아가게 될 것이라고 진단하고 있다. 「반려종 선언」에서부터 꾸준히 공생에 대해 말해온 도나 해러웨이는 『트러블과 함께하기』에 이르러 "자식이 아니라 친척을 만들자 making kin, not babies"고 제안한다.[1] 혈연으로 연결된 인간 종種의 재생산이 아니라 타자로서의 다양한 생명체들과 '이상한 친족'을 구성하자는 이 말은 곳곳에서 기후 위기가 선언되고 사회 공동체 간의 정치적 반목이 격심해진 동시대에 더욱 당위성을 얻는 듯하다. 그런데

---

1) 도나 해러웨이, 『트러블과 함께하기—자식이 아니라 친척을 만들자』, 최유미 옮김, 마농지, 2021, 176쪽.

'바이러스 친척'이라니? 인간의 친척으로 받아들여야 하는 존재에 바이러스까지 포함될 거라 예상한 사람이 과연 얼마나 있었을까.

그러니 이 시대의 문학을 진단하려면 무엇보다 인간이라는 종을 중심에 두고 사유하기를 그치고 다른 지구 종들의 감각세계로 인도하는 방식에 대한 고민이 우선될 수밖에 없을 것이다. 이는 인간뿐 아니라 활력을 지닌 사물들을 포함한 비인간 행위자들이 사건을 촉발하고 이끌 수 있다는 점에 주목하는 최근의 신유물론이 지닌 문제의식과도 공명한다. 한 사회학자는 바이러스를 '원형-행위자'로 인정하고 그것에 이론적 시민권을 부여해 '인간-너머의 행위 능력'의 테마를 개진할 때 고전 사회학이 상정하는 방식과 다른 새로운 사회성의 전면화를 이끌어낼 수 있음을 통찰한 바 있다.[2] 객체들의 세계로 열리며 분산되는 자아에 대한 이 새로운 사유들은 근대적 주체에 갇혀 있던 인간들에게 분명 어떤 해방감을 선사해주는 듯하다. 그런데 문학의 영역으로 돌아왔을 때 여전히 남아 있는 질문은 이런 것이다. 바이러스 공생자 앞에서 문득 주춤하며 섬뜩해지는 마음 같은 것들은 문학의 재현에서 어떻게 다루어져야 하는가. 이 글에서는 인간의 감각과 시야 바깥에서 우주와 조우하는 순간들 속에서, 사물에 행위주체성을 부여하는 관점과 나란히 한국문학의 새로운 파장들을 따라가보고자 한다.

2. 식물들의 생기에서 포착되지 않는 것: 김초엽

최근 한국문학에는 동식물이 중요한 행위자로 등장하기 시작했

---

2) 김홍중, 「코로나19와 사회이론—바이러스, 사회적 거리두기, 비말을 중심으로」, 『한국사회학』 54집 3호, 2020.

다. 이유리나 김화진의 소설에서는 동물이나 식물, 심지어 광물까지도 서슴지 않고 인간의 언어로 인간에게 직접 말을 걸어온다. 하이브리드적 변이와 변신 역시 활발하다. 이유리의 「브로콜리 펀치」(『브로콜리 펀치』, 문학과지성사, 2021)에서 권투선수의 오른손은 브로콜리로 변하고, 임선우의 「환하고 아름다운」(『악스트』 2021년 11/12월호)에서 사람들은 해파리가 된다. 현호정의 「라즈베리 부루」(웹진 비유 2022년 1월호)에서 말하는 식물은 인간의 피를 흡수하며 점점 거대하게 자라난다. 이 비인간 존재자들이 하나의 개체로서 사유하고 인간의 언어를 경유해 감정을 공유하며 소통하는 모습은 동화적 애니미즘의 화사한 빛깔을 띠고 사랑스러움을 내뿜는다. 이를 두고 동식물이 인간과 유사성을 지닌 존재로서 익숙한 인식적 틀 안에서 이해되면서 타자성을 상실하는 것은 아닌지 우려하는 것은 당연하지만, 이는 오히려 주체와 타자의 관계를 다룰 때 수없이 반복되어온 너무 쉬운 비판처럼 느껴지기도 한다.

이와 다른 편에 집합적으로 움직이는 식물들이 있다. 이 식물들은 무력한 물질과 생기적인 생명 사이의 선을 가로지르며 인간-너머의 행위 능력을 보여준다. 그 대표적인 소설이 김초엽의 단편 「오래된 협약」(『방금 떠나온 세계』, 한겨레출판, 2021)과 그 연장선상에 있는 『지구 끝의 온실』(자이언트북스, 2021)과 『므레모사』(현대문학, 2021)라고 할 수 있다. 「오래된 협약」은 고요한 행성으로 보이는 '벨라타'의 비밀을 지구인에게 알려주는 편지 형식으로 되어 있다. 벨라타인들의 짧은 수명과 그들이 생애 마지막에 반드시 겪는 '몰입' 상태는 금기시되는 식물 '오브'와 맺은 태초의 협약과 관련되어 있다. 오래전 벨라타에 도착한 인간들은 행성을 지배하는 오브가 뿜어내는 '루티닐'이 인체를 급격히 손상시킨다는 사실을 알고 생존을 위해 오브를 죽이기 시작했다. 그러나 행성 그 자체인 오브는 침략자들에 맞서 무서운 속도로 증식했으며, 오브의 생명 활동이 활발해지면서 대기 중의 루티닐은 더욱 증가했다. 계속되던 죽음은 생태 의존적인 취약함을 지닌 인간들을 연민한 오브의 관대함에 의해 멈춰질 수 있었다. "우리의 긴 삶에 비하면 너희의 삶은 아주 짧은 순간이지. 그러니까 우리가 행성의 시간을 나누어줄게."(223쪽)

인간이 식물에게 시혜의 대상이 되는 순간이 주는 인지적 충격은 "우리에게 주어진 삶의 시간은, 이 행성의 시간을 잠시 빌려온 것에 불과하다"(224쪽)는 익숙한 말로 덮이지 않는다. 이 말은 언뜻 생명체를 낳고 부양하는 대자연Mother Nature을 떠올리게 하지만, 이후 두 편의 장편으로 발전한 이 단편에 포함된 사유의 단초는 보다 전복적인 것이다. 그 첫번째는 개체 중심적인 인간과 달리 집단으로서의 지성을 지닌 식물의 물동하는 물질성에 대한 의미 부여다. 이 식물은 수동적인 존재가 아니라 활기 넘치고 잠재적으로 위험한 집단성을 지닌 존재다. 여기서 감지되는 식물의 '생기'란 "인간의 의지와 설계를 흩뜨리거나 차단할 뿐 아니라 자신만의 궤적, 성향 또는 경향을 지닌 유사 행위자"로서 움직이며 드러내는 "사물들의 역량"[3]이다. 이 소설에서 오브의 정적인 삶은 인간들을 살게 하는 배려의 맥락에서 그려지지만, 그 공생의 대가로 벨라타인이 루티닐에 노출된 채 짧은 생애를 살아야 한다는 점은 자연을 인간에게 무한정한 증여를 베푸는 대상으로 바라보는 복고적인 관점과는 거리를 둔다. 식물은 인류의

---

3) 제인 베넷, 『생동하는 물질』, 문성재 옮김, 현실문화, 2020, 9쪽.

이해타산과 무관하게 존재하며, 특정한 의도 없이 형체를 이루는 배열을 전환하며 번식할 뿐이다.『지구 끝의 온실』에서 인류 재건의 토대가 된 식물 '모스바나' 역시 사람들에게 약리적 효과가 있다고 알려진 것과 달리 실제로는 독성만을 지닌 것으로 확인된다. 모스바나가 죽은 것들을 양분 삼아 자라나고 땅을 훼손하면서 최대한 멀리 뻗어나가는 생존과 번식에 특화된 식물이라는 사실이 거듭 강조되는 가운데, 식물은 인간의 통제를 벗어나는 "사물-권력"[4]을 가진 존재로 재발견된다. 이는 모스바나를 만들어낸 사이보그 '레이첼'이 어떤 사명감도 없이 모스바나가 인간이 사라진 지구를 덮어버리기를 원한 것과도 연결된다. 최종적으로 지구를 재건하는 결과를 낳았으나 근본적으로는 인류 중심적 가치에서 분리된 채 무심하게 작동하는 식물과 사이보그의 행위성은 인간의 인지나 욕망이 가닿지 못하는 기묘한 외부를 형성한다.

두번째 단초는 정적이고 고요한 삶, 소위 죽음에 가까운 상태에 대한 의미 부여다. 언뜻 죽은 고목처럼 보이는 오브는 벨라타인과의 오래된 협약을 이행하기 위해 자신의 생명력을 억제하는 중이다. 벨라타인들 역시 오브를 섭취하면 루티닐로 인한 지성과 언어능력의 급격한 감쇠를 피할 수 있다는 사실을 알지만 이를 금기시한다. 소설은 인간의 생명을 고유하고 절대적으로 지켜야 할 숭고한 신전에 올려두는 대신, 자연에 침투당하거나 교섭할 수 있는 유동적인 대상으로

---

4) 사물-권력은 스피노자의 코나투스와 친족 유사성을 지닌 것으로, 헨리 데이비드 소로가 야생에서 발견한 기괴한 존재들이나 그가 천재라고 부르는 소외된 자 등을 포괄한다. 이 야생성이란 인간만의 힘이 아니며, 인간과 다른 신체들을 혼란스럽게 하고 전환시키는 힘이다. 같은 책, 38쪽.

본다. 이는 『세계 끝의 버섯』에서 애나 칭이 야생 송이버섯과 이를 채취하는 사람들에게서 공통된 불안정성precarity을 읽어내며 인간과 자연이 뒤엉킨 삶이 어떤 식으로 협동적 생존을 이끌어내는지 주목한 것을 상기시킨다. 애나 칭은 "협력은 차이를 가로질러 일하는 것이며 이는 필연적으로 오염을 수반한다"[5]고 말하며, 우리가 홀로 생존할 수 있다는 환상을 버리고 오염된 협력에 함께하기를 촉구한다. 김초엽의 소설 역시 인간과 자연이 서로를 통제하거나 정복하는 것이 아니라 다른 방식으로 공생할 수 있으며, 그러기 위해서 죽음을 비롯한 정적인 생명의 상태에 대한 새로운 시각이 필요하다고 믿는다. 이 사유가 『므레모사』에서 사고로 다리를 잃어버린 무용수 '유안'이 더이상 눈부신 도약과 생동의 세계가 아닌, 움직임을 완전히 멈춘 고목의 정적인 세계에 남기를 선택하는 결말을 이끌었을 것이다. 이는 실제로 존재한 적 없는 '자연스러운' 몸의 회복을 염원하거나 몸의 생동력을 개인의 자율성과 직결시키는 사유 방식에서 벗어나, 장애를 포괄해 다양한 형태로 존재하는 신체들의 사물성을 긍정하는 정치학으로 이어진다.

　김초엽의 '식물 3부작'이라 지칭할 수 있을 이 소설들은 동식물을 인간 경험에 대한 은유로 사용하여 인간 주체 안에 갇힌 감정을 확인하고 발굴하는 식으로 전개되지 않는다. 그렇기에 어떤 이들은 나르시시즘적 주체의 표상이 완전히 제거된 이 소설들을 미래지향적인 것으로 바라볼 것이다. 여기에는 사물이나 객체는 인간 정신이 관계하고 이해하는 방식과는 무관하게 존재한다는 생각, 최근 주요한 철

---

5) Anna Tsing, *The Mushroom at the End of the World: On the Possibility of Life in Capitalist Ruins*, Princeton University Press, 2015, p. 28.

학적 경향으로 등장한 사변적 실재론의 그림자가 어른거린다. 그런데 세계를 파악하는 새로운 방식과 함께 온당한 결말을 선사하는 이 서사들에서 해방감을 느끼기보다 미묘한 공허를 느끼게 되는 이유는 무엇일까. 이는 비단 '개별성'을 지닌 인간이나 동물과 달리 '집단적 고유성'을 지닌 식물이 서사의 중심에 놓일 때 사건을 만들어내는 감정의 동력을 읽어내기 어렵다는 점에서 비롯되는 것은 아닌 듯하다. 『지구 끝의 온실』에서 비인간 신체인 사이보그 레이첼과 식물 모스바나는 인간의 생존에는 무심하지만 공중의 구성원으로서 연합 행위에 참여하며 행위성을 발휘한다. 사전에 결정된 의도나 목적 없이도 자연 속 식물들은 서로에게 반응하고 배열을 전환하는 집단적인 힘을 통해 오히려 대다수의 인간보다 효과적인 개입 전략을 만들어낸다.

보다 근본적인 이유는 다른 곳에 있다. 『지구 끝의 온실』에서 비인간 존재자들에게서 설명할 수 없는 생기 또는 에너지를 발견하는 것과 『므레모사』에서 인간을 물화된 신체로 재발견하며 생기 바깥으로 밀어내는 것은 모종의 균형을 맞추는 듯 보이지만, 역설적이게도 '인간적인 너무나 인간적인' 생기의 위계를 드러내는 것처럼 보이기도 하기 때문이다. 더불어 이러한 사유가 다양한 객체들의 행위 능력을 동등하게 조명하는 차원으로 이행할 때, 인간 안의 인종, 성별, 계급 등은 별다른 의미 없는 기표로만 남음으로써 현실 사회에 존재하는 불평등 구조를 다소 평평하게 만들어버린다.[6] 어쩌면 문학에서 기

---

6) 이는 김미정이 도나 해러웨이의 「반려종 선언」이 은폐하는 동물에 대한 착취와 수탈의 구체적 현실에 대해 말하면서 "모든 존재에 상존하는 불평등과 모순을 균질화하는 측면이 있는 포스트휴먼 논의"의 한계를 짚은 것과도 공명하는 문제의식이다. 김미정, 「한낱 목숨으로부터 시작한다면—비인간동물, 관계성, 문학을 말하기 위해 더 질문할 것들」, 『문학동네』 2020년 봄호, 450쪽.

존의 자유주의적인 개인의 신화를 벗어나는 방식은 인간이 자신을 객체들의 세계로 내던지며 깔끔하게 표백된 중립적인 사물로서의 행위 주체성을 드러내는 것이 아니라, 자본주의의 질서에 귀속된 인간 안의 위계들을 조금 더 들여다보는 것에서 비롯되지는 않을까. 애나 칭이 분석한 것처럼 인간의 생존에는 자본주의와 생태주의의 동학이 뒤엉킨 채, 오염된 상태로 협력하고 있다. 자본주의에 의해 물화되는 인간성과 종을 넘어 다른 물질에 침투당하는 구멍으로서의 인간의 신체는 의외로 그리 멀리 있지 않을 수도 있다.

3. 생생한 피가 신화로 도약할 때: 현호정

현호정은 지금까지 경장편 『단명소녀 투쟁기』(사계절, 2021)와 단편 「라즈베리 부루」 두 편만을 발표했을 뿐이지만, 두 작품 모두 소녀를 중심에 두고 기존의 신화를 전복하는 활달한 상상력을 공통적으로 드러낸다. 대개 순수하고 무지한 존재로 표상되는 동시에 관음증적인 성적 대상으로 착취되어온 소녀가 그의 소설에서는 '살해하며 뿜어져나오는 피'와 '생리혈'을 통해 소녀성을 흔들고 파열시키고 있다는 사실은 특별한 주목을 요한다. 문화 담론에서 소녀는 "이미 현실화된 현재보다는 여전히 잠재성을 품고 있는 과거나 파괴 위에서 정초되는 변신의 미래 시간에 존재하는 경향"이 있는데,[7] 현호정은 신화의 불멸하는 시간성 위에 흘러내리는 피의 선명한 물질성을 더

---

7) 조혜영은 가장 취약하지만 최대의 잠재성을 지닌 존재로 드러나는 소녀 형상의 예시로 봉준호 감독의 영화 〈괴물〉(2006)의 현서, 〈설국열차〉(2013)의 요나, 〈옥자〉(2017)의 미자가 디스토피아 세계의 '최후-최초의 소녀'로 재현되는 사례를 들어 정확하게 설명한다. 조혜영, 「페미니스트 소녀학을 향해」, 조혜영 엮음, 『소녀들—K-pop 스크린 광장』, 여이연, 2017, 9쪽.

함으로써 소녀를 생생한 현실로 구출해낸다.

『단명소녀 투쟁기』에서 주인공 '수정'은 대학 입시 운을 물으러 무속인 '북두'를 찾아갔다가 자신이 스무 살이 되기 전에 죽는다는 예언을 듣는다. 그 말에 기가 죽는 대신 당차게 "싫다면요?"(12쪽)라고 대꾸한 수정은 북두의 조언에 따라 남동쪽으로 계속해서 걸어간다. 일방적으로 하달되는 세상의 부당한 질서에 순응하지 않기 위해 시작된 이 여성 모험담은 곧 위태로워진다. 혼자 다니는 미성년자 여성이 길에서 낯선 남자에게 성적 희롱의 대상이 되는 일이란 너무 흔하기 때문이다. 이때 불현듯 개가 나타나 수정의 목덜미를 물고 반대편으로 달리기 시작한다. 수정이 터져나오는 웃음 속에서 "나는 죽지 않을 것이다. 적어도 오늘은 아니다"(21쪽) 생각하고, 개의 옆구리에서 날개가 펼쳐질 때, 개는 마치 수정의 삶의 의지를 반영하는 분신double처럼 보인다. 개는 코뿔소처럼 거대하고 강했다가도 치와와처럼 작고 약해지다 죽기도 하는데, 이는 모두 수정 내면의 생의 의지에 따른 것이다. 그런데 이 개는 위험으로부터 수정을 수호하는 데 그치지 않는다. 개가 죽은 뒤에 그 사체를 지키려는 수정의 본능적인 애착과 의지는 그로 하여금 저승의 신에게 정면으로 맞서게 하는 결정적인 계기를 만들어낸다. 그것은 어떤 생명을 위해서라면 기꺼이 삶이 아닌 죽음을, 질서가 아닌 거대한 무질서를 선택하겠다는 의지와 연결되어 있다. 실제로 이 직후에 수정은 살해를 감행하게 된다.

이 개가 수정의 삶에 죽음을 끌어오는 방식은 맥락을 잘 살피며 분석될 필요가 있어 보인다. 수정이 강한 거부감을 느끼고 살해하는 존재들이 대개 분신의 성격을 띠고 있는 것처럼 보이기 때문이다. 수정이 길에서 만나는 존재들이 자신과 구별되지 않는다는 감각 속에서 손에 피를 흠뻑 묻히는 살해를 감행하면서 "아주 먼 시간 혹은 공간에서부터 비롯된 증오"(42쪽)는 비로소 사라진다. 그런데 그 존재들이 수정과 명확하게 구별되지 않는다는 것은 무엇을 의미하는가. 일곱 명씩 무리 지어 나타나는 존재들이나 곳곳에서 나타나는 '북두'는 직선적인 시간선을 벗어나 어린이와 노인의 상태를 넘나들고, 그 외양이나 목소리에는 수정의 흔적이 스쳐간다. 그렇게 소설은 기존의 무협소설을 젠더링하며 탈인간화한다. 기존 무협소설이 선악과 정사의 극명한 대립 속에서 의협심이 강한 남성 주인공이 순차적으로 무공을 발전시키고 끊임없이 등장하는 악인과 대결하면서 성장해나간다면, 소녀 수정이 칼을 휘두르는 동안 도처에서 발견되는 것은 분말처럼 흩뿌려진 자아의 형체들이다. 세계가 서로에게 열려 있는 몸들로 구성되어 있다는 사실은 근대적 개인의 행위능력을 무화시킨다. 이곳에는 종의 장벽이 없고, 하나의 신체 내에서 세포의 생성과 소멸이 동시적인 것처럼 삶과 죽음의 경계도 없다.

그런데 이 분신들의 복수성은 미묘한 방식으로 현실의 맥락과 맞닿는다. 수정은 단명을 선고받고 나오자마자, 자신이 어린 시절에 슈퍼에서 죽을 때까지 다 소진하지 못할 물건들을 보며 불경스럽다고 생각했음을 떠올린다. 명이 짧은 누군가라면 평생 다 못 먹고 죽을 백 조각의 백설기를 보면서 불경스러움은 다시 한번 환기된다. 도나 해러웨이는 캐리 울프와 나눈 대화에서 "잉여의 죽임과 잉여의 죽음이 유례없이 퍼진 시대에 산다는 것은 어떤 의미일까요"라고 묻는다. 확장되는 인구문제, 인간 집단에서 무엇을 부로 간주하는가의 문제는 "가치를 추출하고 도살하려는 목적으로 삶을 강요하는 거대 장치"와 긴밀하게 연결된다. 죽이는 것이 문제가 아니라, 오히려 "살게 만드는making live 끔찍한 폭력"이 문제가 되는 시기에 우리가 살고 있다는 것이 그들의 진단이다.[8] 그러므로 현호정의 소설로 돌아와 이렇게 다시 정리해볼 수 있겠다. 단명할 것이라는 예언을 통해 필멸하는 존재로 자신을 의식한 수정은 무수히 복제된 사물들과 무의미한 분신들을 불경스러운 잉여로 새로이 인식하게 되었다고. 단지 이윤을 위해 엄청난 수의 존재들이 죽기 위해 태어나 끔찍하게 살게 되는 것이 이 시대 자본주의의 이치라면, 그 세상에서 연루된 폭력을 벗어나는 방식이 무의미한 생명의 지속일 수는 없다고. 그리하여 살해하는 행위가 이곳의 구원이 되었다고.

『단명소녀 투쟁기』는 "나는 나의 죽음을 죽일 수 있다"(125쪽)는 이중부정의 문장에 다다르기 위해 쓰였다. 죽음을 살리는 것이 아니라 죽음을 죽일 수 있다는 말은 의미심장하다. 단명을 거부하고 연명을 위해 떠난 수정의 모험담이 자신을 불멸의 신으로 좌정하려는 시도 역시 거부한 뒤 마무리된다는 사실은 중요하다. 그는 삶을 원하지만 단명과 불멸의 강압적이고 인위적인 질서는 단호히 거부한다. 그저 무의미한 생명의 지속이 아니라 제대로 된 삶을 살기 위해서는 죽여야만 하고, 역으로 죽여야만 살릴 수도 있다는 '긍정의 생명 정치'를 소설은 흘러넘치는 피의 냄새를 통해 우리에게 보여준다.

'잘 살고 잘 죽기'의 문제가 종을 뛰어넘어 자리하고 피와 연결되어 있다는 점을 생각하며 「라즈베리 부루」를 보면, 이 소설에서 노숙자 소녀 '나'와 라즈베리 나무 '부루'와의 공생이 피를 통해 이루어진다는 사실은 예사롭지 않게 다가온다. 소녀의 생리혈을 통해 점점 더

---

8) 도나 해러웨이, 캐리 울프, 「반려자들의 대화」, 도나 해러웨이, 『해러웨이 선언문—인간과 동물과 사이보그에 관한 전복적 사유』, 황희선 옮김, 책세상, 2019, 282~288쪽.

크게 자라나고 생동하기 시작하는 식물 부루는 동물인 인간의 피를 소비하는 식물이라는 점에서 이미 잡종적인 존재다. 두 존재가 '피'를 나눈다는 점은 '혈연 바깥에서 친척을 만들자'는 해러웨이의 말과 기묘한 차원에서 공명하며 공생 관계에 대해 생각하게 한다. 부루가 외출했다가 사람들에게 목격되어 울고 몸부림치며 도망치는 사건에서는 부루를 소녀 '나'의 상상적 분신으로 볼 여지도 충분하다.

하지만 무엇보다 이들이 나누는 것이 '생리혈'이라는 점을 주목하고 싶다. 현호정은 웹 매거진 'OFF'에 실린 산문 「젖은 내가 말하도록—자꾸 저질러지는 우유 소비와 괴로운 암컷들에 관한 짧은 이야기」에서 공장식 축산업하에서 암컷 젖소들에게 가해지는 폭력을 상세히 묘사하면서, 캐럴 제이 애덤스가 남성 지배의 상징으로 기능해 온 고기와 다른 관점에서 우유를 '여성화된 단백질'이라고 표현했음에 주목한다.[9] 이런 맥락에서 가부장제에서 재생산과 직결되는 긍정적 표상인 '젖'이 아니라, 재생산에 실패했다는 증표이자 비체적 오물인 '생리혈'을 먹고 살아남는 부루의 이야기는 모성에 대한 기존의 성 정치학을 영리하게 뒤집는다. 신성한 젖 대신 비천한 생리혈을 통해 식물을 기르는 이 소설은 여성의 육체와 대자연이 매끄럽게 연결되는 모성적 돌봄 개념에 등을 돌린다. 이들은 남성적 지배와 통제 바깥에, 사회문화와 경제의 순환 바깥에 자리한 채 그로테스크한 존

---

9) 젖가슴을 가진 여성으로서 우유를 마시는 어른들을 보면 "모두에게 온종일 젖을 물리"는 상상 속에서 피로해지고, 비거니즘 실천을 하다가도 우유를 마신 날이면 "남의 젖을 먹고 살아남은 하루"라 생각하게 된다는 작가의 말은 가부장제의 그물이 식습관 위에 얼마나 촘촘히 겹쳐져 있는지를 새삼 생각하게 한다. 현호정, 「젖은 내가 말하도록—자꾸 저질러지는 우유 소비와 괴로운 암컷들에 관한 짧은 이야기」, 웹 매거진 'OFF', https://off-magazine.net/TEXT/2021-hyonhojeong.html.

재 방식을 고수한다.

—내가 너한테 피 주는 사람이냐?

—피 준 사람.

—그렇지.

—그리고 피 줄 사람.

(……)

—봐라, 봐. 이게 뭐 귀한 거라고 내가 감추겠어?

—귀하지도 않은 걸 감추니까 더 치사한 거지.

—뭐라고?

—내가 다시 작아지기를, 화분 속으로 들어가기를 바라는 거야?

(……)

부루는 바깥에서 피를 구하는 데 성공하기도 하고 실패하기도 했다. 쓰레기봉투를 뒤져 생리대나 탐폰을 주워 내 굴 여기저기에 쌓아두었다. 고약한 냄새를 맡으며 빵을 씹다보면 몇 번씩이나 구역질이 났다.

이들이 주고받는 피에 어떤 신성성의 아우라도 없다는 점은 인용문에서 더욱 확실하게 드러난다. 부루는 '나'의 생리혈이 부족해지자 쓰레기를 뒤져 피를 먹고 자란다. 이는 문화의 반대편에 자리한 순수한 자연이라는 환상을 깨고, 인공적인 문화의 잔여물을 무차별적으로 흡수하며 오염된 채 자라나는 식물의 물질성을 선명하게 보여준다. 무엇보다 '나'와 부루의 대화는 부루가 무구하고 사랑스러운 동시에 어린아이처럼 통제하기 어려운 존재임을 보여준다. 부루가 "풀

죽은 아이처럼" 잠들었다거나 "아주 높은 신분의 어린이"처럼 의젓하게 말한다는 표현들에서 힌트를 얻어, '어머니 자연Mother Nature'이 아닌 '어린이 식물Child Nature'이라는 개념을 창안해볼 수도 있겠다. 이때 '어린이 식물'은 근대적인 순진한 아동의 개념과는 다른, 끝없이 요구를 충족해주어야 하고 통제되지 않는다는 점에서 원초적인 불편함과 두려움의 대상으로 드러날 것이다. 그럼에도 불구하고 '나'와 부루는 둘의 환원 불가능한 차이를 예민하게 인식하면서도 유사한 생존 위협 속에서 생리혈을 나누고 서로를 돌보며 공생하는 '반려종companion species'(도나 해러웨이)으로 살아간다.

소설의 끝에서 거대하게 자라난 부루는 열이 나고 계속 피를 흘리는 '나'를 엄마처럼 감싼다. "흙이 뿌리를 감싸듯" 부루가 완전히 감싸안은 가운데 '나'는 머릿속이 부옇게 흐려져가고, 부루의 뱃속에 부루의 눈물과 함께 잠긴다. 이 마지막 장면에서 신화가 되는 존재는 명확하게 인간이 아닌 비인간 주체인 식물 부루다. 인간은 변신의 주체가 아니라 거대해진 식물에 기생하는 사물처럼 부드럽게 흡수되어버린다. 기존 신화에서 부루의 어머니 '유화'가 몸에 동물성의 징표를 갖게 되는 것은 아버지가 내린 징벌로 인해서이며, 유화가 낳은 알은 나라의 왕이 됨으로써 가부장제에 흡수된다. 하지만 이 소설에서 부루는 인간을 알로 품음으로써 최종적으로 동물도 식물도 아닌 기괴한 존재가 된다.

우리는 이 결말을 두고 생기적 유물론을 적용해 다음과 같이 해석해볼 수 있을 것 같다. 습지대 마을 가장 낡은 빌라의 지하 공간에 몰래 숨어살아야 했던 부랑자 소녀와 내버려진 식물이 만나 최종적으로 형성한 무기질은 자본주의사회에서 버려진 채 서로에게 기생하던 존재들이 생성하는 '사물-권력'(제인 베넷)처럼 보인다. 두 존재가 결합해 만들어낸 기이한 형상과 거기에서 흘러나오는 노래는 버려지고 쓸모없어진 상황에서도 고갈되지 않고 활동을 지속하는 "활기 없는 사물들의 기이한 능력"[10]으로 읽을 수 있다. 그러나 철저히 무신론에 입각한 생기적 유물론의 관점에서 두 육체는 오염된 채 살아남아 흐느끼고 진동하는 것처럼 보일 뿐, 이 소설 마지막에 등장하는 노래처럼 신성하고 초월적인 힘으로 열리지 않는다.

그래서 이런 질문으로 넘어가게 된다. 생기적 유물론이 오랫동안 비체화되어온 여성에게도 동일하게 전복적인 힘으로 작동할 수 있을까. 끈적하게 달라붙고 구역질이 나는 피, 구토물, 배설물 같은 비체적 대상이 됨으로써만 급진적 부정성을 획득해온 특정 젠더와 계급은 오히려 모종의 초월성과 연결될 때 어떤 상관관계도 초월해 존재 그 자체와 마주할 수 있지 않을까. 소설에서 2월이 되어 긴 울음을 그친 부루가 뱃속의 아기를 위해 부르는 자장가는 다음과 같다. 이 소설의 신화를 완성하는 것은 이 마지막 노래에 내포된 추상성과 초월성이다.

부루는 혼자 알 하나를 낳을 것이다
희고 작고 둥근 알을
그 뒤에 다시 작아져
작은 부루에 작은 열매가 맺힐 것이다
(……)

---

10) 제인 베넷, 같은 책, 46쪽.

붉은 새는 푸른 하늘을 빗겨
먼 땅으로 가네
곰과 호랑이가 겨울잠에서 깨어나는 곳

마침내 부루는 시들고
부루는 아무런 슬픔도 느끼지 않네
멀리서 언 땅이 녹는 동안에―

　부루가 낳은 흰 알에서는 흰 새가 태어나고, 부루의 붉은 열매는
새의 깃털을 붉게 하고 부리를 짧게 하며, 이윽고 붉은 새는 인간들
너머 먼 땅으로 날아간다. 그리고 마침내 부루는 시든다. 이 마지막
노래는 왜 이렇게 긴 여운을 갖는가? 여기에서는 자연의 순환 속에
다양한 존재들이 하나의 풍경처럼 그저 무심하게 존속하고 있을 뿐
이지 않은가. 게다가 "부루는 아무런 슬픔도 느끼지 않네"라는 문장
에는 개체적 감정인 '슬픔'을 광활한 대지의 순환에서 흘러나오는 액
체와 연결하여 인격화하는 지극히 낭만주의적인 시선이 작동하고 있
다. 그리고 마지막 행인 "멀리서 언 땅이 녹는 동안에―"에서 소설은
인간의 지각을 넘어서는 먼 시공간과의 연결 속에서 인간이 부재하
는 듯한 온전한 평화의 세계에 도달한다. 이 해석은 부정변증법을 통
해 어떻게든 소외된 실재를 다루려 노력했던 아도르노 쪽에 더 가까
이 있다. 아도르노는 세계를 설계한 자애로운 신과 같은 진부한 초월
성은 거부하지만, 초월성에 대한 욕망은 완전히 제거될 수 없다고 믿
는다. 그는 인간 개념에 저항하는 물질적인 힘을 인정하면서도, 도래
할 절대적인 것에 대한 흐릿한 약속이라는 점에서 영적인 힘을 설명

하려 노력한다.[11] 현호정의 이 소설에 신화로 등극하는 힘이 있다면 그것은 선명한 피와 죽음이 유발하는 강력한 단절과 파열 뒤에 불멸로 도약하는 지점에 있는 것 같다. 포유류의 피부에서 흘러나온 생리혈이 식물의 뿌리를 통해 잎맥으로 흘러갈 때, 서로 다른 종의 경계를 침투해 들어가는 내밀한 접촉은 유물론적인 분자의 수평적 전이를 드러낸다. 그러나 긴 울음이 그친 뒤의 깊은 잠과 마지막 노래는 죽음 너머에서 태곳적의 시공간으로 거슬러올라가는 수직적 승화를 보여준다. 유물론과 거리를 두는 이 숭고의 미학을 경유하면서 「라즈베리 부루」의 노숙자 소녀와 식물의 공생적 집합체는 오히려 그 복잡성이 훼손되지 않은 채 새로운 실뜨기를 계속해나가는 것 같다. 새들이 씨앗과 함께 먼 땅으로 자유로이 날아가며 새로 창조되는 신화는 인간의 역사가 아니라 지구와 땅속에서 함께 살아가는 존재들의 이야기에 자리를 내어준다는 점에서 비인간들이 구성하는 새로운 정치성과 맞닿아 있다.

4. 확률이 아니라 아름다운 우연성의 세계로: 임솔아

신자유주의 체제에서 인간과 동물의 자리는 어떻게 교차하는가. 임솔아는 이 시대 질병과 노동과 자본이 어떤 방식으로 복잡하게 얽혀 있는지를 보여주는 문제에 꾸준히 천착해왔다. 그의 최근작 「초파리 돌보기」(『아무것도 아니라고 잘라 말하기』, 문학과지성사, 2021)는 나이든 저임금 여성 노동자 '이원영'과 실험동물인 초파리를 직관적으로 겹쳐 드러낸다. 가발 공장 직원, 외판원, 마트 캐셔, 급식실 조

---

11) 같은 책, 59~67쪽 참조.

리원 등을 전전해온 원영은 수많은 경력에도 '오십대 무경력 주부'로 취급된다. 비정규직 서비스 노동자로서 끔찍한 감정노동을 감당해야 할 때면 "자신이 인간이라는 낭연한 사실이 기억났다"(40쪽)는 말은, 사회구조 속에서 그의 자리가 이미 '동물화'되어 있었음을 보여준다. 실험동 아르바이트를 하면서 이원영이 누리게 된 쾌적한 연구실의 환경은 실험동물인 초파리가 최적의 번식을 하기 위한 환경조건이라는 점에서 섬뜩한 데가 있다. 깨끗이 멸균 처리되고 온도와 습도가 일정한 실험실에서 원영이 정성껏 초파리를 돌볼수록, 초파리들은 죽기 위해 더 많이 태어난다. 그래서 이원영이 초파리의 군집 속에서 각각 다르게 존재하는 개별성을 알아보고 초파리가 지닌 강한 생명력과 아름다움에 매료되는 장면은 그 배후에 자리한 생명 정치와 어우러져 더욱 아이러니해진다. 그러나 폐기 처분될 초파리들을 몰래 훔쳐서 집에 데리고 온 그날부터 원영이 탈모 증상과 함께 급격히 쇠약해지면서 그의 일은 중단된다. 질병 치료를 위해 실험 대상이 되고 폐기 처분되는 초파리와, 저임금 일자리를 전전하다 치명적 질병을 떠안게 되는 이원영 사이의 종적 위계는 무너져내린다.

그렇게 이원영의 딸이자 소설가인 '권지유'의 엄마에 대한 소설쓰기가 시작된다. 이 소설 속 소설의 결말을 두고 엄마와 딸은 경합을 벌인다. 지유는 질병의 원인을 초파리 실험실에 찾는다. 하지만 의혹에 대한 근거를 찾아가는 지유의 추궁 속에서 원영은 자신의 꿈이 이루어진 실험실과 아름다웠던 초파리의 기억이 훼손되는 느낌을 받는다. 반대로 원영이 자신의 이야기를 들려줄 때, 평생 시달렸지만 너무 사소해서 무시되어온 감정노동과 돌봄노동은 뒤늦게나마 호소되고 후련해진다. 그런데 자신이 깨끗이 다 나아서 건강해지는 결말을 써달라는 원영의 요청에 지유가 "그렇게 쓰면 뭐 해. 소설은 소설일 뿐인데"라고 말하자, 원영은 놀란 듯 묻는다. "소설일 뿐이면. 왜 써?"(62쪽)

소설의 세계에서 가능한 것과 불가능한 것의 기준에 대한 원영의 솔직한 실망감은 사실 이 서사를 뛰어넘어 시대를 뚫고 나오는 질문이다. 소설가인 지유에게 소설은 '있을 법하지 않은improbable' 상황을 소거해야 하는 개연성의 세계다. 그런데 당연하게 느껴지는 이 기준에 대해 아미타브 고시는 그것이 '확률'과 '근대소설'이 동시에 태어나며 발생한 현상이라 말한다. 근대 이전에 우리는 『아라비안나이트』『서유기』『데카메론』같은 이야기에서 환상적이고 예외적인 사건들을 즐겨왔지만, 근대소설은 "전례없는unprecedented 사건은 배경으로 밀어내고 나날의 일상을 전경으로 끌어내는" 변화를 겪는다. 그렇게 등장한 사실주의 소설에서 일상의 세세한 묘사에 대한 강박은 '부르주아적 삶의 규칙성'을 담보해주는 장치가 되었다. 이제 소설적 세계는 개연성이란 명목하에 놀라움과 모험과 기적이 모두 사라진 세계로 바뀐 것이다.[12] 「초파리 돌보기」는 구조적 연결망 속에서 값싼 노동과 실험 대상으로 착취되는 인간과 비인간 존재들이 어떻게 새로운 서사(삶)로 나아갈 수 있을지를, 최근의 어떤 소설보다 직설적이고 도발적으로 묻는다. 엄마 자신이 삶에서 행복과 보람으로 느꼈던 순간이 인과관계 속에서 질병의 원인으로 축약되며 부정된다면, 노동자로서의 존엄이 구조 속에서 희생자로만 읽힌다면, 그 개연성을 우리는 계속 의미 있게 지켜내야 하는가? 흥미로운 것은 이 소설이

---

12) 아미타브 고시, 『대혼란의 시대─기후 위기는 문화의 위기이자 상상력의 위기다』, 김홍옥 옮김, 에코리브르, 2021, 1부 참조.

인과관계의 틀을 부수고 해피엔드로 향하기 위해 감정적으로 설득해 가는 대신, 불쑥 과학적 사실과 주관적 현상을 번갈아 가져오며 나란히 놓는다는 점이다.

다음 장에는 기억과 망각에 대한 초파리 연구 기사가 있었다. 기억 정보를 운반하는 단백질이 바이러스의 흔적이라는 사실을 발견했으며, 망각은 뇌 용량의 한계에 의해 수동적으로 발생되는 것이 아니라 망각 세포의 적극적이고 능동적인 파괴 기능이라는 것이었다.(54~55쪽)

이유를 잊게 되는 원인이 있을 거예요. 스트레스 상황이 반복되면서 단기 기억력이 나빠진 것일 수도 있겠죠. 그런데 이유를 잊어야만 하는 이유가 따로 있는 것 같다는 생각이 들어요. 지워진 게 아니라 필요에 의해 치워졌다고 해야 할까요. 이런 생각을 하다보면 원인과 이유가 일치할 수 없다는 것을 종내는 알게 돼요. 그 불일치가 나한테는 원인인 것 같아요.(64쪽)

첫번째 인용문에 나온 연구에 따르면, 망각은 인간의 이해나 의지와 무관하게 세포의 능동성으로 발생하는 것이다. 이에 따르면 인간과 초파리는 모두 바이러스의 흔적인 기억 정보 단백질에 따라 좌우되는 존재에 불과하다. 인간과 초파리는 세포 단위에서 동일하다. 두번째 인용문은 소설가 '치온'의 말로, 망각의 원인과 이유의 간극을 말하고 있다. 사전에 의거해 구분하자면, 결과를 이끌어내는 객관적인 사실이 '원인'이라면, 결과에 이르는 다소 주관적인 사실이 '이유'

다. 그리고 치온은 객관적인 원인이 아니라 주관적인 이유에 주목하며, 그 끝에서 원인과 이유가 일치할 수 없다는 결론에 도달한다. 치온의 어린 시절 트라우마가 사소해진 것도, 지유의 소설이 원래의 생각과 다른 치유의 방향으로 움직이기 시작한 것도 여기서부터다. 개연성은 붕괴된다. 이들은 자신에게 영향을 미친 주요한 사건들이 의도적이고 필연적인 지점이 아니라 우연적이고 이해할 수 없는 지점에서 출발했음을 받아들인다.

하지만 이 소설은 세계의 비밀이나 한 인간의 진실에 가닿으려는 노력이 해독 불가능한 수수께끼로 귀결되는 지점을 말하며 그 불가해를 지켜내는 방식으로 윤리의 처소를 마련하는 2000년대 소설들과는 다소 다른 지점에 있다. 이 새로운 불가해성의 중핵에는 인간이 인지적 행위 능력을 갖춘 자율적인 존재가 아니라, 초파리와 마찬가지로 바이러스에 침투되고 세포에 의해 파괴되는 구멍 뚫린 신체이자 물질이라는 건조한 전제가 자리하고 있다.

그렇다면 원영에게 벌어진 질병의 발현과 치유는 단순히 해피엔드 자체를 목적으로 하는 것이 아니라, 인간의 이해나 의지와 무관한 영역에서 벌어지고 있다는 사실이 더 핵심적일 것이다. 애초에 인과관계라는 것이 비장애 인간 중심의 시간관 속에서 성립했다는 사실을 떠올려보면 어떨까. 수나우라 테일러는 장애는 일상 전반에 속도 조절과 진전에 대한 다른 감각을 조성한다는 점에서 상대적인 '불구의 시간crip time'을 갖는다고 말한다. 이렇게 완전히 다른 시간을 받아들일 수 있다면, 극심한 지적 차이를 가진 사람들이나 수명이 오직 몇 시간, 며칠, 몇 주인 다양한 동물들의 시간 역시 새롭게 개념화된다. 그렇게 우리는 '불구의 시간'에서 '동물의 시간animal time'으로 도약할 수 있다.[13] 소설에서 원인 불명의 질병을 앓기 시작한 원영의 시간 crip time도 짧은 생애로 인해 여러 세대에 누적되는 변화 관찰이 용이한 초파리의 시간animal time을 경유하면서 비로소 치유와 행복의 시간에 가닿게 된다. 소설에서 원영은 수명이 겨우 이 주 내외인 초파리들을 두고 "어떤 일들은 아주 나중에야 볼 수 있다고. 4세대 초파리는 자신에게 생긴 일을 결코 이해할 수 없을 것"(45쪽)이라 말한다. 그렇다면 길어봐야 고작 백 년을 사는 인간이 이해하는 인과관계 역시 불완전할 수밖에 없을 것이다. 초파리처럼 너무 짧거나 인간을 넘어서는 아주 긴 시간 사이 어디쯤에서 기적의 세계는 열린다. 자립적 존재로서 인간이 구성한 근대의 서사적 시간은 종결된다. 인간 역시 초파리와 같이 물질적 네트워크에 얽혀 공존하는 세계에서 로열젤리로 인해 몸에 다시 보송보송한 하얀 솜털이 자라나는 원영, 희생자가 아닌 건강하고 행복한 원영의 모습은 당연해진다. 이렇게 「초파리 돌보기」는 오랫동안 우리가 상실해왔던 집합적이고 우연한 세계를 열어낸다. 놀랍게도 이 공생의 세계는 군집해 있는 초파리들에서 개체들이 지닌 각각의 아름다움을 알아본 원영의 시선에 이미 내재되어 있던 것이기도 하다. 원영은 아프기 전부터 자신의 삶을 해피엔드로 이끌며 스스로를 구원하고 있던 것일지도 모른다.

지금 세계를 이루는 미학은 위치 이동중인 듯하다. "아름다움은 관계의 세계에서 아름답고 숭고함은 실체의 세계에서 숭고할 것이다"[14]라는 한 철학자의 말에서, 숭고가 아닌 조화의 아름다움으로 향

---

13) 수나우라 테일러, 『짐을 끄는 짐승들—동물해방과 장애해방』, 이마즈 유리·장한길 옮김, 오월의봄, 2020, 231~232쪽.
14) 스티븐 샤비로, 『사물들의 우주—사변적 실재론과 화이트헤드』, 안호성 옮김, 갈

하는 움직임은 미래를 향한 하나의 결단으로 보인다. 비인간 유기체들의 정동, 인지, 결정을 보며 우리는 인간에게 당연하게 여겨져온 합리적이고 지향적이며 상관주의적인 생각을 넘어서는 사고를 확인한다. 비인간 행위자의 힘에 대한 새로운 관념은 개인 너머의 주체성에 대한 생각을 열어낸다. 물질적 네트워크의 얽힘 속에서 자아와 세계가 개체 하부적 수준에서 연결되어 있다면, 구멍 뚫린 신체 앞에서 개인의 깊이나 비밀을 담보하는 내면성을 읽어내는 일은 이전만큼 중요하지 않을 것이다. 실제로 김초엽 소설에서 인류의 생존에 무심한 식물들과 사이보그, 현호정 소설에서 생리혈을 빨아먹는 '어린이 식물', 임솔아 소설에서 원영을 치유하게 되는 초파리에서 우리는 끝내 인간에게 동화되지 않는 건조하지만 활기 넘치는 사물성을 발견한다. 식물들과 초파리에게서 오는 시선과 몸짓에 의해 인간은 침투되고 파열되며 틀어진 채 생명의 그물 속으로 흡수된다. 그리하여 이제 품고 있는 비밀을 읽어내야 하는 쪽은 인간이 아닌 세계 쪽인 것처럼 보인다. 지금 비인간 존재자들의 힘과 영향력 앞에 인간은 객체로 다시 태어나고 있다. 세계를 구성하는 수많은 비인간 존재자들의 관점 중에 하나로서 인간의 시선을 놓을 때, 비로소 새로운 세계는 열릴 것이다.

(2022년 봄호; 『파토스의 그림자』, 문학동네, 2022)

무리, 2021, 88쪽.

이 글은 계간 『문학동네』 2022년 봄호 '비인간' 특집에 처음 실렸다. 이 책에는 2022년 10월 단행본 『파토스의 그림자』를 출간하면서 수정한 버전을 실었다. 수정한 부분은 크게 두 군데다.

하나는 현호정의 「라즈베리 부루」에 대한 독해 부분이다. 여기에서 나는 모두에게 익숙할 '어머니 자연Mother Nature'에 대립되는 '어린이 식물Child Nature'이란 개념을 떠올렸는데, 이 개념의 출처를 묻는 사람들이 있어 내가 창안해본 개념임을 밝혔다. 끝없이 희생하는 '어머니'도 무시무시하게 위협해 들어오는 '괴물'도 아닌, 사랑스럽고 친근하지만 끝없이 요구를 충족시켜주어야 하고 통제되지 않는 생기 넘치는 자연에 대해 말해보고 싶었다.

또다른 수정은 임솔아의 「초파리 돌보기」를 읽어내는 뒷부분의 거칠었던 논지를 보강하며 이루어졌다. 이를 통해 망각과 같은 사건이 인간의 한계에 따른 것이 아닌 세포의 능동성에 의한 것임을 더 잘 드러내고자 했다. 인간을 내밀한 욕망과 의지의 존재로 보는 대신, 미시적인 분자 수준에서 상호 침투하며 작용하는 물질로 보려는 시도였다. 그랬을 때 소설의 여러 사건은 세계의 비밀이나 인간의 진실을 보여주는 '매력적인 불가해'가 아니라, 다만 인간이 '구멍 뚫린 신체'이기 때문에 벌어지는 건조한 사건으로 변모한다. 이렇게 변화한 시각으로 보았을 때만 새로 열리는 세계가 있다. 개인의 깊은 내면에서 시작된 자율적이고 인과적인 세계가 아니라, 물질의 표면에서 요동치는 집합적이고 우연적인 세계.

이 세계를 탐색해나가는 일은 이제야 시작이라 생각한다. 이런 새로운 담론의 움직임을 두고 신유물론 이론이 쏟아져 들어오며 생겨난 일시적인 소란이라거나, 탈정치적인 시선이라 생각하는 이들도 있는 듯하다. 하지만 예술이란 세계에서 벌어지는 사건에 응답하는 힘에 다름 아니다. 기후 변화의 위기 앞에서 문학 역시 이런 담론들과 길항하며 새로운 정의와 아름다움을 찾아나가는 중이고, 나 역시 이 길에 함께하고 싶다.

임
태
훈

'기후 소설Cli-fi'을
어떻게 읽고 쓸 것인가?

임태훈
문학평론가. 성균관대 국문학과 조교수. 인문학협동조합 총괄이사.『문화/과학』편집위원. 저서로
『검색되지 않을 자유』『우애의 미디올로지』, 공저로『SF 프리즘』『블레이드 러너 깊이 읽기』『기계비
평들』『한국 테크노컬처 연대기』『시민을 위한 테크놀로지 가이드』가 있다.

1. 또하나의 유행어인가, 문학의 새로운 존재 증명 과제인가?

근현대문학사에서 지난 두 세기에 걸쳐 '연애소설' '역사소설' '노동소설'이 도달한 성취에 견줘볼 수 있는 수준으로 '기후 소설'이 성장할 수 있을까? SF의 새로운 유행어에 불과해 보이는 것에 굳이 그런 기대를 해야 할 각별한 가치가 있는 걸까? '재난 소설'이라는 비교적 익숙한 용례가 있음에도 '기후 소설'을 그것과 구별할 필요는 또무엇일까? 한국문학사에서 '기후 소설'의 흐름을 되짚어보고 '제대로 된 기후 소설'의 사례와 기준을 찾아내는 것이 가능할까? 이 글은이 질문들에 답하는 동시에, 절멸의 불안과 공포가 고조되고 있는 인류세 시대에 '기후 소설'이야말로 문학의 새로운 존재 증명 과제임을이야기하려 한다.

'기후 소설Climate fiction, Cli-fi'이라는 말 자체에 냉소적인 이들은 이용어가 근본 없는 유행어에 불과하다고 여기며, 이게 뭐라도 되는 양호들갑을 떠는 부류가 대개 SF 애호가라는 점도 마뜩잖아한다. 그들의 시각이 완전히 틀렸다고 하기도 어렵다. '기후 소설'은 온실가스 배출 감축을 약속한 교토의정서가 체결되던 1997년 무렵에도 사회적으로 상상되지 못한 용어였고, 2011년 3·11 동일본 대지진 때에도 세상에 없던 말이었다. 2000년대 초까지만 해도 제도화된 학술, 비평, 창작의 장에서 '기후 위기'와 '문학'이 함께 사고된다는 것은 낯선 일이었고, 인류를 위협하는 파멸적인 위기가 이상기후로부터 비롯될 수 있다는 국제적 공감대 형성조차 지난한 과정을 거쳐야 했다. 한국에선 김종철이 1991년 창간한 『녹색평론』이 그나마 예외적인 사유와 상상력의 진지 역할을 했다.

'기후 소설'은 2013년 4월을 기점으로 영미 문학계와 저널리즘을 중심으로 유행하기 시작했다. 이렇게 시기를 특정할 수 있는 이유는, 미국 공영 라디오방송 NPR의 주말판 토요일 기사 〈지금 너무 뜨겁다: 기후변화가 새로운 문학 장르를 만들었나?So Hot Right Now: Has Climate Change Created A New Literary Genre?〉에서 엔절라 에반시Angela Evancie가 'Cli-fi'라는 용어를 사용했고,[1] 가디언The Guardian, 디센트Dissent, 그리스트Grist가 즉각적인 호응과 지지 기사를 내놓으며 이 용어가 봇물 터지듯 유행하기 시작했기 때문이다. NPR 방송에 앞서 리처드 페레즈 페냐Richard Pérez-Peña도 뉴욕 타임스 기사에서 "Cli-fi가 SF의 하위 장르로 급성장"하고 있으며, 대학의 예술 문화 강의에서 이런 텍

---

1) "Over the past decade, more and more writers have begun to set their novels and short stories in worlds, not unlike our own, where the Earth's systems are noticeably off-kilter. The genre has come to be called climate fiction—"cli-fi," for short."(Angela Evancie, "So Hot Right Now: Has Climate Change Created a New Literary Genre?", NPR, 2013. 4. 20, https://url.kr/6o7ukr)

스트가 적극적으로 채택되고 있음을 주목했다.[2)]

　그런데 하필이면 2013년 상반기에 미디어와 비평가들의 인식에 'Cli-fi'가 유별나게 꽂힌 이유는 뭐였을까? 교토의정서의 1차 공약 기간이 2012년에 종료되었지만 미국을 포함한 주요 국가들이 불참하면서 이 시기의 유엔 기후변화협약은 사실상 실패하고 말았고, 2013년은 새로운 기후변화 합의인 파리 협정을 위한 본격적인 움직임이 가시화된 해였다. 당시 오바마 행정부는 기후 위기 해결을 최우선 국정 과제로 내세웠다. 앞서 미국은 대선 기간이었던 2012년 10월 북대서양에서 형성된 사상 최대 규모의 허리케인 샌디로 22개 주에서 극심한 재앙을 겪었다. 공식적인 피해액이 대한민국 일 년 예산의 7분의 1에 달하는 84조원이었다. 단 일주일 만에 벌어진 일이었다. 그후로도 미국은 산불, 허리케인, 폭염, 폭우, 폭설 피해를 해마다 겪고 있고, 그것이 기후 위기로 촉발된 것인지를 두고 국론 분열을 겪고 있다. 미국에서 기후 위기 문제는 누가 대통령이 되는가를 결정하는 첨예한 이슈이기도 하다.

　파리 협정은 오바마 대통령 집권 말기인 2015년 12월 유엔 기후변화협약 당사국 회의에서 채택되고 이듬해 11월 국제법으로서 효력이 생겼다. 하지만 2017년 트럼프 행정부가 들어서고 미국은 탈퇴를 선언한다. 전 세계 이산화탄소 배출량의 14퍼센트를 차지하는 나라가 교토의정서에 이어 후속 협약까지 엉망으로 만든 것이다. 참고로 한국 역시 세계 18위의 온실가스 배출 대국이다.

　이처럼 기후 위기 대응을 둘러싼 혼란이 계속되는 동안에 훗날 기

---

2) Richard Pérez-Peña, "College Classes Use Arts to Brace for Climate Change", *New York Times*, 2014. 3. 31.

후 소설의 대표작으로 손꼽히는 작품이 속속 발표되었다. 킴 스탠리 로빈슨Kim Stanley Robinson의 자본주의 코드Capital Code 3부작인 *Forty Signs Of Rain*(2004), *Fifty Degrees Below*(2005), *Sixty Days And Counting*(2007), 마거릿 애트우드Margaret Atwood의 디스토피아 3부작 『오릭스와 크레이크*Oryx and Crake*』(2003), 『홍수의 해*The Year of the Flood*』(2009), 『미친 아담*MaddAddam*』(2013), 코맥 매카시Cormac McCarthy의 『로드*The Road*』(2006), 이언 매큐언Ian McEwan의 『솔라*Solar*』(2010)가 평단과 독자 모두의 지지와 인기를 얻었다.[3]

2010년대에 들어서서는 기후 위기를 창작 주제이자 핵심 세계관으로 채택한 신진작가가 대거 등장했다. 대표적으로 『와인드업 걸 *The Windup Girl*』(2009)로 휴고상과 네뷸러상을 휩쓴 파올로 바치갈루피Paolo Bacigalupi가 있다. 2017년에 한국에서도 출간된 『곰과 함께—어느 상처 입은 행성에서 들려 온 열 편의 이야기*I'm With the Bears: Short Stories from a Damaged Planet*』(2011)는 기후 위기를 테마로 파올로 바치갈루피를 비롯한 신진작가와 노장들이 함께 참여한 앤솔러지 소설집이다. 2013년에 'Cli-fi'가 화제의 유행어가 된 것은 2000년대 이후로 십여 년간 축적된 문제작들의 경향성이 기후 위기 협정을 둘러싼 민감한 이슈와 맞물려 격발된 결과였다.

이 영향권에 한국문학계가 직접적으로 포함된 적이 있었던가? 기후 소설이 한국문학에서 실체가 있는 유효한 경향으로 분석되려면 영미 문학계에서처럼 양적으로나 질적으로 수준 이상의 성취가 있어야 할 것이다. 한국문학에서 기후 소설을 말하는 일에 대해 냉소적인

---

3) 언급한 작품 중에서 킴 스탠리 로빈슨의 3부작만 한국에 번역 출판되지 않았다.

이들의 생각도 이와 다르지 않을 것이다. 지금 단계에서 기후 소설을 왈가왈부하는 것은 앞서 나열한 영미 문학계의 영향권에 안겨 모사품을 써내자는 것이거나, 저 걸작들 옆에 나란히 둘 작품이 없는 우리 소설의 결핍을 투덜대는 낡고 못난 짓을 또 하자는 것으로 오해받을 수 있다.

그렇다고 영미 사람들에게는 그들이 지켜야 할 그들의 지구가 있고 우리에겐 한국어로 쓰고 읽는 K-지구가 따로 있으니 각자의 세계에 충실하면 된다는 식으로 느긋해할 수도 없다. 그런 망상이야말로 근대 자본주의의 산물이며, 소비주의적 일상의 환각을 반복하는 전형적 악순환이다. 기후는 국경이나 국가를 모르기 때문이다.

기후 소설이라는 과제는 관련 작품이 충분히 나온 다음에 이야기해도 급할 게 없는 숙제가 아니다. 오히려 정반대 순서일 수 있다. 지구온난화, 팬데믹 등 극도로 거대한 동시에 극미한 단위까지 촘촘히 뒤얽힌 대상hyperobjects을 상대하는 일에 현대인은 터무니없을 정도로 무능하기 때문이다.[4] 현대인의 일상적 감관感觀의 범위와 범주, 상식적 인식 체계부터 근대 네이션 스테이트에 이르기까지 이 무능과 대책 없음에 예외는 없다. 심지어 현단계 자본주의의 최종 진화형인 국제 금융 시스템조차 완전한 통제가 불가능한 초객체超客體가 되어버린 지 오래다. AI가 다음 순서가 될 것이란 흉흉한 소문마저 분분한 요즘이다.

일국적 재난이 아니라 어느 나라로 도망치든 되풀이되고 더 복잡하게 뒤엉키는 '행성적인 것'의 목록을 소상히 파악하고 사유를 진

---

4) Timothy Morton, *Hyperobjects: Philosophy and Ecology after the End of the World*, University of Minnesota Press, 2013, p.130.

전시킬 수 있을 만큼 '인간'은 똑똑하지 못하다. 어쩌다 이렇게 된 걸까? 우리 스스로 세계 인식의 폭과 깊이를 인간과 인간 사이의 관계망으로 축소했기 때문이다. 우리가 흔히 머릿속에 떠올리는 '지구'조차 실상은 무능과 무지의 산물이다. 디페시 차크라바르티Dipesh Chakrabarty는 '지구' 개념을 19세기 이래 제국주의와 자본주의의 인식론과 인간 중심성의 역사적 한계에 매몰된 구성물이라고 비판하고, 인간과 인간 사이의 관계망에 매몰되지 않고 현대인의 생존 조건을 비판적으로 상대화하는 거대하고 다채로운 시간성을 제시하며 '지구적인 것'과 '행성적인 것'의 구별을 주장한다.[5] 가령 일억 년의 시간성을 다루는 경제학이 있을까? 십억 년의 철학이나 문학이 가능할까? 오늘날 인간 사유가 포괄하는 시간성은 고작 이백여 년 안팎이거나 멀리 거슬러올라가도 천 년에 미치지 못한다.

이러한 문제의식은 이론보다도 수행이 훨씬 더 어렵다. '행성적인 것'의 주변부로 격하된 인간은 온갖 비인간들과 어떤 관계를 맺어야 할까? 기후 위기의 심각성이 임계점을 지나 대멸종과 문명 붕괴를 피할 수 없게 되었다면, 그 불안과 절망, 공포 속에서 우리가 찾아야 할 지혜와 적응의 전략은 무엇일까?

이런 사유와 성찰을 담아내는 데 문학은 유용하다. 이러한 요구에 대응하면서 기후변화의 규모와 복잡성, 그 철학적, 물리적 의미를 인식하도록 소설이 도울 수 있다. 앞서 소개한 영미 기후 소설의 대표작들도 (인간 중심주의로부터 자유로울 리 없는) 전통적 의미에서의 소설적 완성도와 독자의 몰입을 유도하는 재미의 측면에서 수준급일

---

5) 디페시 차크라바르티, 『행성시대 역사의 기후』, 이신철 옮김, 에코리브르, 2023, 117~125쪽.

뿐, 인류세 시대 문학의 새로운 존재 증명이라 할 만한 단계까진 나아
가지 못했다.

기후 위기의 직접적이고 궤멸적인 피해를 동남아시아와 태평양 도
서 국가들이 겪고 있음에도 이를 다룬 문학과 예술이 많지 않은 것도
중요한 쟁점이다.[6] 한국을 포함해 부유한 나라의 사정도 크게 다르지
않다. 가난한 이들이 모여 사는 지역일수록 기후 위기에 취약하다. 그
곳에서 벌어지는 재난의 기억은 쉽게 휘발되고, 문학적 기록으로 남
겨지는 일도 드물다.

우선은 시장에서 팔리는 이야기가 아니기 때문이다. 근대소설의
작법은 상품성 있는 소재와 주제를 중심으로 활성화되었다. 그래서
아미타브 고시Amitav Ghosh는 기후변화라는 심대한 문제를 문학이 다
루지 못하는 것에 대해, 기후 위기는 곧 "문화의 위기이고, 따라서 상
상력의 위기"[7]라고 진단했다. 자연 또는 '비인간'을 과학에 위임한
채 이른바 '문학적' 창작에 매달린다는 것은 도대체 무엇이었을까?

근대소설의 인칭 체계부터 소비주의에서 벗어나 있지 않다. 소비
주의는 일인칭으로 서술되는 인간 중심주의의 전형이다. 인간은 이
문법 체계에서 자신을 지칭하는 일인칭의 굴레에 쪼그라든 채 비인

---

6) 케냐 소설가 응구기 와 티옹오(Ngũgĩ wa Thiong'o)의 『피의 꽃잎들(*Petals of Blood*)』(1977), 마하스웨타 데비(Mahasweta Devi)의 『가상의 지도들(*Imaginary Maps*)』(1993), 아미타브 고시(Amitav Ghosh)의 『배고픈 조류(*The Hungry Tide*)』 (2004), 중국 소설가 장룽(姜戎)의 『늑대 토템(狼图腾)』(2004), 인드라 신하(Indra Sinha)의 『애니멀의 사람들(*Animal's People*)』(2007)은 비영미권에서 창작되어 영미권에까지 널리 알려진 생태 소설의 대표작이다. 기후 위기 문제가 일부 반영되어 있지만, 전면화된 수준까지는 아니고 식민 착취 및 환경 정의와 더 관련성이 있다.
7) 아미타브 고시, 『대혼란의 시대—기후 위기는 문화의 위기이자 상상력의 위기다』, 김홍옥 옮김, 에코리브르, 2021, 19쪽.

간을 인간의 자리 바깥으로 내밀거나 소거한다. 따라서 기후 소설은 인칭 선택 단계에서부터 한계에 맞닥뜨린다. 방대한 행성적 문제이지만 지역적으로만 경험할 수 있고, 측정 체계와 범주적 사고는 혼돈에 빠져든다. 사건 전개 자체가 눈에 보이지 않거나 잠재되어 있어서 예측할 수 없는 결과로 나아갈 때, 대체 어떤 문법구조가 서술에 적합할까?

이와 관련해 객체 지향 서사는 오늘날 한국문학의 가장 흥미로운 실험 가운데 하나다. 백지은은 물의 다사다난한 일생을 서사화한 현호정의 「한 방울의 내가」(2022)를 분석하면서, '온'이라는 물의 핵심이 나–내면이 아닌 우리–신체로 체화되었음에 주목하여, 인간 중심의 행위 주체성을 재고하는 동시에 비인간 존재들의 감각과 활력을 발견하는 객체 지향 서사의 가능성을 찾았다.[8] 김미정은 진연주의 「울퉁불퉁한 고통」(2022)에서 트렁크(사물)와 인간(여자)의 시점이 스며들고 얽히는 장면의 서술을 주목하며 "인간만이 이 세계를 보고 만지고 말하고 바꾸고 있는 것이 아니라 사물, 생물, 무생물, 그리고 각종 마주침에 의해 촉발된 정동이나 사유, 심지어는 언어로 구조화된 담론 등 모든 요소가 서로 얽히고 어떤 식으로건 연결되고 때로는 제3의 무언가를 산출해내는 식의 관계가 곧 이 세계의 행위력일 수 있음"[9]을 논의한 바 있다. 이 사유와 서사 실험이 대기의 대류에까지 이를 수 있는 방법을 찾아보자.

기후변화에 절대적 책임이 있는 사람이 지목될 수 있다면 기후 소설은 훨씬 쉽게 쓰일 수 있을지 모른다. 그러나 거의 모든 사람이 기

---

8) 백지은, 「우리 소설의 자리 (2)」, 문장 웹진 2023년 2월호.
9) 김미정, 「문학과 생태계」, 문장 웹진 2023년 6월호.

후변화의 준➊원인이다. 사람만이 아니라 온갖 사물 간의 얽힘과 스며듦도 연루되어 있다. 계급별, 지역별, 국가별로 준원인의 개별 강도가 서로 다르다는 것 또한 놓쳐선 안 될 현실이다. 이를테면 방글라데시의 기후 난민과 뉴욕의 여피족이 똑같은 강도로 기후변화에 영향을 끼칠 리 없기 때문이다.

이 모든 대혼란의 한복판에서 우리가 세상과 어떻게 관계를 맺어야 하는가를 재차 생각하는 것이 기후 소설의 역사적 과업이다. 이것은 근현대문학이 오늘날에 이르기까지의 시간과 노력 이상이 필요한 난제임이 분명하다. 하지만 우리 앞의 미래가 그만큼 충분한지 확신할 수 없다.[10] 확신이 없다면 시작조차 말아야 할까? 익숙한 문학과 일상, 인식의 관성 속에서 기후 위기 따윈 인기 없는 케이블방송 채널 취급하며 무관심으로 일관해도 되는 걸까? 그런데 바로 그 냉소와 관성의 자리가 기후 소설의 출발점이기도 하다. "자본주의에 의해 물화되는 인간성과 종을 넘어 다른 물질에 침투당하는 구멍으로서의 인간의 신체는 의외로 그리 멀리 있지 않을 수"[11] 있다는 것은 뜻밖의 희망이다.

기후 소설은 미래의 비/인간형을 발명하는 일이다. 재앙을 피하는 데 실패했더라도, 심각하게 변화한 기후에서 인류가 살아간다는 것이 어떤 의미인지, 희망이나 절망에 간편히 휩쓸리지 않고 이전 시대

---

10) 지금 당장 탄소 배출량을 획기적으로 줄여도 예전으로 돌아갈 수 없게 되었음을 알리는 연구가 『사이언스』에 최근 게재됐다. Fei Li et al., "Global water use efficiency saturation due to increased vapor pressure deficit", *Science*, 2023. 8. 10, https://url.kr/9swbi7

11) 이 책에 수록된 강지희, 「구멍 뚫린 신체와 세계의 비밀—신유물론과 길항하는 소설 독해」, 314쪽.

와는 다르게 이해할 수 있어야 한다. 미래의 그이가 폐허에서 병들어 죽어가고 있을지, 놀랍도록 덤덤히 재앙에 적응해서 명랑과 유쾌를 이어가고 있을지 모를 일이다. 다만 그 모든 가능성의 행로에서 최신의 지혜를 찾길 바랄 뿐이다. 문학이 마땅히 그 역할을 해야 한다.

2. 재난 서사와 구분되어야 할 이유는 무엇인가?

한국문학사의 재난 서사 계보에는 문학사의 주요 작품이 두루 포함된다. 이광수의 『무정』(1917), 이인직의 『혈의 누』(1906)를 지나, 16세기부터 19세기까지 이어진 소빙기小氷期 시기의 기록에까지 거슬러올라간다.

17세기 유몽인이 기술한 『어우야담於于野談』은 역병, 수해, 가뭄, 하늘과 땅의 이상 징후를 소재로 한 야담집이었다.[12] 1732년부터 1733년까지 지속된 전라도 장흥 지역의 흉황凶荒과 학정을 묘사한 작자 미상의 현실 비판 가사인 「임계탄壬癸歎」도 소빙기 기상이변의 하나였던 신임계 대기근의 기록이었다.[13] 그 이전 1670년부터 1671년까지 이어진 경신대기근은 조선 전체 인구의 10퍼센트가 기아로 사망한 최악의 재앙이었다.[14]

소빙기 조선사 연구의 성과는 오늘날의 기후 소설을 이해하는 데 유용하다.[15] 과거를 통해 앞으로 닥칠 일의 파장을 대략이나마 가늠

---

12) 권혁래, 「17세기 재난문학 『어우야담』을 통해 보는 재난상황과 인간존중정신」, 『동아시아고대학』 61집, 2021.

13) 김덕진, 「한글가사 「임계탄」을 통해 본 '신임계 대기근'」, 『역사학연구』 84호, 2021.

14) 김덕진, 『대기근, 조선을 뒤덮다』, 푸른역사, 2008.

15) 조지형, 「17세기, 소빙기, 그리고 역사추동력으로서의 인간—거대사적 재검토」,

해볼 수 있기 때문이다. 소빙기 기후 이상으로 촉발된 재난은 장장 이백여 년 동안 계속되었는데, 흉황과 기근뿐만 아니라 전 세계에 걸쳐 1940년대 이전의 어떤 시기보다 많은 전쟁이 발생했다. 기후변화는 기근, 내전, 역병, 정치적 불안정 등 셀 수 없는 사회적 영향으로 이어진다.

소빙기 시기보다 지금이 낫거나 비슷한 수준일까? 기후 위기도 역사의 반복에 불과하다 말할 수 있을까? 전혀 그렇지 않다. 현재의 추세가 이어지면 21세기 말에는 전 세계 해안선의 70퍼센트가 해수면 변화를 겪을 것으로 예측된다. 지구 인구의 절반이 살고 있는 많은 해안 지역이 침수될 것이다. 2080년에 이르면 지구상의 식물 절반과 동물의 3분의 1이 현재 서식 범위에서 멸종될 것으로 예상된다.[16] 지금의 기후 위기는 인위적인 지구온난화로 비롯되었다는 점에서 과거 소빙기 위기보다 훨씬 더 심각하다. 상황을 완화하는 데 필요한 실질적 조치들은 종, 날씨, 사회집단, 재정적 이해관계 등의 복잡한 관계망에 뒤얽혀 지지부진함에서 벗어나질 못한다. 그 복잡성의 규모가 일국적 단위를 넘어서면 예산과 법적 책임 범위가 명확히 겨냥될 수

『이화사학연구』 43집, 2011; 이상무, 「조선시대 기근과 전염병에 따른 학교와 과거제의 운영—17세기 후반 소빙하기를 중심으로」, 『교육사학연구』 30권 2호, 2020; 이준호, 「조선시대 기상이변에 따른 재해 발생과 공옥(空獄) 사상의 교정적 의미 고찰—소빙기 '경신대기근'을 사례로」, 『교정담론』 11권 3호, 2017; 이태진, 「소빙기(1490~1760)'에 출현한 기형 동물—『조선왕조실록』 기록과 독일 전단(Flugblatt) 자료 비교 분석」, 『생태환경과 역사』 6호, 2020; 전제훈, 「조선 소빙기(小氷期) 해양인식(海洋認識)과 위민사상(爲民思想) 연구—강릉·삼척 동해안을 중심으로」, 『한국도서연구』 29권 3호, 2017; 김미성, 「조선시대 생태환경사 연구의 현황과 과제—기후사·재해사 관련 연구를 중심으로」, 『생태환경과 역사』 8호, 2022.

16) 김옥현, 『2℃—기후변화 시대의 새로운 이정표』, 산지니, 2018, 35~45쪽.

없기에 누구도 책임지지 않고 무능을 개선하지 않는 상태에 빠져든다. 기후 위기는 국가 시스템의 근본적인 한계를 폭로하고 있다.

소설은 자본주의의 서사다. "돈을 다루고, 돈이 벌리는 과정은 재난의 자리를 필요"로 하기에 "소설이 재난을 다루는 것은 필연적"[17]이다. 근대화를 적극적으로 지향하는 재난 극복의 서사는 식민지기 이래로 한국문학에서 반복적으로 등장했다. 근대성 획득이 재난 극복의 방법론이며, 국가는 자연재해로부터 인민을 구하는 궁극의 주체라는 신화의 재생산이다. 이광수는 『무정』에서 삼랑진 수해의 참상을 다루며, 자연의 위력에 맞서 인간적 존엄을 지킬 수 있는 생활환경의 보호자로서 근대국가 건설의 중요성을 역설하며 식민주의적 통치의 불가피함을 인정했다. 염상섭은 『만세전』(1924)에서 "대기大氣에서 절연된 무덤 속에서 화석化石되어가는 구더기의 몸부림치는 질식"[18]과 다를 바 없는 식민지 조선의 결핍된 근대성에 절망한다. 소설 전반부의 장소가 낙후하고 황폐한 조선이 아니라 일본 거주 소비자를 유인하는 (주로 술을 파는) 실내 소비 공간의 연속이라는 점은 주목을 요한다. 이곳은 소비자가 됨으로써 일시적으로 점거할 수 있는 작은 구체sphere와 같은 인공 대기이자, 일본 경찰의 검문, 감시를 피할 수 있는 피난처다. 바깥의 대기는 조선어를 쓰는 식민지인이 천대받는 불평등한 세계다. 소비주의적 일상의 항상성을 유지하는 체계가 그에게는 국가였다.[19] 그가 절규하며 바라본 식민지 조선의 풍

17) 황호덕, 「한국 재난 서사의 계보학—비인지적 낯익음에서 인지적 낯설게 하기까지」, 『SF 프리즘—테크놀로지의 지정학과 자본』, 박문사, 2023, 466쪽.

18) 염상섭, 『만세전』, 문학과지성사, 2005, 164쪽.

19) 윤재민, 「폭음하는 신체의 침묵과 해방—『만세전』 다시 읽기」, 『현대소설연구』

경은 추운 겨울일 뿐만 아니라 정치, 경제, 문화, 사회 모든 면에서 파국에 이른 다중 재난의 한복판이었다. 혹서酷暑나 혹한酷寒은 어느 시대에나 있었다. 더 주목해야 할 것은 기후 변화와 함께 다양한 속도와 양상으로 동시 발생하는 시대와 사회의 총체적 붕괴다.

1920~30년대에 발표된 홍수 모티브 소설인 최서해의 「큰물 진 뒤」(1925), 한설야의 「홍수」(1928), 엄흥섭의 「흘러간 마을」(1930), 이기영의 「홍수」(1930), 박화성의 「홍수 전후」(1934), 박노갑의 「홍수」(1934), 「둑이 터지던 날」(1936)에선 지배체제를 향한 저항 의식과 계급적 각성이 모색되지만, 이 소설들에 묘사된 재난은 일국적 경계를 넘어서지 않는 한정된 지역을 무대로 삼고 있다. 국가는 피해 복구에 결정적 역량을 발휘해야 할 주체로 거푸 호명되며, 국가가 하지 못한 역할을 대리해 재난 극복에 이바지한 영웅이 추앙을 받는다.

재난 극복 서사에서 자연은 어렵지만 기어이 지배, 통제할 수 있는 대상으로 인식된다. 이 구도는 오늘날의 K-재난 영화에서도 그대로 답습되고 있다. 이런 세계관에서 인간은 마땅히 중심적 존재로서 모든 비인간 존재들을 압도해 최상층 위계에 올라선다. 대중적 엔터테인먼트에서 통용되는 재난 서사의 가장 범상한 인식론이다.

기후 소설의 문제의식은 비인간을 포함한 공동체를 기반으로 한 사고와 자연과의 비지배적 관계를 추구한다는 점에서 재난 서사와 구별될 필요가 있다. 그래서 소설의 형식과 주제 간에 긴장이 발생할 수밖에 없다. 소설은 일반적으로 인간 중심적인 프레임워크framework를 벗어나기 어렵다. 소설은 인간의 문화적 형식이며 일반적으로 인

85호, 2022 참고.

간의 경험만을 기준으로 삼는다. 그러나 기후 소설은 비인간적 요소인 환경에 초점을 맞추고, 인간이 아니라 환경에 결정적인 역할을 부여한다. 앞서 인칭 문제를 따져보았던 것처럼, 환경에 목소리를 주거나 우선순위를 부여하는 것은 일반적인 소설에선 지극히 어려운 과제라 할 수 있다. 어쩌면 훨씬 더 생태적인 형식은 소설보다는 음악으로 접근하는 편이 나을지 모른다. 비인간적인 것들을 향한 더 큰 개방성과 더 분열되고 더 넓은 범위를 포괄하는 중첩된 내레이션은, 수많은 이가 동시에 떠들지만 놀랍게도 화음을 이뤄내는 오페라의 어떤 순간들로부터 영감을 얻을 수 있다. 기후 소설이 SF의 상상력뿐만 아니라 여러 장르의 혼합에 적극적이어야 하는 이유도 새로운 소설 기법의 발명이 필요하기 때문이다.

재난 서사가 재난의 인과관계를 좇아 기승전결을 구성하고, 영웅의 탄생을 찬미하거나 구원자로서의 국가를 요청하는 익숙한 결말을 택해왔다면, 기후 소설은 인간 중심성을 걷어낸 환경에 새로운 이름을 붙이는 것에서 차별화될 수 있다. 새로운 단계로 나아가는 기후변화를 인식할 언어와 개념이 충분치 않기 때문에, 생태적 상상력을 불러일으킬 시적 언어의 창안은 필수적이다.

언어는 그 기원에서부터 땅, 기상 현상과 밀접한 관계가 있다. 기후 위기로 바뀌어버린 풍경은 우리의 어휘에 어떤 영향을 미칠까? 'Cli-fi'라는 새로운 개념부터 하나의 예시다. 음울하고 부정적인 것들만 가득할 것 같진 않다. 오히려 비극적인 것의 한복판에서 폭소를 터뜨리게 만드는 뜻밖의 파토스가 발산될 수 있다. 영문학자 알렉산드라 해리스Alexandra Harris가 정리한 것처럼, 성경 시대의 저자들로부터 소포클레스와 베르길리우스, 셰익스피어와 예이츠와 버지니아 울프

에 이르는 수많은 문학가가 바로 그 일을 해왔다.[20]

기후 소설은 이러한 언어들의 형성과 내러티브 구성의 장이 될 수 있다. 그렇게 확장된 상상력을 가진 소설은 기후변화 담론을 확산하는 한층 강렬한 매개체로 거듭날 것이다.

3. 한국문학사에서 기후 소설을 어떻게 발견할 수 있나?

기후 소설은 복잡성을 놓치지 않아야 한다. 지역적이고 주관적인 것을 경험하는 동시에 추상적이고 전 지구적인 힘을 포착하고, 비인간을 포함한 복잡한 시공간적 규모와 다양한 관점을 묘사해야 한다. 그것은 인간 의식 바깥에 놓인 현실세계의 무한한 레이어를 넘나들며 무지막지한 에너지의 역동을 마주하는 일이다.

앞서 설명한 것처럼 새로운 어휘를 창안해내는 것부터 하지 않을 수 없을 것이다. 익숙한 표현은 사유와 통찰을 이끌지 못하기 때문에, 아방가르드 예술의 급진적이고 비전통적인 운동성마저 절실하다.

그렇다면 눈, 비, 홍수, 가뭄, 혹한, 혹서, 장마 등을 소재로 택했을 뿐인 소설은 기후 소설이 아닌 걸까? 기후 소설을 전통적인 소설과 다른 무엇으로 발명하고자 한다면 문학사의 여러 성취를 참조하는 것은 당연하고도 필요한 작업이다. 시대별로 기후 환경에 반응하는 인간형의 변화 양상을 비교해볼 수 있다는 점에서, 오히려 이런 검토를 변증법적으로 활용하는 것이 기후 소설의 기획일 것이다.

손창섭의 「비 오는 날」(1953), 한말숙의 「장마」(1958), 김승옥의 「무진기행」(1964), 「서울, 1964년 겨울」(1965)의 등장인물들은 '대

---

20) 알렉산드라 해리스, 『예술가들이 사랑한 날씨』, 강도은 옮김, 펄북스, 2018.

기만큼 문화적인 것은 없으며 날씨만큼 이데올로기적인 것은 없다'
고 했던 롤랑 바르트의 언설에 정확히 부합한다. 전후 저개발 국가의
음울한 일상에 매몰된 인간들은 비와 안개 등의 기후 현상과 합일된
'기상적 자아氣象的 自我'로 표현된다.[21] 조해일의 「아메리카」(1971)에
서는 기지촌 여성들이 국가가 보호해주지 않는 미군 범죄와 홍수 재
해에 연달아 수난을 겪는다. 한국전쟁기의 겨울 추위가 반복적으로
환기되는 박완서의 『나목』(1970), 지루한 장마 기간에 갑작스러운 구
렁이의 등장으로 한국전쟁의 트라우마가 극에 달하지만 끝내 치유에
이르는 윤흥길의 「장마」(1973) 등은 한국문학사에서 기후 소설을 발
명/발견하기 위해 되짚어봐야 할 문제작들이다.

한국소설에서도 2010년을 기점으로 기후 소재 소설이나 재난 소
설류와 다른 방식의 기후 소설이 발표되기 시작한다. 김애란의 「물속
골리앗」(2010)은 객관적인 진실을 전달하고 기후변화를 직접적으로
표현하기보다는 가상의 상황적 표현을 제공하는 미학적 실천을 효과
적으로 활용한 소설이라 할 수 있다. 이 소설의 장소는 다소 불분명하
지만, 구체적인 여러 장소를 상기하게 만든다. 생존자 아이의 시각으
로 전달되는 물에 잠긴 세계의 풍경은 기후 위기만이 아니라 우리 시
대의 여러 비극적 사건을 떠올리게 하는데, 작품이 발표되고 얼마 뒤
벌어진 후쿠시마 사태, 2009년의 용산 참사를 겹쳐 읽을 수 있을 뿐
만 아니라, 2014년의 세월호 비극과 공명하는 문장마저 찾아볼 수
있다.

장은진, 김숨, 김미월, 윤이형, 김이설, 황정은, 한유주가 비를 주

---

21) '기상적 자아'에 대한 해석은 신경식, 서의석의 「기후 재난 영화와 기상적 자아의
미메시스적 충동」(『아시아영화연구』 14권 2호, 2021)에서 배운 것이다.

제로 쓴 중단편을 엮은 테마 소설집『일곱 가지 색깔로 내리는 비』
(2011)도 한국문학사에서 '기상적 자아'의 계보가 2010년대로 어떻
게 나아갔는가를 확인할 수 있는 성과다. 이중 한유주의「멸종의 기
원」은 죽은 자들이 대기의 비구름을 채워 무수한 빗방울로 낙하하는
인상적인 장면을 통해 지상의 삶과 대기의 순환을 잇는 상상력을 펼
쳐 보인다.

　기후 위기 문제를 전 지구적인 스케일과 행성적인 것의 차원에서
접근하려는 시도는 SF에서 훨씬 더 과감히 시도된다. 미세먼지를 주
제로 한 단편소설을 모은 앤솔러지『미세먼지』(2019)는 대기오염과
인종 혐오(류연웅,「놀러 오세요, 지구대 축제」), 돌봄노동의 문제(박
대겸,「미세먼지 살인사건―탐정 진슬우의 허위」)와 함께, 재난 상황
을 시장화하여 이윤을 추구하는 재난 자본주의의 비정한 아이러니를
다룬다(김청귤,「서대전네거리역 미세먼지 청정구역」; 김효인,「우주인,
조안」; 조예은,「먼지의 신」). 부제에 '기후 위기 SF'임을 밝힌 소설집
『일인용 캡슐』(2021)에서도 화성 테라포밍 프로젝트에 동원된 기후
난민(윤해연,「일인용 캡슐」)과 불투명한 방역 시스템을 악용해 폭리
를 취하는 기업 국가(윤혜숙,「코찌」)가 그려진다.

　기후 위기를 재난 자본주의의 관점에서 비판하는 상상력의 소설화
는 2019년에서 2021년 사이에 한국 기후 소설이 성취한 중요한 성과
라 할 수 있다. 외계 행성을 지구인이 이주할 수 있는 환경으로 바꾸
는 테라포밍 과정의 파괴와 폭력을 다룬 박해울의「요람행성」(2021),
막대한 열을 발생시켜 기후 위기의 원흉이 된 돔시티를 환경 재앙을
피할 방주로 여길 수밖에 없는 미래의 소비자들을 그린 김기창의『기
후변화 시대의 사랑』(2021) 역시 이 주제를 다룬 작품이다.

동시에 한국 기후 소설은 연합과 해체의 신체를 상상하며 인류세의 새로운 비/인간형을 실험하고 있다. 기후 위기로 종말을 맞이한 세계에서 자연과 인간이 공생할 방법을 식물에서 찾는 김초엽의『지구 끝의 온실』(2021)은 인간 중심주의를 극복하는 상상력을 실험하고 인간과 비인간의 공생을 구상하는 인류세 문학과 기후 소설의 시대적 요구에 충실히 응답한 역작이다. 사이보그 '레이첼'과 식물 '모스바나'는 무위無爲의 공동체를 이룬다. 서로에게 반응하고 배열을 전환하는 식물들은 목적이나 이유를 내세우지 않고 생명 활동의 파생으로 인간 생존을 돕는다.

김청귤의『해저도시 타코야키』(2023)도 기상이변으로 인한 대량절멸 사태가 세계관의 핵심을 이룬다. 육지는 바다에 잠겼고 문명은 돌이킬 수 없는 상태로 붕괴했다. 인간은 과거의 형상을 잃고 바다 생물로 변이한다. 김초엽이 과학적 해결책으로 파국을 막고 더 나은 문명을 재건하려는 신념을 놓지 않으면서 인간 중심주의의 좌표를 수정했다면, 김청귤은 호모사피엔스의 신체와 정신을 최후까지 해체한다. 자본주의의 흔적은 바닷속을 부유하는 스티로폼 조각에 불과하다. 인간과 비인간의 공존은 인간이 비인간이 된 뒤에야 완성점에 도달한다.

4. 기후 소설의 도전

문학사와 최근작들의 성취를 종합하고 반성하여 '제대로 된 기후 소설'을 처방할 수 있을까? 이를테면 기후변화가 무엇인지 명징하게 전달하면서 환경의식을 고취할 수 있는 소설을 모범답안으로 삼을 수 있을까? 하지만 기후변화의 기원과 영향, 완화 방안 등은 일도양

단하여 간단히 설명할 수 있는 문제가 아니다. 기후 위기를 둘러싼 이데올로기와 경험, 담론은 매우 다양해서 독자의 의식에 계몽의 빛을 쏘고 올바른 행동을 하게끔 영감을 주는 이상적인 이야기란 존재하지 않는다.

기후 위기는 하나의 절대적 관점으로 설명하기엔 너무나 방대하고 이질적이다. 소설의 공리주의적 기능에 큰 기대를 하는 것부터 한계가 분명하다는 것이 역사적으로 증명된 바 있다. 완벽한 소설을 처방하는 것은 패배주의적인 작업이며, 완벽한 것으로 착각된 이미지와 비유들은 이미 낡아버린 것에 불과하다. 기후 소설을 쓰고 읽게 만드는 유력한 추동력인 종말론적 시나리오와 표상들도 시효가 거의 다했다. 기후 소설이 장차 SF와 거리를 둘 필요가 있다면 다름 아닌 이 이유 때문일 것이다.

기후 소설이 대중적 매력에 순응한 엔터테인먼트가 되는 것은 많은 이들이 대수롭지 않게 여기는 것보다 훨씬 유해하다. 사람들은 기후 위기로 인해 벌어지고 있는 진짜 눈물과 고통의 현장을 직시하는 대신에, 할리우드 재난 영화 〈투모로우〉(2004)의 요약판을 보듯 정형화되고 손쉬운 '호소' '충격과 감각'에 난타당하는 편을 택한다. 기후 소설이 이런 경향과 다를 게 없다면 독자를 성찰적 참여로 이끄는 일은 실패할 수밖에 없다. 계몽과 재미 모두 신중히 다뤄야 할 독이다.

이산화탄소 배출량을 줄여야 한다는 구호 하나로 기후 소설을 쓸 수는 없다. 재난 오락물처럼 빠르고 극적으로 묘사하는 서사 전략 역시 반성이 필요하다. 기후 변화는 영화 한 편의 상영 시간 동안에 벌어지는 일이 아니다. 기후변화는 지속적이고 느리게 진행되는 것이며, 누적된 사건들의 상호 연결은 이루 다 파악하기 어렵다.[22]

기후 소설은 알고 있는 것들의 매트릭스를 맴돌며 경고나 정보 제공, 계몽을 목표로 하기보다는 이 매트릭스 자체를 문제삼아야 한다. 이 안에 아직 없는 언어, 감정, 상상력은 무엇인가? 부재한 것을 새롭게 생성해내기 위해선 무엇을 해야 하고, 이 시도를 가로막는 억압의 힘이 있다면 어떻게 맞서야 하는가? 이 질문은 기후 소설이 새로운 비/인간형의 사회를 향한 혁명적 정서를 생성하는 정치 예술이 될 수 있음을 의미한다.

(2023년 가을호)

---

22) 이 복잡한 과제를 풀어낸 (2024년 현재까지) 가장 중요한 작품이 킴 스탠리 로빈슨의 2020년 작 『미래부(*The Ministry for the Future*)』이다. 이 소설은 탄소 포집 기술의 활용과 탄소 코인을 기반으로 한 새로운 금융 시스템의 구축, 이를 재원으로 기후 재앙에 대응하는 국제기구인 '미래부'의 성립과 활동상을 구상했다. 『녹색 계급의 출현』의 저자이자 행위자 연결망 이론의 핵심 이론가의 한 사람인 브루노 라투르가 생전에 극찬한 소설이다.

계간 『문학동네』 30주년 기념 비평 앤솔러지

크리티컬 포인트
—문학, 비평, 이론

ⓒ 인아영 이소 윤원화 김경태 오은교 한영인 조선정 정민우 김건형 진태원 강지희 임태훈 2024

초판 인쇄 2024년 12월 2일
초판 발행 2024년 12월 12일

지은이 인아영 이소 윤원화 김경태 오은교 한영인 조선정 정민우 김건형 진태원 강지희 임태훈
책임편집 김봉곤 | 편집 이상술
디자인 최윤미 이원경 | 저작권 박지영 형소진 최은진 오서영
마케팅 정민호 서지화 한민아 이민경 왕지경 정유진 정경주 김수인 김혜원 김예진
브랜딩 함유지 함근아 박민재 김희숙 이송이 김하연 박다솔 조다현 배진성
제작 강신은 김동욱 이순호 | 제작처 영신사

펴낸곳 (주)문학동네 | 펴낸이 김소영
출판등록 1993년 10월 22일 제2003-000045호
주소 10881 경기도 파주시 회동길 210
전자우편 editor@munhak.com | 대표전화 031) 955-8888 | 팩스 031) 955-8855
문의전화 031) 955-2696(마케팅) 031) 955-2660(편집)
문학동네카페 http://cafe.naver.com/mhdn
인스타그램 @munhakdongne | 트위터 @munhakdongne
북클럽문학동네 http://bookclubmunhak.com

ISBN 979-11-416-0148-5 03810

www.munhak.com